The Thursday MURDER Club

媒体推荐

这本流畅的续集会让你着迷。——《泰晤士报》

心灵的治愈良药。——《每日快报》

超级有趣。——《卫报》

黑色幽默，不落俗套，文笔娴熟。——《爱尔兰独立报》

如此有趣的罪案。——*SAGA*（英国畅销月刊）

奥斯曼笔下的世界是个疗愈的好地方。——《星期日电讯报》

读这本书能感受到纯粹的快乐。——《观察家报》

最适合周日下午阅读的一本书。——*RED*（英国时尚杂志）

收获一份快乐。——《妇女与家》

曲折，诙谐，有趣。——《星期日快报》

充满魅力和温情，还有一群精彩的人物。——《我的周刊》

机智，温暖，非常有趣。——《每日快报》

The Thursday MURDER Club

名人推荐

风趣，机智，极具英伦风格。——亚当·凯

温暖、睿智又诙谐地提醒你，永远不要低估老年人。——薇儿·麦克德米德

风趣，机智，扣人心弦，让悬疑小说迷着迷。——哈兰·科本

极富魅力，非常非常机智。——莎拉·平博拉夫

充满敏锐的幽默和精彩的对话，反转无数。——妮娜·斯提布

罗伯特·加尔布雷斯（J·K·罗琳的笔名）和汤姆·夏尔珀的综合体。完美的人物推动情节发展……我舍不得看完这本书！——菲利帕·佩里

充满欢乐……太喜欢了。——简·法隆

人物讨人喜欢，案件引人入胜，突然出现的温馨场面又令人哽咽。——阿比盖尔·迪恩

我读了第一页，立刻放下手头的所有事情，一口气读完这本完美的书。——杰夫里·迪弗

太精彩了……舒适，幽默，机智。——贝拉·麦凯

ZHOUSI TUILI

周四推理

JULEBU

俱乐部

HUOLE LIANG CI

活了两次

DE NANREN

的男人

[英]

理查德·奥斯曼

著

张雅琳

译

The Thursday MURDER Club

接力出版社
Publishing House

献给鲁比和桑尼——我是如此自豪，如此幸运，
能成为你们的爸爸。

西尔维娅·弗林奇不知道自己还能坚持多久。

一只脚迈向另一只脚的前方，麂皮鞋在秋天的水洼里染成了黑色。

死亡像薄雾笼罩着她，钻进头发，钻进衣服。想必路过的每个人都能看出来吧。

她会摆脱死亡吗？西尔维娅希望会，但又希望不会。

上一次有真正的好事发生是什么时候？能带给她一点儿希望的好事？

西尔维娅输入开门的安全密码，阳光正好穿透云层。

她走了进去。

contents
目录

第一部分

朋友一定会来拜访

1

接下来的周四……

“我和拉斯金公寓的一个女人聊天，她说她正在节食，”乔伊丝说着，喝完了杯里的酒，“她都八十二岁了！”

“助行架让人显胖，”罗恩说，“因为它腿细。”

“八十二岁还节什么食？”乔伊丝说，“一块香肠肉卷能把你怎样？杀死你？哎哟，死就死吧。”

周四推理俱乐部结束了最近一次会议。这个星期他们研究的是黑斯廷斯报刊店主的悬案。他用十字弓杀死了一个闯进店里的人，遭到逮捕，但后来媒体介入，一致认为应该允许一个人用十字弓保护自己的店，这是天经地义的事。他高昂着头，重获自由。

一个多月后，警方发现闯入者曾和报刊店主十几岁的女儿约会，而且报刊店主有一长串严重人身伤害罪的前科记录，不过那时候大家都把这案子抛在了脑后。毕竟那是一九七五年，没有监控摄像头，没人想小题大做。

“你们觉得狗适合做伴儿吗？”乔伊丝问，“我在考虑要么养只狗，要么注册 Instagram[1]。”

“我持反对意见。”易卜拉欣说。

“哦，你对所有事都持反对意见。”罗恩说。

“总的来说，确实如此。”易卜拉欣表示同意。

“当然了，不是大狗，”乔伊丝说，“我的吸尘器可应付不了大狗的毛。”

乔伊丝、罗恩、易卜拉欣和伊丽莎白正在餐厅里享用午餐，餐厅位于库珀斯·切斯养老村的正中心。他们的桌上有一瓶红葡萄酒和一瓶白葡萄酒。现在大约是十二点差一刻。

“也不要养太小的狗，乔伊丝，”罗恩说，“小个子狗就像小个子男人，总想证明点什么，汪汪叫个不停，冲着车子乱喊。”

乔伊丝点点头。“那就中等大小的狗，怎么样，伊丽莎白？”

“嗯，好主意。”伊丽莎白回答，尽管她并没有认真听。刚收到了那样一封信，怎么可能认真听！

当然，她捕捉到了要点。伊丽莎白总是保持警惕，因为你永远不知道天上会掉什么馅饼。多年来，她听过各种各样的话，柏林酒吧里的一小段交谈，“大嘴巴”的俄罗斯

① Instagram：一款社交应用程序，主要以分享照片的方式交友。——本书脚注若无特别说明，均为译者注

水手在的黎波里上岸休假时的胡侃。此时此刻，周四的午餐时间，在肯特郡一个宁静的养老村里，她大概听到乔伊丝想养一只狗，他们讨论了狗的大小，易卜拉欣持怀疑态度，但她的思绪却在别的地方。

信是从伊丽莎白的门底下塞进去的，没人看见是谁塞的。

亲爱的伊丽莎白：

还记得我吗？可能不记得了吧，不过不是我自夸，我估计你应该记得。

命运又一次施展魔法。我这周刚搬来，发现我们成了邻居。真是走到哪儿都有熟人！你肯定在想怎么现在什么样的老东西都能住进这里。

我知道距离上次见面已经有段时间了，我想这么多年后的重逢叙旧一定会很美好。

愿意来拉斯金公寓十四号喝一杯吗？就当庆祝乔迁。愿意的话，明天下午三点可以吗？没必要回信，不管怎样，我都会准备好一瓶葡萄酒等着。

能见到你真的很高兴。想聊的话太多太多，近况，往事，过去的事像桥下的流水一去不复返。

真希望你还记得我，真希望明天可以见到你。

你的老朋友

收到信后，伊丽莎白一直在琢磨这件事。

上次见到马库斯·卡迈克尔还是一九八一年十一月底，兰贝斯桥边，一个非常黑、非常冷的夜晚，泰晤士河退潮了，她的呼吸在冰冷的空气中变成白雾。当时有一个团队，每个成员都是专家，伊丽莎白是总负责人。他们坐一辆白色货运面包车到达现场，车子外表破旧，看似属于G.普罗克特公司，他们“清洗窗户、檐沟，提供各种服务”，但里面却亮光闪闪，满是按钮和屏幕。一个年轻的警员用警戒线围住河滩的一片区域，阿尔伯特堤岸上的人行道也被封锁了。

伊丽莎白和她的团队小心翼翼地沿着石阶下去，石阶上滑溜溜的苔藓能要人命。潮水退去后露出了一具尸体，直挺挺的，几乎是坐着的姿势，靠着桥下离岸边最近的石墩。伊丽莎白确保一切得到妥当处理，一个团队成员检查死者的衣服，把厚大衣上的口袋搜了个遍，一个来自海格特的年轻女人拍下照片，一个医生做死亡记录。很显然，男人是从泰晤士河上游跳下来的，或者被人推下来的，这一点要由验尸官确定。有人会把所有信息写进一份报告里，伊丽莎白要做的只是在报告底部签上自己的名字缩写，干净利落。

用军用担架抬着尸体爬上滑溜溜的石阶，这段路程耗费了不少时间。年轻的警员被叫来帮忙，他一时激动，摔断了踝关节，而这正是他们所期待的。他们解释说暂时没法为他叫救护车，他毫无怨言地接受了。几个月后，他毫无缘由地升了职，所以呢，没留下什么永久伤害。

她的小团队终于爬上了堤岸，尸体被装进了白色货运面包车，"提供各种服务"。

团队解散，只有伊丽莎白和医生陪尸体留在面包车里，车子开往汉普郡的一个停尸房。她以前和这个医生——红红的宽脸，开始变白的黑胡子——合作过，人还算有趣，是个你会记住的男人。他们聊着安乐死和板球，医生渐渐打起了瞌睡。

易卜拉欣拿着酒杯发表意见："到了现在这个人生阶段，恐怕我要劝你什么狗都别养，乔伊丝，不管大的、小的，还是中等的。"

"哦，他又来了。"罗恩说。

"中等大小的狗，"易卜拉欣说，"比方说㹴犬，拿杰克罗素㹴来说吧，寿命大约是十四年。"

"谁说的？"罗恩问。

"真想找人理论的话，养犬俱乐部说的，罗恩。你想找他们理论吗？"

“不……不必了。”

“你看，乔伊丝，”易卜拉欣继续说，“你七十七岁？”

乔伊丝点点头。“明年七十八。”

“嗯，这是当然的，没错，”易卜拉欣表示同意，“所以啊，七十七岁了，我们不得不算一算你的寿命。”

“哇，太好了！”乔伊丝说，“我就喜欢这种事。我以前找码头上的塔罗师算过，她说我命里有财运。”

“更确切地说，你的寿命能否超过一只中型犬的寿命，我们不得不算算这个概率问题。”

“你嘴皮子这么利索，为什么从没结婚？对我来说真是个谜，老兄。”罗恩对易卜拉欣说，他从桌上的冷藏箱里拿出白葡萄酒，“有人要加酒吗？”

“谢谢，罗恩，”乔伊丝说，“加满，免得还要再加。”

易卜拉欣继续说：“七十七岁的女人有百分之五十一的概率能再活十五年。”

“那太好了，”乔伊丝说，“顺便说一句，我这辈子没什么财运。”

“所以，乔伊丝，如果现在养狗，你能比它活得长吗？这是个问题。”

“我会用满满的恶意打败一只狗，”罗恩说，“我们坐在房间相对的两个角落里，死死盯着对方，看谁先败下阵来。不会是我，就像一九七八年跟利兰汽车公司谈判一样，他们当中的一个人最先去了厕所，我立刻知道我们赢了。”罗恩喝了一大口酒，“绝对不要先去厕所，必要的话，给那地方打个结。”

“事实上，乔伊丝，”易卜拉欣说，“也许你能，也许不能，百分之五十一的概率，跟掷硬币似的，我觉得不值得冒这个险。永远不要死在你的狗前头。”

“这是古埃及的谚语，还是精神病医生的老话？”乔伊丝问，“或者是你随口编的？”

易卜拉欣又朝乔伊丝歪了歪酒杯，意味着还有更多的至理名言。“当然了，一定要死在你的孩子前头，因为你已经教会他们过没有你的生活，但狗不行，你只能教狗过有你的生活。”

“嗯，真是发人深思，易卜拉欣，谢谢，”乔伊丝说，“可能有一点儿冷酷无情，你觉得呢，伊丽莎白？”

伊丽莎白听见了，而她的思绪还在飞驰的货运面包车的车厢里，和尸体在一起，和留着八字胡的医生在一起。类似的场景在伊丽莎白的职业生涯中不止一次出现，但那一次太不寻常，足以让人难忘——任何知道马库斯·卡迈克尔的人都明白这一点。

“推翻易卜拉欣的理论，”伊丽莎白说，“养只上了年纪的狗。”

多年以后，卡迈克尔又现身了。为了什么？友好的聊天？壁炉旁温馨的叙旧？谁知道呢？

一个新来的服务员把他们的账单拿到餐桌跟前。她叫波佩，前臂上文了一朵雏菊。波佩来餐厅差不多有两周时间了，到目前为止，评价并不好。

“你拿的是十二号桌的账单，波佩。”罗恩说。

波佩点点头。“哦，对，我真是……太糊涂了……这是几号桌？”

“十五，”罗恩说，“你能看出来，因为蜡烛上写着大大的数字十五。”

“对不起，”波佩说，“只不过是点菜下单、端菜上桌，然后还有数字，我一定会熟练起来的。”她走回厨房。

“她人非常好，”易卜拉欣说，“但不适合这份工作。”

“她的指甲倒是挺漂亮的，”乔伊丝说，“完美。是不是很完美，伊丽莎白？”

伊丽莎白点点头。“完美。”对这个指甲很完美，工作不称职，不知从什么地方冒出来的波佩，伊丽莎白的观察发现远不止这一点，但她脑子里正想着别的事，波佩之谜可以等到以后再说。

她又在脑子里过了一遍信的内容。*还记得我吗？……过去的事像桥 下的流水……*

伊丽莎白还记得马库斯·卡迈克尔吗？多么可笑的问题！泰晤士河退潮时，她发现了马库斯·卡迈克尔，他的尸体歪靠在桥墩上。静悄悄的夜晚，她帮忙把尸体抬上滑溜溜的石阶。她坐在白色货运面包车里，距离他的尸体几英尺[①]远，车身上打着窗户清洗服务的广告。她把他的死讯告诉他年轻的妻子。葬礼上，她站在他的坟墓旁，以示礼貌和尊重。

所以，没错，伊丽莎白确实清清楚楚地记得马库斯·卡迈克尔。不过，该回到餐厅了，一次解决一个问题。

伊丽莎白伸手拿起白葡萄酒杯。“易卜拉欣，不是所有事情都能用数字计算。罗恩，你会早早地死在狗前头，男人的寿命比女人的短得多，医生怎么说你的血糖，你是知道的。还有乔伊丝，你我都明白，你已经下定决心了，你会养一只被救助的狗。它现在正坐在某个地方，瞪着大大的眼睛，孤零零地等着你。你对它完全没有抵抗力，再说了，狗会给我们大家带来乐趣。好了，没必要再讨论下去了。”

问题解决。

“Instagram 呢？”乔伊丝说。

“我连那是什么东西都不知道，随便你吧。”伊丽莎白说着，喝完了杯里的酒。

一个来自死人的邀请？她仔细想了想，决定接受。

---

① 1 英尺约等于 30 厘米。

2

“有天晚上，我们在看《古董巡展秀》，”总督察克里斯·哈德森一边说，一边用手指敲打着方向盘，“一个女人出来了，她拿着几个罐子，你妈妈凑到我跟前说……”

警员唐娜·德·弗雷塔斯把脑袋撞向仪表板。“长官，我求求你，我真的求求你了，请不要再提我妈妈了，十分钟也好。”

克里斯·哈德森是她的导师，是为她最终进入刑事调查部铺平道路的人，但你完全看不出这一点。他们对待彼此的态度简直可以用“没大没小”形容，或者更确切地说，从见面那一刻起，他们之间就建立起了友谊。

不久前，唐娜把她的上司克里斯介绍给了她的妈妈帕特里斯。她觉得他们能相处融洽，结果呢，他们相处得有点太过融洽了。

以前和克里斯·哈德森一起盯梢比现在有意思多了。那时候有炸薯片，有智力游戏，有新警长的八卦消息。新警长刚到费尔黑文工作，一个当地的店主向他咨询防盗网的问题，他一不小心把自己的私人照片发给了人家。

他们一起笑，一起吃，一起维护世界正义。

可是现在呢？深秋的夜晚，他们坐在克里斯的福特福克斯里，监视着康妮·约翰逊的车库。克里斯带了一个特百惠保鲜盒，里面装着橄榄、胡萝卜棒和鹰嘴豆泥。特百惠保鲜盒是她妈妈买的，鹰嘴豆泥是她妈妈做的，胡萝卜棒是她妈妈切的。唐娜提议买一块奇巧巧克力，他看着她，说那是“空热量”[①]。

康妮·约翰逊是当地的毒品贩子，这么说吧，如今的康妮更像是毒品*批发商*。多年来，来自圣伦纳兹的安东尼奥两兄弟掌管着当地的毒品交易，大约一年前，他们失踪了，康妮·约翰逊顶替了他们的位子。她是毒品批发商，或者也是杀人凶手。这个问题还没有定论，但不管怎样，这就是他们坐在福特福克斯里的原因。他们整个星期坐在这里，用双筒望远镜对着费尔黑文的一个车库。

克里斯减了一点儿肥，换了一款精神的发型，穿着一双符合年龄的运动鞋——这些都是唐娜一直以来劝他做的事。她用了书里教的各种技巧鼓励他、游说他，想劝服他照顾好自己，到头来才发现，他做出改变所需要的唯一真正动力是跟她妈妈谈恋爱。愿望有风险，许愿需谨慎。

---

① 空热量（empty calories）：热量高、营养价值低的食物。

唐娜倒在椅背上，鼓起腮帮子。真想吃一块奇巧啊。

“好吧，好吧，”克里斯说，“听好了，我用小眼睛看呀看，看到了 Y 开头的什么东西。”①

唐娜望向窗外，远远看见下方的一排车库，其中一个属于康妮·约翰逊——费尔黑文新的毒枭女王。毒枭女王？车库另一边是海。英吉利海峡像墨水一样黑，温柔的海浪在月光下时隐时现，更远处的海平面上有一点儿亮光。

“游艇？”唐娜说。

“不是。”克里斯摇摇头说。

唐娜伸了个懒腰，视线回到那排车库上。一个身穿连帽衫的人骑着小轮车到了康妮的车库门口，砰砰砰地敲门。他们在山上都能隐约听见金属的撞击声。

“夜间骑行男孩？”唐娜说。

“不是。”克里斯说。

唐娜看见门开了，那个男孩走了进去。每天每夜，这样的事不断发生。跑腿的进进出出，带着可卡因、摇头丸和大麻离开，带着现金回来，一刻不停歇。唐娜知道，他们可以立刻突击搜查车库，成功查获一批毒品，发现一个无聊的中间人坐在桌前，还有一个男孩骑在自行车上。但是，他们的团队还在等待时机，拍摄进出那里的任何人，

① 英美孩子常玩的趣味游戏，一人用语言描述周围的某个物品，另一人猜物品名称。

跟踪他们到任何地方，设法构建出康妮·约翰逊贩毒组织的全貌。等证据搜集够了，可以一次性摧毁整个组织。如果运气好，会有一次又一次凌晨突袭。如果运气再好一点儿，会有一个战术支援小组来帮忙，他们带着气动敲击锤，撞开一扇又一扇门，其中一个战术支援警官还是单身。

“艳黄色夹克？”唐娜说，她看见一个女人沿着山道走向停车场。

“不是。”克里斯说。

最大的战利品是康妮·约翰逊本人，这正是她和克里斯来这里的原因。康妮是不是杀了两个竞争对手，成功掩盖了罪行？

他们偶尔能从骑车的男孩中看到几张比较熟悉的面孔，那些是费尔黑文贩毒界的资深人士，每个名字都被记录在案。如果康妮真的杀了安东尼奥两兄弟，一定不是自己动的手。她不是傻子。事实上，她迟早会发现自己受到了监视。到那时，一切不会再这么明目张胆，追踪起来难度更大，所以他们要趁还可能的时候搜集到所有证据。

有人用指关节敲了敲唐娜一侧的车窗，她吓了一跳，转身看见了艳黄色夹克，是那个沿着山道走来的女人。一张笑脸出现在窗前，女人举起两杯咖啡。唐娜留意到一头浓密的金发和一抹鲜红的口红，她放下车窗。

女人弯下身子，露出微笑。“好了，我们还没彼此介绍呢，我猜你们是唐娜和克里斯，我从车库给你们带了咖啡。”

她递过手里的咖啡，唐娜和克里斯对视一眼，接了过来。

“我是康妮·约翰逊，我想你们已经知道了。”女人说，她轻轻拍了拍夹克口袋，“我还带了香肠肉卷，想吃吗？”

“不用了，谢谢。”克里斯说。

“来一个，谢谢。”唐娜说。

康妮递给唐娜一个用纸袋包着的香肠肉卷。“不好意思，没给躲在垃圾箱后面的女警察买点什么，她拍了一堆照片。”

“反正她是素食者，”唐娜说，“来自布莱顿。”

“总之，我只想来介绍一下自己，”康妮说，“欢迎随时逮捕我。”

“我们会的。”克里斯说。

“你用的什么眼影？”康妮问唐娜。

“帕特·麦格拉斯[①]，金色。”唐娜说。

“真迷人。”康妮说，“好了，今天的工作到此为止，你们可以回家了。过去两个星期，你们没看到任何我不想让你们看到的事。”

克里斯抿了一口咖啡。“这真是车库里做的？味道好极了。”

---

① 帕特·麦格拉斯（Pat McGrath, 1970— ）：英国人，世界彩妆大师，创立了以自己名字命名的个人彩妆品牌。

“他们弄了个新咖啡机。”康妮说。她把手伸进内侧口袋，掏出一个信封递给唐娜。“收下吧，里面有你们的照片，还有你们安插在周围的所有其他警官的照片。不是只有你们会玩这个游戏。我敢说你们没发现有人拍照，是吧？也有人跟着你们当中的几个回了家。前几天，他们拍了你约会的美照，唐娜。依我看，你可以找到更好的。”

“没错。”唐娜说。

“我要走了，终于当面打了个招呼，真好，我一直特别想见你们。”康妮冲他们抛了个飞吻，“保持联系哟。”

康妮直起身子，从福特福克斯旁边走开。一辆路虎揽胜出现在他们的后方，副驾驶车门打开，康妮钻了进去，车开走了。

“嗯……”克里斯说。

“嗯……”唐娜也跟着说，“现在怎么办？”

克里斯耸耸肩。

“好办法，头儿。”唐娜说，“你看到的是什么？Y开头的东西。”

克里斯转动点火开关里的钥匙，系上安全带。“意中人美丽的脸庞，每次我闭上眼，都看见你妈妈美丽的脸庞。”

“啊，老天，”唐娜说，“我要申请换岗。”

“好主意，”克里斯说，“不过要等我们逮捕了康妮·约翰逊以后，怎么样？”

3

乔伊丝的日记

真希望还能发生一点儿刺激的事，我不在乎是什么事。

也许是一场火灾，但不要有人受伤，只要有熊熊烈火和消防车就行。我们大家可以带着保温杯站在一旁围观，罗恩可以大声指挥消防员。或者是风流韵事，那一定很有趣。最好发生在我自己身上，不过我也没这么贪心，只要有点绯闻就够了，比如巨大的年龄差距，比如某人突然需要修复髋关节。再或许是某人的孙子要蹲监狱？或者是不会影响到我们的洪水？你知道我指的是哪类事。

想想最近这里死了多少人，你就很难再回到闲逛花卉市场、重温老剧《塔格特探案》[①]的日子，尽管我确实喜欢看《塔格特探案》。

我当护士的时候，总是有病人死去，他们随时随地突然离开。别误会，我从没杀过人。他们以前经常调查医生的背景，现在可能什么人都要查一查。即便如此，真要动了心思，我敢说你还是能办到的。

---

① 《塔格特探案》（*Taggart*）：探案类英剧，1983 年播出。

易卜拉欣不想让我养狗，但我确信能改变他的想法。用不了多久，他就会三句不离狗狗。我敢打赌，他还会第一个抢着遛狗。真希望我能在三十年前俘获易卜拉欣。

就在萨塞克斯郡边界附近，有一个动物救助中心，那里有各种动物。除了常见的猫猫狗狗，还有驴子、兔子和荷兰猪。我以前从没想过荷兰猪也需要救助，现在知道了。我们大家偶尔都需要救助，我想荷兰猪也不例外。在秘鲁，有人吃荷兰猪，你知道吗？前几天的《大厨》节目里播过，他们只是提了一下，并没有真的吃。

许多狗来自罗马尼亚，他们救了狗，带它们来到英国。我不清楚他们是怎么带它们过来的，到时候我会问一下。我猜他们不会装满满一飞机的狗，说不定是用大货车运来的？他们肯定有解决的办法。罗恩说他们会用外国口音学狗叫，这只是罗恩的想法罢了。

我们浏览了救助中心的网站，说真的，你应该看看那些狗。我看中了一只叫阿兰的狗，简介上说是“不确定品种的㹴犬”。你我都是不确定的品种，看到这里我想。阿兰六岁了，别人都说绝不要给狗改名，因为它们已经习惯了，但不管给我施加多大的压力，我也绝不会叫一只狗阿兰。

也许我能说服易卜拉欣，让他下周开车带我去。他最近对开车着了魔，明天甚至要开去费尔黑文。自从动不动就有人被杀以来，他真正从自己的小世界里走出来了，开车去去这里，去去那里，哪里都去，好像自己是默里·沃克[①]。

我一直在想为什么午饭时伊丽莎白感觉怪怪的，她好像在听，又好像没听。也许是斯蒂芬出了状况。记得吗？那是她的丈夫。要么就是还没从彭妮的事中缓过神来。不管怎样，她心里有事，离开餐厅时有什么计划。看来又有人要倒霉了，你只能祈祷那个人不是你。

我也开始做针织活儿了。是啊是啊，难以想象吧？

我和针织闲话小组的迪尔德丽聊了很久。她丈夫是法国人，可惜不久前去世了——好像是从梯子上摔下来了，不过也有可能是癌症，我记不清了。迪尔德丽正在为慈善募捐制作友谊手绳，她给了我针织样式。你可以使用不同的颜色，主要看你是为谁做的。对方想付你多少钱都可以，所有收入都捐给慈善机构。我还给手绳加了亮片，样式上没说要加，但这些亮片在我的抽屉里待得太久了。

我为伊丽莎白做了一条红白蓝相间的手绳，那是我的第一次尝试，做得很粗糙，但她对此表示谅解。我问她想把钱捐给哪家慈善机构，她说痴呆症患者之家，这是我们第一次触及关于斯蒂芬的话题。我想她能把他留在身边的时间不多了，老年痴呆症只会一条路走到黑，永远没有回头路。伊丽莎白太可怜了，当然了，斯蒂芬也一样可怜。

---

① 默里·沃克（Murray Walker, 1923—2021）：英国著名赛车解说员、记者。

我还为波格丹做了一条友谊手绳，黄蓝相间的，我误以为那是波兰国旗的颜色。据波格丹说，波兰国旗是红色加白色，说句公道话，这个他还是知道的。他认为我可能想的是瑞典国旗，可能吧。格里在的话，一定会帮我纠正过来。跟所有好丈夫一样，格里认识所有国家的国旗。

前几天，我看见波格丹戴着手绳。他去山顶的工地干活儿，半路上朝我招了招手，手绳就在他的手腕上，缠绕着一些天知道是什么图案的文身。我知道有点傻，但我还是忍不住笑起来。亮片在阳光下闪得灿烂，我在阳光下笑得灿烂。

伊丽莎白还没戴她的手绳，这完全不能怪她，不过我的针织技术越来越好了。再说了，我和伊丽莎白不需要一条手绳来证明我们是朋友。

昨晚，我梦见了我和格里刚结婚时住的房子。我们打开一扇门，发现了一个以前从没见过的新房间，我们对怎样布置这个房间有着各种各样的想法。

我不知道梦中的格里多少岁，他只是格里，而我是现在的我。两个素未谋面的人彼此抚摸，一起欢笑，一起做决定——这里放一盆绿植，那里放一张咖啡桌。一切都是爱的样子。

梦醒时，我意识到格里已经不在了，心又一次碎了。

我轻轻哭了起来，一直哭，一直哭。我想，假如你能听见这地方清晨时分眼泪落下的声音，那声音一定像小鸟的啼鸣。

4

又是一个秋日的晴天，空气中有一丝寒意，提醒你剩下的晴朗日子不多了。冬天就在拐角处焦急地等待着。

下午三点，伊丽莎白带着鲜花去找马库斯·卡迈克尔。那个死人，那具淹死的尸体，突然任性地活了过来，住进了拉斯金公寓十四号。她亲眼看着那个男人被放进汉普郡的一个墓地的墓穴中，而他现在正在一边拆行李包，一边费劲地研究新 Wi-Fi。

她路过库珀斯·切斯正中心的私人医院柳树园。彭妮在那里时，伊丽莎白每天都会去拜访，只是坐在老朋友身边聊聊天，聊计划，聊八卦，她不知道彭妮能不能听得见。

当然，现在不用再去看彭妮了。

夜幕渐渐拉开，太阳慢慢落到山顶的树林后面。伊丽莎白到了拉斯金公寓，按响了门铃。没有任何反应。短暂的等待之后，公寓大门打开了。

每座公寓楼里都有电梯，但伊丽莎白决定走楼梯，趁着还走得动的时候。爬楼梯有利于提高髋部和膝盖的灵活性，另外，电梯里非常容易被杀。电梯门一开，无处可逃，无处可躲，*叮*一声预示着杀手的到来。倒不是说她担心被杀，她感觉这不是现在会发生的事，但记住最保险的办法永远都很重要。伊丽莎白从没在电梯里杀过人，以前在埃森[1]看到有人被推下空荡的电梯井，这又是另一回事了。

她在楼梯顶向左转，把鲜花换到左手，敲响了十四号的房门。谁会来开门呢？这里有什么故事？她应该担心吗？

门开了，她看见了一张非常熟悉的脸。

不是马库斯·卡迈克尔，怎么可能是呢？但绝对是一个知道马库斯·卡迈克尔名字的人，一个知道这名字能引起她注意的人。

结果证明，她确实应该担心。

男人很帅，皮肤晒得黝黑，头上还有几缕灰白的头发顽强地撑着。她就知道他永远不会秃顶。

这下该出哪一招呢？

"我想，你是马库斯·卡迈克尔？"伊丽莎白说。

"啊，我也这么想。"男人说，"很高兴见到你，伊丽莎白。这些花是送给我的？"

"不是，我养成了随身带花的习惯，用来装装样子。"

① 埃森（Essen）：德国西部城市。

伊丽莎白说。她被迎进门，顺便把花递了过去。

“说得对，说得对，不过我还是先把它们放到水里吧。进来，请坐，像在自己家一样。”他进了厨房。

伊丽莎白扫视整个房间：空荡荡的，没有图画，没有装饰品，看不见一点儿修饰的样子，完全不是有人“搬进来”的迹象。只有两把可以当垃圾扔掉的扶手椅，地上有一摞书和一盏台灯。

“我喜欢你布置房间的风格。”伊丽莎白朝厨房的方向说。

“由不得我选择，亲爱的，”男人边说边拿着一个烧水壶回到房间，壶里插着鲜花，“我想我会习惯的，虽然我希望不要在这里待太久。要来杯葡萄酒吗？”他把烧水壶放到窗台上。

“请来一杯。”伊丽莎白说着坐进扶手椅里。怎么回事？他为什么会在这里？这么多年过去了，他想从她身上得到什么？不管什么，在她看来都是麻烦。一个几乎没有家具的房间，百叶窗放了下来，卧室用挂锁锁着。拉斯金公寓十四号看上去像藏身房。

可是为什么藏身呢？

男人走回房间，手里拿着两杯红酒。“你喜欢马尔贝克红酒，没记错吧？”

伊丽莎白接过酒杯，男人在她对面的扶手椅上坐下。

“我们认识的二十多年里，我一直喝这个酒，你好像觉得记住它是什么惊人的壮举？”

“我快七十了，亲爱的，现在不管记住什么都是惊人的壮举。干杯！”他举起酒杯。

“为你干杯，”伊丽莎白说，举起酒杯，“好久不见。”

“太久不见了，不过你还记得马库斯·卡迈克尔？”

“你的办法非常聪明。”

马库斯·卡迈克尔是伊丽莎白创造的幽灵，她是这方面的行家。从来就不存在这么一个人，创造他完全是为了向某国人传递情报。他过去的经历都是由伪造的文件和摆拍的照片虚构的，这个从不存在的特工专门向对方传递从不存在的情报。当对方想拉近关系，从新线人手上多套一点儿信息，这时候就该除掉马库斯·卡迈克尔了。从伦敦的一家教学医院“借”一具无人认领的尸体，把他埋到汉普郡的一个墓地里，在后备人员中找一个年轻的打字员，让她扮演痛哭流涕的悲伤遗孀。就这样，他和谎言一起被埋葬。所以，马库斯·卡迈克尔是一个从没活过的死人。

“谢谢，我想可能会逗你开心。你的状态看上去非常好，非常好。那个谁怎么样……提醒我一下……是斯蒂芬吧？现任丈夫？”

“可以跳过这个环节吗？”伊丽莎白叹了口气，“能不能直奔重点，告诉我你为什么在这里？”

男人点点头。“当然可以，丽兹[1]，等一切都讲清楚了，还有很多时间叙旧。不过，我想应该是斯蒂芬吧？”

伊丽莎白想到了家里的斯蒂芬。她留下他一个人，电视开着，但愿他正在打盹儿。她想回到他的身边，和他坐在一起，让他搂着她。她不想待在这里，在这个空荡荡的公寓里，和这个危险的男人在一起，她曾经见过这个男人杀人。这并不是她今天所盼望的探险。老天，请给她斯蒂芬和他的亲吻，给她乔伊丝和她的狗狗。

伊丽莎白又喝了一小口酒。“我猜你想从我这里得到什么，跟过去一样。”

男人往后靠到椅背上。“嗯，没错，我看是这样，但不是什么费力的事——实际上，你可能会觉得相当有趣。还记得有趣的事吗，伊丽莎白？”

“我在这里已经体验过足够的乐趣了，不过还是谢谢你。”

“啊，对，听说了，死尸什么的，我读了全部档案。”

“档案？”伊丽莎白问，心里一沉。

“是啊，你在伦敦引起了不小的波澜，过去几个月到处找人帮忙，查财务记录，查法医鉴定报告，甚至还找了一个退休的病理学家来这里挖骨头，对吗？你以为这些不会

---

① 丽兹（Liz）：伊丽莎白（Elizabeth）的昵称。

引起注意？”

伊丽莎白意识到自己太没远见了。她确实找了不少人帮忙，那时候她和周四推理俱乐部正在调查托尼·柯伦和伊恩·文特汉姆的命案，又在山上的墓地发现了另一具尸体，需要验明身份。她早该料到某个地方的某个人会把一切记录下来。不要指望这些帮助都是不求回报的。那么，他们想要什么回报呢？

“你想要我做什么？”她问。

“就是保护一个人。”

“保护谁？”

“我。”

“为什么要保护你？”

男人点点头，抿了一口酒，往前倾身。“事情是这样的，伊丽莎白，恐怕我给自己找了点小麻烦。”

“有些事情永远不会改变，不是吗？要不说来听听？”

这时传来了钥匙插进门锁的声音，门开了。

“终于有一次准时了，”男人说，“来的正是帮我讲故事的人。见见我的助手吧。”

走进房间的是波佩，那个新来的餐厅服务员，她朝两个人点点头。“两位长官好。”

“啊，这下全解释通了，”伊丽莎白说，“波佩，希望你的特工工作比服务员工作做得好。”

波佩脸红了。“坦白说，恐怕我没这个自信。不过就我们三个人，我想能应付过去，保证安全藏身。”

根据伊丽莎白的经验，藏身房很少能保证长时间的安全。波佩把装着花的烧水壶移到一边。“花真美。”她坐到窗台上。

“到底为什么藏身？”伊丽莎白问。

“好了，让我从头讲起吧。”男人说。

“正合我意，道格拉斯。”伊丽莎白说，一口喝光了杯里的酒，“你不是一个好丈夫，但你永远知道怎么讲一个好故事。”

5

易卜拉欣刚和罗恩一起吃完午饭。他想劝罗恩尝尝鹰嘴豆泥，但是罗恩态度强硬。只要你不拦着罗恩，他可以每天吃火腿、鸡蛋和薯条。话又说回来，他七十五岁了，身子骨还挺硬朗，所以谁又能说他做得不对呢？易卜拉欣拉上车门，扣好安全带。

罗恩很兴奋，因为他的外孙肯德里克下周要来小住。易卜拉欣也很兴奋。

易卜拉欣也会是一个好爸爸、好爷爷，可惜这些不可能了，就像他人生中许许多多的事情一样。你这个傻老头儿，他边想边转动点火开关里的钥匙，你犯了这辈子最大的错误，你只是安安稳稳地躲了起来，忘了去生活。

这么做又有什么好处呢？小心谨慎，做不了决定；犹豫不决，追不到爱情。易卜拉欣回想起人生旅途中错过的无数路口。

易卜拉欣向来擅长“三思而行”，但是现在，他选择“当机立断”，他决定稍微体验一把活在当下的感觉。他打算学学罗恩的无序和自由，学学乔伊丝的开朗和乐观，还要学学像破碎球一样摧毁罪案的伊丽莎白。

*别买狗，乔伊丝。*这是他说的话。她当然应该买呀，他一回来就告诉她。她会让他遛狗吗？肯定会。非常棒的心血管运动。人人都应该买狗。男人应该和深爱的女人结婚，而不是在恐惧中逃到英国。易卜拉欣一辈子都在思考当初的决定，甚至从未向朋友们谈起过。也许有一天他应该谈谈。

他在库珀斯·切斯的大门外左转。当然了，转弯前确认了一遍又一遍。

外面是一整个世界，不管这让他感到多么害怕，他都下定决心，每隔一段时间必须走出库珀斯·切斯。就这样，他出来了，置身于喧闹的人群和车流之中。

他决定每周一次，开罗恩的大发车出来兜风，到费尔黑文转转。他经过了费尔黑文的路牌，心情激动不已。只有他，独自一个人。他打算买点东西，坐在星巴克里喝咖啡、读报纸。既然来了这里，他要多看看、多听听。现在的人都说些什么？他们是不是看起来不快乐？

易卜拉欣一直担心找不到停车位，其实很轻松就找到了。他还担心自己不懂怎么交停车费，其实也是小菜一碟。

什么样的精神病医生会害怕生活？所有的，他想，他的意思是，这就是他们成为精神病医生的原因。尽管如此，融入世界并不会带来什么坏处。在库珀斯·切斯，只要你愿意，头脑很容易变得僵硬。同样的人，同样的交谈，同样的抱怨和牢骚。调查谋杀案给易卜拉欣带来了一堆好处。

他很快发现了自助出口和无接触支付。人际交流降到了绝对最低限度，你不必向从未见过的人点头打招呼。这等好事，他竟然差一点儿错过！

他找到了一家温馨的独立书店。在这里，就算你坐在扶手椅里看上一小时的书，也没人介意。当然了，他买下了自己读的那本书。书名是《你》，故事是关于一个叫乔的精神变态的，易卜拉欣对他深感同情。他还买了另外三本书，因为他希望下周再来时，这家书店还在这里。收银台后面有块牌子，上面写着“你的邻家书店——不使用就失去”。

*不使用就失去。*太对了，这就是他为什么来这里，待在外面的喧闹中，旁边有飞驰而过的汽车，有大声嚷嚷的少年，有骂骂咧咧的建筑工。他感觉很好，感觉没那么害怕了，感觉头脑有了活力。不使用就失去。

他看了看手表，一下子过去了三个小时，该回家了。他的脑子里充满冒险精神，先告诉乔伊丝她应该养狗，然后跟她好好讲一讲无接触支付。她可能已经知道了，但不一定研究过背后的技术问题，而他刚刚钻研了一番。当你用心生活的时候，时间总是过得很快。

他把罗恩的大发停在费尔黑文警局附近，那里无疑是最安全的停车地。也许哪个星期他会顺便进去看看克里斯和唐娜。可以在工作时间拜访警察吗？他相信他们见到他会很高兴，但他又不想耽误他们办案，比方说纵火案什么的，因为他们不得不抽出时间陪他闲聊。不过，这些担忧属于以前的易卜拉欣，全新的易卜拉欣会把握住机会。想见某个人？那就去见吧。这是罗恩的做派，罗恩还会去一趟洗手间，开着门上厕所。易卜拉欣必须记住，凡事都有底线。

他经过警局附近的街角，那里有三个不满二十岁的孩子，全都骑着自行车，穿着连帽衫，帽子戴在头上。他闻到了大麻的味道。库珀斯·切斯有很多人抽大麻。易卜拉欣年轻时，在几个比较富有的朋友劝说下抽过鸦片。他胆子太小，之后再也没有尝试过。也许这又是一件应该放进清单里的事，但他不知道哪里能买到鸦片。克里斯和唐娜肯定知道。认识几个警察还真是管用。

这三个年轻人正是易卜拉欣应该害怕的一类人，他是知道的，但他们一点儿也没吓到他。年轻人总是骑着车在街角晃悠，他们一直都这样，不管是在费尔黑文、伦敦，还是在开罗。

易卜拉欣看见大发就在前面。他打算在回家的路上去趟自动洗车房，一方面是为了向罗恩表示感谢，另一方面是因为他喜欢自动洗车房。他拿出手机，这是他今天学到的第一个知识，你可以用手机App支付停车费，App是应用程序的英文缩写。也许每个人都盯着自己的手机看并不是什么坏事。既然你能把人类的整个知识和历史揣在口袋里，也许花时间看手机也没什么……

易卜拉欣没有听见自行车靠近，但他感觉到自行车从身边冲过去，看见一只手抓住他的手机，从他手里拽走了它，这一下太猛，把他拽倒在地上。

易卜拉欣侧身着地，打了几个滚儿，最后撞到路缘石上。疼痛感立刻袭来，手臂疼，肋骨也疼。夹克袖子被撕破了。能缝好吗？但愿能吧——这是他最喜欢的夹克，可是破口看上去不太妙，白色的衬里格外刺眼，像裸露的骨头。他听见了跑动的脚步声和年轻人的大笑声。脚步声来到他旁边，他感觉自己被踢了两脚，一脚踢在后背，一脚踢在后脑勺儿。他的脑袋又一次撞到路缘石上。

"瑞安，快走！"

情况非常恶劣，易卜拉欣心里明白。出事了，很严重的事。他想动一下，但是动不了。排水沟的潮湿渐渐渗透进他的羊毛裤，他尝到了鲜血的味道。

跑动的脚步声又来了，易卜拉欣根本没办法保护自己，他感觉到冰冷的路缘石紧贴着脸。脚步停了下来，但这次没有人踢他，而是有一双手扶住了他的肩膀。

“老兄，老兄！天哪！克里斯汀，快叫救护车。”

好吧，冒险总是以上救护车收场，不管你是谁。伤势怎么样？只有骨折吗？在他这个年纪已经够糟了。或者更糟？他的后脑勺儿还挨了一脚。无论接下来发生什么，他知道有一点是确定的。他犯了个错误，他应该保持安稳的状态，所以呢，以后再也不会到费尔黑文兜风了，再也不会坐在书店的扶手椅里了。新买的书在哪儿？在街上。弄湿了？有人摇了摇他。

“老兄，睁开眼，保持清醒！”

可是我的眼睛睁着呀，易卜拉欣想，这才意识到眼睛闭上了。

6

伊丽莎白慢慢喝着第二杯马尔贝克，听她的前夫道格拉斯·米德尔米斯谈国际洗钱活动，听他解释为什么他这个年纪的男人还需要有人保护。

“这个叫马丁·洛马克斯的家伙，我们监视一段时间了，他有座又大又漂亮的老房子，有很多很多钱，也有文件证明所有钱财的来路，财务部门的小子们拿他没办法。可是当你感觉有问题的时候，肯定有问题，不是吗？”

“是的。”伊丽莎白赞同道。

“一天到晚总有形形色色的人出现在他家，俄罗斯人，塞尔维亚人，土耳其黑手党，所有人都跑到那个偏僻的地方。房子在一个寂静的小村外，汉布尔登，知道吗？他们那儿发明了板球运动。”

“真不幸。”伊丽莎白说。

“一辆辆路虎揽胜，一辆辆宾利，在乡村小路上来来回回。阿拉伯人坐直升机来，装备齐全。有个爱尔兰共和军司令从一架轻型飞机上跳伞下来，降落在他的花园里。”

“他做什么生意？”伊丽莎白问，“私底下。”

“保险。”波佩说。

“保险？”

“他充当重大犯罪团伙的银行，”道格拉斯说，向前探身，“比方说吧，土耳其人想从阿富汗人手上买价值一亿英镑的毒品，他们不会付全款。”

“就好像买冰箱，货没送到，你不需要付全款。”波佩说。

“谢谢，波佩，”伊丽莎白说，“你不解释，我还真不懂。”

“所以呢，他们先交一笔保证金，比如一千万，给一个信得过的中间人，”道格拉斯说，“表达一下诚意。”

“马丁·洛马克斯是中间人？”

“嗯，他们都信任他。你要是见过他，也会信任他。他是个特别的家伙，相当邪恶，也相当可靠。既邪恶又可靠的人很难得啊，你懂的。”

伊丽莎白点点头。“这么说，他的房子里塞满了现金？”

“有时候是现金，有时候是更加另类的东西——珍贵名画、黄金、钻石。”道格拉斯说。

“有个乌兹别克斯坦毒贩带了第一版的《坎特伯雷故事集》[1]。”波佩补充道。

---

① 《坎特伯雷故事集》（*The Canterbury Tales*）：中世纪英国小说家、诗人杰弗雷·乔叟（Geoffrey Chaucer，约 1340—1400）创作的诗体短篇小说集。

"只要是值钱的东西就行。"道格拉斯说，"这家伙的房子里有个保险库，这些东西都放在那里。如果交易顺利，他退还保证金，保证金经常会被重复使用。如果出了差错，保证金要照价赔偿。"

"也就是说，这个保险库价值连城？"伊丽莎白问。

"我想不管什么时候去，你都能发现五十万现金、同等价值的黄金和宝石、被盗的伦勃朗[①]作品、价值数百万的玉器。这些东西就在那里，距离温切斯特[②]只有几英里[③]，信不信由你。"

"你怎么知道这么多？"

"我们进去房子里好多次了，"波佩说，"我们把传声器钻进墙里面，还在电灯开关里装了摄像头。"

"都是些你知道的把戏。"道格拉斯说。

"连保险库里也一样？"

波佩摇摇头。"我们从没能进到保险库里。"

"不过放在别处的东西也够多了，"道格拉斯说，"我闯进去的时候，台球桌上放着一幅凡·艾克[④]的画。"

"你闯进去的时候？"

---

① 伦勃朗（Rembrandt, 1606—1669）：17世纪欧洲最著名的画家之一。

② 温切斯特（Winchester）：英国南部城市，曾是英国首都。

③ 1英里约等于1.6千米。

④ 凡·艾克（Van Eyck, 约1390—1441）：15世纪北欧文艺复兴时期画家。

“当然了，我有帮手，波佩和一个特别舟艇中队[①]的小子。”

“你还会私闯民宅，波佩？”伊丽莎白对年轻女人说，她坐在窗台上，晃荡着双腿。

“我只是穿上黑色衣服，按照指令做事。”波佩说，换了个更舒服的姿势。

“嗯，这句话总结了安全部门的所有工作。”伊丽莎白说，“这么说，你们两个，还有一些相关友好人士，闯进了那座塞满宝贝的房子？”

“一点儿没错，”道格拉斯说，“就是四处看看，你了解的吧？彻底检查一番，拍几张照片，迅速撤离，神不知鬼不觉。都是些我和你以前做了上百次的事。”

“明白了。你待在一个只有两把扶手椅、卧室上了挂锁的公寓里，想让生活非常幸福的前妻保护你的事，跟你说的这些有什么关系？”

“可以说，这些正是我的小麻烦开始的地方，没错。准备好了吗？”

“快讲吧，道格拉斯。”伊丽莎白说，直视着他的眼睛。他眼里的光芒丝毫未减。这光芒透露着和本人完全不相符的智慧和魅力。这光芒能让你和一个差不多小十岁的男人

---

① 特别舟艇中队（Special Boat Service）：英国皇家海军陆战队的特别侦察分队。

走进婚姻的殿堂，却在短短几个月后后悔。你很快意识到，这光芒其实是灯塔的光柱，警告你远离礁石。

“我能先问你一个问题吗？”坐在窗台上的波佩说，“在我们把一切告诉你之前？”

“当然可以，亲爱的。”伊丽莎白说。

“这里的人对你了解多少？照档案的内容看，我想应该很多吧？”

“是的，他们知道不少我的事，”伊丽莎白说，“我的好朋友们。”

“你的好朋友们是指乔伊丝·梅多克罗夫特、罗恩·里奇和易卜拉欣·阿里夫？”

“是的，你们的档案真详细，波佩。要是我告诉乔伊丝她进了档案，她一定开心得不得了。”

“往下进行之前，我想问问——我奉命问问，过去四个月里，你有没有违反过《官方机密法》？”

伊丽莎白大笑。“啊，天哪，有，一次又一次。”

“好的，我会记录下来。你的朋友们绝不能知道我和道格拉斯的事，这非常重要。你至少能保证这一点吧？”

“当然不能，我一走出这个房门就会告诉他们。”

“恐怕我不能允许你这么做。”

“我看你别无选择，波佩。”

“你比大多数人更清楚，长官，我得服从命令。”

"波佩——第一，叫我伊丽莎白。第二，两个星期了，我从没见你记住客人点的菜，也可以说'命令'[①]，为什么现在要改变呢？好了，让我们听听故事，我再告诉你是否接受任务，然后我会告诉我的朋友们，不过你完全不必担心。"

道格拉斯轻轻笑起来。"这么说，你的朋友们知道你的所有事？"

"所有他们应该知道的事，没错。"伊丽莎白说。

"他们知道你是伊丽莎白爵士吗？"

"当然不知道。"

"这么说，不是所有事？"

"不是所有事。"

"你上次用到爵位是什么时候，伊丽莎白？"

"为了借一辆摩托车，迅速从科索沃脱身。你上次用到爵位是什么时候，道格拉斯爵士？"

"为了弄到《汉密尔顿》[②]的演出票。"

伊丽莎白的手机响了，这不寻常。她低头一看，是乔伊丝打来的，这就更不寻常了。

"抱歉，我必须接这个电话。"

---

① 英文中的"命令"和"点菜"是同一个单词 order。

② 《汉密尔顿》（*Hamilton*）：百老汇音乐剧，根据美国开国元勋之一、美国第一任财政部长亚历山大·汉密尔顿（Alexander Hamilton, 1755—1804）的人生经历改编，2015 年首演。

7

从某种程度上来说，你不得不佩服康妮·约翰逊的自信，她做事有点个人风格。监视纯粹是浪费时间，他们要想抓住康妮，必须想个无比聪明的办法。不过，这个无比聪明的办法究竟是什么，总督察克里斯·哈德森暂时还想不出来。更痛苦的是，他此刻正在健身脚踏车上。

在健身房的所有器械中，脚踏车是最适合他的。首先，你可以坐着，而且使用它的时候可以看手机。你可以按自己的节奏来——慢慢悠悠是克里斯的节奏——当穿着运动背心的肌肉男或者穿着紧身衣的肌肉女从旁边经过，你还可以随时加速，达到吸引眼球的目的。克里斯在费尔黑文警局的许多同事都来这个健身房锻炼，他经常看见他们，他的级别在这里似乎失去了意义。前几天，有个警员拍了拍他的后背，说："加油，兄弟，你一定行。"兄弟？下一次当克里斯需要找人看完汽修厂三天内的二十四小时监控录像时，这个年轻的警员就会明白谁是他的兄弟了。

克里斯此刻能看见督察泰瑞·哈利特，他正赤裸着上身做引体向上。老天！

克里斯坚持蹬着脚踏车，身上穿的是宽松的T恤和肥大的短裤。短裤？这就是收获[①]。当然了，他是为了帕特里斯而蹬，因为差不多两年时间里，第一次有女人定期看到他裸体的样子，虽然总是在很暗的光线中，足够他蒙混过去，但还是要坚持蹬下去。目前为止，一切还不错。克里斯很开心，帕特里斯*看上去*也很开心。如果不开心，她会说出口吗？这个嘛，克里斯觉得起码她不会一直和自己交往了。不管怎样，努力吃得更健康，努力减肥，努力在松软的外表下雕琢一点儿肌肉，终归不会有什么坏处。

克里斯和帕特里斯的关系还处在早期阶段，还是属于缠绵的阶段。也许六个月后，他们真正相爱了，他可以放心地把肉长回来，但是现在必须坚守在健身房。

健身脚踏车真是精密，布满了旋钮和按钮，可以增大阻力，可以模拟爬坡模式，可以测量心率，还可以测量完成的路程、时间和消耗的热量。克里斯关掉了大部分数据显示。心率监测器太恐怖了，克里斯看到的数字简直不可能是真的。热量计算器最糟糕，蹬了六英里的脚踏车，才燃烧了一百卡路里？六英里啊，只燃烧了半块特趣巧克力？想想就难受。

---

① 第一部第19章中提到，克里斯从1987年开始就没穿过短裤了。

所以，他选择观看电视屏幕上的一档鉴宝节目，差不多每隔四十五秒抬眼看一下健身房墙上的时钟，祈祷时间快点过去。

电视上有个老人难以掩饰失望的表情，他的瓶中船估值才六十英镑。就在这时，克里斯的手机响了。他一般不喜欢在健身房接电话，但他看到是唐娜打来的。跟康妮·约翰逊有关？但愿如此。

克里斯调慢了已经很慢的速度，拿起手机。

“唐娜，我在脚踏车上，像兰斯·阿姆斯特朗[①]，不过没有……”

“长官，能来趟医院吗？”

唐娜叫他“长官”，看来是个案子。

“当然，怎么了？”

“抢劫，非常严重。”

“明白了。为什么非得我去？”

“克里斯，”唐娜说，“被抢的是易卜拉欣。”

克里斯还没挂电话，已经跑了起来。

---

① 兰斯·阿姆斯特朗（Lance Armstrong, 1971— ）：美国前职业自行车运动员，1997 年战胜睾丸癌，1999—2005 年连续七年获得环法自行车大赛冠军，2012 年因使用兴奋剂问题被剥夺七连冠头衔，并被终身禁赛。

8

乔伊丝握着易卜拉欣的左手，在他说话时捏得紧紧的，伊丽莎白握着他的另一只手。罗恩靠着远处的墙，和病床上的朋友保持尽可能远的距离。罗恩眼里有泪水，乔伊丝以前从没见过，那就随便他站在什么地方吧。

易卜拉欣鼻子插着管子，身上缠着厚厚的绷带，脖子套着颈托，手臂打着吊针。他的脸上没有一丝血色，看上去虚弱、惶恐，乔伊丝这才意识到他的样子多么苍老。

好在他的意识还清醒。他被支撑着坐起来，慢慢地、轻轻地说着话，显然很痛苦，但还能说话。

乔伊丝靠上前，想听清易卜拉欣在说什么。

“知道吗？可以在手机上支付停车费了，非常方便。”

“以后还会出现什么呢？”乔伊丝问，又捏了捏他的手。

“易卜拉欣，”伊丽莎白说，乔伊丝第一次听到她的声音这么温柔，“恕我直言，我们不想听什么停车费，我们想知道这是谁干的。”

易卜拉欣用尽全力点点头，忍住疼痛微微吸了口气。他从伊丽莎白紧握的手中抽出自己的手，拼命想抬起一根手指，最终放弃了。“好吧，不过那个应用程序真的非常巧妙，你只用……”

房门突然打开，克里斯和唐娜冲了进来，直奔到病床跟前。

“易卜拉欣！”唐娜叫道。

乔伊丝让唐娜握住易卜拉欣的手，他们都轮流握过了。克里斯走到床的另一边，敲着床头板。他低头看着易卜拉欣，挤出一个笑脸。

“你让我们担心了一小会儿。”

易卜拉欣有气无力地朝克里斯竖了竖大拇指。

“我们应该看看另一个家伙，对吧？”唐娜说。

“你们应该抓住另一个家伙，这才对。”伊丽莎白说。

“是啊，抱歉，伊丽莎白，”克里斯说，“我们进房间九秒钟了还没能破案。”

“别吵架，”乔伊丝说，“别在医院里吵架。”

“你能说话吗，易卜拉欣？”唐娜问，易卜拉欣点点头。“不管那些家伙是谁，我们一定会找到他们，把他们带到审讯室，关掉摄像头，保证让他们后悔。”

“这才是我的好孩子，”伊丽莎白说，“这才是真正的警察。”

“离你们警局一百米，结果发生这种事，”罗恩说，一根手指朝克里斯戳戳点点，“你们却在外头抓那些把垃圾丢错垃圾桶的人。”

“好了，罗恩。”乔伊丝说。

“我在健身房。”克里斯说。

“哦，这就解释得通了。”罗恩说。

“这解释不了什么，罗恩，”伊丽莎白说，“所以别出声，让克里斯和唐娜完成他们的工作。”

克里斯朝伊丽莎白点点头，然后坐到床边，看着易卜拉欣。“老兄，只要你还记得什么，无论什么，都对我们有帮助。我知道一定很模糊了，哪怕一点儿细节都可以。”

“别勉强自己。”乔伊丝说。

易卜拉欣又点点头，开始说话，语速很慢，偶尔疼得太厉害，他会停顿一下。

“我记得的不多，克里斯。你是了解的，正常情况下我很擅长记细节。”

“当然，老兄，没关系，什么都可以。”

“一共三个人，两个白人，一个亚裔——我感觉是孟加拉人。”

“太棒了，易卜拉欣，”克里斯说，“还有吗？”

“三个人都骑车，一辆卡雷拉[①]火神，一辆诺克[②]风暴

① 卡雷拉（Carrera）：意大利公路车品牌。
② 诺克（Norco）：加拿大自行车品牌。

4，第三辆的牌子恐怕不太确定，可能是巫毒[1]班图人。”

“好的……”克里斯说。

“三个人都穿着连帽衫，一个穿的是耐克，衣服深红色，拉绳白色，另两个穿的是全黑的阿迪达斯。他们的运动鞋是白色锐步、白色阿迪达斯，我忘了第三双是什么。”易卜拉欣满怀歉意地看着克里斯。

“好的，明白了。”克里斯说。

“我还记得其中一个白人男孩戴着一块手表，米色表带，蓝色表盘，另一个白人男孩左手上有三颗星星的文身。孟加拉男孩右脸下方有痘疤。白人男孩中的一个有剃须后留下的疹子，不过这一点没意义，我想这种疹子一天之内就会消掉。另一个的牛仔裤上有个大口子，可以看见大腿上文身的最下部，看上去像足球队徽，我想是布莱顿和霍夫阿尔比恩[2]。我还认出了字母‘r–e–v–e–r’，可能是‘forever’[3]，当然了，我不能保证。恐怕我记得的就这么多，有点迷糊了。”

乔伊丝笑了，这就是她的易卜拉欣。

“嗯，说真的，”克里斯说，“比我预想的要多。我们会在某个地方的监控上找到他们，然后找到那些自行车。我们会为你抓住他们。”

---

① 巫毒（Voodoo）：美国自行车品牌。

② 布莱顿和霍夫阿尔比恩（Brighton and Hove Albion F.C）：英格兰足球俱乐部名，一般简称为布莱顿足球俱乐部，球队队徽为一只海鸥。

③ 意思是“永远”。

“谢谢，”易卜拉欣说，“对了，我知道攻击我的那个人叫什么，有帮助吗？”

“你知道他的名字？”

“我躺在那儿的时候，他们大声叫‘瑞安，快走’。”

“瑞安，快走？”唐娜说。

“那就是你们要找的人，”罗恩说，“就在那儿。不要像无头苍蝇乱飞乱撞了，去把瑞安抓起来。”

“如果把费尔黑文每一个有犯罪记录的瑞安都抓起来，我们需要更多牢房。”克里斯说。

一个护士走进来，乔伊丝熟悉她脸上的表情。她站起身。

“大家该走了，让护士继续她们的工作。”

大家轮流上前，轻轻拥抱、亲吻易卜拉欣，开始往外走，只有罗恩留了下来。

“走吧，罗恩，”乔伊丝说，“我们带你回家。”

罗恩不停地倒换着两只脚。

“呃……我留下。”

“你留在这里？”

“是的，我只想……嗯，他们会给我支一张折叠床，他们说我可以留下。”罗恩耸耸肩，看上去有点不好意思，“和他做个伴。我带了 iPad，可以看部电影。”

“有部韩国电影，我一直想看。”易卜拉欣说。

“不看那种。”罗恩说。

乔伊丝走到罗恩跟前，给了他一个拥抱，感觉到他的尴尬。“照顾好我们的小伙伴。”乔伊丝走出病房，房门在她身后关上，她看见克里斯和唐娜正在跟伊丽莎白谈事情。

“手机是一把抓走的，没办法做法医鉴定，”克里斯说，“从我听说的情况看，没有目击证人。案发地没有监控，他们肯定清楚。根据易卜拉欣的描述，我们确实能找到他们，但审讯时他们可以狠狠笑话我们一番。”

“然后大摇大摆地离开，对其他人做同样的事。”唐娜说。

“他们对易卜拉欣做了这种事，”伊丽莎白说，“你们要放过他们？”

克里斯朝周围扫视了一圈，确定没有外人。“我们当然不会放过他们。”

“哦，太好了。”乔伊丝说。

“我们会把他们抓起来，我向你保证。我们会浪费他们一点儿时间，除此之外，我和唐娜什么也做不了。”

伊丽莎白看着他。“应该是‘唐娜和我’，克里斯，要提醒你多少遍才行？”

克里斯没理会她。“不过，我太了解你了，我认为有些事也许你们能做，伊丽莎白。你，乔伊丝和罗恩。”

“说下去，”伊丽莎白说，“我听着呢。”

克里斯转向唐娜。“易卜拉欣描述的人听起来像谁，唐娜？名字，衣服，还有文身。”

“我听着像瑞安·贝尔德，长官。”

克里斯点点头，转身面对伊丽莎白。“我听着也像瑞安·贝尔德。”

“瑞安·贝尔德。”伊丽莎白说。这一句是肯定，不是疑问，而且被牢牢锁进地牢，永远不可能逃出来。

“我们现在出发，逮捕他，审讯他，得到一连串‘无可奉告’的回答，然后只能放他走。他脸上挂着一丝得意的笑，心想这次又脱身了。”

“哦，他这次脱不了身，”伊丽莎白说，“伤害易卜拉欣的人绝不可能脱身。”

“我就希望你这么说，”克里斯说，“你们四个对我们有多重要，你是知道的，对吗？”

“对，”伊丽莎白说，“你们两个对我们有多重要，希望你们也明白。”

“我们明白。”唐娜说，“好了，让我们去逮捕瑞安·贝尔德吧，愿上帝保佑他的灵魂。”

“我想连上帝也帮不了他。”乔伊丝说，她看见医院的护工推着一张折叠床进了易卜拉欣的病房。

9

伊丽莎白发现自己很难集中注意力。昨晚看见病床上的易卜拉欣，他身上连着管子，就跟彭妮以前一样。她不想再失去任何人了。

可是她必须保持头脑清醒。她正穿过库珀斯·切斯高处的树林，身边是道格拉斯·米德尔米斯，她的前夫，她的新任务，一个她从不希望得到的任务。道格拉斯的身边死过很多人，太多人了。

她为什么和他结婚？这个嘛，他求婚的时候正好是她感觉应该结婚的时候。而且，他虽然危险，倒也体贴，至少假装很体贴。再说了，她在那个时代也不是没有杀过人。如果瑞安·贝尔德现在在她面前，她很可能在名单上增添一个新名字。

拖着脚步跟在他们身后的是波佩，她戴着套头耳机，很愉快的样子。这是他们之间达成的妥协方案。道格拉斯必须在波佩的视线范围之内，但是道格拉斯可以和伊丽莎白自由交谈。

“都是例行公事的做法，”道格拉斯说，“拍照，进入任何可以进入的地方，然后迅速撤离。待在洛马克斯房子里的时间不能超过半小时，他很少出门，所以我们必须速战速决。”

伊丽莎白停了一会儿，看着眼前的风景。下方是库珀斯·切斯，房子，小湖，连绵起伏的田野。上方是墓地，埋葬着修女。几百年里，修女们曾把这个地方称为“家”。波佩仍旧跟在他们身后，她也停了下来，看着同样的风景。

“结果你搞砸了？”

“我不清楚搞没搞砸，反正两天后，我们通过某些渠道收到一条消息。马丁·洛马克斯联系上了我们。”

“他联系上了？”伊丽莎白说，他们继续往前走，“接着说。”

“他们说的尽是些骂骂咧咧的话。非法侵入私宅，人权，公然蔑视法律，等等，等等，一全套，总之就是严厉斥责，你熟悉这些套路的。”

“他怎么知道是军情五处[①]干的？”

“这个嘛，我想有上百种原因。动过的东西绝不可能完全原封不动地放回原地，对吧？只要是留心的人，肯定能看出来。还有，谁会闯进别人家却什么也不偷？在今天这

① 军情五处（MI5）：英国国家安全局，负责英国国内情报事务。

个时代，亲爱的，只有我们。”

山上更高的地方传来施工的噪声，库珀斯·切斯开发项目的最后一部分正在建设中。道格拉斯在一棵老橡树旁停下脚步，树干上有个空洞，他轻轻拍了一下。

“这个，可以当完美的密信传递点，是吧？”他说。

伊丽莎白看了看橡树，也有同感。她的密信传递点遍布全世界，矮墙上松动的砖块后面、公园长凳下的钩子、老商店里无人问津的图书，只要能让一个特工把东西完全藏起来，另一个特工能在不引起怀疑的情况下拿到手，任何地方都可以当作密信传递点。这棵树要是长在华沙或者贝鲁特，那就太完美了。

“还记得我们在东柏林用过的那棵树吗？公园里的。”道格拉斯问。

“是西柏林，对，记得。”伊丽莎白说。年纪差不多大十岁，但记忆力却更敏锐，她喜欢这样的胜利。

他们欣赏完橡树，道格拉斯继续往下讲。

“就这样，洛马克斯愤怒大骂，骂得我们毫无还嘴之力，因为我们本来就不应该进他家，他明白这一点，我们也明白这一点，然后他扔了个炸弹。”

“炸弹？”

“炸弹。”

“这个炸弹是你待在这里的原因？”

道格拉斯点点头。“马丁·洛马克斯在那儿骂得起劲，发起一轮又一轮攻势，然后他说：‘我的钻石在哪儿？’”

“钻石？”

“不要老是重复我的话，伊丽莎白，这是你的坏习惯。这个和出轨，你的两大恶习。”

“钻石是怎么回事，道格拉斯？”伊丽莎白说，保持步调往前走。

“他说房子里有价值两千万英镑的钻石，没有切割过的，是纽约一个生意人付给一个哥伦比亚集团的保证金。”

“在你们造访之后消失了？”

“蒸发了，这是他的原话。我不清楚他控告我们什么，总之他想要赔偿，大喊大叫，恨不得把房顶给掀了。后来我被叫去问话——很正常，也是按规章办事，我没有任何不满——我向他们说明了行动的情况：除我之外，还有一个小子，兰斯，特别舟艇中队的，为人可靠，军情五处很欣赏他；波佩负责在外面望风，等着搜查的人出来；我们没见过钻石，也没拿过钻石，那家伙一定是在诈唬。”

“他们相信你？”

“没理由不信。我们都能看出他玩的把戏，他想敲点竹杠，于是他们回复马丁·洛马克斯说‘抱歉，我们闯进你家，只是执行任务而已，老兄，别扯什么钻石了，让我们试着友好相处吧’。”

“他不接受？”

“坚决不接受。他发誓说这不是诈唬，还告诉我们如果拿不回钻石，哥伦比亚人随时会打断他的腿什么的，他问我们打算怎么做。”

“你们怎么做的？”

“我们什么也做不了。他们把我和团队的其他人关了几天，就是为了确保我们说的是真话，然后他们给马丁·洛马克斯回话说‘好了，朋友，到底有没有钻石，我们深表怀疑，就算真的有，那也是别人拿走了’。来来回回好几趟之后，他又扔了个炸弹。”

“天哪，道格拉斯，”伊丽莎白说，“两个炸弹。”

“马丁·洛马克斯说‘我送张照片过去’。照片到了，是监控录像的截图，从他房子的侧面拍到的。照片上正是鄙人，整张脸，清清楚楚，面罩摘了。”

“你把面罩摘了？”

“太热了，又很痒，你了解我的，伊丽莎白，而且现在的巴拉克拉瓦[1]全是人造纤维，真不知道羊毛材料都去哪儿了。总之我的脸全露出来了，他做了一些功课，弄清了我是谁，在照片下写道‘提醒道格拉斯·米德尔米斯，他有两周时间归还我的钻石。如果两周内没收到钻石，我会

① 巴拉克拉瓦（balaclava）：一种蒙面头罩，能遮掩头部和脖子，起源于克里米亚半岛的巴拉克拉瓦城。

告诉美国人和哥伦比亚人，钻石在他手上’。结尾还问候了一番。”

“这是什么时候的事？”

道格拉斯停下来，朝四周望望，自顾自地点点头，然后看向伊丽莎白。

“嗯……两周前的事。”

伊丽莎白噘起嘴。他们已经穿过树林，到了通往修女墓地的小路旁，她示意去前方的长凳那边。

“坐坐？”

伊丽莎白和道格拉斯走到长凳跟前坐下。

“这么说，你现在同时被纽约黑帮和哥伦比亚集团追踪？”

“祸不单行，是吧，亲爱的？”

“为了保护你，安全局安排你来这里？”

“这个嘛，说实话，是我自己的好主意。我读了关于你的档案，看到了你最近的冒险经历，看到了这个叫库珀斯·切斯的地方，突然觉得这里是个完美的藏身地。”

“那要看你藏什么了，”伊丽莎白说，抬头望向墓地，“不过确实完美。”

“你会帮忙保护我吗？调动附近的部队，让他们对不明危险保持警惕，但不透露原因？事情一解决，我马上离开这里。”

“道格拉斯，你没理由给我一个诚实的回答，尽管如此，但我还是要问，你偷了钻石吗？”

“当然偷了，亲爱的，它们就在眼皮底下，叫人无法抗拒。”

伊丽莎白点点头。

“我需要你保证我的安全，好让我有足够的时间取回钻石，然后带到安特卫普[①]换成现金。我还以为自己撞上了一场完美犯罪，不是吗？如果没摘掉那个该死的面罩，我已经到百慕大了，真的。”

“明白了，”伊丽莎白说，“钻石现在在哪儿，道格拉斯？”

“保住我的命，亲爱的，我会告诉你的。”道格拉斯说，“啊，我们的朋友赫敏·格兰杰[②]来了。”

波佩到了长凳跟前，指了指耳机，想问能不能摘下来。伊丽莎白朝她点点头。

“散散步挺开心吧，亲爱的？”伊丽莎白问。

“太开心了，”波佩说，“读大学时我们经常徒步旅行。”

“你听的什么？伦敦地下乐[③]？”

---

① 安特卫普（Antwerpen）：比利时西北部城市。

② 赫敏·格兰杰（Hermione Granger）：“哈利·波特”系列小说中的主要人物之一。

③ 伦敦地下乐（Grime）：一种音乐风格，又称英式说唱，21 世纪初起源于伦敦东区，大多带有强烈的情感宣泄。

“一个关于蜜蜂的播客节目，”波佩说，“要是蜜蜂死光了，恐怕我们也要完蛋了。”

“看来我以后要多多善待它们。”伊丽莎白说，“好了，波佩，道格拉斯劝我接受你提出的任务，我想我能帮上忙。”

“哦，好极了，”波佩说，“真让我松了口气。”

“不过，我有两个条件。第一，这种监视、保护的任务，如果有我那三个朋友帮忙，完成起来会容易得多。”

“这不可能，抱歉。”波佩说。

“哦，亲爱的，随着年龄增长，你会发现几乎没什么事是不可能的，这种事就更不用说了。”

“第二个条件呢？”道格拉斯问。

“嗯，第二个条件非常重要，比钻石重要，比道格拉斯重要。我可以接受这个任务，但我需要军情五处帮个忙。一个小忙，对我来说意义重大。”

“说说看？”波佩说。

“我需要一个年轻人的全部信息，费尔黑文的瑞安·贝尔德。”

“瑞安·贝尔德？”道格拉斯说。

“哦，道格拉斯，不要老是重复我的话，这是你的坏习惯。这个和出轨，你的两大恶习。”

伊丽莎白站起身，弯着胳膊肘，让波佩挽着她。

“能办到吗，亲爱的？”

“我想也许*能*，”波佩说，“可以问问原因吗？”

“不，恐怕不可以。”伊丽莎白说。

“那你可以向我承诺这个瑞安·贝尔德不会有危险吗？”

“哦，‘承诺’这个词太严肃了，不是吗？一起开心地散步回去吧，我可不想耽误你午餐的服务工作。”

10

乔伊丝的日记

我注册了Instagram，你知道那是什么吧?

乔安娜说服了我，她说你能看见各种人的各种照片。奈杰拉[①]、菲奥娜·布鲁斯[②]，什么人都有。

我今天早上注册的。它让我填一个“用户名”，我把全名敲了进去，结果显示“@乔伊丝·梅多克罗夫特已被占用”，我想真是凑巧啊，然后试了一下“@乔伊丝·梅多克罗夫特2”，结果也被占用了。

然后我想到了昵称，不过说真的，大多数人只是叫我乔伊丝。我记起以前当护士时的一个昵称，有个顾问医师总喜欢叫我“欢乐女神”[③]，不管什么时候遇见，他都会说:“啊，欢乐女神来了，她的美丽微笑传递着幸福。”听着真舒服，除了在给病人换导尿管的时候。

现在回想起来，我才意识到他是想和我宽衣解带。要

① 奈杰拉·劳森（Nigella Lawson, 1960— ）：英国美食节目主厨、美食作家。
② 菲奥娜·布鲁斯（Fiona Bruce, 1964— ）：英国记者、电视节目主持人。
③ 乔伊丝（Joyce）的名字有欢喜、快乐的寓意。

是当时领会了，我一定会答应他。人生总有一些没走成的路。

于是我试了“@欢乐女神”，不行。我加上了我的出生年份，改成“@欢乐女神44”，还是不行。然后我换上了乔安娜的出生年份，成功！一切都设置好了，我正式注册为“**@欢乐女神69**”，期待能收获一堆欢乐。我已经关注了毛毛骑手[①]和国家信托[②]。

坦白说，这件事很治愈。今天是周日，我常常在周日感到忧伤，这天的时间似乎比平时过得慢一点儿。我想是因为许多人都和家人一起度过这一天，餐厅里总是坐满了烦躁不安的侄女和令人失望的女婿。另外，周日白天的电视节目也不怎么好看，《淘宝记》反复重播，《新家要装修》停播，什么也没有。乔安娜说我可以看回放节目，她说得当然对，但不知为什么，这让我越发觉得孤单，我倒更希望她能来和老妈吃顿午饭。说句公道话，她有时确实会来，特别是调查谋杀案期间，她来这里的频率明显提高。谁又能责怪她呢？反正我不能。

没有了谋杀案，我想狗狗应该能吸引她，不过乔安娜可能会过敏。她小时候从没对狗过敏，但是人们只要一搬

---

① 毛毛骑手（The Hairy Bikers）：又译“大胡子饕客”，两位英国厨师的组合名，他们以烹饪和旅行相结合的形式制作了一系列电视节目。

② 国家信托（National Trust）：英国一个专门保护名胜古迹和自然景观的组织。

去伦敦，就好像开始对各种东西过敏了。

今天我打算坐出租车去趟费尔黑文，和罗恩、伊丽莎白一起去看易卜拉欣，这至少能让我打起精神来。我爱医院，那里就像机场。

我给易卜拉欣买了《星期日泰晤士报》，之前在他公寓里看到过。我的天，这报纸也未免太沉了吧。为了减轻重量，我拿掉了我认为他不感兴趣的部分，那也只是时尚版和插页上一篇关于爱沙尼亚的特别报道，所以几乎没什么区别。我还给他买了一些鲜花和一大块牛奶巧克力，受广告影响还买了一罐红牛。

我知道其他人看到他浑身淤青、扎着绷带的样子都吓坏了，但我感到庆幸，还好只伤成了这样。听到他说话，我真的放心了，放心之后感觉有一点儿无聊，易卜拉欣嘛，你懂的，不过无聊也是一种愉快的感觉。

我想说的是，我见过更严重的伤情，严重得多得多，细节我就不描述了。

上周五去那里的路上，我安慰罗恩和伊丽莎白，没什么好担心的，他们非常及时地发现了他，有人会好好照看他。其实我也害怕最坏的状况，有些伤是永远无法愈合的。当然了，罗恩和伊丽莎白不是傻子，他们明白我只是说说安慰的话而已，但这并不代表安慰不重要。不管什么时候，总要有人保持冷静，这次轮到我来当这个人。

回家后，我大哭了一场，我相信他们俩也哭过，但是当我们在一起的时候，每个人都表现得十分坚强。

顺便提一下，我知道刚刚说的都是身体上的直接伤害。我意识到，等发生的事慢慢沉淀下去，易卜拉欣将面对一条艰难的道路。他非常睿智，但也非常脆弱，也许他睿智是因为他脆弱，是因为他什么都往心里放。啊，我的口气倒像是精神病医生了！我想我的话太多，当不了精神病医生，病人的钱花得不值得。

对了，到底是精神病医生还是心理治疗师？我不记得易卜拉欣是怎么称呼自己的，今天去问问他，我真的非常非常期待见到他。有一点我知道，他出院回来后，身边一定要有好朋友的陪伴，而我能保证做到。

还有一点我能保证：那个男孩，抢了我朋友的手机，踢了我朋友的脑袋，自己跑了，扔下我朋友等死，他会后悔来到这个世界上。

我想精神病医生并不鼓励复仇。我不了解，但我猜他们会宣扬宽恕，Facebook[①] 上有类似的经典语录。不管怎样，对于这个问题，我和精神病医生持不同意见。

也许瑞安·贝尔德的成长经历很不幸。也许他爸爸或

① Facebook：中译名为“脸书”或“脸谱”，一款在线社交网络服务平台，2004 年成立，主要创始人为马克·扎克伯格（Mark Zuckerberg）。现更名为 Meta。

者妈妈抛弃了他，或者他们都抛弃了他；也许他染上了赌瘾、遭到霸凌、无法融入人群。也许所有这些都是事实，也许有人会同情瑞安·贝尔德，给他解释的机会，但是我不会，罗恩不会，伊丽莎白也不会。不管瑞安有多么好的运气，这次绝对逃脱不了。

真想尝尝这块牛奶巧克力啊，无法向你形容我现在承受着多大的诱惑。我知道易卜拉欣一拿到它就会分给我尝尝，可是你能理解被它直勾勾盯着的感觉吧？我应该给他买葡萄，这样我就不会受到诱惑了。

我现在就吃一点儿巧克力，你觉得可以吗？出租车来之前，我会迅速冲进商店，再给他买一块。皆大欢喜，不是吗？

我看到 **@ 欢乐女神 69** 已经在 Instagram 上收到了几条私信。这么快！等我回来再仔细看看。太激动了！

11

来自《星期日电讯报》的女人十分友好，但马丁·洛马克斯认为这只是出于职业需要。他们四下走走，她温柔地赞美他的秋牡丹，抚摸着观赏性的黄杨树篱。

“我是说，我见过不少漂亮的私家花园，洛马克斯先生，你这个真的是最棒的，位居首位，怎么会埋没到现在呢？”

马丁·洛马克斯点点头，他们继续漫步，她好像很喜欢说话。这是个漂亮的花园，他心里明白。砸了那么多钱，确实应该漂亮。但是是最棒的？位居首位？太浮夸了。当然，这是她的工作。

“对称结构很耐人寻味，它是慢慢舒展开的，对吧？慢慢显露出真容。你知道威廉·布莱克[①]的那首名诗吗，洛马克斯先生？”

马丁·洛马克斯摇摇头。他曾经杀过一个诗人，他和

① 威廉·布莱克（William Blake, 1757—1827）：英国浪漫主义诗人。这里的名诗指布莱克的代表作《虎》（*The Tyger*），下文引用部分并非原句。

诗歌的交集仅限于此。

“老虎，老虎，黑夜中，火焰一样非常非常明亮，永垂不朽的对称之美啊，汝拥有。”

马丁·洛马克斯又点点头，感觉自己应该发表一点儿“好诗”之类的看法，以防她怀疑他心理变态。他读过《精神病测试》①。

“好诗。”

他早就想登上《星期日电讯报》的“英国最佳花园”增刊了。他看见远处树篱下的摄影师正对着上方拍天空，天空一朵云也没有，一定是张美照。那片树篱下埋着一个箱子，箱子里装着应急用的五十万美元。永远不要把所有钱放在一个地方。

“本周你将第一次举办开放花园活动？”记者问。

马丁·洛马克斯点点头。他充满期待，期待向世人炫耀他创造的成果。他可以从楼上的窗户看着享受乐趣的人群。如果有人乱来，他会干掉他们，除此之外的其他人都会受到热烈欢迎。

“我们打算在报道里称呼你‘商人’，合不合适？我读了所有关于你的介绍——私人保险服务，对吧？我担心这个容易造成困惑，‘商人’通常很适用。如果是女性，那就

---

①《精神病测试》（*The Psychopath Test*）：威尔士裔美国作家乔恩·容森（Jon Ronson, 1967— ）的作品，书中列举了精神病患者的行为特征。

用‘妈妈企业家’。有时候我们会说‘某财产的继承人’。你觉得‘商人’可以吗？”

马丁·洛马克斯点点头。今天下午有个人要来家里。这个人刚刚同意花一千两百万美元购买一些退役的防空导弹，还计划劫持一匹赛马作为保证金。

“菊花真好看，”女人说，“精致。”

在马丁·洛马克斯看来，劫持的赛马并不是理想的保证金，但只要双方都满意这种安排，他的围场里有的是马厩。他以前和这个人做过生意，发现他粗暴却可靠。开放花园活动期间，马丁·洛马克斯会叫当地的童子军摆一个小摊，提供茶水什么的。他注意到人们需要茶水，他们对那玩意儿着迷。

“道恩，”记者朝摄影师喊，“能拍拍这个覆盖物[①]吗？从克里特岛[②]进口的。”

不过茶水摊不能出现塑料水瓶，有人会投诉，他可不想因为任何事破坏掉美好的体验。经过一番认真考虑，他意识到必须让人群远离马厩，以防万一。当然了，还要远离房子，这点不用多说。再就是远离化粪池里的尸体，应该没人会靠近那种地方吧？也不允许随便乱挖，有些地方

① 覆盖物（mulch）：覆盖在土壤上的材料，一般由干草、树皮、堆肥等构成，起保湿、保温、增强肥力的作用。

② 克里特岛（Crete）：希腊第一大岛。

埋着手榴弹。可他想破脑壳也不记得埋在哪里了，但他知道是个安全的位置，他还把位置写在了什么地方。威尼斯凉亭下面？回想起来，他甚至不记得那些手榴弹是谁的，他为什么同意埋了它们，这是年龄增长带来的正常现象。

“我们不需要任何生平细节，洛马克斯先生，但读者有时候喜欢这些。可以提一下妻子吗？孩子？”

马丁·洛马克斯摇摇头。“就我一个人。”

“完全没问题，其实花园才是重点。”

马丁·洛马克斯点点头。见过买防空导弹的人之后，他必须处理另一件事——擅闯私宅，到目前为止他应付得相当顺利。说真的，没事别跟军情五处打交道，他明白这一点，他宁愿跟他们交朋友，也不愿当敌人，可是两千万毕竟是两千万。他确信有人最后会丧命，他只想确保那个人不是他。

“请问能不能用一下你的洗手间？”记者问，“来时的路长，回去的路也长。”

“当然可以，”马丁·洛马克斯说，“库房里有一个。看见了吗，喷泉后面？我想那里没有卫生纸，手头有什么就用什么吧。”

“哦，看见了，好的，好的，”记者说，“看来不能冒昧进房子里。”

马丁·洛马克斯又摇摇头。“库房更近。”

除非谈生意，否则谁也别想走进他的房子，谁也别想。一开始是借洗手间，到后来不知道会发生什么。军情五处以为他们这样闯进来就算了？我们等着瞧。马丁·洛马克斯的朋友无数，有沙特王子，有一个独眼哈萨克人带着一只独眼罗威纳[①]。不管是哈萨克人，还是罗威纳，都能瞬间将人撕成碎片。没有他的邀请，谁也别想进房子里。

马丁·洛马克斯又朝花园扫视了一圈。他真幸运，住在这么美的地方。仔细想想，这世界还是挺美好的。暂时想到这里吧，他还要操心防空导弹的事。也许还应该为开放花园烤制一些饼干，或者布朗尼蛋糕。

他听见老旧的马桶冲水的声音，远处有直升机靠近，传来了第一声轰鸣。

白巧克力加覆盆子？他确定人们会喜欢的。

① 罗威纳（Rottweiler）：一种大型烈性犬，特别适合作为护卫犬。

12

“事情简单说就是这样，没必要大惊小怪，没必要张大嘴巴看着我。”

伊丽莎白讲完故事，往后靠在矮椅子的椅背上。一时间，唯一的声响是易卜拉欣的心脏监测器。

“钻石？”易卜拉欣说，在病床上撑起身子。

“是的。”伊丽莎白说。

“价值两千万英镑的钻石？”罗恩说。听故事的时候，他一直站着没动，现在来来回回踱着步子。乔伊丝从家里给他带了干净的内裤，他老老实实地在残疾人卫生间里换了，尽管之前的内裤完全还能应付一天。

“是的，”伊丽莎白说，翻了个白眼，“还有明知故问的问题吗？”

易卜拉欣、乔伊丝和罗恩相互看了看。

“他是你的前夫？”易卜拉欣说。

“对，他是。”伊丽莎白说，“恕我直言，三位，这样太没劲了，能不能问一点儿我没讲过的内容？”

“我们会见到他……”罗恩问，“本尊？”

“很不幸，是的。”伊丽莎白说。

罗恩和易卜拉欣惊讶地摇着脑袋，伊丽莎白转向乔伊丝。

“乔伊丝，你真安静，没什么想问的吗？钻石？前夫？黑手党？哥伦比亚人？”

乔伊丝往椅子前面挪了挪。“嗯……我有很多很多话想说，非常高兴能见到道格拉斯，我猜他一定很帅。他帅吗？”

“有点帅得太明显了，”伊丽莎白说，“希望你懂我的意思。”

“啊，我当然懂，”乔伊丝说，“对我来说，再怎么明显也不为过。”

“但是没有斯蒂芬帅。”伊丽莎白说。

“哦，没人比斯蒂芬帅。”乔伊丝说，“坦白说，其实我从头到尾一直在想波佩的指甲，这下解释通了。”

“是的，真相大白了。”伊丽莎白说。

一个护士走进病房，往易卜拉欣的水壶里加水，朋友们安静下来，点头表示感谢。护士出去了。

“我是传统型的帅。”易卜拉欣说。

“你现在这样子跟帅沾不上边。”罗恩说。

“这么说，你想让我们看着他？”乔伊丝问，“像保镖一样？”

“跟保镖不一样，乔伊丝。”伊丽莎白说。

“可是我们得保护他的人身安全。”罗恩说。

“好吧，就算保镖吧，罗恩，你想怎样就怎样。”

罗恩点点头。“对，我确实想当保镖。”

“好了，邀请已经发出，”伊丽莎白说，“如果你们太忙，可以拒绝。”

“我可以挤出时间，”罗恩说，“有报酬吗？”

“某种意义上来说，有，”伊丽莎白说，“道格拉斯和波佩答应向我们提供瑞安·贝尔德的信息。”

“瑞安·贝尔德？”罗恩问。

“抢易卜拉欣手机的那个男孩。”乔伊丝说。

“哦。”易卜拉欣说。

“瑞安·贝尔德，”罗恩说，“瑞安·贝尔德。”

“我不想……我不想知道他的全名，”易卜拉欣说，“知道了他的全名，想假装一切都没发生就更难了。我不想……对不起，我拿不定主意。”

“我懂，”伊丽莎白说，“我理解，我们来解决。”

“复仇正是你所需要的，”罗恩说，“打一顿，关起来，伊丽莎白有什么办法全都使出来。”

“我并不赞成复仇。”易卜拉欣说。

“我知道。”乔伊丝轻声说。

“反正我赞成。”罗恩说。

“我也赞成，”伊丽莎白说，“我看事情就这么决定了。好了，我们不要再提他的名字了。”

房间里突然安静下来。易卜拉欣往后仰头，微微露出痛苦的表情。

“你觉得道格拉斯把钻石弄到哪儿去了？”易卜拉欣问。

“我不知道，”伊丽莎白说，“不过感觉寻找的过程会很有趣。”

“我们把它们找出来，然后卖掉。”罗恩说。

“哇，太好了！”乔伊丝说，“两千万，四个人分！”

“我们对马丁·洛马克斯了解多少？”易卜拉欣问。

“非常少，”伊丽莎白说，“如果决定保护道格拉斯，我想我们应该多挖掘一点儿信息。”

“我和罗恩今晚可以用 iPad 查，”易卜拉欣说，“小小研究一下。”

“你又要留下来，罗恩？”乔伊丝问。

“嗯，再住一晚，就这样。我可以和护士们调调情，她们沏的茶很好喝。”

“我给你多带几条内裤。”乔伊丝说。

“说实话，没必要。”罗恩说。

13

警员唐娜·德·弗雷塔斯和总督察克里斯·哈德森坐在B审讯室里，他们的对面是瑞安·贝尔德。他装出一副无所谓的样子，装得很失败。他的律师穿着西服，这身西服脏得应该出现在干洗店，而不是在费尔黑文警局里。他是怎么想的才会穿这么一身衣服？他竟然戴着婚戒！怎么可能？做男人真是容易啊。唐娜在自己身上如此下功夫，还是单身，而眼前这个男人……算了。

“周五你在哪里，瑞安？”克里斯问，“大约五点到五点十五分之间？”

“我忘了。”瑞安说。

他的律师做着笔记，或者假装做着笔记。很难想象这有什么可记的。

“你的茶怎么样？”唐娜问。

“*你的*茶怎么样？”瑞安回复。

“还不错。”唐娜说。

“很好。”瑞安说。

看看他，满脸青春痘，故意逞强，真的还是个孩子，迷失的男孩。

“你有辆自行车，瑞安，”克里斯说，“诺克风暴 4？”

瑞安·贝尔德耸耸肩。

“耸肩是因为我说错了，还是因为你不知道有没有？”

“我没有自行车，无可奉告。”瑞安说。

“你只能二选一，瑞安，”唐娜说，“不能既回答问题，又说无可奉告。”

“无可奉告。”瑞安·贝尔德说。

“好多了，”唐娜说，“不难做到，对吧？”

“有个男人遭到抢劫，瑞安，在阿普尔比街上，”克里斯说，“手机被偷，躺在地上的时候脑袋被人踢了一脚。”

“无可奉告。”瑞安说。

“我没问你问题。”克里斯说。

“无可奉告。”

“这也不是问题。”

“他八十岁了，”唐娜说，“很可能丧命。你想知道吗？他活下来了。”

“你看，这才是个问题，”克里斯说，“你想知道吗？”

“不想。”瑞安说。

“嗯，终于有点实话了。好了，摄像头拍到了你和你的两个同伴，在西奥多街上。那是抢劫发生一两分钟后，五点十七分。我们可以看见你在这里，骑着一辆诺克风暴，自行车可能是你的，也可能不是。”

克里斯把一张照片递给瑞安。“我正在向瑞安·贝尔德展示第 19 号照片。”

“这是你吗，瑞安？”唐娜问。

“无可奉告。”

“不管是不是，”瑞安的律师说，“出现在案发现场附近并不违法。”

这句话在空气中停留了片刻。克里斯一边思考，一边用笔敲了几下记事本。

“行了，我们就到这里吧。”克里斯说着突然站了起来，唐娜看见律师眼里的惊讶，“下午四点五十七分，审讯结束。”

克里斯走到门前，打开门，示意瑞安和律师离开。瑞安先出了门，律师却止住了脚步。

“在走廊稍等一下，瑞安，”律师说，“我马上就来。”

瑞安拖着脚步走了。一等到听不见脚步声了，律师立刻压低嗓门儿和克里斯说话。

“这是你们的全部证据？除了监控录像，肯定还有别的吧？”

“确实还有别的。”克里斯说。

律师把脑袋歪向一边。“所以这是什么意思？圈套吗？

你明白的，如果打算再次审讯他，向他展示别的监控录像，或者引入证人，那我现在就要知道。”

“我明白，”克里斯说，“我没打算给他看别的录像。”

“不搜查他的公寓？”

“不了。”克里斯说。

“不找找另外两个男孩？”

唐娜此时和律师并肩站着，留意到他的衬衣领上有一圈污渍。让唐娜欣慰的是，克里斯自从跟她妈妈约会以来，开始稍稍关注自己的外表了。有一些男人，你可以放手让他们自己穿衣打扮，有一些男人则万万不行。克里斯介于两种状态之间，不久之后他一定能实现“穿衣自由”。

“有什么意义呢？”克里斯问。

“意义？”律师问。

“是啊，有什么意义？我们没有足够的证据给他定罪，你是知道的，我们也知道，天晓得瑞安脑子里想些什么东西，但我猜他也知道，小混蛋。”

“抱歉，你叫他什么？”律师说。

“我们不会再找他来了，”唐娜说，“你大可不必担心。”

“我们不会再像这样审讯他，”克里斯说，“这一回不会了。你可以去向他宣布这个好消息。”

“我是不是错过了什么？”律师问，视线在克里斯和唐娜之间徘徊，“我真的感觉错过了什么。你们就这样让他走掉？可以问问为什么吗？”

唐娜直直地盯着他的眼睛。“无可奉告。”

她穿过敞开的房门。克里斯看着律师，耸了耸肩。

唐娜从门口探头进来。“听着，这么说绝对不是评价你。西服的话，每个月大概需要干洗一次。说真的，一定会大不一样。”

14

“纯属偶然。”波佩说，擦掉了嘴角的椰蓉饼残渣。

“哦，经常是这样。”伊丽莎白说。

“我当时在华威大学读英语和媒体，外交部的一个女人来学校做宣讲，结束后有酒会，所以我们都去了。总之吧，她说外交部的起薪是两万四千英镑，然后我就申请了。”

“没有什么神秘感啊。”乔伊丝说，端着新沏的茶进来了。

“没有。”波佩表示同意，“我参加了外交部的面试，在伦敦，我用学生优惠卡坐火车去的。我准备了一大堆东西，研究了有关其他国家的资料，还有他们有可能谈到的任何话题，结果只是随便聊聊天，真的。”

“一直都是这样。”伊丽莎白说。

“他们问我最喜欢哪个作家，我说鲍里斯·帕斯捷尔纳克[1]，其实我最喜欢玛丽安·凯耶斯[2]。他们很满意我的回答，邀请我参加第二次面试。我告诉他们我实在没钱再来一次伦敦，他们说‘放心，我们付车费，我们安排住宿’。我回答‘说实话，我更愿意早点回去，不需要过夜’。他们说‘这是我们的要求’。第二次面试时，他们告诉我他们是谁，然后带我出去喝了个烂醉，安排我在梅菲尔区[3]一家俱乐部的房间里住了一晚，第二天早上事情就这么定了。他们让我带着自己的手提电脑回去，告诉我毕业时再见。”

乔伊丝倒着茶。“我记得乔安娜，我女儿，大学毕业时的事。她在伦敦政治经济学院读书，知道是哪个学校吧？她毕业时，我担心得不得了，因为我不确定她将来要做什么。她说想当DJ[4]，我说，好啊，我工作的医院有电台，我认识一个在那儿工作的人，德里克·怀廷，我可以打声招呼，让她积累一点儿工作经验，但她说不是那种DJ——显然还有另一种DJ——她想环游世界，已经计划好了。两天

① 鲍里斯·帕斯捷尔纳克（Boris Pasternak, 1890—1960）：苏联小说家、诗人、文学翻译家，1958年获得诺贝尔文学奖，代表作有《日瓦戈医生》（*Doctor Zhivago*）。

② 玛丽安·凯耶斯（Marian Keyes, 1963— ）：爱尔兰作家，作品多以家庭生活为主题。

③ 梅菲尔区（Mayfair）：伦敦富人区。

④ DJ（Disc Jockey）指广播电台的音乐节目主持人，也指酒吧、夜店等地方的现场打碟者。

后，她给我打电话，说要参加高盛集团[1]的面试，问我能不能借点钱给她，为了准备面试穿的漂亮衣服。事情就这么定了。”

“她听起来是个人物。”波佩说。

“她有她的高光时刻。”乔伊丝赞同道，“德里克·怀廷最后从游轮上摔下来死了。你永远不知道下一秒会发生什么，对吧？”

“你喜欢这份工作吗，波佩？”伊丽莎白问。

波佩抿了一口茶，思考着答案。“不太喜欢。介意我这么说吗？”

“一点儿也不介意，”伊丽莎白说，“不是每个人都适合。”

“我只是正好撞上了。我当时需要工作，这份工作似乎很刺激，而且我那时没有什么钱。可是，我的性格并不适合这份工作。你擅长保守秘密吗，伊丽莎白？”

“非常擅长。”伊丽莎白说。

“好吧，我不擅长，”波佩说，“我不喜欢当着 A 说一套话，当着 B 说另一套话。”

“我也一样，”乔伊丝说，“就连有人剪了不合适的发型，我都忍不住说上几句。”

---

① 高盛集团（Goldman Sachs）：全球最大的国际投资银行之一，总部位于美国纽约。

“可这是工作。”伊丽莎白说。

“哦，我明白，”波佩说，“这确实是我当初申请的工作，问题出在我自己身上，对我来说它是一份错误的工作。我讨厌整天神秘兮兮的，有时候开会邀请你，有时候开会瞒着你。”

“那你想做什么？”乔伊丝问。

“这个嘛……”波佩刚开口又停了下来。

“接着说，”乔伊丝说，“我们不会告诉任何人。”

“我写诗。”

“我没有时间聊诗歌，”伊丽莎白说，“从来没有，永远没有。我们谈谈瑞安·贝尔德，可以吗？”

“哦，好的。”波佩说，伸手从椅子旁拿起她的包，取出一个文件夹递给伊丽莎白，“姓名、地址、电子邮箱、手机号码，还有最近的通话记录、国民保险、医保记录、浏览器历史记录、亲朋好友的手机号码，这些恐怕是我短时间内能弄到的所有信息。”

“这是个不错的开端，谢谢，波佩。”伊丽莎白说。

“别谢我，”波佩说，“要谢道格拉斯。如果我能说了算，你是拿不到这些信息的。我很抱歉地说，这么做似乎不太合法。”

“哦，再也没有什么是合法的了，现在连走在大街上都犯法。有时候必须变通规则。”伊丽莎白说。

“问题就在这里，不是吗？”波佩说，“我不喜欢变通规则，这种事不会让我兴奋。会让你兴奋，对吧？”

“对。”伊丽莎白赞同道。

“嗯，我不行，这种事只会让我焦虑，而我的全部工作就是变通规则。”

“我也不行。”乔伊丝说。

“哦，乔伊丝，别谦虚了，”伊丽莎白说，“你会是个优秀的特工。”

“我还是觉得波佩应该继续写诗。”

“谢谢，”波佩说，“我妈妈也这么说，她通常都是对的。”

“别误会，我也觉得你应该写，”伊丽莎白说，“我只是不想*听*罢了，你当然应该写。不过我们必须先完成一个任务，保护道格拉斯。”

“我等不及想见他，”乔伊丝说，“你担心我会爱上他吗？”

“乔伊丝，你会发现他非常帅，但你很快就会看穿他这个人。”

“到时候看吧。”乔伊丝说，“波佩，请问你为什么在手腕上文一朵雏菊？不是应该文罂粟花吗？”

波佩笑起来，摸了摸那个小小的文身。“我奶奶叫黛西[1]。有次我告诉她我想弄个文身，她说休想，除非她死了，还说文身都是些船锚和美人鱼什么的。然后我就去文了这个，后来去看望她的时候给她看。我说‘黛西，认识一下雏菊’。这下她没什么可说了，对吧？”

“聪明的孩子。”乔伊丝说。

“两周后，我又去她那儿，她卷起袖子，说‘波佩，认识一下罂粟花’。她的整个前臂上文了一朵大大的罂粟花。她说既然我想当傻子，她也奉陪到底。”

伊丽莎白大笑起来，乔伊丝拍了拍手。

“哈，听起来她跟我们是一类人。”伊丽莎白说，“波佩，如果这是你最后一次为安全局工作，那也没关系。我保证，为了你，我们会尽力让最后一次变得有趣。”

“我们会尽力的。”乔伊丝说，“再来一块椰蓉饼，波佩？刚才那块吃得挺香的。”

波佩抬起一只手拒绝了。

“不属于这里的人我们绝不会让他们进来，道格拉斯很安全，当然了，这意味着你也很安全。”伊丽莎白说。

“除非他们今晚出现，趁我们吃椰蓉饼的时候。”波佩说。

“既然都坐着没事做，我相信我们可以解开一个谜

① 黛西（Daisy）：英文含义是“雏菊”。

团——道格拉斯把钻石弄到哪儿去了。”

“嗯，他否认偷了钻石，你知道的。再说了，这不是我们的工作，”波佩说，“我们的工作是保护道格拉斯。”

“波佩，说真的，我不介意你焦虑，也不介意你内心矛盾，甚至不介意你文艺范儿，但我实在无法容忍你无趣，因为我看得出来，你不是一个无趣的人。一言为定？”

“不许无趣？”

“如果这要求不过分的话。”

“你们俩真的认为我应该写诗？”

“哦，是的，”乔伊丝说，“我喜欢的那首诗叫什么来着？”

波佩和伊丽莎白对视一眼，她们不知道。

波佩看着伊丽莎白，说：“为了表现得不那么无趣，我可以问个问题吗？”

“一定程度上，可以。”伊丽莎白说。

“你是怎么加入安全局的？追随梦想吗？我需要不无趣的回答，拜托了，我可不是门外汉。”

伊丽莎白点点头。

“我有个教授，我在爱丁堡大学读法语和意大利语。简单说吧，他的朋友的朋友一直在物色人选，他建议我考虑一下，我觉得不合适，但是他一次又一次地建议。”

“那你最后为什么申请？”

“嗯，这个教授，他特别特别想跟我谈恋爱——那时候的人都这样。我知道他想跟我谈恋爱，也知道他想让我参加安全局的面试，我真心觉得应该答应其中一个——男人被拒绝以后会怎样，你懂的。所以呢，要么跟他谈恋爱，要么参加安全局的面试，我选择了伤害性更小的那个。你一旦咬了安全局的钩，他们是不会轻易撒手的，你以后就会明白。”

“这么说，你入这行只是为了避免和某个人谈恋爱？”波佩问。

伊丽莎白点点头。

“不做这行的话，你觉得你会做什么？”

“我知道你不擅长保守秘密，波佩，不过你在瑞安·贝尔德的事情上帮了大忙，那我就说说吧。我想我从没对任何人说起过，包括我的家人和前夫们，甚至连乔伊丝都不知道。我一直想成为海洋生物学家。”

波佩点点头。

“海洋生物学家？”乔伊丝说，“什么东西？研究海豚什么的吗？”

伊丽莎白点点头。

乔伊丝把手伸过去搭在朋友的胳膊上。“我认为你会是一位伟大的海洋生物学家。”

伊丽莎白又点点头。“谢谢，乔伊丝，很有可能，不是吗？”

15

道格拉斯·米德尔米斯躺在床上，看着一本关于纳粹的书，书的基调是反纳粹。就在这时，他听到了声响。公寓的门被打开了，非常慢，非常轻。不可能是波佩，她大概一个小时前就回来了。她从哪儿回来的？也许是被伊丽莎白拦着说话，这是伊丽莎白的作风，用善意“杀死”新来的女孩。

说到杀人，这样悄无声息地打开门对道格拉斯来说是个坏消息。只有他和波佩有钥匙，能这么轻地打开房门只有一个解释，开门的是老手。是什么呢？强盗或者杀手？

他很快就会知道了。

道格拉斯希望有把枪。如果回到从前，他是有枪的。有次在雅加达，他不小心射中了日本大使馆一个文化参赞的胳膊。为这事国家美术馆被说动，借了一幅伦勃朗的画给东京博物馆，从此再没人提起那件事。不过从那天起，他会用胶带把枪固定在床下，而不是直接放在枕头下。

他一边回忆往事，一边取下老花镜，扣上睡裤前裆的扣子，迅速溜下床。波佩有枪，她不像是会用到枪的人，但她肯定接受过这类训练吧？她听到大门被打开了吗？也许没有。这么多年来，道格拉斯已经习惯了警惕危险，但波佩还没有，也许永远也不会。波佩这类人他以前见多了，还没等你回过神，她就已经离开安全局生孩子去了。这种话现在还不允许公开说，世界真是疯了。

道格拉斯整理着床铺，听见卧室门上的挂锁咔嗒作响。看来是杀手，不是强盗，道格拉斯差不多猜到了。也许是马丁·洛马克斯派来的，美国人？哥伦比亚人？道格拉斯更希望死在英国人的枪下，尽管这种想法实在可笑。英国人都是理想主义者，可是要饭的哪有资格挑肥拣瘦？

不出一分钟，断线钳就会剪断挂锁，但不可能不发出声响，不可能不惊动波佩。他只需要波佩在闯入者逮着他之前先一步逮着闯入者。

床铺好了，看上去丝毫未动，好像没人在那里睡过，好像主人还在外面享受夜晚的空气。道格拉斯轻手轻脚地走到衣柜前，打开柜门，钻了进去。这么做也许只能为他争取十或十五秒钟，但说不定够了。他关上身后的柜门，站在黑暗中。

做这样一份工作，你总是会想哪里是你的终点。道格拉斯可能死在各种地方，挪威的冰川上，伊朗和伊拉克边界的汽车后备厢里，或者是在金沙萨[1]的遭遇导弹袭击时的美国基地。也许最后的终点是养老院破旧的衣橱里，身上穿着睡衣。道格拉斯很想知道答案，当然也害怕，但还是很想知道。一辈子发生的种种事情中，死亡才是最最重要的一个。道格拉斯听见挂锁断开了，这个声音波佩总能听见吧？

透过衣柜门狭窄的缝隙，道格拉斯可以看见一个男人走进了卧室，他举着枪，瞄准了床。路灯暗淡的光穿过窗帘，投进来一道细细的光柱。

男人发现床是空的，扭头朝四周扫了一圈。道格拉斯看在眼里，屏住了呼吸。男人转身面对着衣柜，道格拉斯意识到自己可能再也不会呼吸了。如果房间里藏了人，这是唯一可藏人的地方。这个人不用钥匙也能轻轻打开门，能在一分钟内切断军情五处的挂锁，一定也明白这一点。

男人朝衣柜走了两步，一直举着枪。白人，道格拉斯想，大概四十岁？这种光线下太难判断了。他叫什么呢？道格拉斯很好奇，感觉这应该是他有权知道的信息。他们以前见过吗？像未来的恋人一样在街上擦肩而过？

波佩没有出现。她怎么可能没听见？除非，哦，当然了，当然了。也许波佩今晚根本没和伊丽莎白在一起，也

① 金沙萨（Kinshasa）：刚果民主共和国的首都。

许开了个小会，命令传达下来——我们想让这个麻烦永远消失。只用装作没看见，没人会知道。我们派一个自己人过来。道格拉斯没有亲戚，也没有孩子提出质疑。波佩资历浅，肯定会遵守命令，现在正战战兢兢地躲在她的房间里。他的尸体被发现后，伊丽莎白能看出发生了什么吗？愚蠢的想法，没人会发现他的尸体。一个特别行动组随时待命，清理现场。一个军方验尸官会在某个地方等着他。所有文件准备妥当，很可能鉴定为自杀。伊丽莎白绝没有机会靠近，不可能发现异样。伊丽莎白的状态看上去真的很好，道格拉斯不得不承认。他本来很想和她再试一次的。她会找到他的另一封信吗？当然会。

男人伸出一只脚，从底下钩住柜门，把门拉开了。看见道格拉斯站在里面，他满意地笑了。

男人看样子是英国人。枪不是安全局发的，但他们有时也会雇外面的杀手。“值得一试。”道格拉斯说，双手指着衣柜里面。

男人点点头。道格拉斯等待着顿悟时刻的到来，等待着人生真谛的灵光突然闪现，他即将带着这些东西踏上一段新的旅程。然而，什么也没发生，他只看见一个拿着枪的男人，睡衣上的标签磨得脖子后面发痒。多么特别的上路方式啊。

“钻石在哪儿？”男人问。英国人口音，这让道格拉斯感到一丝欣慰。

“恐怕不能告诉你，老兄，”道格拉斯说，“反正你要杀了我，我宁愿让钻石落到别人手上。”

“我也有可能不杀你。”男人说。

道格拉斯笑了笑，抬起一边的眉毛，怀疑地看着拿枪的男人。拿枪的男人点头表示让步。

“虽然听起来很荒唐，”道格拉斯说，“但我还是想解开最后一个谜团。我想知道谁派你来的。”

男人摇摇头，道格拉斯看见他扣动了扳机。

16

易卜拉欣睡不着。

周围的空气静止了。多少人死在这间病房里？这张病床上？这些被单下？

空气中还残留着多少人的最后一次呼吸？

只要闭上眼，他就又回到了排水沟里。他能感觉到水，能听到脚步声，能尝到鲜血的味道。

脑袋上挨的那一脚的主人现在有了名字，瑞安·贝尔德。不知道瑞安·贝尔德在哪里，自己的手机在哪里，谁买了偷来的手机。易卜拉欣的手机上装了《俄罗斯方块》的 App，一共有两百关，他玩了相当长的时间，到了第一百二十七关。所有努力都白费了。

他看了看手腕上的红色塑料腕带——死亡的号码牌——某个地方会有一个抽屉，满满当当装的全是它们。

他终于说服罗恩回家去了，这倒不是说他不感谢罗恩的陪伴。事发后的每个晚上，罗恩都陪着他熬夜，跟他讲西汉姆联球队，讲工党的问题；到了深夜，就讲他的前妻、女儿和儿子杰森，讲他十四岁辍学，从来不知道他的爸爸是谁。真的什么都讲，除了这次发生的事。他们看了《虎胆龙威》，不过只是第一部，显然没必要看其他几部。易卜拉欣从来没有像罗恩这样的朋友，罗恩也从来没有像易卜拉欣这样的朋友。罗恩会在需要的时候给他的水壶加水，会到自动售货机给他买培根味玉米片，但从不会和他有肢体接触，不会把手搭在他的胳膊上，易卜拉欣倒是觉得无所谓。现在的人总是希望男人多抱抱，他想，做男人一定更难了吧。

易卜拉欣想回家，他知道回家是件好事。他在家里感到安全，周围的人让他感觉更安全，这对他来说有好处。

但是他也知道，那样的话，他就再也不想离开家了。

一切又恢复常态。大脑是极其聪明的，这是易卜拉欣喜欢大脑的原因之一。脚就是脚，不管经历过什么，脚永远是脚，但大脑不一样，状态和功能都会发生变化。易卜拉欣尊重足病医生，可是整天看着脚，有意思吗？

大脑，一头伟大而沉默的野兽。他知道此时此刻陌生的化学物质正在他的大脑里飞转，在这个危急时刻保护着他。这些化学物质到最后会慢慢消失，只留下微弱的痕迹。人们说时间可以治愈一切，其实就是这个意思。跟大多数事情一样，当你真正钻研下去，其实都是神经科学的问题，没什么诗意。

是的，时间治愈一切，时间治愈一切。可如果易卜拉欣缺的就是时间呢？

*我并不赞成复仇。*这是他们谈论瑞安·贝尔德时他对其他人说的话。理论上讲，他不赞成。复仇不是一条直线，而是一个圆环。它是房间里的手榴弹，当你还在房间的时候爆炸了。你无路可逃，只能被炸个粉身碎骨。

易卜拉欣以前有个来访者，叫埃里克·梅森，他在吉林厄姆买了一辆二手宝马，经销商是他的一个老同学。他很快发现车子的离合器有问题，但他的经销商朋友拒绝承担责任。专业地说，埃里克·梅森有情绪控制和愤怒管理方面的问题。他自己花钱更换了离合器，然后趁着夜深人静，开着宝马直接冲进了经销店的窗户。

车子当场熄火——完全可以理解，因为它刚刚撞上了一大块玻璃——周围的警报器发出刺耳的声音，埃里克·梅森只好弃车逃走。不幸的是，他摔了一跤，被一大块玻璃碎片刺中。幸亏警察及时赶到，他才没有流血致死。

埃里克·梅森在医院养伤，收到了经销店送的一大束鲜花，打开慰问卡后发现，他们附上了法院传票和一张一万四千英镑的账单。后来他被罚做了一段时间的社区服务，而且破产了。他的怒火越烧越旺。

埃里克的女儿和经销商的儿子也是一个学校的朋友。埃里克再也不允许女儿和男孩说话，就这样秋去春来，两年后他们结婚了，埃里克拒绝参加婚礼。又一年过去，埃里克的外孙女出生了。双方都不愿意让步，埃里克连第一个外孙女的面都见不上。这些仅仅是因为一个出了问题的离合器。

也就是在这个时候，埃里克觉得也许他应该为自己的行为负责，他决定看心理医生。

十二个月后，埃里克·梅森最后一次来找易卜拉欣，他带来了女儿和女婿，他们想当面说声谢谢。他还带来了还是小婴儿的外孙子，他们一起拍了张合影，每个人的脸上都挂着笑容。

易卜拉欣感觉睡意降临了，他不打算抵抗了。不管梦里有什么等着他，最好的办法就是勇敢面对，毫不犹豫地接受瑞安·贝尔德对他造成的伤害。伤害的不是肋骨，也不是脸——它们很快会愈合——而是他的自由，他内心的平静，它们和他的手机一起被夺走了。

人们常说，想复仇的人应该挖好两个坟墓，这话一点儿不错。话又说回来，易卜拉欣感觉自己的坟墓已经挖好了，再给瑞安·贝尔德挖一个真的会有很大伤害吗？他不知道朋友们会怎样对付瑞安，肯定不是动粗，这一点易卜拉欣确信。也夺走瑞安的自由和内心的平静？可以肯定的是，有个小惊喜正等着他。

易卜拉欣和埃里克·梅森祖孙俩的合影放在家中一个

特别的文件夹里。这个文件夹里装了一些纪念品，数量并不多，无一不提醒着易卜拉欣他为什么热爱这份工作。易卜拉欣的架子上唯有这一个文件夹不是严格按字母顺序排列的。有时候你必须记住，人生并不总是按字母顺序排列的，无论你多么希望如此。

许多年后，埃里克·梅森发现离合器根本没有问题，只不过是他不了解电子控制装置——按重置键五秒钟就能排除故障。所以呢，复仇这种事确实还是小心为妙。不过说实话，易卜拉欣已经在小心翼翼中度过了大半生。如果你想活成一个真正的人，有时候必须做些不同的事。

易卜拉欣相信，他可以按下自己的重置键五秒钟，他可以继续保持内心的宽容，继续做正确的事、该做的事、无趣的事，继续开启安全驾驶模式。

不过，尽管埃里克·梅森后悔不已，易卜拉欣始终记得他说过的纯粹的狂喜，那种开车冲进经销店窗户的纯粹的狂喜。

易卜拉欣的脑海里只有这个画面，没有了脑袋上挨的一脚，没有了瑞安·贝尔德的脚步声，没有了鲜血的味道。他想着这个画面，出事以来第一次进入了宁静的梦乡。

17

乔伊丝的日记

现在是凌晨两点，我想趁着记忆还新鲜，把这些都写下来。

午夜时分，我的电话响了，我的第一反应是易卜拉欣死了。这种时候你还能想到什么呢？没有人会在午夜时分打电话。我们离开时，他看起来不错，但我见过各种情况。铃声还没响到第二下，我就接了。

是伊丽莎白打来的，她说的第一句话是“不是易卜拉欣”，总算让我松了口气。只要愿意照顾其他人的感受，她可以很敏感。她说她知道已经大半夜了，但希望我尽快穿好衣服，到拉斯金公寓十四号找她。我问需不需要带上保温杯，她告诉我那里有烧水壶，只用人来就行。保温杯很快就能灌好，不过你可以试试在午夜时分跟伊丽莎白理论这种事。

我朝拉斯金公寓走去，这地方在黑暗中真的非常美。几盏路灯照亮了小路，你能听见动物在灌木丛中发出的声响。我可以想象狐狸们在想，这个老太太要去做什么？我也在想同样的问题。天气很冷，还好我刚从玛莎百货买了一件羊毛开衫，太适合这个时刻了。他们昨天送了一点儿货过来，我没有讲是因为我并不是什么事都讲。比方说，昨天我把意大利面拿出来解冻，结果忘得一干二净。这是你头一次听说这件事吧？

我在公寓楼门口按了铃，门打开，我上了楼。说实话，我的心怦怦直跳，我不知道会看见什么。我推开房门，看见可怜的波佩坐在扶手椅上，浑身颤抖，她的对面是伊丽莎白，坐在另一把扶手椅上，但没有颤抖。两把扶手椅是整个房间里仅有的家具。我差不多能猜到，这间公寓是道格拉斯藏身的地方。“把水壶烧上，乔伊丝，”伊丽莎白说，“波佩受了惊吓。”她的语气很霸道，我知道她不是故意的，她只是很专业。

对了，你想象不到厨房是什么样子。两个马克杯，两个盘子，两个玻璃杯，两个碗，有一些玉米脆片，一些“母亲的骄傲”[1]白面包。再看冰箱里，有一些豆腐和杏仁奶。一个橱柜里有茶和咖啡，我朝后探出脑袋，伊丽莎白和波佩停止了交谈，我问波佩要不要加牛奶和糖，她问能不能搭配豆蔻和荔枝口味的草本茶，我点点头，好像这种搭配很正常，现在我明白这是当今的潮流，我又钻进厨房。

---

① 母亲的骄傲（Mother’s Pride）：英国面包品牌。二十世纪七八十年代，该品牌的白面包在英国十分畅销。

天哪，这句话写起来真够长的，要是出成书，他们肯定会叫我在什么地方加个句号。在“草本茶”后面？

我把水壶加满水烧开，迫不及待地想回到客厅弄清发生了什么。如果这是道格拉斯的公寓，那他人在哪里？我把开水浇到茶包上，茶包是灰色布做的，果然每个人都有自己独特的喜好。我在犹豫，应该把茶包留在杯子里，还是和草本茶一起拿出来。如果留在杯子里，我可以早点出去，可是万一这种做法不符合礼仪呢？跟所有女儿一样，乔安娜知道怎么办。总之就在这个时候，我听到了马桶冲水声，算了，让礼仪见鬼去吧，我让茶包待在杯子里，走进了客厅。

我一眼就看出那是道格拉斯，完全可以认出来。说句大实话，非常帅。我立刻明白伊丽莎白为什么和他结婚，又为什么和他离婚，不过我敢说婚姻持续的那段时间一定充满乐趣。

他直接走到我身边：“哦，你一定是乔伊丝，我听说了很多关于你的事。”说真的，我差点就行屈膝礼了，但我看见伊丽莎白翻了个白眼，于是说：“我是，你一定是道格拉斯。”他说：“我想你也听说了很多关于我的事吧？”我说：“没有，没听说。”看得出来，伊丽莎白喜欢这个回答。

我说让我去卧室再找把椅子，伊丽莎白说去波佩的卧室，因为道格拉斯房间的地板上有一具尸体。

对嘛，这才像话。

我从波佩房间拿了一把硬背椅，伊丽莎白让道格拉斯告诉我事情的经过。

他躲在衣柜里，不是胆小的表现，而是基本训练的结果。有个家伙拿枪对着他的脑袋。讲到这里，他花了不少时间探讨死亡、眼界、男人的道德责任和没有虚度的人生。我真希望罗恩在那儿，罗恩会告诉他少讲废话，可惜当时是我，我只能礼貌地听着。简单来说，道格拉斯已经准备好见上帝了。当那个神秘的男人扣动扳机时，他的整个脑袋爆掉了。波佩站在那儿，像个骑兵，手里拿着枪，要多冷静有多冷静。

据道格拉斯说是冷静，但你能看出来，她一点儿也不冷静，一直浑身颤抖，一直沉默不语，两只手握着茶杯。茶包还在杯子里，她没有表示不满，也许没关系。不过我想她完全没心情关心这种事，所以这不是有效的检验方法。

我走过去坐在波佩的椅子扶手上，张开手臂搂住她，她把头靠在我的肩膀上，开始轻声抽泣。我想道格拉斯和伊丽莎白都没有搂过她，当然，这时我才意识到伊丽莎白为什么叫我过去。罗恩也会像我这么做，但我确定伊丽莎白还没准备好让罗恩和道格拉斯见面。道格拉斯太醒目了，罗恩会大做文章。

我告诉波佩她非常勇敢，伊丽莎白说她还是个优秀的狙击手，道格拉斯连连表示同意。波佩什么都听不进去，只是默默哭泣。

伊丽莎白尽力安慰，说杀人很难，可有时候这就是工作。然后波佩终于开了口，说：“这不是我想要的工作。”我比较理解她。我想，各种训练一定很有意思，秘密潜入各种地方也很有意思，但在四英尺之外打爆一个人的脑袋，这种事也许不适合每个人。不适合我，也不适合波佩。事实上，说不定适合我，没试过怎么知道，对吧？比方说，我以前从不知道我喜欢吃黑巧克力。

我问接下来怎么办，有没有报警，伊丽莎白说：“嗯，算是报警了吧。”我以为克里斯和唐娜会出现，但这类案子显然涉及国家安全局什么的，这种事走另外一条报案路径。伊丽莎白、道格拉斯和波佩等着一些特工从伦敦过来，把案子交到他们手上。太遗憾了，对唐娜来说尤其遗憾，她肯定喜欢这样的场面。

伊丽莎白问我想不想看看尸体，我真的很想看，但我觉得应该留在原地搂着波佩，所以我说“不用了，不想看，谢谢”。

我们只等了大概二十分钟，门铃响了，来了一女一男，苏和兰斯。据伊丽莎白说，他们来自军情五处。苏是负责人。

两个人都没有多说话。苏给我的感觉简直太像伊丽莎白了，我指的是风格。她差不多六十岁，如果不是那么生气，可能还挺美。我知道她美不美并不重要，我只是想让你有个大致的印象。她的头发是漂亮的栗色，染的，但非常好看。我一直尝试跟她聊天，可是没有成功。

我看得出来，连伊丽莎白都表现得很恭敬，我也跟着她学。不过，他们拒绝了我送上的茶。我站在厨房门口，他们直接从我身边挤了过去。正如我之前说的，不是无礼，他们只是在工作而已。苏非常清楚发生了什么，告诉道格拉斯和波佩把需要的东西打包起来。她对那两个人的态度非常粗暴，特别是对道格拉斯，到最后我都替他感到难过。

兰斯负责处理尸体，拍拍照什么的。他看上去像电视节目里的人——那种自己动手大改造的节目——样子粗犷，双手灵巧，但从来不是节目里的明星，只在背景中锯锯木头。我问能不能让我看看他的相机，我正想买一个送给乔安娜当圣诞礼物。他说等他完工后再说，但是最终也没给我看。

苏告诉伊丽莎白他们到时候要跟她谈谈，伊丽莎白说那是当然了，声音特别温和，不是因为害怕，而是知道不要惹麻烦。苏偶尔瞥了我一眼，说："这是乔伊丝？"她叫伊丽莎白确保我不跟别人讲起枪击、尸体等事情，我说："苏，我会保守秘密的。"她甚至没往我这边看，只盯着伊丽莎白。伊丽莎白向苏保证，我不会告诉任何人，她半信半疑地点点头。说实话，我认为她应该担心更重要的事。

不管怎么说，现在军情五处知道我是谁，这就足以写进圣诞简报里了。

不久，门铃又响了，两个穿连衣裤的男人抬着担架进来。急救人员理应穿绿色，但这两位从头到脚一身黑。他们进了卧室，把尸体抬上担架。幸运的是，在他们拉上运尸袋的拉链之前，我迅速扫了一眼。没错，波佩确实打爆了他的脑袋，或者至少是大半个脑袋。我好像一下子回到了在急诊室工作的日子。

我和伊丽莎白给担架带路，穿过走廊，有几扇房门开着，邻居们不知道这么大动静是怎么回事，伊丽莎白告诉他们别担心。在库珀斯·切斯，如果你每次看到担架都担心，那你自己很快也需要一副担架了。

我们到了外面露天的地方，可以看见周围亮了几盏灯，有些窗帘拉开了，不过这里的人早就习惯了在深夜看到救护车。我对伊丽莎白说，我很惊讶，来的竟然是一辆普通的救护车。她说那不是普通的救护车，只是看上去很像罢了。

我们回到公寓里，苏和兰斯正准备带波佩和道格拉斯出来。伊丽莎白解释说，他们俩必须接受审问。即使是在军情五处，你朝人开了枪，也不可能不被问几个问题。伊丽莎白拥抱了波佩，真温馨，伊丽莎白还告诉她别担心，她做了正确的事。然后我也拥抱了波佩，告诉她别担心。我差一点儿要问茶包的事，还是留到下次见面时再问吧。

我送给苏和兰斯一人一条友谊手绳。苏的样子就好像我给她的是一张违章停车罚单，兰斯说："谢谢，我需要一点儿友谊。"我没找他们要钱。

道格拉斯跟着出来了，手里拿着一本书和一把牙刷，书名是《第三帝国[1]的巨大工程》。

苏告诉伊丽莎白锁好公寓，确保无人进入。伊丽莎白只是朝苏点点头，告诉她照顾好波佩。

后来伊丽莎白要我回家睡觉，我就回来了，但我没睡觉。听听这个吧——

关上房门后，我立刻脱掉羊毛开衫，想把它挂在椅背上。脱的时候感觉口袋里有什么东西，我摸出一张折叠起来的纸，之前穿上开衫的时候并没有这张纸。

纸上有一条简短的信息"给我妈妈打电话"，后面写着一个电话号码。

一定是波佩在和我拥抱时悄悄塞进我口袋里的。

这么说，波佩需要她的妈妈，可怜的孩子。我一早就给她妈妈打电话。

我打开了电视。英国广播公司第二台正在重播白天的

---

① 第三帝国（Third Reich）：即德意志第三帝国，是纳粹执政时期。

节目，屏幕角上多了一个打手语的人。很聪明的办法，对吧？我刚还在想，让听力障碍者熬夜到这么晚不公平，但很快意识到他们可以把节目录下来。多么体贴啊！我在看一个关于英国海岸的节目，名字叫《海岸》，有人在挖海螺。谢谢了，说实话，不好看，不过打手语的女士穿了一件很好看的上衣。

我还是不太明白 Instagram 怎么操作，真急死人了，**@ 欢乐女神 69** 已经收到了两百多条私信。

不知道还有没有人醒着。

18

瑞安·贝尔德醒着。他正在线上玩《使命召唤》，音量开到了最大，机关枪疯狂扫射，邻居们使劲捶着墙壁。瑞安今天卖了几台笔记本电脑、一张借记卡和一块手表给康妮·约翰逊，赚了一百五十英镑，康妮利用海滨的车库掌控着整个费尔黑文。她信任他，有时甚至给他一个包裹送到某些住宅区。是毒品吧？这才是正经事，偷手机是小孩子的把戏。

瑞安有记忆以来一直被人骂蠢货，看看现在谁是蠢货！他口袋里有钞票，康妮·约翰逊显然很器重他，他认识的十八岁的人没一个比他挣得多，也许连他以前的老师都没他挣得多。昨天警察找他过去，因为偷手机和打人。他们没办法动瑞安，他太聪明了，聪明胜过老师，胜过警察，胜过此时不停按他家门铃的邻居们。瑞安·贝尔德是个无所不知的天才。

瑞安点燃了睡前的最后一根烟，一时分心导致他被一个狙击手射中，他狠狠骂了几句。还好电子游戏不是现实生活。瑞安重新上膛，重新开始。他所向无敌。

*

马丁·洛马克斯也醒着。一个沙特律师正为了一艘汽艇的事纠缠不清，马丁·洛马克斯试着在电话中安抚他。事情简单来说是这样的，游艇是卡塔赫纳[1]集团答应给律师的酬劳，他们在玻利维亚的一个药物实验室遭到食品药品监督管理局的突袭，损失了一大笔钱。眼下的问题是，游艇收到了，但满身是弹孔，沙特律师认为从美学角度看无法入眼，从安全角度看无法入海。

马丁·洛马克斯的另一个手机响了。他保证尽快和卡塔赫纳集团商量一下。

是军情五处打来的。你认识一个叫安德鲁·黑斯廷斯的人吗？认识。安德鲁·黑斯廷斯是不是你的手下？是的。没必要撒谎，对方是军情五处，已经知道答案了。黑斯廷斯先生今晚是不是为你干活儿？不，不是。我们遗憾地通知你，黑斯廷斯先生试图谋杀国家安全局的成员，不幸中枪身亡，节哀顺变，我想知道你对此事有什么看法。没看法，什么看法也没有。你认识黑斯廷斯先生的亲属吗？不认识。他结婚了吗？我想结了吧。和谁？不知道，从没问过。抱歉这么晚打扰你。没关系，没关系，这是你们的本职工作。

① 卡塔赫纳（Cartagena）：哥伦比亚港口城市。

马丁·洛马克斯放下电话。黑斯廷斯死了。嗯……这下麻烦了，不过他打算先处理游艇的事，另外他还需要为开放花园活动订几个支架桌。

*

波佩和道格拉斯也醒着。他们在戈德尔明[1]附近的一座乡村大别墅里，为了掌握事实真相，两个人被安排在不同的房间接受审问。波佩身前有杯咖啡，身旁有位工会代表，兰斯·詹姆斯叫她详细讲述事情的经过。

道格拉斯没有咖啡，也没有工会代表，房间里只有他和苏·里尔登，这才是审问的常规操作方式。认识想杀你的人吗？从没见过。杀手是马丁·洛马克斯的手下，觉得意外吗？这个嘛，既意外也不意外。为什么？哦，他肯定是什么人的手下，对吧？而且马丁·洛马克斯恐吓过我，所以不排除这种可能性。可是如果你没偷钻石，马丁·洛马克斯为什么想要你死，老老实实回答好吗？不清楚，马丁·洛马克斯在玩把戏，这是肯定的，我被牵扯进去了，差点爆掉脑袋。再详细讲讲闯进马丁·洛马克斯家里的经过，一步一步地讲。

凌晨三点了，波佩的工会代表建议，该让波佩睡一会儿了。她穿过一条长长的走廊，听见苏·里尔登仍在审问道格拉斯·米德尔米斯。

---

① 戈德尔明（Godalming）：英国萨里郡城镇。

19

罗恩没吃早饭就赶来了，比平常任何时候都愤怒。他花了一些时间研究卧室地毯上的一大块血迹，现在正在检查卧室墙壁上的弹孔。

“我见识过什么是无礼，”罗恩说，“老天做证，这么多年来，他们都不拿我当回事，但这一次是对我天大的侮辱。你什么时候发现尸体的？十一点半？我很可能还醒着。我可以迅速穿上鞋，一下子跑过来。我发誓，我这个人很少无话可说，但我现在无话可说！真希望我能说话，真希望我有话说！”

罗恩尽情享受了弹孔带给他的乐趣，开始来来回回走动。

“罗恩，不要在血迹上来回走，拜托了。”伊丽莎白说。

“没打给我，打给谁了？乔伊丝。当然是乔伊丝了，人人都爱乔伊丝。”

“我怎么不知道？”乔伊丝在客厅里叫道。

“你也爱，罗恩。”伊丽莎白说。

“我从不打断你们说话，你们也不要打断我。”罗恩说，“这里有一具尸体，尸体啊，被枪崩了脑袋，你做了什么？你打电话给乔伊丝。天哪，不，就不打给罗恩。为什么打给罗恩呢？他又不想看尸体，对吧？老古董罗恩，他最不想看的就是尸体了，血迹呀，弹孔呀，会要了他的老命。我现在全听见了。”

“说完了吗？”伊丽莎白说，往她的包里看了一眼。

“你猜猜，伊丽莎白？拿出演绎推理的本领，猜猜我有没有说完。不，我没说完。我喜欢看尸体，*喜欢*看。”

“跟我来。”伊丽莎白说。

伊丽莎白走进客厅，坐到乔伊丝对面的扶手椅上，罗恩跟着她出来。伊丽莎白从包里拿出一个文件夹，放到大腿上。罗恩还有话要讲。

“我在这里向你保证，”他开口道，“乔伊丝当我的证人——这不是朋友间必须保证的事——*只要*我发现有人中枪，一定打电话给你。我打给你，因为你是我的好朋友，这是好朋友应该做的。哪怕是凌晨两点，我不在乎，发现尸体，拿起电话，‘伊丽莎白，有尸体，在楼梯平台，在草地滚球场，不管什么地方，赶紧穿上鞋子，过来看一眼’。真是气*死*我了。”

“*现在*说完了吧，罗恩？”伊丽莎白问，“我有事需要跟你谈谈。”

“哦，是吗？这样啊，我也有事需要跟你谈谈，怎么办？谈谈友谊？”

“随便你，”伊丽莎白说，“但我们没有很多时间，我们还有任务。”

“我给你们俩泡了茶，”乔伊丝说，“是草本茶，别介意。”

可是罗恩还有话要讲：“没有道歉，没有解释说‘对不起，罗恩，突发事件，我很惊慌’。你以为我这个星期每天都能看到尸体，是这么回事吧？我在医院待了三个晚上，回到家，这就是我的奖励。你看到了尸体，乔伊丝看到了尸体，而我坐在家里看纪录片，看火车上的波蒂洛[①]。这是奇耻大辱，很遗憾这么说，但确实是奇耻大辱。我以为我们是好朋友。”

伊丽莎白叹了口气。“罗恩，我喜欢你，连我自己都觉得不可思议，但我真的喜欢你。在一些领域，我也很尊敬你。听我说，亲爱的。我当时处于战斗状态，一个男人离死亡就差那么几秒钟，一个年轻女孩刚刚第一次开枪打死人，我面对的是犯罪现场，军情五处的人随时会赶来，所以我觉得自己需要一个帮手。我知道你们俩都想看尸体，这是肯定的。剩下的选择很简单，一个是有四十年护理经

① 波蒂洛（Micheal Portillo, 1953— ）：英国记者、电视节目主持人，主持了旅行纪录片《英国铁路纪行》《欧洲铁路之旅》等。

验的女人，一个是穿着足球汗衫的男人，他一见到军情五处的人肯定会没完没了地唠叨迈克尔·富特[①]的事。我承认，三十多年前，这还是交给男人的工作。时代不同了，我选择打给乔伊丝。好了，我们能做些什么让你平静下来？”

“我已经平静了！”罗恩嚷道。

“是我的疏忽。”伊丽莎白说。

“喝点茶。”乔伊丝说。

罗恩沉默了片刻。“你说我们还有任务，什么意思？”

“这就对了嘛，”伊丽莎白说，“罗恩，在你咆哮的时候，我从包里拿出了一个文件夹。”

“那不是咆哮。让我给女王打个电话，为你颁一枚勋章，奖励你从包里拿出了一个文件夹。”

“我的动作很慢很小心。是个浅黄褐色的文件夹，我一般不会把这种东西装在包里。我以为你注意到了。”

“我猜乔伊丝注意到了吧？”罗恩说，“聪明的老家伙乔伊丝？”

“嗯，没错，她注意到了，但这一点毫无意义。乔伊丝还没看里面的内容，只有我和你可以看。”

“乔伊丝还没看？”罗恩说。

“还没，最终会让她看的，”伊丽莎白说，“但我和你要

① 迈克尔·富特（Micheal Foot, 1913—2010）：英国前工党领袖，曾被指控是苏联情报机构克格勃的线人。

先完成一个任务。”

“我不太同意。”乔伊丝说。

“哦，别添乱了，”伊丽莎白说，“我在安抚罗恩。”

罗恩点点头。“好的，抱歉刚才发脾气了。”

“根本没有的事，亲爱的，你表达了你的不痛快，完全可以理解。”

“什么任务？文件夹里是什么？”

“易卜拉欣需要你的时候，你陪伴在他身边，不要觉得没人记得你的功劳，”伊丽莎白说，“我想这就是你应得的奖励。”

伊丽莎白递出文件夹，罗恩伸手接了过去。

“里面有瑞安·贝尔德的地址和手机号码，还有你可能需要的任何信息。”

罗恩一边点头，一边快速翻看。“这么说，我们要对付他？”他问，“马上？”

“没错，你要对付他。”

“我对付他？”

乔伊丝满脸笑容。“太棒了。”

“是的，我想你愿意。”伊丽莎白说。

“对，我愿意，”罗恩说，“有行动计划吗？”

“有，不过我得先找一下波格丹，然后你会接到指令。”

罗恩点点头，用一只大手拍了拍文件夹。“波佩帮你弄的，对吧？”

伊丽莎白点点头。

“她会怎样，打爆了那家伙的脑袋以后？”

“没事的，”伊丽莎白说，“她用正确的方式做了正确的事。他们今天会审问她，弄清事情的经过，之后可能放她回去工作。”

“依你看，他们会让她见她妈妈吗？”乔伊丝问。

“天哪，当然不会，”伊丽莎白说，“他们为什么让她见她妈妈？”

“我想如果是我开枪打死了人，我会想见我妈妈，不是吗？”

“这又不是幼儿园，乔伊丝，你总是这么多愁善感。”伊丽莎白说。

罗恩还在翻看文件夹，他抬起眼。“你的前夫呢？道吉[①]老兄……他会怎样？”

“差不多也一样吧。当然了，他们不得不让他搬出去，这地方暴露了。”

“这么说，一切跟我们没关系了？”

“没关系了，我们的保护任务正式结束。”

“我们还是可以找钻石吧？”

① 道吉（Dougie）：道格拉斯（Douglas）的昵称。

“当然。”

“很好。对了，想知道我的看法吗？”罗恩说。

“不怎么想，罗恩。”伊丽莎白回复。

“昨晚你明明可以打两个电话，把我和乔伊丝都叫过来，我看你是不想让我见你的前夫。”

乔伊丝点点头，伊丽莎白开了口。

“这个嘛，我一直希望自己从没遇见过他，所以我想在朋友们身上实现这个愿望。”

“乔伊丝说长得很帅。”

“非常帅。”乔伊丝赞同道。

伊丽莎白耸耸肩。“男人和帅之间到底怎么回事啊？难道你们只想帅，不想善良、聪明、风趣又勇敢？”

“不想。”罗恩说。

“可以问你们俩一件事吗？”乔伊丝说。

她的朋友们点点头。

“你们的茶杯里，一个有茶包，一个没茶包。你们能不能两杯都尝尝，告诉我更喜欢哪一杯？”

20

昨晚出了什么事，波格丹·扬科夫斯基能感觉得到。

去山顶工地的路上，他匆匆去了趟库珀斯·切斯的商店，买了一些 Lilt[1] 零卡汽水和一包乐富门香烟。

一个他不认识的男人从一辆他不认识的面包车里下来，朝拉斯金公寓走去。

波格丹看着男人用钥匙打开大门，进了拉斯金公寓。他不应该有钥匙。

这里有什么不对劲。波格丹来到面包车跟前，眯着眼从副驾驶的车窗望进去，看到了一份报纸。面包车里有报纸很正常，但他发现是《每日电讯报》[2]，这就不正常了。他看了看车身，印着“F. 沃克屋顶维修公司——提供各种服务”。

波格丹眼角的余光看到伊丽莎白、罗恩和乔伊丝从拉斯金公寓出来。他们怎么都到拉斯金公寓来了？遇到麻烦

---

① Lilt 是可口可乐公司旗下的软饮料品牌，只在英国、爱尔兰、直布罗陀和塞舌尔销售。

② 《每日电讯报》(*Daily Telegraph*)：英国销量最高的主流报纸之一，读者多为中产阶级。

了，一定是遇到麻烦了。真要有麻烦，波格丹也想分担一点儿。

伊丽莎白向罗恩和乔伊丝挥手告别，匆忙来到他身旁，用手臂勾住他的手臂，带他离开了面包车。

“面包车是怎么回事？”波格丹问。

“我怎么知道！”伊丽莎白说，她向来把了解所有事情当作己任，“对了，早上好。”

“早上好。这么早去拉斯金公寓见谁？”

“我去找玛杰丽·斯科尔斯还书。”伊丽莎白说。

“什么书？”波格丹问。

“杰夫里·迪弗[1]写的，”伊丽莎白说，“非常好看。”

“哪一本？”波格丹问。他们快走到伊丽莎白在拉金公寓的家了。

“最近的一本。谢谢你陪我走回来，晚些时候来看看斯蒂芬吧。”

波格丹点点头。“今天上午有辆大吊车要上去，午饭后没什么特别的事，我到时候过来。”波格丹负责新的开发项目“山丘”，工程已经在高高的山顶渐渐成形。由于最近发生的一连串事件，他的职位也得到了一连串迅速的提升，但他从容地应对了一切。波格丹总是能从容地应对一切。

① 杰夫里·迪弗（Jeffery Deaver, 1950— ）：美国犯罪悬疑小说家。

“进拉斯金公寓的家伙是谁？为什么戴着手套？”

“不知道，亲爱的，排水管道工吧。排水管道工都戴手套，不是吗？”

“他进去三十秒钟后，你们出来了。我刚看了面包车十秒钟，你出来了。”

“我想你有点多疑了，波格丹，睡眠充足吗？”

“我每晚睡八个小时二十分钟。”波格丹说，“可以答应我一件事吗？”

“当然，只要是可以答应的事，否则不行。”

“你以后会告诉我你为什么撒谎吗？关于面包车和那个男人。我刚才在商店看见了玛杰丽·斯科尔斯，你是怎么进拉斯金公寓的？总有一天你要告诉我。”

“哦，波格丹，我们都有自己的秘密。晚点再见，好吗？”

波格丹点点头，伊丽莎白进去了。波格丹原路返回，面包车已经走了。

他爬上山，满脑子都是戴手套的男人和他不该拥有的钥匙。

“山丘”项目正在按计划进行中，这是理所当然的。他也挣了大把的钱，一半存进了房屋互助协会[①]，一半换成了

① 房屋互助协会（building society）：一种金融机构，由协会成员共同管理，提供银行业务及相关金融服务，特别是储蓄和抵押贷款业务。

比特币。他并没有买房的打算，因为买房意味着你要留下，而你永远不可能预知自己会不会留下，对吧？波格丹上午检查施工情况，监督吊车的安装，吸几根乐富门香烟，然后返回山下，和伊丽莎白的丈夫斯蒂芬下棋。

他经过墓地，那里埋葬着修女。山上更高的地方，汽锤正在打地桩，她们有什么感受呢？波格丹觉得这噪声特别抚慰人心，希望她们也这么想。没人想要无穷无尽的寂静。

他经过伯纳德的长凳，看不见守卫在那里的老人，感觉怪怪的。这里的人来了又走，走了又来，他们知道自己会在这里度过人生最后的时光，这让最后的时光显得格外重要。他们的动作很慢，但他们的时间跑得很快。波格丹喜欢和他们待在一起。他们会死去，我们大家都会死去。眨眼的瞬间，我们都会离开，唯一能做的是在等待中生活下去，制造麻烦也好，下棋也好，你想怎样都行。

他和斯蒂芬坚持每周至少下三次棋，好让伊丽莎白有点空闲去购物、访友、破解谋杀案。斯蒂芬已经忘记了大多数人的名字，但他从没忘记波格丹的名字。

伊丽莎白的公寓里，棋局走了十二步，波格丹让斯蒂芬陷入了困境。当然了，波格丹还不敢高兴得太早——和斯蒂芬对战绝不能过分乐观——但他对眼下的局势很满意，他看出斯蒂芬的下一步棋没有太多选择。

下一步棋可能还要等一会儿，因为斯蒂芬睡着了。最近这种情况越来越频繁了，斯蒂芬的记忆退化越来越严重。但只要他还在这里，波格丹就会和他下棋。

不管斯蒂芬什么时候突然睁开眼，波格丹知道又要遭遇残酷的战局了，这正是他喜欢的方式。斯蒂芬忘记了许多事情，但没忘记怎样下赢一盘棋。他也没忘记波格丹在最近的谋杀案中扮演的角色，每当战局特别紧张时，他总是开心地抖出波格丹的大秘密。

但波格丹一点儿也不担心，他绝对信任斯蒂芬。再说了，斯蒂芬能告诉什么人呢？无非是伊丽莎白，波格丹也完全信任伊丽莎白。

正想到伊丽莎白，波格丹听见钥匙开门的声音，看见她走了进来。她拎着一个大大的运动健身包，很不寻常。

"嘿，亲爱的，"伊丽莎白说，"他睡着了？"

"可能吧，我想他在装睡，他知道我快赢了。"

"我来给你们泡杯茶。可以请你帮个忙吗，波格丹？"

"戴手套的男人是谁？"波格丹问。

"军情五处的风险评估师，"伊丽莎白说，"满意了？"

"是的，谢谢。"波格丹说，"需要帮什么忙？"

伊丽莎白把运动包放到餐桌上的棋盘旁边，拉开拉链，露出一捆捆钞票。

“钱。”波格丹说。

“什么都逃不过你的眼睛，对吧，亲爱的？”伊丽莎白说。

“用来做什么？”波格丹问。

伊丽莎白再次确认斯蒂芬睡着了。“能帮我买一万英镑的可卡因吗？”

波格丹看着钱，点点头。“没问题。”

伊丽莎白笑起来。“谢谢，我就知道可以信赖你。要批发价，不要街头零售价。”

“当然。”波格丹说，“这跟那个男人和面包车有关系吗？”

“没有，是完全不同的事。”

“什么时候要？”

“明天午饭时间？”

“没问题。”波格丹说。

“太好了，你帮了大忙，真的。我去烧水。”

伊丽莎白进了厨房，波格丹又看了一眼运动包。谁能在这么短的时间内拿出那么多可卡因？圣伦纳兹有个女人，以前是小学的教学助理，现在在海滨有一排车库，他可以先找她试试。她有次向他提出约会，他说他不喜欢她，而且很担心她的事业。浪漫关系中实话实说非常重要，绝不会有人感谢你的不诚实。她朝他扔了一个啤酒杯，不过那是几个月前的事了，相信她还是会帮他一个忙的。波格丹掏出手机，正准备发消息，斯蒂芬醒了。他看着棋局，好像从未间断过一样，然后移动了他的象。波格丹放下手机，琢磨着斯蒂芬刚走的一步，万万没料到他会来这么一着。真精彩！波格丹笑了。

伊丽莎白的一万英镑，斯蒂芬的象。难怪他们会结婚。你不得不佩服这两位。

波格丹有任务要完成，有问题要思考，一切正合他心意。

21

道格拉斯·米德尔米斯现在能看到海景，至少有了一点儿安慰。

房子在霍夫，对外宣称是“高级出租房”，其实只供军情五处使用。道格拉斯住的是正面的大卧室，能看到斜对面的海景。他们警告他远离窗户，但是说真的，你让人家住进了海景房，还指望什么呢？他正坐在扶手椅里，对着远处蜘蛛网一样的布莱顿西码头[①]废墟，看太阳从那后面升起。如果此时有人从窗外开枪崩了他，也不失为一种美好的死法。

波佩住的是房子背面的卧室，能看到市政公共停车场和几个垃圾桶。想去道格拉斯的门口，必须经过波佩的门口。她上次一枪打死了安德鲁·黑斯廷斯，发挥了惊人的作用。安德鲁·黑斯廷斯是马丁·洛马克斯的贴身保镖之一，被派去干掉道格拉斯，结果自己却被一个戴着鼻环、喜欢

① 布莱顿西码头（Brighton's West Pier）：该码头 1866 年开放，1975 年关闭，现在只剩下生锈的金属框架。

奥图蓝吉[①]食谱的小个子女人干掉了。

搬到库珀斯·切斯在当时看来是个多么妙的想法啊！那是个完美的藏身地，而且有机会再次见到伊丽莎白，迫使她接受任务。但不知怎么回事，马丁·洛马克斯攻破了安全防线，也就是说，有人向他透露了道格拉斯的藏身地。是谁呢？

道格拉斯有自己的怀疑对象。他捅了娄子，这是肯定的，他在监控摄像头前露了脸，让安全局的处境非常尴尬。也许有人觉得应该清理门户。他们真的会牺牲一个自己人，这种事他亲眼见过。虽然很少发生，但他亲眼见过。他能相信苏和兰斯吗？他对苏有把握，可是兰斯呢？那个和他一起闯进洛马克斯家的男人，道格拉斯真的了解他吗？

波佩敲门，问道格拉斯想不想喝杯茶。他说太好了，他马上下楼。波佩这样的人到底怎么看待他这样的人，他很好奇。

道格拉斯不再是受欢迎的人，他知道这一点，也明白为什么。老天啊，他以前多么受欢迎啊！可现在呢？现在他是那种执行任务时摘掉面罩的男人，那种开会时拿同事恋情开玩笑的男人。两件事他都没有恶意，但他看出了自己的格格不入。他在内心深处知道，只要不像他这样自命

① 奥图蓝吉（Ottolenghi）：犹太裔英国厨师，倡导健康烹饪。

不凡，一定可以表现得更专业、更友善。他曾经希望直到工作的最后一刻也不必做出任何改变，恐怕行不通了，老兄。

钻石是他的出路。好运来得正是时候，钻石就放在洛马克斯的餐桌上。难道他的好运已经用完了？这一回怎么脱身？

他不知道什么发生了改变。二十年前，你想拿谁开玩笑都可以，不是吗？绝不是为了伤害谁，玩笑归根结底只是玩笑。上学时有个男孩，叫彼得什么，他们总是逗他玩，因为他有一头红发[①]。不是伤害，只是玩笑。几个学期后，彼得离开了学校，他太敏感了。太敏感始终是个问题，对吧？如果有人觉得受到了冒犯，那他们不是跟彼得一样吗？因为受不了一点儿玩笑，就浪费大好的教育机会？

几年前，道格拉斯被派去参加一个课程，他在课上提到了这件事，他们请他退出了课程，安排他接受一对一的辅导。他以优异的成绩通过了考试，因为负责人是他的一个老朋友，对方一字一句地告诉他应该说些什么才能拿到认证证书。

所以呢，也许安全局终于受够他了；也许苏认为他没有用处了，除掉他生活会更美好；也许她说服了所有人，

① 西方人对红发（ginger hair）的歧视历史悠久，背后的原因有各种说法。Ginger 一词现在成了带有歧视性的称呼。

为了安抚马丁·洛马克斯，只需付出这个小小的代价。苏会不会和洛马克斯达成协议，暴露了他的藏身地？

还有多少人知道道格拉斯在库珀斯·切斯？五六个人，当然包括波佩。除了播客、诗歌和格里高利圣咏[1]音乐，波佩是不是还有没显露的一面？这是不是一次有计划的行动？说实话，这种事他见多了，也许她还有另一面，也许她跟其他对付他的人是一伙的，那又为什么打死杀手呢？

伊丽莎白？这是个更大的问题。伊丽莎白会暴露他的藏身地吗？肯定不会。但他跟她讲了马丁·洛马克斯的事，不是吗？她有没有追查到洛马克斯？伊丽莎白能追查到任何人。他们还是夫妻时，道格拉斯出轨四次，四次都被伊丽莎白发现了。最后一次是和安全局的一个初级分析师萨莉·蒙塔古，就此终结了他们的婚姻。他接着娶了萨莉·蒙塔古，尽管她比他小二十岁，而这段婚姻只持续到了他的下一段韵事。离婚之后，他们辞退了她，完全不露痕迹。萨莉现在在哪儿？他知道应该关心一下，但有时候这种事让他感觉压力太大。

天晓得伊丽莎白出了多少次轨。很多很多次，但道格拉斯一次也没发现。

你一辈子只能娶到一个伊丽莎白这样的女人。如果道

---

① 格里高利圣咏（*Gregorian chant*）：中世纪天主教礼拜仪式中使用的祈祷曲，以教皇格里高利一世命名。

格拉斯是个随便什么样的男人，他一定会紧紧抓住她不放手。可惜道格拉斯只是个男孩，他自己心里也清楚。他风趣又有魅力，生活对他来说很容易。道格拉斯想要什么就能得到什么，每个人都为他倾倒，每个人都被他的伪装蒙骗，即使有人多年来不为所动，他想他们也只不过是刻意和他保持距离。

他有次问伊丽莎白，她是什么时候看穿他的。她说他们见面那一刻她就看穿了，那么明显的伪装下，一定藏着一个惊恐的小男孩，她很好奇他是什么样子的。她爱上了那个惊恐的男孩，但还没和他见过面。道格拉斯本可以抓住这个机会，扭转人生的方向，变得真实，活出本色。然而他没有，他把威士忌酒杯狠狠砸到墙上，气呼呼地冲出家门，在西肯辛顿和萨莉·蒙塔古共度了一晚。第二天，他回到家，伊丽莎白什么也没说，也就是在那一天，她放弃了尝试。

从那以后，他靠着魅力生活，不算太糟糕，但他渐渐跟不上魅力的步伐。他看到了新一代的男人，他们知道说什么、怎么说，而他还守着另一个年代的招数。他的笑话不能讲了，他的挑逗不能用了，没有了这些，他还剩下什么？

钻石，道格拉斯还有钻石。一条伟大的出路。

道格拉斯从椅子上站起来，用梳子梳理头发。稍微用心梳一下头发，能经得住别人的匆匆一眼。对大多数人来说，粗略印象就够了。职业生涯的大部分时候，他都靠匆匆一眼的粗略印象混了过来，但新一代的人彻底看穿了他，这让他十分恼火。

可笑的是，道格拉斯知道他们是对的。他知道，他们只不过请他多一些尊重，他们只不过是来上班、完成工作，并不想每隔五分钟被人提醒他们长什么样、跟什么人谈恋爱。道格拉斯知道他们是对的、自己是错的。他怀念的不是美好旧时光，而是*他的*美好旧时光，他估计那些时光对很多人来说并不美好。

可是，真要承认这一点的话，等于承认他一辈子都戴着舒服的有色眼镜，等于承认他还在意彼得怎么样了。彼得·惠特克，道格拉斯当然记得他的名字。他被霸凌退学，霸凌他的是和他一样年幼，一样惊恐的孩子们。

他在人生道路上留下了多少个彼得·惠特克？多少个伊丽莎白？多少个萨莉·蒙塔古？

二十年前，如果你摘掉面罩，处理方式无非是大笑一场，开几个小玩笑，给马丁·洛马克斯发条消息叫他滚蛋，然后道格拉斯当晚必须请大家喝酒，但这是大错特错的方式。

总有一天，你会吃到苦头。

好了，自怨自艾没有意义——你得到的是你应得的人生。道格拉斯决定想个办法摆脱眼下的困境。是时候处理手头的任务了，是时候应对马丁·洛马克斯的恐吓了，说不定还要应对来自安全局内部的威胁。之后呢，带着钻石消失，换一个身份，也许去新西兰或者加拿大的农场，总之是说英语的地方。

现在他只能认为自己被出卖了，只能认为他是孤身作战。他不相信任何人。他踏出房间，来到楼梯平台，听到厨房传来烧水壶的鸣叫。

不对，他可以相信伊丽莎白。他对此深信不疑。

这个想法让他的心情好了一点儿。他又活着看到了新一天的日出，下楼梯时他做了决定，趁现在还吃得到，他要来点烤面包配果酱。

22

乔伊丝的日记

我给波佩的妈妈打了电话，她真是太友好了。她叫西沃恩[①]，是的，我刚才确实查了一下怎么拼写。她可能在某个阶段是爱尔兰籍，不过现在好像不是了。

我向她详细讲述了发生的事情，我想波佩一定是这个意思。也许当你成了特工，不可能什么事都告诉妈妈，又或许天下的女儿都是这样子。比方说吧，我要是能知道乔安娜剪了头发，那简直是撞大运了。有次她在克里特岛待了一周，我是看 Facebook 才知道的。我提醒她，她还小的时候，我们一起在克里特岛待过一周。显然，她去的是一个完全不同的区域，这一点她倒是乐意和我分享。某种程度上说，我能体会西沃恩的心情。

我们先寒暄了几句，我告诉她是波佩让我打的电话，波佩很安全，但是出了一点儿意外。

我的原话是“别担心，没有死人”。后来我才意识到，当然有人死了。

---

① 西沃恩（Siobhan）：起源于爱尔兰的女性名字。

我渐渐发现，西沃恩对她女儿的真实职业并不了解。现在想来，我不该感到惊讶。她被告知的版本是，波佩在护照办公室上班。波佩刚被录用时，他们对西沃恩做了一些调查，她当时觉得不太寻常，但也没有多问。孩子们的事总是不太寻常，比如为世界读书日盛装打扮什么的。

说真的，我应该一点儿一点儿地把事情告诉她，但当过护士的人明白，有时候最好直截了当地说出真相。我大概是这么说的：你女儿在军情五处或六处工作，她现在负责保护一个男人，这个男人是我朋友伊丽莎白的前夫，他被指控偷了钻石。（她的反应："军情五处？""伊丽莎白？""钻石？"）昨天晚上，有人闯进来想杀掉这个男人，波佩开枪打死了闯入者。我已经尽可能地长话短说了。

西沃恩非常震惊，我想她可能以为这是恶作剧，于是我补充道："这不是恶作剧，是真实发生的事，她确实杀死了他，我连尸体都看到了。"

我告诉她波佩给了我她的电话号码，她问波佩现在在哪儿，我说不知道，军情五处带走了她，不过伊丽莎白说不必担心，波佩用正确的方式做了正确的事，她救了一个人的命。

西沃恩问事情发生在哪里，我向她介绍了库珀斯·切斯，她说听上去是个好地方，我说："嗯，要不你来看看？跟我和伊丽莎白见一面？"

西沃恩说她很乐意，然后哭了起来。我认为哭是好事，能把情绪宣泄出来。想象一下吧，如果你女儿刚刚开枪打死了人，被军情五处带走了，你会忍不住情绪激动的。我找她要了地址，打算把友谊手绳直接投进邮筒寄给她，见面时再收钱。

后来我们愉快地聊起天。她因为哭泣而道歉，我说完全没关系。然后我问她喜不喜欢波佩的鼻环，她想了一会儿，说不太喜欢，她觉得波佩不戴鼻环更漂亮。我说波佩戴着它也非常漂亮，但我理解她的心情。乔安娜曾经在同一只耳朵上打了三个耳洞，其中一个在耳朵最上方，太难看了。因为耳洞没有正常愈合，到现在还可以看见那里有一个小伤疤。你可能注意不到，但我总是能一眼看出来。我想我和西沃恩将会有很多共同语言。

西沃恩打算来看我们，这是大新闻，希望伊丽莎白不会介意。波佩把电话号码悄悄塞进了我的开衫口袋，不是伊丽莎白的口袋，也许她知道在那种情况下这样做不符合规范。伊丽莎白会反对吗？好吧，她反对是她的问题，跟我无关。

对了，西沃恩住在沃德赫斯特[①]。我曾经坐火车经过那里，仅此而已。我相信那是个友好的地方，至少能从波佩

① 沃德赫斯特（Wadhurst）：英国东萨塞克斯郡城镇。

和她妈妈身上看出来。

我刚挂掉电话，门铃响了，是伊冯娜，我以前的邻居，她来喝喝茶、聊聊天。她是我认识的人当中第一个拥有录像机的，我永远忘不了。我还记得他们邀请乔安娜去看《E.T. 外星人》，我的天，乔安娜当时那个表情啊。总之吧，她现在住在坦布里奇韦尔斯[①]——是她应该住的地方，我请她在回家的路上把友谊手绳投进西沃恩的信箱。省了张邮票钱，不是吗？

还有什么？对了，瑞安·贝尔德。罗恩劲头十足，真是疯了一样的男子。我期待着听听他的行动计划。易卜拉欣明天应该回家了，他告诉我们不用再去医院看他，这样也好，伊丽莎白想让我跟她去一趟霍夫，但没有说原因。

我在为西沃恩做烘焙。我不知道她喜欢什么，聊天的时候也没机会问，所以保险起见，我做了一个维多利亚海绵蛋糕和几块没放坚果的布朗尼，如果她想尝试一点儿新奇口味，我还准备了椰香覆盆子切片。

我一直在想钻石的事，两千万英镑会让大多数人动心，不是吗？反正会让我动心。在《一掷千金》节目中，他们常说两万五千英镑是“改变人生的数目”，我不这么想。这数目顶多够还信用卡或去趟葡萄牙，也许还能换几扇窗户。

① 坦布里奇韦尔斯（Tunbridge Wells）：英国西肯特郡城镇，英国历史上著名的疗养地和旅游胜地。

可是两千万，我猜有人一定想弄到手，即使杀几个人也在所不惜。

对了，我发现我并不是想说罗恩“真是疯了一样的男子”。那个正确的说法是什么？好像跟这个差不多吧？算了，不想了，“疯了一样的男子”其实也挺适合罗恩的。

就这样，明天跟伊丽莎白去霍夫，一定很有意思。我们坐两点半的车去布莱顿，然后从那家超大的玛莎百货出车站，步行到霍夫。伊丽莎白说了“严禁购物，乔伊丝”。看来我们确实有什么正事。

什么正事呢？钻石？谋杀？也许两样都有一点儿，那就太好了。

23

伊丽莎白看看手表，叹了口气，加快了脚步。

她们比计划晚了大概二十分钟，因为乔伊丝非要停下来喝杯咖啡。乔伊丝喜欢坐在咖啡店里，看着窗外经过的行人。只要不拦着她，她可以在那里坐上一整天，一会儿说：“哇，雨伞撑起来了。”一会儿又说，“你觉得那件大衣适合我吗，伊丽莎白？”她甚至不怎么爱喝咖啡，只是觉得在咖啡店点茶太尴尬了。

道格拉斯想见伊丽莎白，现在这种时候，这是她最起码能做的事。在她的监护下，他差点被人杀死。虽然她还没正式开始保护他，那也说不过去。

新的藏身地在霍夫，位置是圣奥尔本斯大道三十八号，她们正在去那里的路上。从满是咖啡馆的教堂路到满是冷饮店的海滨有许多条平行的街道，圣奥尔本斯大道是其中之一。

“海边的空气很舒服吧？”乔伊丝说。

“一剂补药。”伊丽莎白赞同道。一辆大卡车从她们身边开过。

乔伊丝有点不大对劲。伊丽莎白现在已经很容易读懂她，她的心情显然太好了。这是乔伊丝的招数，能在别人身上起作用，但对伊丽莎白无效。伊丽莎白在教堂路的南多世餐厅[1]外停下，一手搭在乔伊丝的胳膊上。

"去见道格拉斯和波佩以前，可以告诉我你藏着什么秘密吗？"

乔伊丝抬眼看着她，明亮的眼睛显得特别无辜，雪白的头发盘成了发圈。

"我真的不明白你在说什么。"

"乔伊丝，你已经让我们晚了二十分钟，我实在不想站在这儿，再花上二十分钟劝你说出秘密。"

"有时候，伊丽莎白，你表现得就像是我老板。你并不是。"

伊丽莎白叹了口气。"拜托，我求求你，别烦人了，告诉我吧。"

乔伊丝看向南多世餐厅。"知道吗？我连一家南多世都没去过。"

"你明显有事瞒着我。跟道格拉斯有关？"

"我可以带上易卜拉欣，他会喜欢南多世的，你觉得

① 南多世餐厅（Nando's）：英国连锁烤鸡店。

呢？我们一定要让他多出门。”

“那就是跟波佩有关？”

“有时候，伊丽莎白，你只能承认你不是什么事都知道，恐怕现在就是这种时候。”

伊丽莎白盯着乔伊丝的眼睛，点点头。“这么说，*是*跟波佩有关？你很厉害，乔伊丝，不过没那么厉害。”

乔伊丝笑了笑。“这样下去只会让我们更晚，亲爱的，我们会显得很没礼貌。我甚至没给他们带点什么，还有时间去买些软糖吗？”

伊丽莎白思索着。“好了，确定跟波佩有关，全写在你脸上了。波佩要你做什么？你当时单独和她在一起，对吧？”

“你恐怕看走眼了。前面有家不错的书店——城市书房，我可以为道格拉斯选一本约翰·格里森姆[1]的书。”

“所以波佩给了你什么东西？是这样吧？离开的时候偷偷塞给你的？”

“我看是有人偷偷塞给*你*什么东西，伊丽莎白。易卜拉欣的事我说得没错吧？我们一定要让他多出门，他绝不会主动出门。我想南多世主要是鸡肉，不过肯定还有布丁什么的。”

---

① 约翰·格里森姆（John Grisham, 1955— ）：美国犯罪小说作家，作品以法庭推理和惊悚元素见长。

“她有可能给你什么呢？为什么是你，不是我？”

“我在考虑去趟动物救助中心，等易卜拉欣一回来，让他开车带我去。”

“也许是字条？波佩给了你一张字条吧？走的时候偷偷塞到你手里？”伊丽莎白久久盯着乔伊丝，眼神犀利。

“他肯定反对，你了解易卜拉欣这个人，但我们可以说服他。狗狗真的非常治愈。我想说的你一定也很清楚，他的精神创伤比身体创伤难愈合得多。”

“私人的事。”一群年轻人冲进南多世，伊丽莎白往旁边让了让，“这就是她为什么选择了你。一个任务，她知道可以放心交给你。”

“我上网查了，阿兰还在那儿。是狗的名字，不过我打算叫他拉斯蒂。你是我第一个告诉的人，我在日记里写了，还没有对外公开。”

“显然，你穿着新买的羊毛开衫。对了，那件开衫非常适合你。所以呢，她把字条偷偷塞进了你的口袋？”

“谢谢你对开衫的夸奖。要知道，我小的时候，邻居家有只狗叫拉斯蒂。”

“我在想，乔伊丝，她是不是想请你帮忙联系什么人，让他们知道她没事？这种事我也会完全放心地交给你办。”

“我记得那是只寻回犬，我总是把它们跟拉布拉多搞混。不过，我们大家不都是各种血统混合的产物吗？仔细想想不就是这么回事？”

“波佩信得过谁？”伊丽莎白问，“这是个问题。”

“人人都爱约翰·格里森姆，不是吗？买他的书不会错。”

伊丽莎白把双手搭在乔伊丝的肩上，点点头，紧紧盯着她的眼睛。

“我想问的是，乔伊丝，波佩是不是把她妈妈的电话号码给了你？”

乔伊丝举起双手。“哦，天哪，伊丽莎白，我就不能有秘密，对吧？”

“你比大多数人坚持得久。给她打电话了吗？”

乔伊丝点点头。“可以吗？”

“可以。第一次杀了人，想跟妈妈说说话，我一点儿也不惊讶。我是说，我当初没这么想过，但我是我。”

“她好像很友好。不好意思，我邀请了她来玩。”

“好主意。好了，继续走吧。”

乔伊丝笑了笑，两个朋友朝着圣奥尔本斯大道走去。

“你不生气？”乔伊丝问。

“一点儿也不。”伊丽莎白说，“不过有句话我要说，他们不喜欢你随便改狗的名字。”

“我知道，可是*阿兰*也太难叫出口了。”乔伊丝说。

“这样吧，交给易卜拉欣来决定如何？他最擅长这种事。”

“我巴不得他快点回来，你呢？”

伊丽莎白挽住乔伊丝的胳膊，她们接着往前走。

“对了，罗恩出门去哪儿了？”乔伊丝问，“我们出发前，我看见他开车离开。他现在从不开车。”

伊丽莎白看了看手表。“罗恩有个修水管的活儿，他赶着去开工。”

“修水管？”

“罗恩嘛，你了解的，他可是个多面手。”

24

卖可卡因不像别人想象的那么风光。康妮·约翰逊心想，这次有机会打扮一下也挺好的。

波格丹·扬科夫斯基可不是每天都想买一万英镑的哥伦比亚极品可卡因的，康妮激动了一整天。隔壁的车库卖冒牌香水，她早些时候抹了一点儿，结果不得不立刻冲洗掉，气味实在太冲了，熏得她眼泪直流，她甚至不得不重新涂一遍睫毛膏。她感觉气味已经散得差不多了。

波格丹怎么突然想要可卡因？他完全不像那种人。也许他染上了毒瘾，需要以贩养吸？康妮希望如此，这就意味着她能经常见到他。

他到底哪里迷人？同一个男人身上既有极度的危险感，又有绝对的安全感。或者只是长相？

金属车库门上响起砰砰的敲门声。康妮理了理头发，把口香糖吐进一个旧文件柜里，点燃一根薄荷烟。来吧。

她打开门，阳光涌进她的黑暗世界，他就在那儿。波格丹，光头，爬满双臂的文身，深邃的蓝眼睛，一脸无所谓的表情，哪里都迷人。他关上身后的门，只有他们两个人。她应该怎么表现？美美的，酷酷的？她以前试过跟波格丹调情，一无所获。她怀疑他在玩欲擒故纵的把戏。他是不是正用眼睛脱掉她的衣服？康妮觉得是，反正他的眼睛没闲着。她冲他的运动包点点头。

“钱？”

波格丹点点头。“是的。”

康妮狠狠吸了一口薄荷烟，品尝着清爽的薄荷味。

“一万？”

“是的。”波格丹说。

“需要数吗？”

“不需要。”波格丹说，把包放到康妮的大木桌上。

康妮以前读的中学倒闭时，学校拍卖了所有东西，康妮参加竞买，买下了老校长的书桌。她曾经无数次站在这张书桌前，由于这样那样的原因受到训斥。有段时间，她特别喜欢在这张书桌上称量可卡因。吉尔伯特夫人知道了会怎么说？现在生意做大了，她主要用它处理经营管理上的事。不得不承认，这是张好桌子。

“现在就要提货？”康妮问。

“是的，”波格丹说，立刻加了一句，“拜托了。”

康妮感觉一切进展顺利。他们两个人产生了联结？擦出了火花？天哪，看看他。

“在后面，波格丹，等我一会儿，就当自己家，这里有杂志，大多是《终极格斗》。”

康妮打开一扇上了挂锁的门，走进一间小储藏室。里面没有镜子，她用一张旧 CD 的反光面检查自己的模样。幸亏检查了，她发现牙齿上有一小块口红印。波格丹注意到了吗？她在保险箱前跪下，一只手按密码，另一只手擦门牙。万一他看到了口红印，然后又发现她擦掉了，怎么办？她从保险箱里拿出一公斤可卡因，东西用牛皮纸包着，上面盖了“小心轻放，此面向上”的章。如果他发现了，也就知道她照镜子检查过。这样会不会显得她太主动？她锁上保险箱，往外走。现在说什么都晚了，看到就看到吧，她已经尽力留下好印象了。

康妮重新锁上储藏室的门挂锁，把包裹放到女校长的书桌上，旁边是装着钱的运动包。波格丹直直地盯着她。盯着她的牙齿？

“需要检查吗？”康妮问。

“不需要。”波格丹说。他从运动包里取出钱，把包裹放了进去。

“你以后会是常客，对吗？”康妮问，“常客有特别优待。”

“不，就这一次。”波格丹说。

“特别优待”太露骨了，康妮想。太暧昧了，笨蛋。她决定耸耸肩。

“好吧，你的生意你做主。”

波格丹点点头。“是的。”

“我去给你开门。”康妮走过去打开门，阳光又涌了进来。波格丹稍稍低头穿过门。

“谢谢，康妮。”

康妮又耸耸肩——完美——在他身后关上门。她往后一倒靠在门上，长长地吐了口气。

天哪，紧张死了。她必须给自己放一天假。

波格丹不用走多远，他和罗恩约在码头见面。康妮那边挺顺利，似乎没有什么芥蒂。他有点替她难受，因为她的牙齿上有口红印。她的样子好像要出门约会，他本来打算跟她说的，不过她自己显然注意到了——拿可卡因回来时，口红印不见了。他庆幸不必开口，她似乎对他有些不耐烦。

他很开心出来了，最主要是因为里面有股难闻的气味。

波格丹看见罗恩，走了过去。罗恩一身水管工的行头。

“喂，波格丹。”罗恩说。

“你好，罗恩。”波格丹说。

“看来到手了？”罗恩说，指了指运动包。

“对，到手了。”波格丹说。

“好小子。你一定很好奇我为什么穿水管工的衣服吧？”

波格丹摇摇头。“不是很好奇，你们几个做什么我都不吃惊，你不穿水管工的衣服我才感到奇怪呢。”

罗恩点点头，觉得这话有道理。

“易卜拉欣怎么样？”波格丹问，“什么时候回来？”

“那位老兄还好。被人打了，知道吗？下手很重。”

波格丹点点头。“要帮忙对付打人的家伙吗？”

罗恩接过运动包。“你已经帮忙了。”

“我想也是这么回事，”波格丹说，“太好了，我很高兴。你知道的，有需要尽管开口，叫我做什么都行。”

“真是个好小子。”罗恩吸了吸鼻子，“天哪，波格丹，什么气味？”

25

伊丽莎白和乔伊丝到了圣奥尔本斯大道。这条路上全是小旅馆和养老院，你可以边看手机边走完整条路，一次抬起眼的欲望都没有，太完美了。她们到了三十八号。对着街道的房间全都拉上了窗帘，正面窗上贴着一张四年前“为自由民主党投票”的海报。真是教科书级别的藏身地。

路对面停着一辆维珍传媒的面包车，伊丽莎白敲了敲车窗。他们知道她要来。

女司机收起报纸，放下车窗，抬起一边的眉毛。

伊丽莎白一字不漏地重复了她被告知要说的话。“我家的信号接收器出了问题，我不想错过《爱情岛》[1]。”军情五处的某个人为她设计了这么一句，肯定开心得不得了吧？

司机的回复正如所料。“你是四十二号？”

伊丽莎白点点头。

“那是天空公司负责的，不是维珍。”

---

① 《爱情岛》（*Love Island*）：又译《恋爱岛》，英国收视率极高的真人秀节目，24 小时记录年轻男女在小岛上的恋爱生活。

“抱歉打扰了。”伊丽莎白说，把手伸进去和司机握手。当她们的手握在一起时，她感觉一把钥匙被压进了她的掌心。司机升起车窗，又开始看报纸。枯燥的任务。伊丽莎白表示同情。扮司机至少还有报纸看，以前在东欧，伊丽莎白常常要盯梢十二小时，那时候多么渴望有一份《每日电讯报》啊，哪怕《每日镜报》也行。

她们穿过街道朝房子走去。

“刚才是特工之间的对话？”乔伊丝问，“暗号？”

“对，非常基础的暗号，只是为了确认身份。”

“乔安娜看《爱情岛》，她说我应该喜欢看，有帅哥什么的。”

正门上贴着“请勿投递垃圾邮件”的标签，门从外面看很普通，但伊丽莎白知道它背后有钢筋加固，以防任何人动任何念头。钥匙看上去完全正常，其实是电子的。只要把它插进锁眼，房子里会发出一阵响声，声音轻得很，街上根本听不见。

门开了，伊丽莎白看了一眼手表：五点二十五分。罗恩应该已经拿到货了。

道格拉斯说的是五点见面，不过偶尔让道格拉斯等一等也没关系。她到底来这里做什么还是个谜。道格拉斯选择在库珀斯·切斯藏身已经很怪了，现在库珀斯·切斯不再是选项，他还想见伊丽莎白，这就更怪了。

伊丽莎白可以拒绝，但这里一定有什么状况，她一点儿不介意来看看是什么状况。毫无疑问，这是道格拉斯的游戏，而道格拉斯的游戏有时很有趣。如果他还留着一手绝招，当然值得一看。

更何况还有可望而不可即的两千万英镑。想想吧，有了两千万英镑，你会做什么？伊丽莎白不需要想，她非常清楚自己会用它做什么。

她们踏过门槛。

“我喜欢门厅的地毯，”乔伊丝说，她的声音在安静的房子里回响，“我们以前差点买了类似的。”

这里有两个人住，当然不应该这么安静。他们都睡觉了？五点二十五分睡觉？不可能。

伊丽莎白感觉到一阵微风。所有的门窗都关着，锁的锁，封的封，房子里竟然有风。

“道格拉斯？”伊丽莎白叫道，“波佩？”

伊丽莎白走进厨房，很整洁，一张小桌子，两把木椅。水槽边有两个碗和两个马克杯。墙上挂着旧日历，上面是英国城堡。

厨房有一扇后门，通向后院的花园，后院的砖墙上装了带刺的铁丝网。

后门大敞着。

26

“他踢了你的后脑勺儿？”

“对，安东尼，恐怕是的。”

易卜拉欣没有告诉其他人他今天几点钟回来。他知道他们会小题大做，他不想胡子拉碴地出现在欢迎仪式上。所以呢，他成功约到了安东尼今天的最后一个空当。这位发型师太受欢迎了，现在每周来库珀斯·切斯三次。易卜拉欣对自己的病人发型一点儿都不满意。

“说实话，看不出来，”安东尼说，用梳子梳着易卜拉欣的头发，“没留下脚印，什么都没有。”

“嗯，这可是头盖骨。”易卜拉欣说。

“对极了，”安东尼赞同道，“要是我按得太重，说一声。我会让你很快好起来，这是我的工作。”

“谢谢，安东尼。”

“你会康复的，我相信你会。”

“康复属于更年轻的人。”

“胡说，杀不死你的，会让你更强大。”

“哦，在我这个年纪，我表示反对。”

“我来给你举个例子。我有次嗑了迷幻剂，迷幻了两天，在卡沃斯。知道卡沃斯吗？”

“是在希腊吧？”

“啊，这我可不清楚，是个挺热的地方。反正吧，那个时候感觉很可怕，懂吗？我看见别墅的墙壁在流血。我站在屋顶上，飞机从头顶飞过，我恨不得伸手抓住它们。当时我真以为自己要死了。我没死，这个经历让我变得更强大。”

“怎么强大？”

“嗯，不知道。我是说，我现在嗑迷幻剂嗑得少了，这应该是好事，不是吗？而且我的 Instagram 涨了大概四百个粉丝。这就是我想表达的意思。真不知道医院的人怎么打理你的头发的，我猜没用护发素吧？”

“我要罗恩帮忙要一点儿，他说他不确定要什么。”

“好了，你现在有我。”

“话说回来，我不觉得这件事让我更强大。我吓坏了，安东尼。”

“那是当然，”安东尼说，“创伤后什么什么的[1]。”

“不过我最终会挺过去的。”

---

① 创伤后应激障碍，简称 PTSD（Post-traumatic stress disorder）。

“你当然会，看看人家奥普拉[1]这么多年都经历了什么。”

“除非还没挺过去，我就死了，那样就永远挺不过去了。这正是我现在的感觉。也许我永远也不会好起来。”

“你再这么说下去，我要告诉乔伊丝你很丧气。”

“‘杀不死你的，会让你更强大’，这么说没问题，勇气可嘉。可是等你八十岁了，这句话就不适用了。等你八十岁了，杀不死你的，只会带你穿过一道门，又一道门，再一道门，这些门都在你身后关闭。不可能康复了。年轻时的引力消失了，你只会越飞越高，越飞越高。”

“行了，”安东尼说，用掌心扶住易卜拉欣的太阳穴，让他抬起头看着镜子，“我刚刚为你‘剪’了十岁，我可是尽了全力。他们知道抢你的人是谁吗？”

易卜拉欣点点头。“知道，他们有名字，但没有证据。”

“那怎么办？”

“我猜伊丽莎白有办法。”

“好吧，希望如此，”安东尼说，拿起一面镜子对着易卜拉欣的后脑勺儿，又点点头，“伤了我的朋友，别想跑得掉。你告诉伊丽莎白，有什么需要，尽管开口。”

“我会把话带到。”

---

① 奥普拉（Oprah, 1954— ）：美国电视节目主持人、演员、制片人。

“虽说不一定管用，但我有时候真的认真在听。你不会在好起来之前死掉的，我保证。”

“说不准。”

“易卜拉欣，跟你说话的是一个梦到彩票中奖号码的人，四个号码全中，三百六十英镑。我说你还不会死，你就还不会死。”

“很好的安慰，谢谢。”

安东尼开始收拾工具箱。“我们都清楚你们几个离开的顺序。罗恩第一……”

易卜拉欣点点头。

“伊丽莎白第二，很可能是被一枪打死。你和乔伊丝倒是不相上下。”

“我不想当最后留下的那个，”易卜拉欣说，“我一直努力不对任何人产生依赖，但我依赖他们三个。”

“好吧，那就你第三，乔伊丝最后。”

“我也不想让乔伊丝孤单一个人。”易卜拉欣说。

“哦，我相信乔伊丝不会孤单太久的，你觉得呢？”

“嗯，我也觉得不会。”易卜拉欣笑起来。

“她呀，真是个淘气的女孩。”

易卜拉欣的夹克挂在门后，他把手伸进夹克口袋，掏出钱包。“这次恐怕要刷卡了，安东尼——最后的现金都付给出租车司机了。”易卜拉欣打开钱包，皱起眉头，“咦，怪了，我的卡不在里面。”

“太意外了。”安东尼轻轻笑出声。

“一定忘在什么地方了，非常抱歉，可以先欠着吗？”

安东尼走到易卜拉欣跟前，给了他一个拥抱。“这次算我的。好了，快走吧，帅哥。看见你，她们都会被帅晕。”

易卜拉欣望着镜子中的自己，转动脑袋看了看两侧。他点点头。“谢谢，安东尼，我相信她们会的。”

27

伊丽莎白走出厨房。如果有人进了房子，伊丽莎白确定人已经走了。这是她的直觉，但她还是把一根手指放到嘴唇上，示意乔伊丝站在原地别动。她用脚轻轻推开客厅的门，没人。两把扶手椅，两张小茶几，一个餐具柜，柜子上摆着一个收音机和一瓶花。没有尸体，没有血迹——好事，这给了伊丽莎白一点儿希望。她知道必须上楼看看。万一有人，她明白自己有多么不堪一击，她没有武器。伊丽莎白回到门厅，发现乔伊丝不见了，心里一阵惊恐，很快看见乔伊丝轻手轻脚地从厨房出来，一只手里拿着一把刀。伊丽莎白点点头。

乔伊丝把更大的刀递给伊丽莎白，递过去的时候悄悄说："小心，先拿刀柄。"

伊丽莎白感觉心脏在胸腔里剧烈跳动，很快，却很有力。她真幸运。

房子里到底有没有人？她会不会掉进了圈套？更糟糕的是，她会不会把乔伊丝也一起拖进了圈套？

她示意乔伊丝留在楼下，自己走上楼梯。

28

你想怎么说罗恩都行，但不能说他不像水管工。瑞安·贝尔德没多看一眼，直接让他进了屋。住房协会派我来的，水压问题。举起包，这是我的工具。全部免费，别担心。

这就是瑞安·贝尔德了？

就是这个小孩踢了罗恩最好的朋友的后脑勺儿，扔下他活活等死？

他多大？十七？十八？一身皮包骨，头发染成了金色，铁蓝色运动裤，光着膀子。他一只手拿着游戏手柄，罗恩刚问完洗手间在哪里，他立刻回去打起了游戏。换作几年前，罗恩当场就把他揍趴下。不过有时候伊丽莎白的办法是最好的办法，他会按指示照办。也许一切结束前，他还有机会朝瑞安·贝尔德傻傻张开的嘴巴上狠狠来一拳。罗恩希望如此。他非常尊重甘地[①]这类人，但偶尔你不得不做

---

① 甘地（Gandhi, 1869—1948）：印度民族解放运动领导人，提倡非暴力的斗争方式。

些越轨的事。

罗恩挪开水箱盖子，从运动包里取出棕色包裹，把它一直塞到水箱底。一万英镑也买不了多少可卡因嘛，他想。下次见到儿子杰森，他要说说这事。

罗恩盖上水箱，检查盖子能不能复原，然后又挪开盖子。他把手伸进连衣裤的口袋里。不知道伊丽莎白从哪里弄来的连衣裤，天哪，简直太舒服了，他在想可不可以自己留着穿。不过每天穿连衣裤是堕落的开始，穿了连衣裤，紧接着就该穿睡衣逛商店了。

他掏出易卜拉欣的借记卡，小心翼翼地放进水箱里。

罗恩重新盖上盖子，拉上运动包的拉链。他还真想上厕所了，但决定忍一忍。水箱里塞了一公斤的可卡因，谁知道冲水的时候会发生什么？

罗恩回到门厅，大声喊道："弄好了，老兄！" 瑞安·贝尔德没有反应。罗恩离开了公寓。

他等了一两分钟才掏出手机，你永远不知道有没有人在偷听。这是部一次性手机，不可能被追踪到。杰森有很多这样的手机，他爸爸找他拿了一个，他连眼皮都没抬一下。罗恩拨通了警员唐娜 · 德 · 弗雷塔斯的号码，她在第三声铃响后接了电话。

"你好！"

"你好，是唐娜 · 德 · 弗雷塔斯吗？"

“嗨，罗恩，是你吗？”

“不是，不是，我不认识什么罗恩，我只想报警。”

“哦，好吧，我陪你演。抓紧时间，我在查监控，有人把雷诺开进了格雷格斯面包店。”

“是这样，我是个水管工……”

“好的。”

“我刚刚在黑兹尔迪恩花园街十八号公寓干活儿。”

“黑兹尔迪恩花园街十八号？”

“是的，我在那儿发现了一点儿东西。你们闯进去以后，穿过门厅进第一个门，东西在马桶水箱里。”

“明白了……先生。公寓住户现在在家吗？”

“在，他连件上衣都没穿，唐娜。天哪，我差点揍扁他。”

“好了，费尔黑文警局感谢你的帮助，先生。不过，没有正当理由，我们不能擅自闯入私人住宅。”

“什么样的正当理由？”

“比方说，有人受到伤害。”

“啊，对，有人受到了伤害，尖叫声什么的。”

“好的，我们马上过去。”

“太好了，也带上克里斯一起。”

“可以问问你的名字吗？”

“我希望保持匿名。”

“编一个吧，就算为了我。”

罗恩想了想。“乔纳森·阿华田。”

“谢谢，阿华田先生。”

“谢谢，亲爱的，快去抓住他。再见。”

罗恩结束通话，走出住宅区，吹着口哨离开了。

大功告成，伊丽莎白肯定满意，也许他也该给她打个电话。先喝杯啤酒再说吧。

29

伊丽莎白紧紧握着刀柄，她用的是五十多年前学习的正握法。反握法在七十年代流行过一阵子，但现在更推崇正握法，它使出的力量大得多，特别适用于对手比你块头大的情况。

伊丽莎白还没有听到任何动静，这是个非常坏的迹象。应该提醒外面的司机吗？司机会不会有枪？她继续上楼梯，四下没有任何打斗的痕迹。安静的房子，打开的后门，一切看上去都像是设计好的。道格拉斯在恶作剧吗？叫伊丽莎白过来见他，把她吓个半死？

伊丽莎白到了楼梯平台，往下看，看见乔伊丝在楼梯脚下。她也用正手握着刀，这女人真有天赋。

楼梯平台通向三扇门。一个洗手间的门半开着，伊丽莎白轻轻推了一下，门开得更大。什么也没有。晾衣架上挂着内衣，马桶座圈掀了上去，她知道最后一个用马桶的人是谁了。

两个卧室的门关着。她慢慢转动第一扇门的把手，摆好姿势随时准备出刀。要是道格拉斯和波佩正躲在门后偷笑，她这样子肯定像个傻子吧？她为什么觉得一切是个玩笑？一切太过规整，看上去不像犯罪现场，倒像是演习。就是吧？一场测试？检验这个老太婆是不是宝刀未老？

她一把推开门，迅速进了房间，后背紧贴着最近的墙壁。什么也没有，除了一张铺得整整齐齐的床、一本菲利普·拉金诗集和一支祖·玛珑蜡烛。波佩的房间，但波佩不在。菲利普·拉金诗集里夹着书签，等着波佩回来。

伊丽莎白回到楼梯平台，只剩下一个房间了，房子正面的卧室，道格拉斯的房间，最后一个选择。

她攥紧刀，突然有了一个想法。波佩开枪打死安德鲁·黑斯廷斯以后很难过，经历了巨大的精神创伤，甚至叫乔伊丝联系她妈妈。万一波佩觉得受不了了呢？趁道格拉斯睡着的时候——你永远知道道格拉斯什么时候睡着了，我的天，那鼾声——也许她决定逃走，离开时没有关上后门？一切对她来说难以承受，她肯定知道有人守在房子外面保护道格拉斯的安全。

她握住门把手，开始转动。

伊丽莎白打开门。她愣住了，只愣了一秒钟。这不是演习，也不是玩笑。当然了，波佩绝不会不关后门。当然了，道格拉斯绝不可能静悄悄地睡着。

波佩的身体倒在扶手椅上，一颗子弹让她的脸面目全非，漂亮的金头发变成了红色。一条手臂搭在身体上，无疑是想挡住子弹。另一条手臂垂在身体一侧，血顺着手臂流下来，已经干了。那朵为她奶奶制造惊喜的白色雏菊变成了深红色。

道格拉斯倒在床上，他的枪伤比波佩的还要厉害。要不是和他结过婚的人，根本不可能认出他。他脑袋后面的墙壁被血染成了黑色。

不管道格拉斯叫她来做什么，肯定不是来看这幅场景的吧？

伊丽莎白深吸一口气，她必须保持冷静，这个犯罪现场很快就不是她的专属了。她掏出手机，从所有可能的角度拍下照片。

伊丽莎白听见身后有响声，转过身，举起刀，看见乔伊丝站在门口。乔伊丝在波佩和道格拉斯的尸体之间来回看了一眼。

“哦，波佩，”乔伊丝说，“哦，伊丽莎白。”

伊丽莎白点点头。“什么也别碰，下楼，走。”

伊丽莎白推着乔伊丝往外走。她很庆幸乔伊丝并不脆弱，现在最不需要的就是眼泪。伊丽莎白打开正门，告诉乔伊丝留在原地。她沿街奔跑，跑到对面的维珍传媒面包车跟前，这才意识到手里还握着刀。她迅速把刀塞进手提包，敲了敲车窗。无聊的司机又放下车窗。

“结束了，是吗？挺快的。”

伊丽莎白掏出手机，给司机看了一张照片。“两个都死了，在你坐在这儿看报纸的时候。”

司机瞬间跳下车，朝房子飞奔而去，一路上都在为他的大好前程担忧。

伊丽莎白拿着手机，意识到大部队一来，她会立刻接受审问，这是马上就要发生的事。有人会拿走她的手机，删掉照片。她扫视圣奥尔本斯大道上的花园围墙，扫过两座房子的花园后，看见了她需要的东西。司机已经跑进了屋，伊丽莎白快步走过去，取出矮墙上一块松动的砖块，把她的手机塞进空隙，然后把砖块放了回去。完美的密信传递点。

好了，现在要找的除了钻石，*还有*杀人凶手。

第二部分

有时候，你不敢相信自己的眼睛

30

帕特里斯在放期中假，她和克里斯住在了一起。克里斯还不太习惯，假装吃得健康，不过几天后他意识到，假装吃得健康其实就是吃得健康。苹果就是苹果，不管你是为了照顾好自己而吃，还是为了讨好女朋友而吃，营养价值都是一样的。从星期一开始，克里斯一块士力架都没吃过。

今晚他们约好了去黑桥酒吧吃晚餐。“黑桥”从英文改成了法文，以前是个下等酒吧，现在算得上是费尔黑文一流的美食酒吧。每周二，他们的餐厅都有爵士三重奏表演。克里斯从不懂欣赏爵士乐，不明白应该欣赏哪一部分，但他知道喜欢爵士的人似乎都很享受生活，而他需要假装更享受生活一点儿。万一和吃苹果一样呢？假装享受生活其实就是享受生活。帕特里斯一来，他脸上的笑容就没停过，也许这确实能说明什么。

帕特里斯也从他身上得到了一些东西，他是知道的。客观地看，他体贴又风趣。他有一份正当工作，抓罪犯。

还有什么？别人都说他眼睛好看。他的吻技还不错。

其他的事暂时可以遮掩得很好。还没学会走路，就别想着跑了，克里斯。是不是所有女人都会夸男人吻技好？克里斯猜是的。随口夸夸又能怎样？

六点三十分左右，唐娜打来电话。瑞安·贝尔德被捕，正在去费尔黑文警局的路上。克里斯听不了爵士乐了，对他来说是种解脱，这新的一页还是等到以后再翻吧。

帕特里斯非常体谅，事实上是异常体谅。说不定帕特里斯也不喜欢爵士乐？说不定他们俩都在假装？这个问题值得深挖。真要如此，当然是巨大的解脱。

克里斯开车到警局，对瑞安·贝尔德进行了审讯。瑞安大吵大闹，说自己遭到一个水管工的陷害，他最终被指控藏毒、意图贩毒以及实施抢劫，被关进了牢房。他的律师看上去也比上次多了一点儿活力，也许他想看到瑞安蹲监狱，或者他也逃过了一个爵士乐之夜。

克里斯给帕特里斯发了消息，此刻他们坐在黑桥酒吧的雅座里。核桃木高脚凳上放着一根孤零零的鼓槌，这是爵士乐之夜留下的唯一痕迹。

克里斯和帕特里斯一起坐在皮沙发上，他们的对面是唐娜，克里斯的搭档，帕特里斯的女儿，她蜷着腿窝在宽大的扶手椅里。

“周四推理俱乐部？”帕特里斯问。

“有四位，”唐娜说，“手机被抢的是易卜拉欣，水管工是罗恩。”

“弄到一万英镑可卡因的是哪位？”

唐娜看向克里斯。“我猜是伊丽莎白。”

克里斯点点头。“我也这么想，当然了，绝不排除乔伊丝的可能性。”

“可是这么做不违法吗？”

“绝对违法。”

“万一暴露了，你们不会有麻烦吗？”

“老妈，”唐娜说，“我接到一个水管工的电话，他说在一间公寓发现了可卡因和被盗窃的银行卡，还听到了尖叫声。我去了公寓，找到了可卡因和银行卡，逮捕了现场的年轻人。我和克里斯审问了他，他否认了所有指控……”

“这是常有的事。”克里斯说。

“这是常有的事。我们认为有足够证据起诉他，所以起诉了他。”

“上法庭怎么办？他们传唤这个水管工去做证人，可他不是水管工。”

唐娜耸耸肩。“我猜伊丽莎白已经想好对策了。”

帕特里斯举起威士忌酒杯致意，冰块叮叮作响。“真是了不起的小帮派，我想见见他们。”

“我们暂时还把你当秘密藏着。”克里斯说。

“是吗？”帕特里斯说，伸出一条腿放到克里斯的大腿上。

“我要把握好和周四推理俱乐部的距离。他们能把可卡因塞进别人的水箱里，我可不敢想象他们会怎么掺和我的感情生活。”

“你真可爱，说‘感情生活’。”帕特里斯说。

“老妈，不要提‘感情’，”唐娜说，“不要炫耀了。”

“我的意思是私人生活。”克里斯说。

“太晚了，已经说出口了。”帕特里斯说。

“那帮家伙会让我们几个星期内结婚。”克里斯说。

“太可怕了。”帕特里斯说，抬起一边的眉毛。

“老妈，不要因为喝了两杯威士忌，就假装你想嫁给克里斯。不要让我后悔介绍你们两个认识。”

“对了，伊丽莎白联系过你吗？”克里斯问唐娜。

“一下都没响，”唐娜说，看了看手机，“估计她应该喜欢这个消息，瑞安·贝尔德在押候审。”

克里斯看了眼手表。“嗯，十点半了，你了解那帮家伙的，她肯定早就上床睡觉了。”

“说到上床……”帕特里斯说，直勾勾地看着克里斯，不停摆弄她的项链。

“哦，天哪，老妈，我要吐了。”唐娜说着摇摇头，喝光了杯里的威士忌。

31

好了，让我们看看伊丽莎白·贝斯特有什么本事吧。安全局里传奇的英雄人物是不是真像传说中的那么厉害？

苏·里尔登忍不住拿自己和坐在正对面的女人比较。伊丽莎白·贝斯特，银发，粗花呢外套，面无表情。她知道什么？或者说，她愿意透露什么？

她们以前都杀过人，当然了，出于正当理由，但终归是杀过人。这一点让人感觉亲切和尊重，同样也多了一分疑虑。伊丽莎白掌握了各种招数，苏·里尔登必须有自己的独门绝技才能得到她想要的东西。见招拆招吧。

房间很小，这是惯例，目的是制造幽闭恐惧。

墙壁镀了金属，到齐腰的高度，上面的部分全是混凝土。没有窗户，每个角落都有摄像头，厚厚的墙壁让说话声变得沉闷。看样子就算是核爆炸，这个房间也能完好无损，实际上，设计它的时候确实考虑到了这个功能。兰斯·詹姆斯在墙边来来回回走动。

“别走来走去，拜托了，对谁都没帮助。”伊丽莎白说。

“对不起。”兰斯说。

兰斯·詹姆斯是那种能站着走动就不会坐着不动的人。他从特别舟艇中队调到苏手下，她对他没什么了解。他话很少，工作卖力，对苏来说足够了。他四十出头，勉强维持着中等偏上的长相，不过金发已经开始稀疏，很快会越来越少、越来越白，最终彻底消失。小房间、盯梢、熬夜、压力，这样的生活年复一年，苏见证了许多帅男的衰老，兰斯顶多还能撑五年吧。

她和伊丽莎白、伊丽莎白的朋友乔伊丝一起坐车来到这里，那是辆没有窗户的面包车，她们坐在后面。伊丽莎白和乔伊丝被蒙上眼睛带进了这个房间。一切都是为了掩盖目的地，但伊丽莎白清楚地知道她们在哪儿。戈德尔明，地下三层的隔离密室，他们以前管这里叫“房子”。苏知道，伊丽莎白为军情五处效力时，同样在这个房间里审讯过别人，就坐在苏的位子上。那之后房间进行过装修，天花板新刷了灰油漆。过去也没有摄像头，也许对所有人来说都是件好事。

“现在叫兰斯的人不多了，”乔伊丝说，“是家里传下来的名字？”

“确实是。”兰斯说。

苏看得出来，乔伊丝非常享受整个过程。她在面包车上打了个盹儿，而伊丽莎白，不用说，肯定在留意时间和方向。蒙上眼睛后，乔伊丝特别兴奋，说：“嗯，我能感觉得到，我们正在坐电梯上楼。”当时她们正下行到地下三层。

兰斯背靠着墙，双臂在肌肉发达的胸前交叉。

“这么说，你收到了道格拉斯·米德尔米斯的消息？”苏说，“我们从这里开始，好吗？这是什么时候的事？具体时间？”

“不知道。”伊丽莎白说。她不会什么都说，可以的话，她什么都不会说。没关系，慢慢来，慢慢来。

“可以给我们看看消息吗？”苏非常礼貌地问道。她在审讯时总是很礼貌，暴脾气的审讯人会更早失去耐心。

“恐怕不行，在我手机里。”

“你的手机在哪儿？”苏问，“不在你的包里，我们觉得很奇怪。”

“哦，我们不是走到哪儿都带着手机，苏，”乔伊丝说，“钱包，钥匙，一点儿化妆品以防万一，一个购物袋，其实这些东西就够了。”

苏朝乔伊丝点点头。这是在唱双簧吗？我还需要提防这个乔伊丝？这么小的个头儿，这么难对付，给她配上手枪和密码机，正是可以空投到敌人后方的完美人选。苏又转向伊丽莎白。“那我想知道手机在哪儿，伊丽莎白。”

“这个嘛，我也希望自己能记得住。”伊丽莎白说。

“你不记得手机在哪儿？”她身后的兰斯说，该轮到他开口了。

“恐怕不记得了。我们大家都会这样，亲爱的。”伊丽莎白说。

“我有次为了找手机，搜遍了整个房间，”乔伊丝说，“说真的，起码花了二十分钟，结果手机一直在我手里。”

“我希望你不会这样，兰斯，”伊丽莎白说，“珍惜青春。”

兰斯终于离开墙边，走过来坐到苏·里尔登旁边。苏往前倾身，直接对着伊丽莎白说：“我猜，在你的公寓里？”

“可以这么猜。”伊丽莎白赞同道。

苏满意地点点头。“听上去确实是最有可能的地方，不是吗？我派一队人过去搜一下，不介意吧？”

“现在是不是有规定，搜查后，所有东西必须保持整洁？”伊丽莎白问。

“一直以来都有这个规定。”兰斯说。

“是的，但现在必须遵守它，不然欧洲法院会插手。”

“所有东西都会保持整洁。”苏说。手机里有什么？信息？照片？

“行，这样的话，尽管去吧，公寓正好需要整理。”伊丽莎白说，“深夜有一帮家伙造访公寓，斯蒂芬会觉得很有趣，他是个好客的主人。”

“她可能把手机忘在我那里了，”乔伊丝说，“你们也想搜搜我的公寓吗？特别是洗手间。”

“现在没有手机，你还记得消息的原话吗？”苏问，“一字不漏？”

伊丽莎白点点头，凭记忆背道：“我和波佩被转移到了霍夫的圣奥尔本斯大道三十八号。麻烦你来一趟，我想给你看样东西。”

“你能一字不漏地背出消息，”兰斯说，“却不记得手机在哪儿？”

伊丽莎白敲了敲脑袋。“我的宫殿有很多房间，有的灰尘多，有的灰尘少。”

苏发现兰斯忍不住笑了起来。好吧，这两位真有两下子。

苏又点点头。“太可怜了，长官，感觉肯定很糟糕。这就是全部消息？没有别的？”

“嗯，还说让我一个人去，不过我想乔伊丝应该会很开心。”

“谢谢，”乔伊丝说，“一定程度上说，我很开心。”

“你觉得他想给你看什么？”

伊丽莎白停了一下，抬眼看着摄像头。当视线回到苏·里尔登身上时，她打定了主意。

“说实话，我觉得他想给我看钻石。”

“你认为他随身带着钻石？”

“还能有什么别的东西？”伊丽莎白问。

“也就是说钻石是他偷的，”兰斯说，“我们没有证据。”

“这个嘛，”伊丽莎白说，“可能应该早点告诉你们，我知道他偷了钻石，他亲口告诉我的。”

“什么时候告诉的，伊丽莎白？”苏问，始终保持冷静。

“哦，大概几天前吧。”伊丽莎白说。

苏一点儿也不惊讶。道格拉斯当然会告诉伊丽莎白，他信任她，他爱她。“他并没有把钻石带到藏身地，伊丽莎白。他被搜过身，去那里之前搜过，在那里的时候搜过，被人射中脑袋后也搜过。他还可能给你看什么？”

“也许他想给伊丽莎白看一把钥匙，或者一串密码，或者一个谜语，”乔伊丝说，“让她知道钻石在哪儿。我从来不会猜谜语。有个谜语是什么来着？一个人只能说谎话，一个人只能说真话？”

苏意识到乔伊丝在等待答案，冲她耸耸肩，好像在说“我和你一样困惑，乔伊丝”。

“太棒了，乔伊丝。”伊丽莎白说，“不管是谁杀了道格拉斯和波佩，假设是马丁·洛马克斯吧，手上肯定掌握了这个信息。可能是谜语，可能不是。这样马丁·洛马克斯就能拿回钻石了。”

“不过，有动机杀道格拉斯和波佩的人也许不止马丁·洛马克斯一个吧？”乔伊丝说。

“当然了。”苏说。

“那么多钱，两千万，我们大家都想要，不是吗？”乔伊丝补充道。

他们都想要，这是共识。钱就在那里，问题是在哪里。

“还有，伊丽莎白会告诉你们，钻石被盗那晚，马丁·洛马克斯的房子里有两个人，”乔伊丝继续说，“道格拉斯和兰斯。我想我们太轻信兰斯了。别见怪，兰斯，我们一点儿也不了解你，不是吗？谁知道你有没有看见道格拉斯偷钻石，是不是一直在找机会占为己有？”

“啊，我本来没打算说的，”伊丽莎白说，“现在话题彻底打开了。既然在录像，这件事值得讨论一下。”

“尽管讨论吧，”兰斯说，“我没什么可隐瞒的。”

“确实可以这么说，”伊丽莎白赞同道，“不过，盗窃发生当晚，你在房子里。你知道道格拉斯和波佩的藏身地。一开始很可能是你给波佩安排了这个任务，非常不合常规的安排。”

“说不定你跟她是一伙的。”乔伊丝说。

“当然了，完全是猜测，”伊丽莎白说，“但我相信有人会调查一切。”

“哦，有人会调查一切的。”苏说，开始有点正经样子了，“兰斯的确有嫌疑，我想在嫌疑人名单上再加一位，可能是除他之外唯一一个知道道格拉斯在库珀斯·切斯和圣奥尔本斯大道的人。死者的知己和前妻，一个接受过撬门入室训练的女人，一个接受过杀人训练的女人，一个有意忘了手机的女人。她也有嫌疑，你觉得呢？”

“肯定有，”伊丽莎白赞同道，“当然了，你也一样，苏。我估计我拥有的技能你全都有，你还掌握了这些年里他们想出来的新技能。不妨假设，你怀疑道格拉斯偷了钻石。”

“对，可以这么假设。”苏肯定道，她很高兴谈话终于坦诚了一点儿。这是个机会，可以更好地观察伊丽莎白，开始了解她。

“或者假设你已经知道了，假设你和道格拉斯不只是同事关系，你不是第一个被道格拉斯勾引的人。”

“假设不是每个人都会犯你犯过的错误。”苏说。用伊丽莎白的方式反攻她，有意思。

“一针见血啊。”伊丽莎白说，“突然冒出了两千万英镑，只有一个人知道它在哪儿，这足够诱人吧？”

“我想是的，”苏说，“非常诱人。”

“不用说，你有大量的机会杀掉道格拉斯和波佩。你知道他们在什么地方，你可以随意进出，你是他们信任的人，你负责把他们安排在那里，当然了，你还负责收拾现场的烂摊子。”

苏点点头。“我还真有点希望自己想到了这些。你呢？”

“就算是我，我也会想出一个不用杀人的办法。”伊丽莎白说。

“希望你相信我的职业能力，我也能想出一个不用杀人的办法，”苏说，“我和道格拉斯一起工作差不多二十年了。”

“节哀。”伊丽莎白说，“好了，我们想法一致，这个房间里的人，除了乔伊丝，都有可能杀掉道格拉斯。既然如此，接下来应该去拜会一下洛马克斯先生了。”

“你绝不能去找马丁·洛马克斯，”苏说，“我们会对付他。”

“当然了，”伊丽莎白说，“不能去找马丁·洛马克斯，我们必须努力记住这一点，乔伊丝。”

乔伊丝点点头。“记住了。”

“好了，伊丽莎白，”苏说，“你说道格拉斯想给你看样东西。”

“我确实说过。”

“嗯，我们在他的夹克口袋里发现了这个。”苏把手伸进证物袋，掏出一个银质盒式吊坠。吊坠里除了一面镜子，什么也没有。这东西对伊丽莎白有什么特殊意义？“不知道他想给你看的是不是这个。”

她看得出来，伊丽莎白一下子就认出了吊坠。嗯，这是当然。

“上面刻着你的名字。”

伊丽莎白拿起吊坠，在手里掂了掂分量，打开吊坠盖，看见了镜子。苏看出她在思考，苏也知道她在思考什么。

苏朝她笑起来。“太感人了，伊丽莎白，他一定非常爱你。”

“用他的方式。”伊丽莎白赞同道。

“你真幸运，”苏说，“一个好男人的爱，或者最起码是一个男人的爱。”

伊丽莎白自己也笑了起来。

“好了，已经半夜了，”苏说，“你们应该上床睡觉了。”

苏今晚还有一项任务，不太愉快却很重要的任务。兰斯带乔伊丝和伊丽莎白离开房间。从现在开始，苏会紧紧盯着她们。

32

乔伊丝的日记

我有没有提过莫琳·吉尔克斯？我无意冒犯她，但好像从来没提过。她住在拉斯金公寓，她丈夫行动全靠电动代步车。她偶尔来为英国心脏基金会的慈善商店募捐。

有次我捐了一件衬衫给她，后来去费尔黑文，我在慈善商店看见了那件衬衫，太让人激动了。我拍了照片发给乔安娜，她只回复说："妈，你以为他们会怎么处理它？"不管怎样吧，等我再去的时候，衬衫已经被买走了，一样让人高兴，只不过这次我没法拍照了。

嗯，莫琳·吉尔克斯有个侄子，叫丹尼尔或者戴维，是个演员。根据莫琳的说法，他的演艺事业非常成功，但我从没在电视上看到过他，连《摩斯探长》[1]里都没有。

几年前，这个侄子做了植发。你听说过植发吗？我在《今晨秀》上看兰杰医生介绍过。他们把脑袋后面的头发转移到头顶上，像变魔术一样，你就再也不会秃头了。

---

① 《摩斯探长》（*Inspector Morse*）：英国电视剧，1987—2000 年播出。《摩斯探长前传》（*Endeavour*）于 2013 年开播，至今仍在播出。

效果显然特别好，丹尼尔看上去年轻了十岁，而且根本看不出植了发。当然了，这些都是莫琳说的，我不能打包票。

说真的，今天的日记恐怕不该从这个话题开始。让我先倒回去一下吧。我太累了。

道格拉斯和波佩死了。

我和伊丽莎白去了趟霍夫。不得不说，那地方比我想象中热闹。周二啊，难道大家都不用上班吗？道格拉斯想给伊丽莎白看样东西。我们进了一座房子，在圣奥尔本斯大道上（靠近阿尔弗雷德大帝游泳池），他们就在那里，被人开枪打死了。

我觉得道格拉斯的死倒是可以理解，可是波佩也太惨了吧！坦白说，这件事让我非常伤心，尽管这么多年来我努力克制，不让自己太过伤心。

三天前她还在我的客厅里。二十多岁的年纪，前方是大把的欢乐时光，人却没了，多么不公平啊！亲吻，划船，鲜花，新衣，还有那些永远不可能念给爱人听的诗歌，不要指望人生是公平的，否则你会彻底疯掉，话虽如此，杀死波佩的人确实毁掉了美好的东西。

波佩的妈妈西沃恩原本今天要来，我还一直担心自己不得不告诉她谋杀的事，不过她是波佩的直系亲属，第一时间就得到了消息。她要去辨认尸体，可怜的女人。

她给我发了一条消息，结尾用了罂粟花和雏菊的表情，非常感人。我回了一条，告诉她我们依然很想见她。我也试着在结尾加上罂粟花和雏菊，结果按错了键，发成了罂粟花和圣诞树，希望她能理解。

这么说，我们手头有两桩谋杀案，如果算上安德鲁·黑斯廷斯，应该是三桩，但我们已经知道杀他的人是谁了。

最近只要走进一间卧室，里面就有被枪杀的人。我本来打算去客房整理一下枕头，因为害怕没敢去。

我想我们跟苏和兰斯打交道不可能像跟克里斯、唐娜和费尔黑文警方打交道那样愉快，很遗憾。不过我相信我们会表现出最好的一面，我们经常能在最后赢得人心。

说到兰斯，他正是我提到莫琳·吉尔克斯和她侄子的原因！看得出来，兰斯的头发开始变得稀疏了，我不停在想，应该向他推荐植发。看样子就知道，他是那种特别看重头发的人。我一直等待谈话中出现一点儿间歇或者一点儿闲聊，可惜合适的时机始终没有到来。每次稍有停顿，我想“好了，可以说了”，苏就会谈起波佩的枪伤，或者道格拉斯脑袋后面飞溅的鲜血。我完全没有机会。

所以我真的希望再次见到兰斯，植发这种事最好尽早进行，莫琳·吉尔克斯是这么说的。让我来迅速谷歌一下她的侄子。

好了，我回来了，什么也没搜到。我试了*演员丹尼*

尔·吉尔克斯，也试了*演员戴维·吉尔克斯*，都没看到他。可能是我记错了他的名字吧。他也有可能不姓吉尔克斯。我既不确定他的名，也不确定他的姓，以我对谷歌的熟练度是没法解决这个难题的。

对了，我在 Instagram 上给奈杰拉留了言，关于她的黑糖浆香肠。她还没有回复，我知道她在四处忙碌，也就不介意了。我还上传了第一张照片，拍的是邮筒，有个“@闪亮摇滚女孩”回复说“照片不错”，而且关注了我。我现在也是有粉丝的人了。我们都有迈出第一步的时候。

不知道伊丽莎白会不会因为道格拉斯伤心，我没有前夫，对此没有体会。看得出来，她不太喜欢他。伊丽莎白不太喜欢的人多了，但她并没有和他们每一个结婚。道格拉斯还爱着她，很明显。他的夹克口袋里装着她的吊坠，太感人了。

她肯定很伤心。她已经不可能和斯蒂芬聊任何事了，尤其是这件事。我至少还能和乔安娜聊聊。明天早上给她发消息，告诉她我看见了三具尸体，被蒙上眼睛，受到了军情五处的审问。最近我聊的尽是些“谁谁谁得了白内障”“一只狐狸钻进了鸡窝”，我听出了她的心不在焉，这也不能怪她。

不过我不会告诉她两千万的事，我不知道为什么。好吧，我确实知道为什么——她会有自己的意见，而我现在不想听乔安娜的任何意见。

想象一下吧，如果我们找到了钻石。我不是说我们一定会找到，只是说想象一下。也许马丁·洛马克斯会找到它们，说不定已经找到了，或者军情五处，或者黑手党。

暂且假设，伊丽莎白、罗恩、易卜拉欣和我找到了钻石。你永远不知道我们的潜力。

那就是每人五百万。

我很好奇，我会拿五百万做什么呢？

我需要给露台换几扇新门，大概要花一万五，不过罗恩认识熟人，八千就可以了。

我可以买 14.99 英镑一瓶的红酒，而不是 8.99 英镑一瓶的。可是我能尝出不同吗？

给乔安娜一些钱？她已经有很多了。以前她跟朋友们出去玩，我总是给她二十英镑，她的眼睛都亮起来了。我喜欢那一刻。如果是一百万英镑，她的眼睛还会像那样亮起来吗？也许不会。她可能会把钱放进个人存款账户什么的。

所以说，我并不是真的需要五百万英镑，尽管如此，我确定今晚会梦到五百万。你也会的，对吗？

33

他们让她打包一个小行李箱，跟他们去一趟。行李箱早已打包好了。

长官们肯定希望看到眼泪，但她实在流不出来。他们会评判她吗？他们会觉得她不爱波佩，她是个坏妈妈吗？西沃恩想，他们工作时见过各种各样可能的反应，她只要做自己就好，不管现在这个自己是谁。

路程似乎有些长，西沃恩睡不着。两位长官在车里稍微聊了几句。她还好吗？不，不太好。需不需要什么？如果他们指的是饮料或零食，那不必了，她不需要。打算今晚就去辨认尸体？啊，这个她确实不清楚。他们一次又一次地表示哀悼，每次她都表示了感谢。

刚过午夜，他们到了戈德尔明。尽管时间很晚了，长长的车道上仍有一辆面包车。面包车驶离房子，朝他们的反方向开去。

苏·里尔登和兰斯·詹姆斯介绍了自己，两个人都很客气，还能有别的选择吗？苏和她预料的一模一样，正是她想象中的类型。

他们穿过一条长走廊，这个建筑以前肯定是养马场。兰斯带路。看得出来，他不知道说些什么才好。换作是她，应该也会这样。

苏·里尔登轻轻挽住西沃恩的胳膊，这显然不是标准做法。有时候必须按标准做事，但现在不是这种时候。西沃恩对这一举动很感激，她知道前方是什么，必须做什么。

兰斯掏出一张门卡，打开一扇大大的金属门，在门上敲了几下。一股冷气从敞开的门缝冲进了走廊。苏·里尔登停了一下，看着西沃恩的眼睛。

“准备好了吗？”

西沃恩点点头。

“如果需要，我就在你身边。”

苏让西沃恩先走进房间。冷气包裹着她，她打了个寒战。

房间小而实用，有两张长桌，每张上面躺着一具用布遮盖的尸体。左边的应该是波佩，因为旁边站着一个医生，至少西沃恩认为她是医生。她穿着白大褂，戴着外科手套和口罩，眼神非常温柔，几乎让西沃恩第一次有了想哭的感觉。西沃恩现在不需要温柔。

兰斯靠着远处的墙，一副不想待在这个房间里的样子。西沃恩看见他正条件反射地搓着双手取暖，但好像觉得不妥，又把手放到了背后。苏用一只手握着另一边的胳膊肘。

“这是卡特医生，西沃恩。”

卡特医生朝西沃恩点点头，西沃恩躲开那双温柔的眼睛。

“抱歉，你女儿受了严重外伤，希望你做好准备。”

西沃恩点点头。来吧。

卡特医生拉开盖着尸体的浅绿色布单，乱蓬蓬的金发渐渐露了出来。西沃恩明白，她不得不将自己的一部分完全关闭起来，这一部分可能永远无法复原。

脸没剩下多少，但足够了，足够一个母亲认出自己的女儿。西沃恩转过身，朝苏点点头。

“是波佩。”

西沃恩终于哭了。她知道眼泪会来，没有人应该承受这种事。苏伸手搭在她的肩上。

“西沃恩，因为波佩的伤势严重，我还需要问你一两个问题。可以告诉我们一些她的其他身体特征吗？”

西沃恩深吸一口气。“她左边的小腿肚上有一道长疤痕，是怀特岛的铁丝网弄伤的。左手腕上鼓起了一块，打曲棍球时骨折过，还有傻傻的文身。”

苏看向卡特医生，医生点点头。

“谢谢，西沃恩，”苏说，“你想在这里多待一会儿吗？没人赶时间。”

西沃恩不想转身，不想看躺在那里的尸体。她看够了。这画面将永远定格在她的脑海中，直到她死去。

“或者去个暖和的地方？喝杯茶？”

西沃恩流着泪点点头，朝尸体转过身。布单已经被卡特医生拉了上去，盖住了波佩的脸，金色的头发还露在外面。西沃恩伸出手，轻轻抚摸一缕散发。

兰斯、苏和卡特医生都保持静默，西沃恩一边抚摸着金发，一边哭泣。

严重外伤，西沃恩想，嗯，这是事实。

西沃恩拿开手，苏搂住她。

“让我们带你离开这里。”苏说。

西沃恩看向另一张桌子上的尸体。“那是另一个死者道格拉斯？”

“对，”苏说，“是道格拉斯。”

“也会有个可怜人来这里认尸吗？”

苏摇摇头。“很不幸，不会，没有直系亲属，所以只能靠指纹、牙医记录、任何用得着的档案资料。”

“哦，我想上帝会保佑他。”西沃恩说。苏领着她走出了房间。

34

伊丽莎白正在重新摆放装饰品，军情五处的小分队搜查公寓时打乱了它们的位置，而她喜欢每样东西都在自己的位置上。代尔夫特[①]渔夫是斯蒂芬在布鲁日[②]跳蚤市场买的，旁边是彭妮的警徽，再旁边是一枚破碎的弹壳。一九七三年，在布拉格，她那时开着一辆凯旋使者[③]，在一场冲突之后，她在车子的散热器里发现了这枚弹壳。太多回忆了。

她的新纪念品，道格拉斯的吊坠，还放在包里。它会一直待在那里。

伊丽莎白很意外，苏竟然让她带走了吊坠。这难道不是证物吗？

他们检查过吊坠，想找出隐藏的信息，看来苏一定觉得它没有什么危害了。她真好心，让伊丽莎白留着它。

伊丽莎白三十多年没见过它，说实话，已经不怎么记

① 代尔夫特（Delft）：荷兰西部城市。
② 布鲁日（Bruges）：比利时西北部城市。
③ 凯旋使者（Triumph Herald）：英国凯旋汽车公司 1959 年推出的一款车型。

得了。当苏拿出来的时候，她努力回想里面有什么。一缕头发？一张道格拉斯潇洒地抽着烟的照片？不，是镜子，当然是镜子。

他什么时候送给她的？以前在伦敦的时候，她想。纪念日？或者她抓到道格拉斯偷腥？不管因为什么吧，他给她买了这个吊坠。“不便宜哟。”他直白地说。镜子完全是俗套的恭维。“我随时都能看到你美丽的脸蛋，”他说，“我享受了好处，感觉不公平，所以想让你分享我看到的美丽。”伊丽莎白嘲笑了他一番。她是发自内心地嘲笑，但内心确实有所触动。

后来她离开了道格拉斯，扔下了吊坠，从此再也没想过它。他到底为什么留着它？他死的时候，它到底为什么会在他的夹克里？他想给她看的东西真的是这个？他一向喜欢制造浪漫，难道这是最后的示爱？

她到家后做的第一件事当然是用螺丝刀撬开镜子。她确信镜子后面有隐藏的信息。钻石的位置？嗯，这才是最后的示爱，谢谢了，道格拉斯。

可是镜子后面什么也没有，没有藏宝图，没有隐藏的密码。吊坠终归只是吊坠，示爱也只是示爱而已。道格拉斯总能出乎她的意料。

在霍夫，还没坐进面包车后面时，伊丽莎白用乔伊丝的手机给波格丹发了消息。波格丹二话没说，晚上来这里照看斯蒂芬。他是不是取消了重要的事情？伊丽莎白不清楚波格丹不工作时做些什么。很显然，他的一部分时间花在了健身房和文身馆里，除此之外，他是个谜。

伊丽莎白在想马丁·洛马克斯。明显是他杀了道格拉斯和波佩，对吧？太过明显了。也许他们应该跑一趟，直接会会他。既然秘密不在吊坠里，他们至少要从某个地方开始搜寻。

斯蒂芬睡着了，波格丹耐心地坐在棋盘旁。

“他一开始睡着了，你了解斯蒂芬的，”波格丹说，“结果他们需要搜查你们的房间，我只好叫醒了他。”

“他没意见吧？”伊丽莎白问。她在手里掂了掂彭妮的警徽，这也是最新的纪念品。

“哦，他高兴坏了，”波格丹说，“问他们找什么，帮他们一起找，给他们讲故事。”

“他们收拾得挺干净。”伊丽莎白说。

“我还出了点力呢。”波格丹说，“好了，他们在找什么？可以告诉我吗？”

“他们在找我的手机。他们想看道格拉斯发给我的消息，但我拍了一些尸体的照片，不想失去它们。”伊丽莎白已经跟波格丹讲了道格拉斯和波佩被杀的事，波格丹听完点点头，说了句“明白了”。

“是的，你永远不知道什么时候需要尸体的照片，”波格丹赞同道，“可是你的手机不在这儿，他们搜了好多地方。”

“对，它在霍夫，圣奥尔本斯大道四十一号外面的矮墙有一块松动的砖头，它在砖头后面。”伊丽莎白说，“麻烦你稍后跑一趟，帮我取回来，可以吗？”

“没问题。”波格丹说。

“你记得地址？”

“当然，”波格丹说，“我什么都记得。”

“谢谢。”伊丽莎白说。

“按照你的交代，我在码头把可卡因交给了罗恩。”

“你真好，波格丹。”伊丽莎白说。

“他非常好。”斯蒂芬说。他醒了，看着棋盘，移动了他的象。“在码头把可卡因交给了罗恩，做得非常对。”

波格丹低头看向棋盘。

“抱歉，孩子们，”伊丽莎白说，“我得打个电话。波格丹，我还要麻烦你今天当司机，带我去见一个国际洗钱分子，如果你有时间的话。”

“我可以为这种事腾出时间。”波格丹说。

她走进卧室。床铺得整整齐齐，军情五处的人走后，斯蒂芬又睡着了，所以铺床的人只可能是波格丹。她拿起座机电话，拨通了克里斯·哈德森的号码。响了五声后他才接，动作有点慢。

“总督察克里斯·哈德森。”

“克里斯，是我，伊丽莎白。打听一下瑞安·贝尔德的事，想问问案子有什么进展。”

“你想问问我们有没有在他的马桶里发现可卡因和银行卡？”

“差不多这类事吧。”

“他被指控藏毒、意图贩毒以及实施抢劫。”

“哦，怎么这么巧？你和唐娜明天可以给我们详细讲讲，乔伊丝家有酒。”

“啊，明天不行，我要上班。”

“不，你不上班，克里斯，我查过了。”

“你怎么查的？算了，别回答。好吧，抱歉，我明天有约了。”

伊丽莎白听到背景里有个女人的声音说：“是伊丽莎白吗？”哎呀呀，这一定是神秘女友。当然了，他们都不喜欢刺探别人的隐私，但已经过了一个多月，他们还没见过她的面。伊丽莎白快速转动脑子，接下来怎么出招？要是挖不到足够多的信息，乔伊丝会气炸的。

“哦，没关系，你打算做什么？好玩吗？和朋友一起喝酒？”

“只是一个安静的夜晚……稍等。”克里斯用手盖住话筒，她隐约听见他问了一个问题，好像是：“你确定？”

“你好，”电话那头传来一个女人的声音，“是伊丽莎白吗？”

“对，是伊丽莎白，”伊丽莎白说，“请问你是？”

“我是帕特里斯，克里斯的 girl friend，坦白说，lady friend[①] 更准确。到了哪个年纪应该改称呼呢？不好意思，我和克里斯明天有安排。也许可以改天再聚？”

“嗯，改天再聚这个主意不错，帕特里斯，终于和你说上话了，真好。”

“说到你呀，伊丽莎白，我可是听了不少关于你的事。”

“嗯，我也希望能对你说同样的话，可是神秘感非常重要，不是吗？”伊丽莎白尝试定位她的口音，伦敦南部？有点像唐娜的口音。

“可不是吗？”帕特里斯说，“没问题的话，我们的神秘感可能还要保持得久一点儿。很高兴和你聊天。”

“我也很高兴，亲爱的。替我跟克里斯说声再见。”

“我会的。相信很快能见到你。”

帕特里斯挂了电话，伊丽莎白盯着听筒看了一会儿，她被挫了锐气，但一点儿也不介意。克里斯的生活里需要的正是这种女人。如果她喜欢克里斯，克里斯也喜欢她，那伊丽莎白很想见见她。也许唐娜能帮忙，说服他们俩来

---

① girl friend 和 lady friend 意思都是“女朋友”，girl 指年轻女孩，lady 泛指女士。

乔伊丝家？让帕特里斯喝几杯酒，真正了解她？

以前在安全局，他们管这叫审查。

斯蒂芬从门后探出脑袋。“我想告诉你，夜里来了一帮你们的人。到处都是特工，各种地方都被搜遍了。”

“我知道，对不起，亲爱的。”

“哦，完全没关系，有趣极了。不管他们找什么，反正没找到。我告诉他们，‘只要是伊丽莎白不想让你们找到的东西，你们绝对找不到。就这么简单，别浪费时间了，她能把圣诞礼物藏在划艇里’。我不知道你去哪儿了，我想到了商店，但时间太晚了。”

“我和乔伊丝在聊天。”

“我告诉他们欢迎随时再来，这里的大门永远为特工敞开。发生了什么事？有人被杀了？”

“两个人被杀了。”

“特工？”

“是的。”

“有意思。对了，我刚才在做什么，亲爱的？”

“和波格丹下棋。”

“哦，很好。他给我做了炒鸡蛋，还把可卡因给了罗恩，真是个好小子。我回去找他了，让你专心想想被杀的特工。”

两个被杀的特工。两个被杀的特工。伊丽莎白拿起电话，又拨通了克里斯·哈德森的号码。这一次他花了更长的时间才接。响了七声，足够两个人小声商量要不要接电话。他显然认出了伊丽莎白的座机号码。

“喂，伊丽莎白。”克里斯说。

“哦，你好，克里斯，”伊丽莎白说，“抱歉，可以让帕特里斯接电话吗？”

“帕特里斯？”

“是的，拜托了，亲爱的，别见怪。”

接着是短暂的停顿，手又盖住了话筒，又传来模糊的说话声。

“你好，伊丽莎白。”帕特里斯说。

“你好，亲爱的，抱歉再次打扰。我不知道你们明天有什么安排……”

“不方便说。”帕特里斯说。

“当然了，我也不想知道你们的私生活。但有件事我想告诉你，我还没对克里斯说过。”

“给你三十秒钟，伊丽莎白，我正在做按摩。”

“哦，克里斯真棒。”伊丽莎白说，“我要开始推销了，亲爱的。昨天下午，霍夫的一座房子里，两个特工被人开枪打死。我去了现场。这不是警察管的事，直接交给了军情五处，但我希望跟克里斯聊一下，听听他的看法。我只是想，也许你愿意跟他一起过来。比如明天晚上？你听上去像是那种会对两个特工被杀的细节感兴趣的人。我还有照片什么的，这里有酒，我相信大家见到你都会非常开心。刚才说了，我不知道你们有什么安排。”

“哦，我们打算去滋意餐厅。”

快要说服她了，伊丽莎白想，怎样才能成功拿下呢？

“其中一个被杀的特工碰巧是我前夫。”

“好吧，”帕特里斯说，“我们带瓶酒过去。”

伊丽莎白听见帕特里斯对着另一个方向说：“我们明天去见伊丽莎白，亲爱的。”然后听见克里斯回复说：“啊，当然了。”

“六点三十分如何？”伊丽莎白说，“你能让克里斯把唐娜也约上吗？”

“唐娜？”帕特里斯问。

“对，没有她总像少了点什么。我猜你见过唐娜了。”

“哦，是的，我见过唐娜，”帕特里斯说，“一两次。”

“明天见，亲爱的。”伊丽莎白说完放下电话。帕特里斯已经见过唐娜了？这么说是认真的。

好了，下一步，马丁·洛马克斯。

35

马丁·洛马克斯用托盘端着咖啡和饼干，来到地下家庭影院。二十张真皮座椅全部对着屏幕，屏幕占了整整一面墙。这里观看人数最多的一次是四个人，当时有阿塞拜疆杯决赛，碰巧赶上了一次特别赚钱的海洛因交易。马丁·洛马克斯给买家和卖家准备了小点心，每个人似乎都玩得很开心。洛马克斯其实不太理解怎样才算玩得开心，但他擅长融入氛围，不让别人扫兴。再怎么说，至少有钱可赚。

他朝屏幕按了一下遥控器，影片库跳了出来。马丁·洛马克斯完全不明白电影有什么意义，不过是一群人表演而已，难道大家看不出来吗？有人写了一些话，几个来自美国的笨蛋说出来，就这样让所有人着了魔。洛马克斯去过一次剧院，那地方似乎好一点儿，至少有实实在在的演员，至少有不同意见的时候可以冲演员喊话。后来他被要求离开，但他绝不排除某天再去一次的可能。

洛马克斯滚动屏幕，跳过无数永远不会看的电影，他现在倒是认识了不少片名。屏幕最后定格在一部电影上，也是他永远不会看的一部，片名叫《浴血金沙》，从图片看应该是黑白片。黑白片？人们真是愚蠢呀。他选择了这部电影，然后往下滑动菜单，找到了“字幕”。一串语言选项出现了，马丁·洛马克斯继续往下滑，找到了“粤语”，按下选择。他立刻听到三声熟悉的哔哔哔，影院屏幕缓缓升进天花板里，后面墙上画着一道彩虹。马丁·洛马克斯把双手指尖放到彩虹的两端，这时又响起三声哔哔哔，一扇门打开了。马丁·洛马克斯拿起托盘，走进保险库。

马丁·洛马克斯常常喜欢在保险库里享用咖啡和饼干，惬意又凉爽，不会损坏一张钞票，也不会伤害价值连城的画作，那些画都被卷起来靠在远处的墙边。不久前他第一次收到班克西[①]的作品，一点儿心动的感觉都没有。画上是一只盯着手机看的老鼠。老鼠为什么要盯着手机看？现代艺术超出了洛马克斯的理解范围，但班克西的作品现在值钱了，足以当作国际军火交易的保证金，他相信班克西知道了一定很高兴。留下画的人说班克西的真实姓名是个秘密，不过他还是告诉了洛马克斯。洛马克斯已经忘记了。艺术是骗钱的玩意儿，他宁愿别人给他黄金，黄金不需要理解。

① 班克西（Banksy, 1974— ）：英国著名的街头涂鸦艺术家。

保险库里也十分安静，这要归功于四周六英尺厚的墙壁。在这里杀个人很容易，事实上，这种事确实发生过一次，当时引发了不小的混乱。

洛马克斯在咖啡里蘸了蘸巧克力曲奇饼。为期一周的开放花园活动今天开始，人们会怎么评价他的花园？太华丽，太高雅？不够高雅？会下雨吗？谷歌上说下雨的概率为零，可是这种事谷歌怎么说得准？会有人来吗？他们会买他的布朗尼吗？会有人试图进入房子里吗？他们很快会发现这是不可能的事，可是万一他们靠得太近，看见了激光射线和吊篮里的微型摄像头，怎么办？他会在宝塔外放一本意见簿，利用周一的时间好好浏览一遍。大家会写下名字吗？也许他还应该留一块地方让他们写地址，如果有人给差评，他可以派人去拜访一下他们。

洛马克斯抿了一口咖啡，留意到表面上漂着几块饼干碎片。咖啡来自哥伦比亚，那次在保险库里被爆弹枪一枪毙命的男人也来自哥伦比亚。男人的老板，也就是开枪的那位，想必有他开枪的理由。他问洛马克斯能不能把尸体埋在花园里，可是洛马克斯的花园里已经埋了够多的尸体，所以他礼貌地拒绝了。老板很谅解，洛马克斯帮忙把尸体拖上了老板的直升机，以此表示歉意。

卖完所有布朗尼，洛马克斯估计能赚七十英镑，他在想怎么花这笔钱。

总的来说，马丁·洛马克斯很享受他的工作，这是赚大钱的工作。马丁·洛马克斯经历过贫穷，也经历过富有，虽说金钱并不代表一切——远不能代表一切——他还是更喜欢富有。生活丰富多彩，没有哪两天是相同的，非常有利于心理健康。头一天还顺顺利利的，你把金条退还给一个保加利亚人，每个人都微微笑、握握手。到了第二天，喀布尔发生汽车爆炸，Y 砍掉了 X 的手指，每个人都想要回自己的钱或者画或者赛马，马丁·洛马克斯忙得团团转，当然了，能保持大脑的活跃。不过这工作最好的地方还是可以在家办公，大家都知道这一点。马丁·洛马克斯才不会去蒙特卡洛、贝鲁特、卡塔尔、布宜诺斯艾利斯。只要可以，马丁·洛马克斯连温切斯特的玛莎百货都不想去。没错，不管你是军阀，是毒贩子，还是奥卡多[①]，你得上门找马丁·洛马克斯。

可是偶尔——老天保佑，不是经常——也有工作压力很大的时候，现在正是这种时候。他打开手提电脑，拨通了发到他的加密电话上的号码。小弗兰克·安德雷德，纽约顶级黑帮家族的二把手。洛马克斯明白，如果谈话进展不顺，接下来和他说话的人将是弗兰克的父亲，印象中他父亲也叫弗兰克。这样的话，马丁·洛马克斯就真要出趟

① 奥卡多（Ocado）：英国最大的网上零售超市。

远门了，很可能被迫坐私人飞机过去。

美国人想知道他们价值两千万英镑的钻石去哪儿了。他们当然想知道，这是顺理成章的事。马丁·洛马克斯认为他们在意的并不是这笔钱——偶尔弄丢个两千万，他们还是可以承受的——更重要的问题是诚信。长久以来，马丁·洛马克斯提供了无与伦比的服务，他业务熟练，办事谨慎。他是庞大的组织机器中的一个润滑齿轮，无可挑剔，值得信赖。可现在呢？

安德雷德的脸突然出现在屏幕上，他立刻开始向洛马克斯抗议，双臂在空中挥舞，一拳捶在纽约的办公桌上。

“弗兰克，我想你静音了，”马丁·洛马克斯说，“你要点击一下小话筒，那个绿色的按钮。”

弗兰克·安德雷德凑到屏幕跟前，张着嘴，眼睛扫寻着按钮。他按了一下。

“听得见吗？”

“好极了，弗兰克，”马丁·洛马克斯说，“你刚才说什么？捶桌子的时候。”

“啊，没什么。”弗兰克说。马丁·洛马克斯一直很失望，弗兰克没有电影里那种浓浓的纽约腔，他听上去只是个一般的美国人。“我只想制造一种气氛。”

“在我面前不需要制造任何东西，弗兰克。”马丁·洛马克斯说。

“听好了，洛马克斯，”弗兰克说，“我喜欢你，你是知道的，我爸爸也喜欢你。你是英国人，我们欣赏这一点。”

“我感觉后面有个‘但是’，弗兰克。”马丁·洛马克斯说。

“嗯，没错，”弗兰克说，“如果周末前拿不回钻石，我们会杀了你。”

“好吧。”马丁·洛马克斯说。

“可能是你偷了钻石，可能不是，这个问题以后再说。反正我会飞过去找你，如果你交不出来，那我们只能跟你算总账了。”

马丁·洛马克斯点点头。不仅要担心这个，还要担心待会儿的停车位够不够。真是伤脑筋的一天啊！

“我会亲自动手，”弗兰克说，“动作很快，我向你保证。这是我最起码能做的了。”

“你对这一切从不厌倦吗？”马丁·洛马克斯说，“明知道我没偷，为什么非要弄得这么戏剧化？我知道你得听老板的话，但说真的，有时候你应该听自己的。并不是每次都必须杀人，弗兰克。道格拉斯·米德尔米斯从我这儿偷了钻石……”

“这是你说的。”弗兰克说。

“对，我说的，”马丁·洛马克斯说，“你和我合作了这么久，应该相信我说的话。此时此刻我正在追踪他，不久就会给你消息。”

“我不要消息，马丁，我要钻石，见到你的那一刻就要拿到手，否则……”

“否则你会杀了我，”马丁·洛马克斯说，“行了，我都明白了，你会又快又稳，以示尊重。”

“找到我的钻石。”弗兰克说。

“没问题，”马丁·洛马克斯说，“代我问候克劳迪娅和孩子们。”

弗兰克离开镜头，喊了几声，然后回到话筒跟前。“克劳迪娅也向你问好。回头见，马丁。”

36

波格丹十岁时，朋友们故意激他，要他从一座桥上跳下去。下落的距离大约四十英尺，直接落进一条水流湍急、满是岩石的河里。几年前，有个小男孩在同样的地方跳下去，死了。当地政府沿着桥的护墙装了带刺的铁丝网，防止任何人再干出这么傻的事。铁丝网用了一段时间，但到波格丹十岁时已经生锈变形，掉进了下面的河里。没人想过要换新的，一来没有钱，二来人的记忆总是短暂的，而且男孩的母亲事发后不久自杀了，很快整件事就好像从没发生过一样。

波格丹记得自己站在桥边往下看，看见了汹涌的白色河水和嶙峋的灰色岩石。如果跳下去，他可能有三种死法。光是从这么高的地方掉进水里，身体撞击水面的瞬间足以致命。他很容易避开看得见的岩石，但水面下还隐藏着许多岩石，万一撞到其中一块，必死无疑。如果两种死法都躲开了呢？嗯，水流凶猛无情，他需要勇气和运气才能安全到岸边。

他的同学们刺激他，叫他臭鼬，他们习惯用这个词称呼胆小鬼。波格丹根本没听他们说什么，凝视着这段下落的距离。在空中飞行会是什么感觉？他相信感觉一定很棒。

即便是在小时候，波格丹也知道，他不是个特别勇敢的人，更不是个莽撞的人。永远不可能有人指责他莽撞。波格丹不爱冒险，绝不会受雄性激素和不安全感的支配。尽管如此，他记得自己脱掉毛衣——那是件妈妈给他织的毛衣——爬上了护墙，他的朋友们受到惊吓，突然害怕起来。

下落的距离真长啊。

“解说足球吗？”后座的罗恩问。波格丹一下子被带回到当下，他正开车带伊丽莎白、乔伊丝和罗恩去见一个国际罪犯。

“不。”伊丽莎白说。

他们在“听哪个电台”的问题上没能达成一致，于是玩起了二十个问题[①]的游戏，猜的是名人。罗恩猜到了乔伊丝的答案——诺埃尔·埃德蒙兹[②]。他问：“这个人一出现在电视上，我就会大吼吗？”得到了“是”的回答，然后猜

---

① 二十个问题（Twenty Questions）：一种游戏。出题者想一样东西或一个人，参与者可以问二十个问题，出题者只能回答“是”或“不”，能在二十题内猜出答案即为获胜。

② 诺埃尔·埃德蒙兹（Noel Edmonds, 1948— ）：英国电视节目主持人、电台 DJ、作家。

中。他们正在猜伊丽莎白的答案，钻进了死胡同。

“是不是……我想的那位是谁来着，一个演员？”乔伊丝说。

“不。”伊丽莎白说。

“可以放弃吗？”罗恩说。

“你会后悔的。”伊丽莎白说。

“说吧。”罗恩说。

“俄罗斯寡头鲍里斯·别列佐夫斯基[①]。”伊丽莎白说。

“哦。”罗恩说。

“丹泽尔·华盛顿[②]！”乔伊丝说，“我刚才想的是他。”

波格丹准备了一包糖果，每十二分钟递给他们一次，因为他知道这样可以让每个人安静下来。他还知道没必要为之后的返程省下一些糖果，因为这三位会沉沉睡去。

他们聊了一下谋杀案。罗恩认为道格拉斯和波佩是被黑手党杀的。他问波格丹有没有看过《好家伙》[③]，波格丹承认他看过了，罗恩说“那好吧”。乔伊丝认为这件事肯定牵扯到某个医生，乔伊丝的想法通常都很准。波格丹瞥了眼手腕上的友谊手绳，心想，不过乔伊丝不擅长做针织活儿。

---

① 鲍里斯·别列佐夫斯基（Boris Berezovsky, 1946—2013）：俄罗斯七大寡头之一，2013 年死于英国寓所浴室内，死因不明。

② 丹泽尔·华盛顿（Denzel Washington, 1954— ）：美国演员、导演、制片人。

③ 《好家伙》（*Goodfellas*）：1990 年上映的美国电影，根据真人真事改编，讲述了纽约黑手党的故事。

伊丽莎白怎么想？谁知道呢，她要先跟这个马丁·洛马克斯聊聊再说。

如果只有波格丹一个人，他会开得快得多。因为是罗恩的大发车，再加上波格丹对各位乘客的尊重，一路上他都将时速稳稳保持在八十英里。伊丽莎白偶尔叫他踩油门，罗恩马上会说“慢一点儿，波格丹，这里不是波兰”。说明他对速度的把控比较准确。

一点三十分左右，他看到了汉布尔登的路牌，完全在他的预料之中。不是卫星导航的功劳，他拒绝使用导航。波格丹想往左就往左，想往右就往右，不需要别人提醒他前方有一个环岛。

汉布尔登是个漂亮的英国村子，不过车子开过去的时候，波格丹看到了几个需要好好打理的屋顶。

“史上第一场板球比赛在这里举行。”伊丽莎白说。

“说不定还在进行中，板球嘛[1]。”罗恩说。

他们经过一所小学、一家叫“板与球”的酒吧，甚至还有一个指向葡萄园的路标，然后马丁·洛马克斯的“开放花园”指示牌出现了。他们很快到了一个宽阔的入口处，狭窄的乡间小道旁有两扇铁门大大敞开，树上钉着欢迎标语。波格丹开了进去，在一排树篱边停下来，树篱差不多

---

① 一场板球比赛可以长达五天，每天进行六小时或以上，赛程中还有许多餐饮休息时间。

有一座房子那么大。

他的三位乘客像平常那样花了一些时间“收拾好东西”。

“我在这儿等你们回来，好吗？”波格丹说，“你们想待多久都行。”

“谢谢，亲爱的，”伊丽莎白说，“我们不大可能被人杀掉，但如果两个小时后还没有回来，去找找我们，闹出点动静。”

“明白了。”波格丹说，看了一眼手表。每次说“明白了”都让他感觉自己是个地道的英国人。[①]

“需要的话，传单上说有厕所。”乔伊丝说，拉上防风衣的拉链，慢慢往车外挪动。

“我不需要上厕所。”波格丹说。

“幸运的小子。”罗恩说。

说完他们离开了，世界终于安静下来。

波格丹又回想起护墙和奔涌的河水。朋友们求他不要跳。此刻他看得清清楚楚，妈妈织的毛衣是黄色的，整整齐齐叠放在他旁边。他向来擅长对付皱褶。

他往下看了最后一眼。三种死法，没错，反正我们总有一天都会死的。在朋友们的惊叫声中，波格丹跳了下去。

---

① 这里用了“Gotcha”（明白了），这是英语中非常口语化的表达。

他摔断了三根肋骨，没过多久就愈合了。他做出了选择，完全在他预料之中。

人们喜欢睡觉，却如此害怕死亡。波格丹永远没法理解这一点。

37

乔伊丝的日记

真是漫长的一天啊。我们刚刚见完马丁·洛马克斯回来，待会儿还要去易卜拉欣那儿开个会。

还好回来的路上我一直在睡觉，醒来时，我的头靠着罗恩的肩膀。他的肩膀让人安心，但这话我不会对任何人说。

洛马克斯完全不是想象中的样子，或者说，完全不是我想象中的样子。如果在大街上遇见他，你会认为他是律师，或是干洗店老板，自己不用在店里干活儿的那种。老实说，第一眼看上去还挺吸引人，结果却有一点儿无趣，我没法觉得无趣的男人有吸引力。相信我，我尝试过了。能让人生少走弯路，不是吗？

不过，如果听说的一切都是事实，也许他并不是真的无趣。毕竟有关他的关键词是谋杀、黄金、直升机什么的。话又说回来，如果需要谋杀、黄金和直升机才能变得有趣，那我觉得本质上他还是个无趣的人。格里就从不需要直升机。

不管怎么说吧，我是不会和杀人的人约会的。

我想说的是，他长得有点像布莱克·卡林顿[①]，所以呢，就不要怪女孩子喜欢看外表了。

当然了，伊丽莎白立刻和他打上了招呼。哦，你一定是洛马克斯先生。多么美的花园啊。多么美的房子啊。那是宝塔吗？你去过日本吧？洛马克斯先生，你去过，你肯定去过。她调起情来真可怕。

可怜的马丁·洛马克斯看上去吓了个半死，也许这是伊丽莎白想要的效果？

接下来登场的是罗恩。他朝房子点点头，说："烧了你多少钱？"洛马克斯不知道怎么回答。罗恩补充道："你竟然修了塔楼，老兄，塔楼。"洛马克斯假装看到人群里有熟人，说他必须失陪一下。

伊丽莎白挽住他的胳膊，说："啊，我们一起散散步吧，多好的天气，阳光灿烂。"洛马克斯试图非常礼貌地挣脱她，但他没这个好运。

伊丽莎白问可不可以向他提几个问题，洛马克斯说我们在入口拿到的传单上有关于花园的所有信息。伊丽莎白说："啊，传单上有没有我想了解的信息我深表怀疑，真的深表怀疑，洛马克斯先生。"

---

① 布莱克·卡林顿（Blake Carrington）：美剧《豪门恩怨》（*Dynasty*）中的人物。

这时他的脸上闪过一丝担忧。和伊丽莎白打交道的人，用不了多久就会发现她并不是个单纯的老人家。换作是我，隐藏的时间要长得多，但伊丽莎白没有这种天赋。洛马克斯拼命挣脱开，祝伊丽莎白玩得开心，说他要去照料植物。

伊丽莎白让他走了几米，然后小声说："趁你还没走远，我还不用抬高嗓门儿，我只想问问，是你亲手杀了道格拉斯和波佩，还是像上次一样派人动的手？"

好了，这下引起了他的注意。他转过身——老实说，他长得真有点像布莱克·卡林顿——说："你是什么人？"伊丽莎白说："你不想知道吗？"还说他们确实应该聊聊，因为他们在找同一样东西。

"你在找什么？"他问。

伊丽莎白说："我们聊聊，好吗？"

就这样，她挽着马丁·洛马克斯的胳膊，带他离开了人群，绕到房子侧面，介绍了自己，也介绍了我和罗恩。波格丹开车带我们来的，他留在车里，正在跟着录音带学阿拉伯语。

伊丽莎白问洛马克斯，在他开枪之前，道格拉斯有没有告诉他钻石在哪里。洛马克斯说他不明白她在说什么。伊丽莎白翻了个白眼，说："听着，我们还是彼此坦诚一点儿吧，大家都是老手了。"

我感觉应该说点什么，不知道为什么，只是觉得该发声了。

我说："我们都非常喜欢波佩。"

他说："波佩是谁？"我说："她开枪打死了你的朋友安德鲁，记得吗？然后你昨天开枪打死了她。"

到这时，你可以看出他彻底放弃了伪装。也许我也不像是单纯的老人家了。如果真是这样，那可真叫人烦恼啊。

他质问伊丽莎白，说"我不知道谁派你们来的"。她说"我们自己来的"。他看了我们一眼，说他相信这是真话。然后他说："挑开来说吧，我能相信你们吗？"

伊丽莎白说："不一定，不过如果你没杀道格拉斯，如果你想拿回钻石，我们可能是你的最佳选择。"

然后他讲述了事情的经过。

没错，钻石确实存在，也确实被偷了。我想在这一点上我们已经明了并达成一致。没错，他确实查出是道格拉斯偷的，也确实恐吓过他。罗恩说："说句公道话，我也会这么做。"洛马克斯感谢他这么说。

空气中能闻到最后一丝金银花的香气，它们爬上了房子的侧墙。朝西的墙最适合金银花生长，这是我从《园丁提问时间》节目上学到的。格里是家里的园丁，我不是，但我一直坚持听这个节目，因为它让我想起格里。

洛马克斯承认，是他派安德鲁·黑斯廷斯来库珀斯·切斯的。按他的说法，他只想吓唬吓唬道格拉斯，逼道格拉斯说出钻石在哪儿，结果波佩插了一脚，打死了安德鲁·黑斯廷斯。洛马克斯损失了一员大将，却什么消息也没捞到。

伊丽莎白问他怎么知道他们在库珀斯·切斯，洛马克斯说军情五处多的是泄密的人。我问伊丽莎白是不是这么回事，她说以前确实是这样。

然后波佩和道格拉斯被迅速转移，马丁·洛马克斯说不知道他们去了哪儿，所以放弃了追踪。伊丽莎白问他有没有再找军情五处的人，他说当然有，但是什么消息都问不出来，大概知道新藏身地的人少之又少。

洛马克斯问我们知不知道钻石在哪里，我们确定说不知道。然后他说如果不能按时交出钻石，他很可能被带到海上一枪崩掉。看得出来，他说的是真话。

我对无趣和有趣的男人是这么看的。格里绝不会被带到海上一枪崩掉，但他比这位洛马克斯有趣上百倍。格里长得也不像布莱克·卡林顿，真要像的话，最后和他在一起的人可能不会是我。想到这一点我就不怎么舒服。不过从某些角度看，他长得像理查德·布赖尔斯[1]。

罗恩问能不能用一下洗手间，洛马克斯说马房里有一个。罗恩问能不能用房子里的，洛马克斯说不行。真有你的，罗恩。我觉得他并不想窥探隐私什么的，他只是真的

---

① 理查德·布赖尔斯（Richard Briers, 1934—2013）：英国演员。

想上厕所。

伊丽莎白给了马丁·洛马克斯一张名片（伊丽莎白什么时候有名片的？她从没提过），告诉他如果他说的话属实，我们的目标是一致的，那就是找到凶手。洛马克斯表示同意，伊丽莎白说只要有新情况出现，给她打电话，她有新消息也会跟他沟通。

我抓住时机，从包里掏出一条友谊手绳。洛马克斯看上去有些震惊，这种反应我已经习惯了。我解释说是为慈善机构募捐，伊丽莎白向他保证，他不买的话，我绝不会走。我拿的是一条金色和绿色相间的手绳，我动了动脑子，说绿色代表花园，金色代表太阳。我本来还想说亮片代表钻石，但决定不多这个嘴了。

我问他想把钱捐给哪家慈善机构，他耸耸肩。我说挑一家最喜欢的就行，他说没有最喜欢的，问我别人一般捐给哪家。我和伊丽莎白同一阵线，于是建议捐给痴呆症患者之家。他问我捐多少，我告诉他随便，他似乎没明白什么意思，我说你能捐多少就捐多少，说这话时我一直看着他的房子。

他点点头，从夹克口袋里掏出支票簿。支票簿！连我这种七十七岁的人都不用支票了。他在支票上写下数额，折叠起来递给我，我把手绳递给了他。

这时他还像羊羔一样温顺，但马上说道："可以结束了吗？”我们说可以了。他把我们挨个儿看了一遍，像屠夫审视待宰的牛，让人感觉很不舒服。

“我想他们肯定很吃你们这一套，对吧？”他说，“三个老人，人畜无害的小团体。警察、军情五处相信这些？”

伊丽莎白表示同意，对，大家确实吃这一套。

马丁·洛马克斯点点头，说：“在我这儿恐怕行不通。不管你们是十八还是八十，我照杀不误。你们明白的，对吧？”

老实说，听着非常吓人。我不得不经常提醒自己，这不是一场游戏。

伊丽莎白说我们当然明白，他已经表达得“相当不含蓄”了。

洛马克斯说：“亲和力这种东西对我不起作用。”

罗恩说：“好样的。”

洛马克斯接着说：“如果你们找到了我的钻石，不直接交给我，我会杀了你们。就算只是*怀疑*钻石在什么地方，也要告诉我，否则我会杀了你们。”

说真的，一点儿拐弯抹角都没有。这种方式确实新鲜，至少让我们看清了自己的处境。

他说会一个一个杀掉我们，然后指向罗恩，说他是第一个。罗恩冲我们做了个“总是我”的手势。没错，第一个总是他。

“只要找到钻石，”伊丽莎白说，“我们一定让你知道。”

最后是这样结束的。

洛马克斯说：“我不*想*杀你们。”

罗恩说：“当然。”

洛马克斯说：“但我会毫不犹豫地动手。”伊丽莎白说：“信息收到，完全明白。”

这时罗恩确确实实急需上厕所，我们就此道别。

然后我们还真在花园里逛了一圈，因为那里实在太美了。再然后波格丹开车送我们回家，我叫他说几句阿拉伯语给我们听听，他说了，只是从一数到了十。

伊丽莎白相信洛马克斯的话，他没有杀道格拉斯和波佩。我告诉她说，我觉得他不可信。她说，嗯，就是这么回事，像洛马克斯这样的骗子，说真话的时候总是最不可信，他们只是不习惯说真话罢了。

那么是谁杀了他们呢？她有个推测，为了验证它，她邀请了苏·里尔登来一趟养老村。我知道自己最好不要多问。

对了，刚才我说伊丽莎白调起情来很可怕，并不是指她像我一样调起情来很可怕。我的意思是，她调情时的表现很差劲，真的是一塌糊涂。我希望看到伊丽莎白不擅长的事，这样的事并不多，但至少让我们其他人有了一点儿公平竞争的机会。

我说了，返程时我们睡了一路，所以直到进了家门我才想起支票，心情不由得激动起来。

我打开支票，上面写着“五英镑”。好吧，非常非常感谢您，马丁·洛马克斯。痴呆症患者之家真走运。

38

易卜拉欣建议晚上在他家开会。对现在的他来说，到公寓外面去，在外面做点什么都是件很有压力的事。罗恩提议找个时间“一起散散步”，这可是罗恩啊！他们在担心他，易卜拉欣并不喜欢这种感觉。易卜拉欣不想成为麻烦。易卜拉欣觉得自己正慢慢走向消逝，而现在的他已经无所谓了。

“知道吗？我有个推测。”伊丽莎白说，三杯葡萄酒已经下肚。

“太意外了，伊丽莎白。”苏·里尔登说。苏也喝了一杯酒，不过严格意义上来说，她这是在执行公务。也许她想让事情进展得更顺利，才喝了酒。不管怎样吧，她都不是伊丽莎白的对手。

“有些人在生活中是天气预报员，苏，有些人则是天气本身。”

从汉布尔登回来的路上，伊丽莎白给苏打了电话，问她有没有时间过来聊聊。苏很乐意，立刻开车来了。易卜拉欣点了达美乐比萨。

“我最喜欢的天气预报员是英国广播公司的卡罗尔·柯克伍德，”乔伊丝说，“我一直觉得我们应该很谈得来。”

乔伊丝比其他人早到了半小时，她和易卜拉欣上网看了一下狗狗。乔伊丝现在也是 Instagram 用户，她努力想让易卜拉欣加入进来。正当他快要失去兴趣的时候，乔伊丝给他看了一个女人破解神秘填字游戏的视频。

“这里的天气预报员是我和易卜拉欣，”伊丽莎白继续说，“我们总是把手指竖在空气中，感受风吹的方向。我们永远不希望出现意外和差错。”

确实如此，易卜拉欣想。

“你们很快就能感受到我排出的气吹向哪里。”罗恩说，懒洋洋地仰靠在易卜拉欣的扶手椅里，吃完一片比萨，把一块巧克力威化饼往红酒里蘸了蘸。

“而乔伊丝和罗恩，你们是天气，”伊丽莎白说，“随心所欲，跟着感觉走。你们想做就做，不会犹豫不决，不担心可能的后果。”

“反正不可能预测未来的事，”罗恩说，“为什么费这个劲儿？”

“当然可以预测，”易卜拉欣说，“潮汐、季节、日落、日出、地震。”

“可这些都不是人类，老兄，”罗恩说，“你不可能预测人类。也许你能猜出别人接下来要说什么，但也仅此而已。”

易卜拉欣一瞬间又回到了排水沟，尝到了鲜血的味道。他试图摆脱这些回忆。

“想太多没意义，”乔伊丝说，“我同意罗恩的看法。”

“啊，你当然同意罗恩的看法，”伊丽莎白说，喝光了杯里的酒，“你们两个志同道合。”

“伊丽莎白，你多少次一大早给我打电话，说‘乔伊丝，我们去福克斯通’‘乔伊丝，我们去军情五处的藏身地’‘乔伊丝，带上保温杯，我们去伦敦’？”

“很多次。”伊丽莎白承认道。

“我问过为什么吗？”

“啊，问了也没用，亲爱的，我绝不会告诉你。”

“所以我只是收拾好我的零零碎碎，查看火车时刻表，然后出发。我知道一定会很有趣，不必想太多。”

“没错，但之所以一定有趣，是因为我做好了计划，”伊丽莎白说，“你只用担心要不要穿一件大衣。”

易卜拉欣看见苏偷偷瞄了一眼手表。他们什么时候才能说到正题？这是她的心理活动。伊丽莎白知道什么？她知道钻石在哪里吗？这是苏在傍晚时分开车过来的原因。祝你好运，苏。

“我来跟你们说件事吧。”伊丽莎白对房间里的所有人说，显然不打算马上谈钻石，“我和斯蒂芬第一次旅游去的是威尼斯，他想用一个周末看艺术品和教堂，而我只想一直看着他。”

“真浪漫。”乔伊丝说。

“看着自己深爱的男人并不是浪漫，乔伊丝，”伊丽莎白说，“是再合理不过的事了，就像看着自己喜欢的电视节目。”

易卜拉欣点点头。

“总之吧，去的路上斯蒂芬说，我们整个周末都不用旅游指南，只是随便转转，迷路也不要紧，随意转个弯，发现我们意想不到的奇妙地方。”

“好吧，这是浪漫。”乔伊丝说。

“不，这也不是浪漫，是效率低下。”伊丽莎白说。

“同意。”易卜拉欣说。看看随性而为带给他的后果吧。

“我了解斯蒂芬。我清楚得很，如果看不到丁托列托[①]的《崇拜金牛》和贝利尼[②]的《圣扎卡里亚祭坛画》，如果没发现一家为当地人提供西切蒂[③]和气泡酒的漂亮而隐秘的酒吧，他是不会开心的。他可不愿意左转看到地方政府办公楼，或者右转发现一条满是瘾君子的小巷子，说不定他们

---

① 丁托列托（Tintoretto, 1518—1594）：意大利画家，威尼斯画派代表人物。

② 贝利尼（Bellini, 1430—1516）：意大利画家，威尼斯画派奠基人。

③ 西切蒂（cicchetti）：意大利开胃菜，在威尼斯尤为流行。

还会偷了他的手表。”

“我相信不会发生这种事。”乔伊丝说。

“啊，当然不会发生这种事，”伊丽莎白说，“因为我在出发前两周仔细研究了所有旅游指南。就这样，我们开始散步，手挽着手，漫无目的地闲逛，但我的脑子里有一张清晰的地图。我们幸运地撞见了圣弗朗西斯科教堂，多么美好的惊喜呀！然后我们幸运地路过了一家漂亮的小酒吧，我在英国广播公司二台看里克·斯坦[①]去过……”

“哦，我喜欢里克·斯坦，”乔伊丝说，“我不喜欢海鲜，但我喜欢他。”

“然后，你们猜怎么着，转个弯，竟然到了花之圣母大教堂，我们沉浸在一幅幅丁托列托和贝利尼的画作之中。那是一次完美的旅行，在斯蒂芬看来，整个周末是一场奇妙的巧合。一切都因为他是天气，我是天气预报员。他相信命运，而我*就是*命运。”

“我和格里从不在周末旅行，”乔伊丝说，“我们总能过得很开心。”

“那是因为格里做好了计划，从没告诉过你。”伊丽莎白说，“因为对你来说，没计划更有趣；对他来说，有计划

---

① 里克·斯坦（Rick Stein, 1947— ）：英国著名厨师、美食节目主持人，主持的节目有《里克·斯坦的海鲜奇幻之旅》（1999）、《里克·斯坦：从威尼斯到伊斯坦布尔》（2015）等。

更有趣。每段关系最好能有这种互补。”

“不对，”罗恩说，“我和马利都是天气。”

“你们二十年前离婚了，罗恩。”易卜拉欣说。

“对。”罗恩说，稍稍举起酒杯。

“我不想扫大家的兴，”苏·里尔登说，“可你说这件事有什么目的呢，伊丽莎白？”

她想加快一点儿节奏，易卜拉欣想，但伊丽莎白会按自己的节奏来。

“为什么一定要有目的？”伊丽莎白问。

“因为你让我今晚来这里，现在你拉着我的手，带我往左，带我往右。我只想知道，我们这是要去哪儿？下一个转角有什么？我怎么感觉被带进了一条满是瘾君子的小巷子？”

“啊，没有的事，”伊丽莎白说，“你和一屋子老态龙钟的退休人士一起吃比萨，能有什么危险？我只是没话找话罢了。”

乔伊丝哼了一声，她和罗恩彼此翻了个白眼。

“快说吧。”苏说。

“啊，真没什么，只不过我们今天去见了马丁·洛马克斯。”

“是吗？”

“恐怕是的，”伊丽莎白说，“我们倾向于认为，他没有杀道格拉斯和波佩。”

“明白了。”苏说。

“我没去，”易卜拉欣说，“因为有伤在身，不然我真想一起去。”

你撒谎。既不想出门，又不想在家，还能做什么？至少今晚过得还算愉快吧。

“这让我更仔细地思考道格拉斯这个人。不知道你跟他熟不熟。”

“够熟了。”苏说。

伊丽莎白点点头。“嗯，你可能觉得他是天气，对吧？他就像风随心所欲地吹进别人的生活，到处出轨，到处离婚。其实他不是。道格拉斯是天气预报员。道格拉斯做什么都有计划。道格拉斯发消息说有样东西给我看，那他一定有样东西给我看。他说五点钟给我看，那他在五点钟时绝对肯定还活着。道格拉斯说话非常非常谨慎。”

“你的意思是？”苏说。

“我的意思是，万一道格拉斯让我看到的正是他想给我看的东西呢？他想让我看到他的尸体。”

“就像马库斯·卡迈克尔一样。”乔伊丝说。

“马库斯·卡迈克尔是谁？”易卜拉欣问。

“嗯，和道格拉斯差不多类型的人。”伊丽莎白说，在白色餐巾纸上擦了擦拿过比萨的手指，“苏，我能问你件事吗？我猜你已经考虑到了，但我还是想问问。”

“随便问。”苏说，“马库斯·卡迈克尔是谁？”

“去查查吧，应该有档案。”伊丽莎白说，“道格拉斯的尸体是怎么辨认的？”

“哦，终于来了，”罗恩说，喝了一大口红酒，“我就知道你打着小算盘。”

“意思是，尸体肯定是道格拉斯吗？”苏问。

“正是这意思。”伊丽莎白说。

“你认为他伪造了一切，带着钻石跑了？”罗恩说。

“我认为有这种可能。”伊丽莎白说。

“你这么多年肯定伪造过死亡吧，苏？”乔伊丝说。

“一两次。”苏承认道，“道格拉斯穿的是他最后一次被看到时穿的衣服，他身上有钱包，有所有的卡，不过真要是伪造，他当然会这么做。”

“当然。”伊丽莎白说。

“没有直系亲属的话，现在都靠 DNA 匹配来辨认。医生用拭子采样，实验室把样本和他的档案进行匹配，证明是道格拉斯。”

伊丽莎白边喝酒边思考，最后点了点头。“这没法证明，苏，你知道的。如果道格拉斯有计划，一定会计划好。如果他需要 DNA 匹配，就一定能匹配。”

“确实。”苏表示同意。

“那么谁有可能在 DNA 上动手脚？谁呢？”

苏想了想。“我有可能，兰斯有可能，情况需要的话，医生也有可能——她不是我们经常合作的类型，但经验非常丰富。我想还有实验室的人吧，我们现在都是在现场完成所有程序。”

“四十年的护士工作经历教会你，一定是医生。”乔伊丝说，伸手拿起白葡萄酒，把酒杯倒满。

“这么说，有可能不是道格拉斯？”伊丽莎白问。

“对，有可能。也许过程不太可信，但确实有可能。”苏说。

“好的计划不正是这样吗？”伊丽莎白说，“过程太难以置信，误导你走错方向。谁会花费这么多心思？为了脱身，我会这么做，你会这么做，道格拉斯会这么做。让事情变得……复杂。”

“说不定他跟医生有一腿，”乔伊丝说，“他跟谁都有一腿，苏。没有冒犯你的意思，伊丽莎白。”

苏敲打着手指。“好吧，暂且说你是对的，伊丽莎白。”

“这样通常能省不少时间。”罗恩说。

“道格拉斯为什么想让你看到一切？看到他的尸体？假如是我伪造自己的死亡，我一定会想方设法让你远离现场。”

“我同意苏的看法，”易卜拉欣说，“你会是第一个看出破绽的人。”

“是不是跟钻石有关？”苏问，“他当时需要你帮忙。”

“谁知道呢？”伊丽莎白耸耸肩，“不过如果我是对的，他还活着，那就不是*当时*需要我帮忙，而是*现在*需要我帮忙。”

苏点点头。

“乔安娜给我买了奈飞[①]。”乔伊丝说，吃完了最后一片比萨。易卜拉欣很好奇，她的肚子怎么能装下这么多。“上面有各种各样的片子，但我搞不懂什么时候播出什么，到处都找不到播出时间安排。”

“你会帮他吗？”苏问伊丽莎白。

“不会，”伊丽莎白说，“当然了，我会尽力找到钻石，但道格拉斯恐怕得靠他自己了，你赞成吧？如果他做了我认为他做的事，如果他杀了可怜的波佩，伪造了自己的死亡。”

“这是个严重的‘如果’。”罗恩说。

“我确实赞成。”苏说，“好了，假如你是对的，然后呢？他给你留下了线索，我们给了你吊坠，我知道你想看看它里面。还有比吊坠更隐秘的东西吗？或者更隐秘的*地方*？”

---

① 奈飞（Netflix）：又译网飞，美国流媒体播放平台，采用会员订阅制。

“这个嘛，谁知道呢？”伊丽莎白说，“不过，坦白说，我正在研究这个假设。我想先确认，你不会觉得我的推测太离奇。”

“离奇是离奇，”苏说，“但这份工作从来没有‘太离奇’这回事。我打算直接回去一趟，私下看看调查的进展，不惊动任何人。我可以让调查持续几天，我们利用这段时间仔细想想整件事。”

“我认为道格拉斯把钻石藏在了什么地方，”伊丽莎白说，“而且我知道某个时刻他告诉了我确切的地方，我只需要回想起他是什么时候、怎样告诉我的。”

“那么我们各自都有任务了，”苏说，“我可以为你争取三天左右的时间。”

“我还是押黑手党和洛马克斯，”罗恩说，“那家伙的房子真大呀。”

“我还是押医生。”乔伊丝说。

“知道吗？”苏说，“如果三个月前有人告诉我，我会跟伊丽莎白·贝斯特共事，我是绝不可能相信的。现在真的发生了。”

乔伊丝伸手拿起酒瓶，给苏的杯子续上酒。“欢迎来到周四推理俱乐部！”

他们互相碰杯。晚上余下的时光过得十分愉快，苏和伊丽莎白讲了几个战争故事，苏在必要的地方改换了名字和日期，伊丽莎白完全不屑于这么做。苏戴着乔伊丝给的友谊手绳——想要打听消息，讨人欢心总是有用的，易卜拉欣想。乔伊丝让苏把一个信封转交给兰斯。最后，苏打了个哈欠，看样子是打算走了。

“想到什么的话，你会告诉我吧？”苏问。

伊丽莎白使劲点点头。“只要想到什么，我第一个告诉你。他可能希望我帮助他，但总的来说，我更希望抓住他。”

道格拉斯伪造了死亡？易卜拉欣喜欢这个推测。他看得出来，苏也喜欢。这个推测不合情理，却不无可能，真是完美的组合。

“好了，我得走了，”苏说，“你知道怎么找到我。”

“调查一下医生，拜托了。”乔伊丝说。

“我会的。”苏说。

苏离开后，四个朋友继续聊天，酒杯再次倒满。罗恩匆匆去了厕所。

“跟苏聊一聊挺好的，”易卜拉欣对伊丽莎白说，“我知道你平常对这样的事相当保密。”

“我必须了解辨认尸体的过程，”伊丽莎白说，“看看是不是滴水不漏，结果不是。”

“哦，她让我想到了你，”乔伊丝说，“只不过年轻二十岁，不好意思。”

“没关系，”伊丽莎白说，“她也让我想到了我自己。没我这么厉害，但还算不错吧。”

“这么说，你认为她能找到道格拉斯留下的线索？”易卜拉欣说。

“哦，我知道线索在哪儿，”伊丽莎白说，“今天早上想到的。”

易卜拉欣点点头。这是当然。

“我就知道你隐瞒了什么，”罗恩说着回到了房间，“可怜的苏。”

“我不想在这件事上麻烦她。”伊丽莎白说。

“伊丽莎白，你有时候真坏。”乔伊丝笑着说。

“再说了，”伊丽莎白说，“万一我的直觉是错的呢？那岂不是闹笑话？”

“你的直觉什么时候出过错？”罗恩说。

“事实上，经常出错，”乔伊丝说，“她只是说出来的时候特别自信，像个咨询师似的。”

“确实，乔伊丝，”伊丽莎白说，“可能对，可能错。有人想去树林散散步吗？一起去找到答案。”

“哦，终于来了。”罗恩搓着双手说。

“现在吗？”乔伊丝问，“好吧。”

“你不能穿着人字拖去树林，罗恩。”易卜拉欣说。

“哦，不要这么‘天气预报员’啦，”罗恩说，穿上外套，“小伙伴们，出发，去树林。”

39

乔伊丝的日记

现在是第二天早上，你懂我的意思吧？我刚从商店回来，这个稍后再细说。包和伞都准备好了，在门厅的桌子上等待着，这个也稍后再细说。

伊丽莎白认为道格拉斯伪造了死亡，很显然，这在他们那一行不是什么稀奇的事。杀个人，把他的尸体伪造成自己的，然后带着两千万逃走。事实是不是这样，谁也说不准，但这种做法确实很聪明。

昨晚我们都在易卜拉欣那儿，伊丽莎白想把她的推测说给苏·里尔登听。顺便说一句，易卜拉欣好多了，可看上去很难过，完全不像他。我的意思是，虽然他总是有种忧郁气质——除了罗列清单或者讲解问题的时候——但你很少会看到他难过的样子。我得想办法让他走出公寓，让他重新回到方向盘后面。准确地说，回到罗恩的车的方向盘后面，你应该明白我指的是什么。

我们度过了一个非常愉快的夜晚。没什么特别，不是每一次都需要特别，对吧？换作一年前邀请军情五处的人过来，我可能会觉得不寻常，现在已经渐渐习惯了。苏·里尔登看上去也有点难过，我的感觉吧，发生了这么多事，她的工作大概遇到了麻烦。

我悟出了一个重要道理，偶尔需要停下来，只是和朋友们喝喝酒、聊聊天，哪怕在身边接二连三出现尸体的时候也不例外。最近尸体的出现率确实非常高。

当然了，这是把握平衡的问题。不管怎么样，第二天早上尸体总归还在那里，绝不能让尸体毁掉享用达美乐比萨的心情。

一开始我们没怎么谈案子的事，后来伊丽莎白开始聊道格拉斯和天气。轮到苏·里尔登登场了，伊丽莎白才把所有想法说出来。道格拉斯伪造了死亡，等等，等等。在我听来实在有点复杂，他是怎么办到的呢？

不过我想，如果连偷两千万英镑都不花点心思，那还有什么事值得花心思？

看得出来，苏没有立刻否定这个推测。她知道伊丽莎白有判断力，而且她自己可能也愿意相信。调查案子的时候，只要是有助于破案的想法，你都愿意相信它们是真的。

伊丽莎白懂得分享，我为她感到骄傲。苏走后，我正想夸伊丽莎白表现出了真正的成熟，这是她头一次没有把什么事都藏在心里，就在这时，她说有样东西给我们看，提议到树林散散步。唉，伊丽莎白啊！

请注意，当时是晚上十点多，而且我已经不止一次暗示说：“啊，愉快的时光总是过得很快。”

我们收拾好东西，罗恩回公寓拿了手电筒，易卜拉欣不想去，祝我们一切顺利。我在他脸上亲了一下，说他看上去不错。他知道我说的是反话，我们是心有灵犀的好朋友。

上山路上，伊丽莎白详细解释了她是怎么想出来的。

道格拉斯在库珀斯·切斯的时候，她和他一起走过这条路，波佩戴着耳机跟在他们后面。可怜的波佩，整件事中我在乎的人只有她。安德鲁·黑斯廷斯被杀，我无所谓。来得容易，去得也快，这是他的工作。常在河边走，哪有不湿鞋？至于道格拉斯，他嘛，就算真的死了，那也是他自己造成的。可波佩完全是另外一回事，她不应该是这样的结局，我替她惋惜。

伊丽莎白和道格拉斯在一棵树旁停下，昨晚我们也在那棵树旁停下。罗恩用手电筒照过去，可以看见树上有一个大洞。罗恩的动作很娴熟。格里也一样，只要拿着手电筒，总是表现得很娴熟。

你听说过“密信传递点”吗？特工们的专业术语，一个公开的、不设限的地方，你可以把东西藏在那里，永远不会被人意外发现。特工 A 给特工 B 留下东西，可能是缩微胶卷什么的吧。特工 B 沿着运河纤道漫步，这只是举例，或者抬起松动的篱笆桩，这也只是举例，然后找到想要的东西。

伊丽莎白和道格拉斯站在树旁，他对伊丽莎白说这棵树是完美的“密信传递点”，让他联想到他们以前用过的一棵树。伊丽莎白表示同意，之后再也没想过这件事。

嗯，这么说不完全准确，伊丽莎白从不会停止思考，对吧？她现在确信道格拉斯让她注意那棵树是有原因的，他在那里藏了东西给她。

跟平常一样，她判断对了。

她叫罗恩用手电筒照向洞里面，你猜我们发现了什么？

好了，我知道你在想什么，你在想我们发现了钻石。恐怕没这么好运。我保证，如果发现的是钻石，我的日记肯定会以非常不同的方式开头，第一句肯定会是“我们刚刚找到了价值两千万英镑的钻石”这样的话。我绝不会啰啰唆唆地说什么罗恩的手电筒啊，什么易卜拉欣看上去很难过啊，我会直奔主题，直抒胸臆，满纸满篇都是钻石。

不过，我们发现了第二好的东西。

伊丽莎白掏出了一封信，信写在一张挺括的白纸上，装在一个透明的密封袋里，当然，为了保持干燥。说实话，世上没有密封袋不能装的东西，我有满满一抽屉的密封袋。信被折叠起来，正面写着她的名字。据伊丽莎白说，这是道格拉斯的笔迹。以前的人都熟悉彼此的笔迹，不是吗？

她把信从袋子里拿出来展开。信纸是很贵的那种，能认得出来，反正不是银行或者政府服务部门用的那种纸。昂贵的纸是用更昂贵的树制成的吗？或者只是制作工艺不同？

伊丽莎白读了信，先是自己读了一遍，然后读给我们听。等你听了信的内容，你就知道我们今天要去做什么了，也会知道我的保温杯和雨伞为什么在门厅的桌子上。

对了，我刚才去了趟商店，因为那里有复印机，我刚才就是去复印那封信。我们四个人每人一份复印件，我还多印了两份，以防我们以后觉得克里斯和唐娜可能会感兴趣。

印一份要三十便士！这个价位很难说合理。我还白白浪费了几份，因为前两次我把信的方向放错了。真是骗钱的生意啊，让人不禁好奇这些钱都去了哪里。回来的路上我跟罗恩说了这件事，他气愤地表示了强烈抗议。

我把原件送还给伊丽莎白，她看上去相当疲惫，不像她平时的样子，不过我想我们确实熬得太晚了。不管怎样吧，她终于戴上了我为她做的友谊手绳，真好。

信的复印件现在就在我面前，内容如下：

亲爱的伊丽莎白：

果然没有看错你，聪明的家伙，我就知道你能找到信。

说句心里话，我偷了钻石，惹出这一大堆麻烦，我应该道歉。每个人都有心动的价码，事实证明，我的心动价码是两千万英镑。两千万啊，亲爱的，明晃晃地摆在眼前，而我，一个即将退休的老古董，抵抗是徒劳的，你能理解吧？

我是个老古董，但还保留着几个绝招。人虽上了年纪，但也还有几年活头。我不想浪费这几年，退休不是我想要的生活。

当然了，我不该偷钻石，这是肯定的。换作是你，你就不会偷。不过，希望你不要嫉妒我从中体验到的刺激——你最近体验的刺激已经够多了吧？至少过去几周里，我又找回了心跳加速的感觉，这是一种美好的感觉。

不说废话了，我们来谈正事。

你看到了这封信，我想可能发生了两种情况。也许我被杀了。有人对我严刑拷打，问出了钻石的地点，然后将我抛尸。这种情况不是不可能。我这人受不了严刑拷打，不管它有多刺激。再说了，我完全可以说个错误的地点，让他们白跑一趟。等他们意识到上当受骗，我已经被埋在某个树林里了。

如果我被杀了，真心希望你有那么一点儿怀念我，希望你能原谅我犯下的许多罪恶。我在很久以前就原谅了你犯下的罪恶。不知道谁会来负责葬礼的事，我身边没有关系特别亲的人。有过一两个情人，但都不长久，不是吗？

这些年来，我没结交太多朋友，交过的朋友也没什么来往。万一他们问你——谁知道呢，说不定有人问——告诉他们我的父母葬在诺森比亚，请务必把我埋在离他们尽可能远的地方，越远越好。埋在莱伊怎么样？我们在那儿度过周末，记得吗？那座乡间小屋。

当然了，还有第二种情况，比第一种有趣得多，那就是我成功脱身了。

马丁·洛马克斯想要我死，纽约黑手党想要我死，安全局想要彻底甩掉我。此时此刻我还没想好怎样脱身，但我向来有的是办法，也许很快能想出点子，我脑子里已经酝酿着几个小想法了。

总而言之，我要么变成了死人，要么变成了富人。到底是哪一种情况，有一个简单的方法能帮你找到答案。

钻石在一个行李寄存柜里。你知道的，到库珀斯·切斯藏身是我自己提出的要求。我把钻石放在了附近，方便我取回。或者说，方便你取回，事情发展到这一步的可能性非常大。

亲爱的，钻石在费尔黑文火车站行李寄存处的五三一号柜子里。我相信你能撬开锁，但我还是把钥匙放在了这个袋子里。

你去碰碰运气吧。打开柜子，钻石在里面，说明我死了；钻石不在，说明我脱身了。我会直接去安特卫普找我

们的老朋友弗兰科，把钻石兑换成钞票。

所以，只要没有钻石，你就明白我正在四处游荡，成了自由而富有的人。如果你还有一点点在意我的话，请放心，我会想办法在合适的时机联系你。你知道我想找一个人共度余生。如果那个人是你，我会是世上最幸福的男人。

请不要责怪一个老傻瓜的痴心。

上帝保佑你，伊丽莎白，当然也保佑乔伊丝、罗恩和易卜拉欣。我想你们四个人会保守这个秘密，没必要告诉苏、兰斯和军情五处的小分队。

不知道你花了多长时间找到这封信，我猜不会太久。如果我死了，那就在此感谢你的速度和智慧。如果我还活着，至少能领先各位一步拿到钻石了。

你能找到这个密信传递点，太棒了，我就知道你不会错过线索。不管过去还是将来，你永远都是最棒的。

费尔黑文火车站，五三一号柜子。没有钻石，我脱身了；有钻石，我死了。

这会不会又是一封来自死人的信？谁知道呢？想必你也有心跳加速的感觉了吧？

永远爱你的道格拉斯

不得不说，他的字写得很漂亮。几分钟后，我和伊丽莎白要坐中巴去费尔黑文。我对费尔黑文火车站一点儿也不了解，那里有车去布莱顿和伦敦，应该是个大站。根据网上的信息，车站里有 Costa[①]，有 WHSmith[②]，有一家卖香肠肉卷和油酥糕点的店，有一等座休息室——从照片上看非常豪华，有宽敞的客运中心，当然了，还有行李寄存柜。

这么说来，我们有可能找到价值两千万英镑的钻石。伊丽莎白不会让我留着它们，我理解，不过短暂地拥有也挺不错。我们会把钻石交给苏和兰斯吗？或者交给克里斯和唐娜？如果可以选择，我想给唐娜看看，但这种时候一般要按规矩办事。

也许我们什么也找不到。也许道格拉斯骗过了所有人，逃到了别的地方。一个自由快活的老头子，揣着大把大把的钞票，期待伊丽莎白还爱着他。

揭开谜底的方法只有一个——坐上开往费尔黑文的中巴。

① Costa：英国连锁咖啡店，1971 年由 Costa 兄弟在伦敦创立，2006 年进入中国市场，中译名为“咖世家”。

② WHSmith：英国连锁零售商店，主要销售书籍、文具、报纸杂志等。

40

兰斯·詹姆斯打了个哈欠，挠挠脑袋。苏·里尔登办公室的门敞开着，从她的角度看，兰斯像是在工作。检查情报报告，为航班乘客名单做交叉索引……总之是他们付薪水让他干的活儿。在特别舟艇中队的时候，生活更精彩，不过挨枪子儿的频率也更高，如今他的膝盖再也不会每隔五分钟中弹一次了。

兰斯在上网，浏览那些买不起的房子。威尔特郡的乡间别墅？我看行，那个马厩可以改建成游戏室。俯瞰泰晤士河的顶层公寓？风景优美，可是照平面图看，哪里放得下私人影院？

他这是在做白日梦，除非……除非……

两千万可以改变一切，不是吗？两千万就在某个地方。

兰斯想，就算是手头有两千万英镑的人也会梦想着他们永远买不起的房子，比如一座挖空的火山。凡是买过房的人，内心真正想要的其实都是价位高出百分之十的那套房。

金钱是陷阱，确实如此。不过，在兰斯看来，金钱并不是最可怕的陷阱。

他朝苏·里尔登看过去，穿过敞开的门看见她正专注地做着什么。工作？他表示怀疑。这年头还有谁会在十一点之前开始工作？

苏盯着电脑屏幕，眉头紧锁。她知道了什么？她正在破案？

更有可能的是，她正在挑选花花草草，或者为年长的亲戚安排护理，或者看色情片。任何人的任何事都不会让兰斯感到意外，他在安全部门工作了二十年，什么都见过了。那两个七十多岁的女人呢？有什么故事？小个子的那个没那么吓人，一直看着他，好像有什么话想说。另一个是伊丽莎白·贝斯特——苏在她面前表现得很恭敬，也很小心。难道有什么历史？

兰斯又瞄了一眼苏，她似乎陷入了沉思。说不定她也浏览着威尔特郡的同一座别墅，思考着怎样改造马厩。她也想着两千万英镑。

兰斯现在住的一室一厅在巴勒姆[①]。房产的一半归前妻，两个人在这个问题上产生了分歧，他没钱买下她那一半，也没钱搬到别的住处，而她根本不关心这些。他是个

① 巴勒姆（Balham）：伦敦南部一地区。

穷小子，和富家女一起买了这间公寓，刚开始还充满了浪漫和希望，现在他们之间的唯一交流是她父亲的律师发来的信件，事情也就没那么有趣了。最后达成的临时协议是，他向她交房租。一个拿不出钱的人向一个不需要钱的人交房租，而就在六个月前，这个收租的人每天都会对他说她有多么多么爱他。律师信里没有这样满满的爱意，罗巴克、哈林顿和洛[①]不会贴着他的胸膛，送上早晨慵懒的香吻。

她不爱他了？或者从没爱过他？不管怎样吧，她和负责他们公寓装修的人好上了，现在正和一个叫马西莫的投资银行家约会。

兰斯的妈妈很喜欢她，大家都很喜欢她，所以兰斯不怎么去看他妈妈了，他肯定她们之间还有来往。

好在从巴勒姆到米尔班克[②]很方便，兰斯通常都在那儿上班，但是从巴勒姆到戈德尔明一点儿也不方便，他被调到这个鬼地方，一直要待到这次调查结束。一次性调查两桩谋杀案当然非常好，可是为此要赶早上八点二十一分的火车，从滑铁卢一路站到戈德尔明，这就非常不好了。

最最糟糕的是，他开始掉头发了。头发是他的超级魔力，多年来施展得得心应手。约会的时候，头发垂到眼前，

① 罗巴克、哈林顿和洛（Roebuck Harrington & Lowe）：律师事务所的名字，以合伙人的姓命名。

② 米尔班克（Millbank）：伦敦中部一地区。

他会随意地用手往后一捋。他心里明白，不管捋成什么样子，看上去都会特别有型。魔力慢慢消失了，头发变少、变白，发际线渐渐后移。就在这个时候，他恢复了单身。

他们偶尔会给兰斯配枪，他真想朝自己的脑袋来一枪。

也许他应该做点事了。

兰斯关掉 Rightmove① 网页，打开邮箱。他同时为军情五处和六处效力，总是收到一大堆废话连篇的邮件，无非是安全简报，再就是某国事务部内部烘焙大赛的结果。

苏给他发了邮件。她距离他十英尺，门开着，不过无所谓了。能否查一下那天晚上验尸房的卡特医生的资格证，写份报告给她？当然可以。看得出来，苏很焦虑，她承受着收拾这一堆乱摊子的压力。

最近几天，总有一些白头发的男人静悄悄地出入她的办公室，他猜他们跟苏年纪差不多，可能六十岁刚出头，但他们是男人，级别更高。不管宣传资料上说得多么平等，一切还是老做派。兰斯意识到，作为一个四十二岁的男人，他可能是军情五处混得最差的一个了。不过改变现状还来得及，他应该从现在就开始。

军情六处举行了餐厅命名大赛，反恐部的普丽雅·格拉尼以“想来点特工的味道吗？”获胜。兰斯读完这封邮

① Rightmove：英国最大的房地产网站。

件，看到一个警报，关于从新泽西州泰特波罗机场飞来的航班，他点了进去。

苏·里尔登的声望很高。一旦有麻烦，她会发现麻烦，然后揪出麻烦制造者。她很强硬，有时甚至残酷，这就是这份工作带来的“成果”。然而，这次的调查是场灾难。两个特工在藏身的地方被人开枪打死，其中之一还是最开始那个案子的主要嫌疑人，难怪有这么多白头发的男人出入苏的办公室。

一趟航班被标示了特殊记号，乘客名单里有安德烈·理查森。机型是湾流 G65R，飞机从泰特波罗机场起飞，预计八号，也就是周一上午抵达范堡罗机场。

兰斯关掉邮件，走到苏的门口，敲了敲门。她抬起头，关掉电脑窗口，谁知道她在看什么，ASOS[①]？马的图画？

“兰斯，什么事？”

“飞机下周日从新泽西出发，登记的名字是‘安德烈·理查森’，是小弗兰克·安德雷德用过的化名。飞机在范堡罗机场降落，离这儿不算远，离马丁·洛马克斯家也不算远。”

“这么说，钻石的真正主人要来拜访钻石的临时主人？”

---

① ASOS：时尚服饰及美妆产品线上零售商，2000 年创立于英国。

“嗯。”兰斯赞同道。普丽雅·格拉尼还是单身吗？不管有没有头发，他都要重新开始约会了。“下周我加入监视组吧，长官，确保不错失任何机会。”

“好主意，兰斯。他们被派驻在安多佛，你守在那边没问题吧？”

整整一周，不用回巴勒姆的公寓，不用赶火车，不用来这间办公室。说不定最后还能收获一点儿荣誉和钻石。

“没问题，长官。”兰斯说。他抬起手捋了捋头发，立刻意识到这个动作是多么不明智。

41

伊丽莎白不是多愁善感的类型，虽说如此……

她将要面对的是前夫的生死。她非常了解道格拉斯——或者说曾经非常了解。她确信他不会向其他任何人透露钻石的真实地点。他只要设下错误的线索，总能成功误导别人。不可能有其他人知道五三一号寄存柜，这是个秘密，藏在库珀斯·切斯山上的树洞里。

钻石不在柜子里，那就在道格拉斯的手上。

钻石在柜子里，说明道格拉斯没有来取走，也就意味着道格拉斯死了。对她来说真是不同寻常的一天。

如果道格拉斯活着，他一定逃走了，而且成了有钱人。当然了，如果道格拉斯活着，那他就是杀死波佩的凶手。他杀了波佩，伪造了自己的死亡，天知道他从什么地方弄来了那具尸体。可以肯定的是，那是一具新鲜的尸体，不像多年前从泰晤士河里拉上来的马库斯·卡迈克尔的尸体。当时没人仔细检查马库斯·卡迈克尔，每个人都忙着手头的事。伊丽莎白看过道格拉斯的尸体，近距离看得清清楚楚，确实是刚死不久。这么说，道格拉斯有可能杀了两个人？这是他能够脱身的唯一办法。

相比之下，伊丽莎白倒希望道格拉斯死了。她没有恶意，只不过宁愿前夫是个死掉的小偷，也不愿他是个活着的杀人凶手。

中巴坐满了。司机卡里托把夹着烟的手伸到了车窗外。这群人从不介意他抽烟，作为回报，卡里托也从不介意他们不系安全带。整个场景仿佛出自二十世纪七十年代，那时候只要你自己愿意，死于肺癌或车祸随便你。

乔伊丝很沉默，一点儿也不像她，甚至让人有种不安的感觉。

一开始伊丽莎白猜想可能是因为波佩，乔伊丝和波佩建立了感情纽带，这一点是肯定的。或者因为西沃恩？对于一个母亲的悲痛，乔伊丝感同身受？

后来伊丽莎白意识到，上次她们俩一起坐这辆中巴时，伯纳德坐在后排的位子上，那之后乔伊丝和伯纳德的关系慢慢亲密起来。乔伊丝想念他，但她们从不聊他，就像她们从不聊斯蒂芬和彭妮一样。说真的，她和乔伊丝都聊些什么呢？中巴车窗外流动着英国乡村风光。

“你和我都聊些什么，乔伊丝？”伊丽莎白问。

乔伊丝想了想。“主要聊谋杀案，不是吗？从我们见面以来。”

伊丽莎白点点头。“我想是的。假如没有谋杀案，你觉得我们会聊什么？”

“嗯，总有一天我们会知道的，对吧？”

乔伊丝又看向窗外。伊丽莎白不喜欢看见朋友不开心的样子。一般人在这种情况下会说什么？碰碰运气吧。

“想聊聊伯纳德吗？”

乔伊丝转过脸看着她，挤出一丝微笑。“不想，谢谢。”

乔伊丝继续看风景。她没有转过脸，直接把手搭在了伊丽莎白的手上。

“想聊聊斯蒂芬吗？”乔伊丝问。

“不想，谢谢。”伊丽莎白说。乔伊丝用力捏了一下伊丽莎白的手，然后一直握着它。伊丽莎白低头看着友谊手绳，这东西太丑了，但对她来说意义重大。伊丽莎白的人生里有的是同学、亲戚、教授、同事、丈夫，却永远难有朋友。朋友想从你身上得到什么呢？他们期待你做什么？她聪明的脑子始终想不出答案。

今天凌晨四点左右，她和斯蒂芬一起醒来，他开始炫耀年轻时爬过的什么高山。伊丽莎白说了个更高的山，谎称她以前爬过——“没带一个夏尔巴人[①]，亲爱的。”他立刻升级了难度，在没有夏尔巴人和氧气瓶的情况下登上了珠

---

① 夏尔巴人（Sherpa）：居住在喜马拉雅山脉的部族，以“喜马拉雅山上的挑夫”著称，常担任山中向导或搬运工。

穆朗玛峰，伊丽莎白这边变成了背着三角钢琴爬珠穆朗玛峰，两个人边说边发出阵阵轻笑。这是爱情，没错，但这也是友情。在她遇到的所有人中，斯蒂芬是第一个不把她当回事的人。

乔伊丝不把她当回事，易卜拉欣不把她当回事，罗恩就更不用说了，当然不把她当回事。她想，他们是敬佩她的，他们知道可以信赖她，他们*保护*着她——真肉麻——但他们完全不把她当回事。谁承想一直以来的交友秘诀竟然是这个？

细想下去，克里斯和唐娜也不把她当回事。先是斯蒂芬，接着是周四推理俱乐部，现在是克里斯和唐娜。为什么突然间冒出这么一拨人，完全没有被她自然流露的才华和直来直往的风范所征服？

她当然知道为什么。认识斯蒂芬之后，她不怎么把*自己*当回事了。从那一刻开始，一扇门打开了，只有真正的朋友才能走进来。然后他们真的走进来了。她也用力捏了一下乔伊丝的手。

“其实，我想聊聊斯蒂芬，只是不知道应该怎么聊。”

乔伊丝的视线从窗外移回来，她朝朋友笑了笑。

“嗯，我家的烧水壶时刻准备着沏茶。”

中巴停在了莱曼餐厅外面，大家开始收拾东西。卡里托在椅子上转过身。

"三小时后回这里。不要偷东西，不要乱涂乱画。"

伊丽莎白站起来，领着乔伊丝往前面的车门走。刚穿过车门，乔伊丝说："聊你的现任丈夫之前，我们先去看看你的前任丈夫活着还是死了。"

"对，一起去看看。"伊丽莎白说。这就是有朋友的好处。

从莱曼餐厅往海滨方向走十分钟可以到火车站，一路上商店渐渐变少，脚下的路逐渐带有了一丝沙砾感。她们经过一个路口，那里有一排车库，年轻小子们骑着自行车来来回回。秋天的费尔黑文开始进入蛰伏状态，为冬天的到来做准备。没了一日游客，没了过夜游客，每个人都必须想不同的方法挣钱。伊丽莎白知道，只要把这些车库全打开，肯定能发现不少秘密。

是不是应该告诉苏·里尔登信的事？嗯，是的，当然应该，这是个愚蠢的问题，但伊丽莎白想亲手打开寄存柜。苏会理解的，即使不理解，她们最终也会化解这个矛盾。伊丽莎白想，把满满一袋钻石交给苏，总不至于引来怨言吧。

快到火车站时，她们经过了黑桥酒吧。罗恩的儿子杰森跟他们讲了许多黑桥酒吧的故事。他们有段时间没见杰森了，他在和戈登·普莱费尔的女儿卡伦约会，据说非常幸福。在现在的伊丽莎白看来，爱越多越好。

她们到了费尔黑文火车站，那里和乔伊丝描述的差不多。早高峰已经过去，但依旧是人来人往，每个人都活在自己的故事里。背着背包的学生正在找站台，穿西服的男人跑向换乘点，推车里的小孩子哭着闹着要吃葡萄干。

一个笨蛋老特工和她的朋友站在这里，抬头看着火车站的指示牌，寻找从纽约黑手党手上偷来的价值两千万英镑的钻石。

伊丽莎白看到一个箭头指向“行李寄存处”。

42

罗恩坐在出租车后座上，旁边是他的外孙肯德里克。罗恩总喜欢叫同一辆出租车，因为司机马克支持西汉姆联队，而且后窗上贴着“为工党投票”的宣传语。

罗恩刚从火车站接到肯德里克，他女儿苏西没下车，她要继续去往盖特威克。罗恩好不容易问出一句“过得怎么样”，她到最后才回了一句“别为我操心”。火车又开动了，他和肯德里克挥着手，直到火车消失在远方。

肯德里克抱着背包，从出租车的每一扇窗往外望。每座新房子、每个新路牌、每棵新树都让他兴奋不已。

“外公，商店！”肯德里克说。

罗恩看了一眼。“你说对了，肯尼。”

“叫我肯德里克，外公。”肯德里克说。

“我一直叫你肯尼，”罗恩说，“叫起来更快。”

“呃，一样快，外公。”

“不，更快。”罗恩说。

“不是这样的，对吧？”肯德里克问，他拼命往前探身，想找出租车司机评理，安全带被拉得紧绷起来。

“不关我的事，”马克说，“但是没错，它们的音节数确实相同[①]，不好意思了，罗恩。”

连这个西汉姆联球迷都不力挺他，人们在小孩子面前真是太软弱了。“那就叫你肯，这下总该更快了吧？”

“还是叫我肯德里克，好吗？爸爸叫我肯。”

“那就叫肯德里克。”罗恩说。女婿丹尼不是罗恩特别喜欢的人。显然，丹尼的宝马车后窗上没有贴“为工党投票”的宣传语。

“可以问你一个问题吗，外公？”

“随便问。”罗恩说。

“你有智能电视吗？”

“嗯，我想没有，”罗恩说，“恐怕没有，我只有一台微波炉。”

“你有的，罗恩，”马克歪着脑袋说，“你儿子杰森给你弄了一台，他有个朋友在一个运动场发现了一百台，你还想卖给我一台呢。”

“这么说我确实有智能电视，”罗恩对肯德里克说，“很棒吗？”

“我觉得非常棒。”肯德里克说，“我有 iPad，我知道我

---

① 肯德里克（Kendrick）和肯尼（Kenny）在英语语音中都是两个音节。

很幸运，不是每个人都有 iPad，智能电视可以让我们大家一起玩《我的世界》[①]。你会玩《我的世界》吗，外公？还有，你住的地方有人养猫吗？”

“偶尔有几只猫冒出来。”

“哇，太开心了。”

“前几天，有只猫咬死了一只松鼠，想从我的露台门拖进屋子里。”

“哦，不！”

“对嘛，我不可能让这种事发生，把它赶走了。”

肯德里克仔细想了一会儿。“猫本来就是这个样子的，它们不是故意乱咬。松鼠真可怜。希望我能看到几只松鼠。你会玩《我的世界》吗？”

“恐怕不会，孩子。”

“没关系，学得会。你可以建很多新世界，创造各种各样的东西，有时候还可以跟别人说话，不过要特别小心。我建了一座城堡，有护城河，没有吊桥，没人能进去，也没人能出来，所以有好也有坏。易卜拉欣叔叔也可以玩。”

“易卜拉欣叔叔最近不太适合动脑筋，”罗恩说，“别太为难他。”

“哦，没事，他想玩还是可以玩的。”肯德里克说，“你

① 《我的世界》(*Minecraft*)：一款沙盒游戏，玩家在三维空间中以不同种类的方块创建自己的世界。

想建什么，外公？”

“怎么玩？靠想象吗？还是有规则？”罗恩问。

“靠想象。”肯德里克说，举起了双手。

“这样啊，我不擅长想象。可以打架吗？”

“可以，但我不喜欢打架。”

“我想建一个独角兽庄园，肯德里克，”马克在前排座位上说，“外面再建一些房子，可以挣钱的那种，比如庄园专卖店什么的。”

“哇，太棒了，”肯德里克说，“我来建。可以加滑梯吗？”

“滑梯和冰激凌，怎么样？”马克说，肯德里克一个劲儿地点头。

“这样吧，你和易卜拉欣叔叔一起玩，我在旁边看。”罗恩说。

肯德里克又点点头。“在旁边看也很有意思，而且你看到猫可以说一声，我们就停下来。”

马克打开转向灯，左转进入了库珀斯·切斯的车道。

“我们到了，肯尼，回家了，美好的家。”

肯德里克仰头看着罗恩，抬起一边的眉毛，两只脚晃来晃去。他想把窗外的风景一下子都装进眼里。

“还记得乔伊丝吗？”罗恩问。

“嗯，”肯德里克说，“她人很好。”

“她说给你做了蛋糕，如果你想去看看她的话。”

“专门给我做的？”肯德里克问。

“她是这么说的。”

肯德里克点头表示同意。“你们大家都可以吃，我只要一点儿。马克，你也可以吃。”

“我想吃，可惜还要去汤布里奇接人。”马克说。

肯德里克想了想，然后看向外公。“我没给乔伊丝准备礼物，我想画一幅画送给她。你有纸吗？”

“商店里有纸。”罗恩说。

“我们去商店。”肯德里克说。

“过减速带啰。”马克说。车子颠了两下。

肯德里克伸出胳膊搂住罗恩的脖子。“外公，我们会玩得很开心的，”他掰着指头一件一件数，“我们可以游泳，可以散步，可以去看乔伊丝，可以跟每个人打招呼。”他指向窗外，“外公，羊驼！”

罗恩望着那些羊驼。它们是前老板伊恩·文特汉姆的创意，入不了罗恩的眼，但用小孩子的眼光看，确实挺可爱。也许住在一个有羊驼的地方也不算太糟糕。

肯德里克重新在位子上坐好，惊奇地摇着脑袋。“哦，外公，你能住在这里，真幸运啊！”

罗恩用一条胳膊搂着外孙，看向窗外，心想，说得没错，孩子。

43

行李寄存处的看管员是个十几岁的女孩，戴着套头耳机，一副无聊的样子。伊丽莎白和乔伊丝走过去，伊丽莎白举起钥匙，女孩点点头，让她们进去了。

“我认为工作时间不应该戴耳机，”伊丽莎白说，“什么都听不见。”

乔伊丝点点头。“发型倒是不错。”

五排寄存柜，灰色的金属框架，脱漆的蓝色柜门，从地板到天花板一共三层。伊丽莎白领着乔伊丝到了第五排，她们沿着柜子往前走。

“希望是中间一层，”乔伊丝说，“不用弯腰，不用抬手。”

伊丽莎白停下来。“你走运了，乔伊丝，五三一号在中间。”

她们俩盯着柜子：蓝色柜门上写着白色斜体数字五三一。伊丽莎白看了一眼钥匙，这么小，这么单薄，随便什么人都能撬开锁，服务台的女孩也不大可能过来阻止。

真是个藏两千万英镑的好地方啊。

“好了，碰碰运气吧。”说完，伊丽莎白把钥匙插进锁孔。钥匙一开始卡住了，伊丽莎白把它拔出来，又试了一次，但还是卡住了。她皱起眉头，低头往锁孔里看。

“锁被人弄坏了。发夹，乔伊丝。”

乔伊丝翻了翻包，掏出一枚发夹。伊丽莎白小心翼翼地把发夹插进锁孔，往里推，然后旋转，再往里推。金属门打开了，门后是道格拉斯·米德尔米斯的生死。

门后什么也没有。

不，准确地说也不是什么也没有。有三面灰色的柜壁，有一个丢弃在那儿的薯片袋。没有钻石。

伊丽莎白看向乔伊丝，乔伊丝看向伊丽莎白，两人沉默了片刻。

“空的。”乔伊丝说。

“不是完全空的。”伊丽莎白说，取出了薯片袋。

“这是好消息，还是坏消息？”乔伊丝说。

伊丽莎白安静地想了一会儿，自顾自地点点头，重新行动起来。

“嗯，反正是消息，”伊丽莎白说，“至于是好是坏，时间会给出答案。乔伊丝，把薯片袋装到你包里。”

乔伊丝顺从地折好薯片袋，放进了包里。伊丽莎白关上柜门，再次把发夹插进锁孔，然后旋转，直到门锁发出一声不太灵活的咔嗒声。

乔伊丝带路往外走。离开时，她们朝服务台的女孩点了点头。

“请稍等。”女孩说。伊丽莎白和乔伊丝转过身，女孩摘掉套头耳机。“两件事。第一，这个耳机里什么也没放，我戴着它只是为了让 Costa 的经理以为我在听东西，这样他就不会过来搭讪了。”

“哦，我道歉，”伊丽莎白说，“第二件事是什么？”

女孩看向乔伊丝。“我只想谢谢你夸奖我的发型。这是我分手后第一次剪头发，你的话让我非常开心。”

乔伊丝笑起来。“天下男人千千万，亲爱的，相信我，没错的。”

女孩也笑起来，朝寄存柜的方向歪了歪脑袋。“但愿你们今天找到了想要的东西。”

“很显然，找到了，也没找到。”乔伊丝说。女孩重新戴上了耳机。

她们离开火车站，伊丽莎白发了条消息，钻进了车站后面狭窄的巷子。乔伊丝不知道她们要去哪儿，但肯定是要去什么地方，因为伊丽莎白正熟练地带着她在费尔黑文的后街穿行。

她们向左转，沿着人行小道往前走。是去警局吗？为什么去警局？把薯片袋交给克里斯和唐娜？乔伊丝很少向伊丽莎白发问，但总有一天会失去耐性，也许今天就是这么一天。

她们穿过一个小公园，孩子们在攀爬架上玩耍，想吸引父母的注意，父母们却埋头看着手机。她们确实是去警局，乔伊丝努力回想警局里有没有厕所。肯定有吧？万一仅供犯人使用怎么办？

没过多久，乔伊丝看见了远处的警局，唐娜正坐在外面的石阶上。伊丽莎白的消息一定是发给她的。

伊丽莎白和乔伊丝走上前，唐娜站起来给了乔伊丝一个拥抱，伊丽莎白挥挥手表示拒绝。“嘿，亲爱的，没时间抱来抱去。东西带了吗？”

唐娜拿起一支像笔一样的小东西。

“做什么用的？”乔伊丝问。

“可以把薯片袋从包里拿出来吗？”伊丽莎白问。

乔伊丝就知道，没有充分的理由，伊丽莎白绝不会让她把一个被丢弃的薯片袋放进包里。乔伊丝掏出薯片袋，递给伊丽莎白。伊丽莎白从侧边撕开袋子，露出里面的铝箔，然后在台阶上把铝箔展平。乔伊丝好奇地歪着脑袋，伊丽莎白解释道：“谍报技术，乔伊丝。如果道格拉斯想让柜子空着，柜子里一定什么都没有，但现在不是空的。”

唐娜把笔一样的东西给乔伊丝看。“这是红外光。以前找到了被盗的自行车，我会用它照一下，车主经常在车上留下隐形的记号。”

“当然了，多亏了我们，唐娜再也不用去找被盗的自行车了。”伊丽莎白说。

“我已经谢过你很多次了。”唐娜说。

“她现在调查谋杀案。”伊丽莎白说。

“伊丽莎白，我站在警局门口的台阶上，帮两个老太婆用红外光照薯片袋，你不觉得这是在表达谢意吗？”

“我们对你感激不尽，亲爱的。好了，开始吧。”

“老太婆，”乔伊丝轻轻笑出声，“我一直觉得这个称呼很好笑。”

唐娜跪下来，打开红外光。乔伊丝也想跪下，不过过了六十五岁，想要跪下简直是痴心妄想，于是她坐到了上面一级台阶上。伊丽莎白跪了下来。还有什么事是她办不到的？

红外光照到铝箔上，乔伊丝看见几个字母出现了，那上面显然写了话。

“又想怎样，道格拉斯？”伊丽莎白叹了口气说。

唐娜把红外光移到铝箔的右上角，一边照，一边念了出来。

“‘伊丽莎白，亲爱的……’”

伊丽莎白嘟囔道：“你可真是我的亲爱的。”

“‘伊丽莎白，亲爱的，你我都清楚，事情永远不是第一眼看上去的样子。这不过是另一道安全保障，以防别人发现了信。你知道钻石在哪儿，对吧？好好想想。’”唐娜停了下来，抬眼看着伊丽莎白。

“没了？”伊丽莎白问。

“嗯，后面还有一句‘永远爱你的道格拉斯’和三个吻，”唐娜说，“我没念出来，怕听到有人发牢骚。”

伊丽莎白站起身，伸手把乔伊丝也扶了起来。

“这么说，我们还不确定他是死是活？”乔伊丝说。

“恐怕是这样。”伊丽莎白说。

“他说你知道钻石在哪儿。”唐娜说。

“嗯，既然他说我知道，那我肯定知道，”伊丽莎白说，“我需要思考一下。”

说到思考，乔伊丝一直在琢磨一个问题，但没有说出口。她又没当过特工，谁知道想得对不对，说不定是个愚蠢的想法。太阳从云层背后出来了，她和自己最喜欢的两个人在一起，说出来又何妨呢？

“你们不觉得锁坏了很奇怪吗？”她说。

“怎么奇怪了？”伊丽莎白说。

“这个嘛，他给了你钥匙，所以他锁柜子的时候应该是没问题的，之后不可能有人去过那儿。锁怎么会坏呢？”

“好问题。”唐娜说。乔伊丝开心地笑了。

“非常好的问题。”伊丽莎白说。

太开心了！今天真是乔伊丝的幸运日。

“唐娜，寄存处有监控录像，”伊丽莎白说，“你能弄到手吗？只要过去一周的。”

“能弄到。我可没耐性看完整整一周的监控录像，就因为乔伊丝的一点儿直觉。别见怪，乔伊丝。”

“哦，我从来不见怪，”乔伊丝说，“太累人了。”

“只要你能弄到手，唐娜，易卜拉欣现在有的是时间，而且他喜欢发挥作用。”

“好吧，我尽量想办法。”唐娜说，“不过你能保证吗？如果有机会，你会让我们也参与这个案子。”

“这个要求很公平。”伊丽莎白说，“瑞安·贝尔德那边有什么新进展？”

“下周庭审，有消息我会告诉你。”

“最近在调查什么有趣的案子？”

“监视一个当地的毒贩，康妮·约翰逊，讨厌的家伙。”

“这类人都这样。”伊丽莎白说，“我们晚些时候还会再见吧？”

“超级期待。”唐娜说。

“和帕特里斯见面前，能透露一点儿有关她的情报吗？”伊丽莎白问。

“她还不错啦，”唐娜说，“对我来说，有点太像妈妈了。”

乔伊丝看了看表，离中巴的集合时间还有一个小时，足够享用一个杏仁粉布朗尼和一杯薄荷茶了。今天正是那种事事如意的好日子，也许她应该去买张彩票。

44

“两个人都是脸部中枪，样子特别惨。”乔伊丝说，“再来点巴腾堡蛋糕[①]，帕特里斯？”

“吃不下了，”帕特里斯说，抬起手掌，“我已经吃了一半的巴腾堡了。”

“先谋杀，后自杀？”克里斯问，“或者双重谋杀？”

“双重谋杀，”罗恩说，“周围没有留下枪支，对吧？有个男人闯进去……”

“也可能是女人。”唐娜说，她妈妈向她赞许地点点头。

“的确，有个男人或者女人闯进去，开枪。砰砰！脑袋开了花。你肯定不希望有谁摊上这种事。”

“现在杀人的女人越来越多了，”乔伊丝说，“不看事情本身的话，这也是一种进步的表现。”

唐娜蜷起腿，脚塞在身体下面坐着。现场情况如何？

往一边看，伊丽莎白脸上的表情不怎么好看，她意识

① 巴腾堡蛋糕（Battenberg Cake）：一种英国传统甜点，表面包裹杏仁蛋白糖霜，切面是粉色与黄色相间的格子花纹。

到帕特里斯和唐娜是母女，而唐娜成功保守了这个秘密。伊丽莎白讨厌别人有秘密。

往另一边看，唐娜不得不忍受妈妈和克里斯为周四推理俱乐部上演的恩爱秀。他们腿挨腿坐在沙发上，互相亲吻，说着情话。唐娜希望他们两个人幸福，但她不需要看到他们的幸福样子，甚至不需要听到他们的幸福故事。只要他们*真的*幸福，对她来说就足够了。他们*看上去*确实很幸福，不是吗？说不定这段关系真能修成正果，说不定唐娜制造了一个奇迹。

“之前也发生过？发生在这里？”克里斯说。

“对，有人想杀死道格拉斯，”伊丽莎白说，“没能得逞，被波佩崩了脑袋。愿她安息。”

“我还以为你和唐娜会来调查，”乔伊丝说，“结果他们派来了军情五处的苏和兰斯。”

“我们不应该随便暴露军情五处长官的名字。”伊丽莎白说。

“哦，我只是跟克里斯随便聊聊，”乔伊丝说，“别这么小题大做。”

“我要去查一下《官方机密法》，乔伊丝，看看你说的这条在不在里面。”

“反正他们没法跟你们俩比，”乔伊丝说，“苏像伊丽莎白，但缺少温度，有点冷冰冰的。看得出来，她很尊重伊丽莎白。”

“你的级别更高，对吧，莉齐[1]？”罗恩问。

“还有那个兰斯，开始秃顶了，不过挺帅的，没戴结婚戒指。对了，我可以帮你要他的电话号码，唐娜。”

“和秃顶的特工约会？嗯，听起来真诱人。”唐娜说。她周一约会过，对方的简介上写的是潜水教练，在唐娜看来非常具有雄性魅力。不过呢，她看错了简介上的字，最后和一位驾驶教练[2]度过了非常没有雄性魅力的约会时间。她还犯了一个错，把这件事告诉了妈妈和克里斯，引发了他们的狂欢。妈妈无数次拿“驾驶教练”和“潜水教练”的梗开玩笑，克里斯说：“这位老司机没有好好带带你吗？”唐娜一口气喝光了杯里的酒。

“想看现场照片吗？”伊丽莎白问。

“当然想。”克里斯说。

“我需要一点儿回报。”伊丽莎白说。

“又来了。”克里斯说。

“我们只想知道两件事。第一，你们俩约会多久了？”

“不关你们的事。”克里斯说。

“这些照片从各种可能的角度拍摄，子弹射入的伤口，子弹穿出的伤口，房间里弄乱的东西。”

---

① 莉齐（Lizzie）：伊丽莎白（Elizabeth）的昵称。

② 英文中潜水（dive）和驾驶（drive）只差一个字母。

“六个星期。”帕特里斯说。

“谢谢。”伊丽莎白说，“第二，这段关系往哪儿发展？我想我可以代表大家说一句，你们看上去是很有爱的一对。”

乔伊丝和罗恩点点头，唐娜做了个呕吐的表情。

帕特里斯笑了。“嗯，我们一天一天慢慢来，好吗？昨天我很享受，今天我很开心，明天我很期待。”

她也给了易卜拉欣同样的回答。来这儿之前，她和唐娜、克里斯去看望了卧床养伤的易卜拉欣。他正和罗恩的外孙一起专心地玩着《我的世界》，抬眼说了一句：“理论上讲，我对爱这种事有些了解，你的回答听上去非常健康。”

“你们四个有什么八卦可以分享？”唐娜问，巴不得转换话题，“除了三个人中枪身亡。”

“这个嘛，上周的一天，乔伊丝请戈登·普莱费尔去家里吃午饭。”伊丽莎白说。

“他帮我重启无线网络。”乔伊丝说。

“我相信他确实干了点重启的活儿。”罗恩说，又一杯酒下肚。

“照片呢？”克里斯提醒道。

伊丽莎白抬了抬手指，然后在包里摸索了一番。“我的手机掉了，不过没多久波格丹帮我找到了。”她滑动照片，把手机递给克里斯，“在这儿，两位亲密爱人看看吧。”

克里斯把手机举到面前，稍微侧向帕特里斯一边。他迅速滑动照片，偶尔用手指缩放屏幕，放大细节。

“照得很专业。”帕特里斯说。

“我正想这么说！”克里斯说。

“英雄所见略同。”帕特里斯说，亲了一下克里斯的嘴唇。唐娜直翻白眼，嘀咕了一句“好腻歪”，声音轻到只有乔伊丝能听见。乔伊丝轻轻笑出声。唐娜偷偷向她做了个举手击掌的动作。

“确实太惨了。”克里斯说。

“让我看看。”唐娜说着伸出手。

“这孩子向来没耐心，”帕特里斯说，“骑车不要辅助轮，游泳不戴手臂圈。我们成了急诊室的常客。”

唐娜从妈妈手里接过手机，开始滑动一张张照片。两具尸体，一个是年轻的女人，一个是年老的男人，唐娜盯着他们，渐渐从周围的聊天中抽离出来。乔伊丝在问唐娜小时候的事，罗恩在问能不能倒酒，她妈妈在问戈登·普莱费尔的八卦。

照片上的一切都是真的吗？好像哪里不太对劲。和驾驶教练约会时，他给她看上臂的文身，文的是几个汉字，她问他这些字是什么意思，他说不知道，他只是喜欢这些字的样子。为了制造聊天话题，唐娜拍下文身，输进一个翻译应用程序，最后发现文身的意思是“示例文本——此处输入正文”。后来他们又约会了一次，唐娜总算可以顺理成章地把他的联系方式从手机里删掉。

有时候事情只是流于表面，只是看上去不错，一旦换个方式看，结果会大不一样。唐娜放下手机。

“我想你们应该考虑过一个问题，能百分之百*确定*这是道格拉斯吗？”

“对，”伊丽莎白说，“我考虑过。好了，监控录像的事怎么样？”

“什么监控录像？”克里斯问。

门铃响了，有人在乔伊丝家门口。

45

“他说我的书很愚蠢，”斯蒂芬说，“愚蠢！”

“我知道，亲爱的。”伊丽莎白说。此时是凌晨两点半。

许多年前，有个叫朱利安·兰伯特的人为斯蒂芬的书《伊朗：革命后的艺术》写了书评，评价并不好，字里行间充满恶意。他们俩是竞争对手。

“我要狠狠揍他一顿。他怎么敢说这种话？”斯蒂芬使劲拍打门厅的墙壁。斯蒂芬仍然是个魁梧的男人，伊丽莎白从不担心他的体力。也许从某天开始也不得不担心了，他现在的状态一天不如一天。

“别让他得意，亲爱的。”伊丽莎白说。朱利安·兰伯特经历了代价昂贵的离婚，过错方是他自己。二〇〇三年，他在租来的房子的车库里，用管子接通排气管，把废气导入车内自杀了。

“我要让他尝尝拳头的滋味，”斯蒂芬说，“走吧，去看看他被打趴的样子能有多聪明。我的钥匙在哪儿？”

什么钥匙？伊丽莎白想。车钥匙？早没了。公寓钥匙？好几个月前就藏起来了。斯蒂芬不再有任何钥匙。怎样才能让他冷静下来？

“我突然想到一个特别好的主意，”伊丽莎白说，“出发前要不要听一下？”

“别想劝我，伊丽莎白，兰伯特就是欠收拾。”斯蒂芬在抽屉里翻找，“该死的，我的钥匙在哪儿？”

斯蒂芬从来没有报复心和暴脾气，从来不受自尊的支配，从来没有弱者才会表现出来的特征，从来不需要打击别人来证明自己的强大。

“我不想劝你，”伊丽莎白说，“我完全站在你这一边。侮辱你的书等于侮辱你，侮辱你等于侮辱我。”

“谢谢，亲爱的。”斯蒂芬说。

“我只是在想，要不叫上波格丹？他可以开车带你过去。”

斯蒂芬考虑了一会儿，点点头。“他会吓死兰伯特那家伙，对吧？”

伊丽莎白掏出手机。“我给他打电话，亲爱的。”

凌晨两点半，铃声只响了一下，波格丹就接了。

“嗨，伊丽莎白。”

“嗨，波格丹，斯蒂芬想请你帮个忙。”

“好的，让我跟他说话。”波格丹说。伊丽莎白很想知道波格丹为什么凌晨两点半还醒着。他总是这么难以捉摸，真气人。连她训练有素的耳朵都听不到一点儿他那边的背景声音。

“波格丹？是你吗？”斯蒂芬说。

“是我，斯蒂芬，需要我做什么？”波格丹说。

“有这么个家伙，住在肯辛顿或者肯顿，我们要去揍他一顿。”

“好的，现在吗？”

“你一来就去。”

“好的，我大概一个小时后到。你先休息一下，好吗？让伊丽莎白听电话。”

斯蒂芬把手机还给伊丽莎白。

“谢谢，波格丹，”伊丽莎白说，“你真是个好朋友。”

“你也一样，”波格丹说，“带他回去睡觉吧。”

“谢谢，亲爱的。你在做什么？”

“一些杂事。”波格丹说。

“我听到的背景声音是什么？”她问。

“我想你听不到任何声音。”波格丹说。

伊丽莎白翻了个白眼。“晚安，波格丹。”

伊丽莎白带斯蒂芬回到床上，他已经平静多了。波格丹就是有这种魔力。她没法说服斯蒂芬脱掉衣服，但成功说服他躺到她身边，盖上了被子。

“找到开枪打死你朋友的人了吗？”他问。

伊丽莎白抓住转换话题的机会。“还没有，我会找到的。”她知道自己有线索，但线索是什么？在哪儿呢？

“你当然会找到，”斯蒂芬说，“你总能抓住想要的人。”

伊丽莎白笑了，亲吻丈夫的脸庞。“我抓住了你，不是吗？”

“不，不，是我抓住了你，亲爱的，”斯蒂芬说，“从见到你的那一刻起就再也没撒手。”

他们相遇在一家书店外，斯蒂芬非常绅士地捡起了她掉的手套，递还给她。伊丽莎白从没告诉他，其实那天早些时候，她远远看见他坐在长凳上，他是她见过的最英俊的男人。她经过长凳时，故意扔掉手套，他捡了起来，完全在她的意料之中。掉了的手套，浪漫又老套，没有男人能抗拒。所以，没错，伊丽莎白总能抓住想要的人，对方甚至没意识到自己被抓住了。任何时候都要提前做好计划。

“他给我留了一封信，”伊丽莎白说，“告诉我去哪里找钻石。我和乔伊丝跟着线索去了，发现了另一封信，信上说只要我好好想想，就知道钻石在哪里。”

“这是叫你加把劲儿？”

“简单来说是这样。”

“你是怎么找到第一封信的？”

“我们去过山上的树林，站在一棵树旁的时候，他提到了密信传递点。”

"对你来说有点明显。"斯蒂芬说。

伊丽莎白笑道："回想起来确实有点。"

"他还说了别的吗？信里还有什么？"

"我去拿来，好吗？"伊丽莎白说，"我们一起看看？"

"好，一起看看，太有趣了。我去烧水沏茶吧？"

"不，你留在这儿，亲爱的。也许可以脱掉鞋子和夹克，让自己舒服一点儿。"

"你说得对。"斯蒂芬说。

伊丽莎白挪腿下床，朝书桌走去。她取来信的复印件，回到床上。斯蒂芬的鞋子飞到了房间的另一头，领带还系在脖子上。她冲丈夫笑了笑。

他们一起看信，斯蒂芬偶尔评论几句："诺森比亚……""记得在莱伊度过的周末吗？""居然有黑手党。""永远爱你的？嘿，你没抓住机会，长官。"

也许线索藏在显而易见的地方，伊丽莎白想。她和道格拉斯为了找乐子，用过一个非常简单的技巧，把每句话的第一个字母连起来，拼成一条信息。他们会给彼此写长篇大论、情意绵绵的情书，其中的首字母拼成了一句"别忘了买鸡蛋和卫生纸"。

道格拉斯会在这里玩这么简单的把戏吗？为了怀旧？肯定不会吧？

"我认为钻石在莱伊的乡间小屋里，亲爱的，"斯蒂芬说，“你觉得呢？不然提到它挺奇怪的。”

钻石不在莱伊的乡间小屋里，伊丽莎白第一时间确认过了。那座小屋早在一九九五年就被拆除，那里建了一条新公路。伊丽莎白又拿起信，想看看道格拉斯有没有用每句话的首字母留下信息。她扫了一眼开头几段。

果然没有看错你，聪明的家伙，我就知道你能找到信。

说句心里话，我偷了钻石，惹出这一大堆麻烦，我应该道歉。每个人都有心动的价码，事实证明，我的心动价码是两千万英镑。两千万啊，亲爱的，明晃晃地摆在眼前，而我，一个即将退休的老古董，抵抗是徒劳的，你能理解吧？

我是个老古董，但还保留着几个绝招。人虽上了年纪，但也还有几年活头。我不想浪费这几年，退休不是我想要的生活。[①]

伊丽莎白笑起来。这回算你赢了，道格拉斯。有时候，只要拼命想一想，她还是能想起她为什么跟他结婚的。

“亲爱的，”斯蒂芬说，“你记得朱利安·兰伯特吗？我突然想到他。”

① 原文中这一部分的英文首字母可以拼成一句话：NICE TRY DEAR，意思是“不错哟，亲爱的”。

“从没听说过这个人。”伊丽莎白说。

“我想约他吃个饭。他刚经历了特别糟糕的离婚，最好看看他有没有事。”

哦，别离开我啊，斯蒂芬，伊丽莎白想，别离开我，别离开我。别离开我！

46

乔伊丝的日记

我正在轻轻打字，因为客房里住了人。

客房总是准备好的，以防乔安娜突然来住，这种事不常有，但偶尔还是有的。自从她的公司接手了山顶的开发项目，她来过好几次。上次来的时候，她带我去山上的工地，我必须戴安全帽。我戴上帽子，去敲伊丽莎白的门，好让她尽情地笑话我，可是她不在家。我又去敲了罗恩的门，还好他在。乔安娜给我和罗恩拍了张合影，我戴着安全帽，罗恩指着安全帽。如果你想看，可以在 Facebook 上找到。啊，我应该把它放到 Instagram 上！

客房的枕头是乔安娜买给我的圣诞礼物，她说我的枕头太矮了。实际上，她的原话是，一个枕头太矮了，两个枕头又太高了。她说话的口气就好像我是故意这么做似的，就好像我专门去英国家居店，精心挑选了最容易惹毛我女儿的枕头。客房还有一个白之家[①]的蜡烛，是她买给我的母亲节礼物。既然客房里放的都是她买给我的东西，她总不

① 白之家（The White Company）：英国家居用品品牌。

可能抱怨了吧？至少理论上应该是这样，但她总能挑出点毛病。

上次来的时候，她指责我说，百叶窗的叶片不应该朝上翻，而应该朝下翻。这是压死骆驼的最后一根稻草。我告诉她，有句话我早就想说了，我觉得自己一无是处。她说，嗯，她也觉得自己一无是处。我说不可能，问她什么意思。她说，这个嘛，妈，我总是要么太胖，要么太瘦，不是跟错误的男人在一起，就是跟合适的男人分了手，要么应该把头发扎起来，要么应该把头发放下来，不是工作太拼命，就是假期太丰富，我不应该把厨房刷成那个颜色。

她的话触动了我的神经，我和她说话的方式*确实*有点像那样，但我决定坚持立场，于是辩解道，乔安娜，那是因为我在乎你，因为我爱你。她说，你向我表达爱的方式就是说我太胖？我说，我知道你不胖的时候比较开心，所以才温和地提醒你。她说，她非常清楚自己太胖了，也许她不开心是因为被亲妈提醒这样的事实。这话也说到点子上了。我说，嗯，我很少见到你，所以总是一下子把什么话都说出了口。她说，哦，原来是这么回事。怪我太少来看你？到了这一步，我们都陷进了没有出路的争论。

我后来告诉她，我无条件地爱她。她说，我当然无条件地爱她，我作为母亲的本性就是无条件地爱她，但有时候，她希望我能真正喜欢她。我说，亲爱的，我真的喜欢你，但你不喜欢我，我的生活对你来说太渺小了，我是你成功路上的反面教材。她说，哦，也就是说她很虚伪，对吧？我说，一点儿也不，我为她感到十分骄傲。她看着我说，她也为我感到十分骄傲。我问为什么，她说我善良、睿智、勇敢，我说她聪明、漂亮、取得了我永远无法取得的成功。我们俩都哭了，然后拥抱在一起。我告诉她我爱她，她告诉我她爱我。我们擦干泪水，拍了拍身上的灰尘。她拉动百叶窗的绳子，把叶片调到朝下的方向，然后去给我沏了一杯茶。

我很高兴我有个女儿，不是儿子。至少我还能见到她。

我们今晚和克里斯的女朋友见面了。是唐娜的妈妈，不可思议吧？总之她很亲切，是期待中的样子。她是个老师，正在放期中假。我对这一对抱有很高的期望，不过我是浪漫主义者，对哪一对都抱有很高的期望，这样才更有意思嘛。

我们聊到了道格拉斯和波佩的死，唐娜同意伊丽莎白的看法。我们能百分之百确定那具尸体就是道格拉斯吗？我的意思是，我在现场，亲眼看见了尸体，我发誓那就是他，但这是个有趣的问题。可惜的是，这个问题不得不留到以后解答，因为当时我的门铃响了，波佩的妈妈西沃恩来了。

她去了戈德尔明——“我也去了。”我告诉她——去辨认波佩的尸体。这种事实在不忍细想。她在那儿待了两天，和殡仪员、人力资源的人、律师谈了些事情，非常烦琐。他们打算开车送她回家，但她提出要来这里。我想这是因为波佩把她的电话号码给了我，她知道波佩信任我们。也许她想跟波佩信任的人聊聊。她跟苏·里尔登和兰斯·詹姆斯待了很长时间，也许有些问题他们无法回答。也许她不相信他们的回答。

看得出来，她已经筋疲力尽了，所以我们约好明早再聚。大家都送上了拥抱，对她说了些安慰的话，我为她灌了一个热水袋。

我能听见她在客房翻来覆去，估计睡不了好觉。我忘了问她早餐想吃什么，明天一早我就去商店，能买的都买了，以防万一。

说到期中假，罗恩的外孙要在我们这里住几天。罗恩的女儿苏西在旅游业工作，计划去加勒比海参加会议。在加勒比海开会是怎样一种感受啊？

她丈夫丹尼——如果你叫他丹尼尔，他会生气——和她一起去，从他忙碌的工作中抽空休息一下。谁也不清楚他是做什么工作的，他上班穿西装，不打领带，这算不算是一点儿线索？罗恩抓住机会和肯德里克相处一段时间。我们上次见他时，他很招人喜欢，希望现在依然如此。男孩一般到了十二岁就没那么可爱了，不过他们中的大多数迟早会找回吸引力。

47

“易卜拉欣叔叔，猴子和企鹅，哪个好？”

“企鹅。”易卜拉欣说，拍了拍床边的空位，肯德里克坐了下来。

“哦，好的，外公不知道哪个好。为什么企鹅比猴子好？”

易卜拉欣放下报纸。“肯德里克，知道我为什么喜欢你吗？”

肯德里克摇摇头。“完全不知道。”

“你能问出特别好的问题，不是很多人能做到。”

“为什么做不到？”肯德里克问。

“啊，这又是个特别好的问题。”易卜拉欣说，“好了，企鹅比猴子好，因为‘企鹅’是一个非常具体的词语，而‘猴子’非常不具体。我们说‘猴子’，不同的人会想到不同的东西，可能是西非大猴，也可能是小长尾猴，但如果你说‘企鹅’，大家想的都是一样东西。用词非常重要，大多数人不知道这一点。一个词越具体越好。”

“那真的企鹅比真的猴子好吗？”

易卜拉欣想了一会儿。“没有哪一种动物比另一种动物好，我们都只是糅合在一起的一堆原子罢了。平等的人，平等的树。”

“平等的老虎？”

“平等的老虎。”

肯德里克鼓起腮帮子。

“平等的河马？”

易卜拉欣点点头，继续做他的填字游戏。

“你在做什么？”肯德里克凑过来问，“是谜语吗？”

“纵横填字字谜。”

“很无聊还是很有趣？”

“都有一点儿，”易卜拉欣说，“所以我喜欢玩。”

罗恩站起来伸了个懒腰。“我打算去趟商店。易卜拉欣，要吃冰激凌吗？”

“不用了，谢谢，罗恩。”易卜拉欣说。

“收到，没人想吃冰激凌。”罗恩说，转身往外走。

肯德里克紧紧抿着嘴，发出轻轻的声响。罗恩又转过身。

“你还好吗，肯德里克？”

肯德里克还是抿着嘴，轻轻发出一声模糊的“嗯哼”。

“你想要点什么？鸡蛋？洗碗刷？洁厕灵？沙丁鱼

罐头？”

肯德里克摇摇头。

“确定吗？反正我要去趟商店。威士忌？卷心菜？我给你带一颗卷心菜，怎么样？”

肯德里克垂下眼。“不用了，谢谢，外公。”

罗恩笑了，把外孙抱起来。“冰激凌，怎么样？”

肯德里克看着他。“真的？”

“你在度假，肯尼，没有冰激凌的假期不叫假期。”

“你刚刚在逗我玩？”

“我在逗你玩。”

“我能要一个旋风冰激凌吗？我住在基思爷爷家的时候吃过。”

基思爷爷，那个老骗子。光靠卖二手车能买那么大的房子？他还是个米尔沃尔[1]球迷。对了，肯德里克什么时候住在基思爷爷家的？苏西从来没说过。苏西和丹尼之间有点不对劲儿。

“我有个好主意，你可以吃两个。”罗恩说。肯德里克高兴得扭来扭去，罗恩放下了他。

“我从*没*吃过两个旋风冰激凌。”

罗恩看向窗外，乔伊丝和西沃恩正好走过。可怜的波

① 米尔沃尔（Millwall）：英冠联赛的一家足球俱乐部，是西汉姆联队的死敌。

佩妈妈，她昨晚来的。罗恩知道，除了同情，他不应该对西沃恩有其他感觉，但他真正想的是，这女人真好看啊。等一个星期再说吧，他想。他一点儿也不介意冒冒险。葬礼以后再说？

他留下肯德里克跟易卜拉欣在一起，他们俩都很开心。他穿外套的时候还能听见易卜拉欣说话。

“‘平行四边形’的另一种说法，七个字母？”

“我觉得没有另一种说法。”肯德里克说。

“也许你是对的。”易卜拉欣说。

罗恩打开大门，脸上挂着笑容。他怎么会有他们这样的外孙和好友？真是走大运了。

48

帕特里斯今早走了。离别是开往火车站的出租车，离别是眼泪。就连她本人也掉了一两滴泪水。公寓里感觉空荡荡的，克里斯也感觉空荡荡的。

伊丽莎白和她的小团体喜欢帕特里斯。他们离开时，乔伊丝悄悄对他说："哦，克里斯，她太完美了。"

克里斯饿了。

这周早些时候，他切过辣椒，就像在《大厨》节目里看到的那样。他切了一个红辣椒、一个青辣椒和一个黄辣椒。他一直知道超市里有卖三色辣椒套装，他曾经无数次从它们旁边走过，感受到它们散发着健康味道的鄙视，然后径直走向馅饼和意面专区。

他明天要回去上班了，继续努力抓捕康妮·约翰逊。伦敦派来了一支小分队，来"帮忙"。

克里斯常常幻想自己是那种会买红辣椒、青辣椒和黄辣椒的人，那种自愿购买西蓝花、生姜和甜菜根的人。对克里斯来说，去超市的蔬果区只是为了拿一串香蕉，偶尔也拿一袋菠菜，把它们放在购物篮的最上面，以防撞见熟人。大家都喜欢看别人的购物篮，不是吗？克里斯想装作像成年人一样购物和饮食。把奇巧巧克力塞到菠菜下面，没人会看出来。

克里斯回想起有一次在乐购超市，收银员为他扫码结账。她扫过了巧克力、薯片、健怡可乐、香肠肉卷，抬起头，友善地笑着说："亲爱的，是不是给小孩子办生日派对？"从那以后，克里斯只用超市里的自助结账机。

他和帕特里斯一起采购过食品。帕特里斯问他有没有做过炒菜，克里斯撒谎说做过。帕特里斯说她没看见家里有炒菜锅，克里斯只好承认，没有，他其实没做过炒菜，但一直想尝试一下。

他们去了市场，不是超市，是真正的*市场*。他们买了点这个，买了点那个。帕特里斯问一个穿围裙的男人，他卖的覆盆子是什么地方产的，当时的克里斯感觉自己是个正常的人类，他们俩就像是广告里的夫妻。克里斯恨不得到处都是熟人。"这么巧？哦，我和我女朋友来买点豆芽。"

没有了帕特里斯，这地方空荡荡的，没有人在客厅里跟着手提电脑做瑜伽，没有人做瑜伽的时候在地板上睡着。理论上说，有个会做瑜伽的女朋友是再好不过了，不过更好的是，有个喜欢在下午打个小盹儿的女朋友。

克里斯不想结束这一周。下周一，帕特里斯要回南伦敦的学校上课。他们又要回到视频聊天的日子，两个人在不同的房间看着同样的电视节目。

一想到车库，一想到监视时吃的东西，他不禁心头一沉。帕特里斯一走，他会不会又回到过去的生活方式？他回想起昨晚。

克里斯往锅里倒了一圈椰子油。椰子油是临时买的，锅也是。既然他已经向帕特里斯彻底坦白了，他们还新买了切菜板、菜刀、海盐和黑胡椒。真是一次洗心革面的大采购啊。

一个五十一岁的男人，把辣椒、豆芽、大葱和豆腐（这又是另一个故事）倒进锅里，听着在电视上听过无数次的嗞嗞声，忍不住哭了起来。怎么就哭了呢？因为多年来独自一人的深夜外卖？零食、快餐，“空热量”带来的空虚快感？漫长的岁月，漫长的夜晚，空沙发上的无人陪伴？再看看现在，这颜色，这气味，这正常得不能再正常的生活。

克里斯很久没有照顾人了，包括照顾他自己。眼泪掉了下来，穿过蒸汽，掉进了锅里。

当第一滴泪发出哧哧声时，一双胳膊搂住了他的腰。帕特里斯醒了。他转过身，她仰头亲了他一下。

“你最好离锅远一点儿，不然眼睛会被熏得流泪。”

“很好的小窍门。”克里斯说，“瑜伽怎么样？做完了？”

"嗯，"帕特里斯说，"强度有点大。"

她双手一撑，坐到了厨台上。克里斯想到他在电影里看过女人开心地坐在厨台上，但从没想到这种事会发生在自己的厨房里。这个睡眼惺忪的可爱女人坐在他的厨台上，看上去很快乐。

"你爱上我了吗？"帕特里斯开玩笑地说。

"当然。"克里斯说，笑着给了她一个吻。

"我想也是这样。"帕特里斯说，跳下厨台，"我去拿碗。"

克里斯转身对着锅，不让帕特里斯看见他的脸，她正忙着在橱柜里找东西。眼泪又出来了，这次更汹涌。他这是怎么了？不过是炒菜而已，克里斯，不过是炒菜和一个坐在厨台上的女人而已。

就在这时，他意识到了。是意识到了，还是理解了？是哪一个并不重要，唯一重要的是，这一刻他知道了，没错，他*确实*爱上了她。

哦，天哪，是真的！哦，天哪，不会吧？

是不是某个时刻，他应该正式告诉帕特里斯？也许她自己能发现。

克里斯擦去眼角的泪水，立刻感觉到手指上残留的辣椒片带来的刺痛，一切关于爱情、幸福、羞耻、脆弱、恐惧和兴奋的想法暂时都被抛到了脑后。

至少他不用再解释为什么流泪。

帕特里斯在的时候，健康生活是那么轻松，那么容易。吃水果，喝低糖汤力水，远离肯德基。

可是她不在的时候，夜晚更加漫长。克里斯·哈德森才不会为自己蒸西蓝花，这种事太奇怪了。可以吃一块饼干吗，只吃一块？也许可以来点巧克力，那种在保健食品店买的黑巧克力，味道非常不诱人，所以应该可以吃吧？

易卜拉欣有次告诉他，核桃有益身心健康。克里斯现在猛吃核桃。

底线是什么呢？

底线是现在这个时间还能送外卖的任何店。不仅仅是餐厅，餐厅最糟糕，还有当地的小商店。只要下单，不出十分钟，品客薯片和 Aero① 巧克力就能送到克里斯的家门口。

他又抓了一把核桃塞进嘴里，闷闷不乐地嚼起来。要不来杯草本茶？或者点一块特趣巧克力？能有什么坏处呢？要不点两块？一块那么小。

或者点份咖喱？不过配菜选蔬菜，不选印度薄饼？

别想吃的了，克里斯，想想工作。瑞安·贝尔德的庭审快到了，这场官司应该很容易赢。想想康妮·约翰逊，

① Aero 是雀巢旗下的气泡巧克力品牌。

她有没有露出什么马脚？她坐着那辆路虎揽胜在费尔黑文满街跑，好像她是那地方的主人，克里斯不怎么喜欢这个画面。

克里斯的门铃响了。九点四十五分。谁这么晚来？

49

严格来说，这不是一次约会。

她和伦敦来的一个总督察监视了一整晚，盯着康妮·约翰逊的车库。唐娜更希望和克里斯一起盯梢。既然妈妈回南伦敦了，她的愿望很快会实现。

车库没有任何新情况。几个小子骑着自行车进进出出，没有新面孔，没有康妮。唐娜还以为能看见瑞安·贝尔德骑车到门口，不过他也许想在开庭前保持低调。

康妮掌握了他们的套路，这是肯定的。但只要她和克里斯想办法拿下康妮，荣誉和升职自然随之而来。

总督察是伦敦派来的小分队中的一员，他们要在这儿待上几周。康妮·约翰逊的案子受到了重视，支援力量增派过来。他此刻正坐在她对面，直接用瓶子喝啤酒（“我不需要玻璃杯，它已经在玻璃里了”[①]）。如果唐娜在Facebook上的深入调查可靠的话，他是整个小分队里唯一的单身男士。

① 英文中“玻璃杯”和“玻璃”是同一个单词glass。

总督察叫乔丹，或者杰登？餐后甜品都快上桌了，这时候再问名字恐怕太晚了。她整晚一直称呼他“长官”，他似乎并不介意。到目前为止，她发现他从没看过《烘焙大赛》，因为这档节目是“无聊透顶的垃圾”。他认为5G信号塔是政府的阴谋，会导致癌症，我们至少要稍微提防一下。

他大概三十五岁，或者四十岁，这个年龄的男人总是很难看出真实年龄。起码他的手臂看上去很强壮，这就足以让唐娜答应监视结束后一起去黑桥酒吧吃晚餐。天哪，她太寂寞了。

她快三十岁了，朋友们都成双成对，渐渐从她的世界消失。前男友卡尔已经订婚，一点儿时间都没浪费。这个男人曾经口口声声地说“需要空间”，“还没准备好做出承诺，宝贝儿”。他的未婚妻是个鞋圈网红，不是警察。他们准备在迪拜办婚礼。

唐娜是一个来到新地方的新人，一个来到海滨小镇的黑人女孩。她感觉自己在这里格格不入，或者说是新奇人物，两种感觉都让她不舒服。“你从哪儿来？”“南伦敦。”“不，你*真正*的老家在哪儿？”“哦，明白了，我真正的老家在斯特里汉姆[1]。”

① 斯特里汉姆（Streatham）：伦敦南部的一个区。

这个小镇的博姿[1]没有你的粉底液色号，想找个信得过的发型师，最近的地方是布莱顿。这些都要不了她的命，可这些都无法缓解她的寂寞。

你还是要随遇而安，偶尔还是要和五十岁以下的人约约会，所以就有了眼前这个意图再明显不过的男人，管他真名叫什么呢。好好表现，唐娜。

“难以相信你们还没抓到她。”手臂看上去很强壮的总督察说。

“康妮很聪明。”唐娜说。

“我想对一个小镇子来说是很聪明，”总督察说，“对伦敦来说不聪明。你们的人走运了，我带着救兵来了。”

“你们也没抓到她。”唐娜说。这话并不是没道理，她想。

“伦敦有不同的节奏，亲爱的，心跳的节奏不同。”

“我知道，”唐娜说，“我是伦敦人。”

“说真的，你必须亲身感受，感受它的气息。坏坏的大城市。”

“我刚说了，我在伦敦出生。你是哪里人？”

“海威科姆[2]。”总督察说。

“坏坏的小城市。”唐娜说。

---

① 博姿（Boots）：英国美容及护肤品牌。

② 海威科姆（High Wycombe）：英国白金汉郡城镇。

“这是个笑话吗？”总督察问。

“不，只是对话，”唐娜说，“你可以参与。”

他的眼睛迷人吗？怎么说呢？颜色挺好看，算是迷人之处吧。

“对了，我住在旅客之家[①]。”总督察说，看了看手表。那是块假劳力士表，想必是从哪个证物仓库“借”来的。

唐娜点点头。这么说，如果今晚不想孤单，她不得不跟他回旅客之家继续聊天。也行吧。赶紧结账，去那儿的路上买瓶红酒，速战速决。老妈和老板都能恋爱了，她也需要做点出格的事。

“你那个主管，”总督察说，“克里斯·哈德森，好像有点糟糕。”

“我是你的话，我不会小看他。”唐娜说。小心哟，乔丹，或者杰登？

“他在伦敦一秒钟都混不下去。”总督察说。

“是吗？”唐娜问。

“是，那家伙连‘新冠’病毒都抓不到[②]。”

好了，到此为止。唐娜今晚完全没必要去旅客之家，也没必要努力满足一个无品男人的自尊。她到底为什么来这里？她想要什么？服务员拿来账单，总督察看了一眼。

---

① 旅客之家（Travelodge）：经济型连锁酒店。

② 英文中“抓捕”和“得病”是同一个单词 catch。

这个庸俗的男人刚刚犯了个错，侮辱了她最好的朋友。

“平摊好吗？”总督察问，“再说你喝的是红酒，所以……”

“没问题，长官。”唐娜说，伸手拿包。她必须为自己的人生做点什么，事实上，她知道找谁谈谈最合适——易卜拉欣。

她刚把火车站的监控录像发给了他。找时间去拜访一下，他会介意吗？

唐娜不需要心理治疗，但很愿意和一个恰好是心理医生的朋友好好聊聊天。

她的手机响了。克里斯发来了信息。

50

克里斯·哈德森轻轻走过去，拿起墙上的听筒。

“喂？”也许是唐娜刚结束糟糕的约会回家，对方是个卖冰激凌的？

“嗨，克里斯，是我。”一个女人的声音说。不是唐娜。

“好的，”克里斯说，“能再给点线索吗？”

听筒里的声音笑起来。“我告诉过你，我知道你住哪儿，傻瓜！”

克里斯僵住了。是康妮·约翰逊。

“不让我上去吗？我有事跟你说，不会太久。”

克里斯轻声骂了一句，为她开了门。她来做什么？他迅速给唐娜发了条信息。

康妮·约翰逊在我家。如果十五分钟内我没打电话，派警车过来。

克里斯朝四周扫了一圈，看看公寓是不是整洁。当然整洁了，他专门为帕特里斯收拾的，还没有足够的时间破坏掉。有人敲门。克里斯深呼吸，打开门。

“你好，克里斯。”康妮·约翰逊说。

克里斯没搭理她，带她进了屋。

“啊，很温馨，不是吗？”康妮边说边打量公寓，“很小，但很温馨。”

“是啊，我又没向小孩子卖可卡因，只负担得起这么小的地方。”克里斯说。

“得了吧，特蕾莎修女[1]。”康妮说，在克里斯的沙发上坐下。克里斯拿来一把餐椅，在她对面坐下。

“你这是在玩儿火，知道吗？”克里斯说，“来警察家里。”

“嗯，”康妮说，“你放我进来，也是在玩儿火。有喝的东西吗？”

“没有。”克里斯说。这确实是真话。

“那好，”康妮说，“我直截了当地说吧。你知道什么？”

“你的事？”

“对。”康妮说。

“我知道你杀了安东尼奥两兄弟。我知道你有辆路虎揽胜。我知道你很聪明，但再怎么聪明也逃脱不了罪名，所以我会坚持追查到底。”

“嗯，”康妮又说道，“这个嘛，第一，无可奉告，第二，

① 特蕾莎修女（Mother Teresa，1910—1997）：天主教慈善工作者，1979 年获得诺贝尔和平奖。

我想你也很聪明，大家都这么说。”

“我不聪明，”克里斯说，“我比你聪明，但我不聪明。”

康妮点点头。“也许吧。找到你住的地方倒是挺容易的。”

克里斯耸耸肩。“跟踪别人回家当然容易，康妮。”

“确实，”康妮赞同道，“跟踪你到这儿很容易，跟踪唐娜·德·弗雷塔斯到巴纳比街十九号也很容易。对了，她今晚有约会，在黑桥。”

克里斯笑了。“我们是费尔黑文警察，我们住在费尔黑文，跟踪我们相当容易。这里不是学校操场，你想吓唬我，最好想更好的办法。你是不会对警察下手的，你心里清楚。”

“我清楚。”康妮说。

“那你想要怎样？”

“啊，其实也不想怎样。我只想说，你干预我的生意，作为一个商人，我的忍耐是有限的。”

“是吗？”

“是的。比如偷拍我客户的照片等等。我差不多快忍到极限了，所以呢，就当朋友间的提醒，希望你做事多加小心。”

克里斯点点头。“没问题，因为你知道我的住址，也知道唐娜的住址。这太吓人了！”

“只是友情提醒，”康妮说，从沙发上站起身，“你要是不担心，可以直接忽略。”

“我会的，谢谢。”克里斯说，送她出门。

“抱歉这么晚打扰，”康妮说，“我的工作时间总是很特别。对了，她很漂亮。”

克里斯刚准备关门，突然停住了。

康妮笑起来。“你可是捡到宝了，恕我冒昧这么说。我猜你现在很想她吧？你在这儿，她在南伦敦。”

“这种事你想都别想，康妮。”克里斯说。

“想什么？”康妮问，“我只想说，斯特里汉姆离这儿挺远的，对吧？”

“康妮，我不是开玩笑，你要这一招非常不聪明，趁早收手。”

“我也许不聪明，”康妮笑着说，“但我很危险，或者说难以捉摸，这么表达最合适了。我跟踪你回家，有人替我跟踪帕特里斯回家。”

“滚出去。”克里斯说。

“我已经出来了，傻瓜。”康妮说，“我保证，我们会帮你好好看着她，确保她不做坏事。她真的非常漂亮，肯定让你整天悬着一颗心吧，所有优秀的女人都这样。”

康妮冲他来了个飞吻，克里斯砰一声关上门，重重地往门上一靠。快想办法，评估风险。告诉帕特里斯，康妮刚才拿她要挟他，提醒她小心，特别注意路虎揽胜。这不是吓她吗？因为什么？就因为唬人的小把戏？天哪！真的只是唬人吗？康妮·约翰逊到底有多么难以捉摸？他能……

克里斯的手机响了。是唐娜。十五分钟快到了。他知道必须接这个电话。

“警报解除。”他说。

“她想做什么？”唐娜问。

告诉唐娜真相？克里斯立刻做了决定。希望是个正确的决定。

“她就想吓吓我，还有你。让我知道她有我们的住址，提醒我们悠着点。”

唐娜大笑。“她以为我们会怕她？”

“我也笑话她了，告诉她尽管用最狠的招数。”

“就这些？”唐娜问，“恐吓人的小把戏？”

“是的，抱歉让你担心了。”

“别说傻话。还好吗？要我过去一趟吗？我们可以看一集《黑钱胜地》[1]？”

克里斯打开厨房的抽屉，看着外卖菜单。帕特里斯把它们整齐地收在了一起。

“不用了，我该睡觉了。你今晚过得好吗？”

---

① 《黑钱胜地》（*Ozark*）：美国犯罪类电视剧。

“和伦敦警察厅的那个家伙监视了一整晚。杰登？乔丹？”

“乔纳森。”克里斯说，“明早见。”

“晚安，队长。”唐娜说。

克里斯又看了眼外卖菜单，真的超级想点一份咖喱。他狠狠关上了抽屉。

你不爱自己，谁会来爱你？

51

易卜拉欣靠着枕头坐在床上，床头桌上放着一根雪茄和一瓶白兰地，手提电脑在面前打开。他点击唐娜发给他的监控录像文件。在库珀斯·切斯，很难再找到一个和易卜拉欣一样懂 IT 的人了。真的难。

“好了，仔细听我说，”易卜拉欣说，“道格拉斯和波佩二十六号下午五点前被杀，伊丽莎白和乔伊丝周四去查看寄存柜，所以我们只需要看这两天之间的录像，大概是案发后三天左右的时间。”

“好的。”肯德里克说，脑袋靠在易卜拉欣的肩上。

“我在手提电脑上看二十六号的，你在 iPad 上看二十七号的，好吗？”

“好极了。”肯德里克说。

“如果看到有人开五三一号柜子，喊一声。”

“好的，”肯德里克说，“嗯，我不喊，直接告诉你就行了。”

“好主意，”易卜拉欣赞同道，“我们可以一边看，一边聊天。”

“这样就不会无聊啦！”肯德里克说。

“对。”易卜拉欣说，按下监控录像的播放键。他最快能用八倍速快放，行李寄存处早上七点开门，晚上七点关门，所以看完一天的录像需要九十分钟。有肯德里克帮忙，九十分钟能看完两天的。也许对八岁的孩子来说，这不是一项完美的任务，但现在的孩子都娇惯过头了。

“我开始看我的了，”肯德里克说，“我们聊什么？”

易卜拉欣看着屏幕上的黑白影像，摄像头拍到了整排寄存柜。八倍速快放下，还没有一个人进出。“学校生活怎么样？”

“嗯，还不错。”肯德里克说，“你知道罗马人吗？”

“知道。”易卜拉欣说。有人刚把背包塞进过道远处的一个柜子里。

“你最喜欢谁？”肯德里克问。

“我最喜欢的罗马人？”

“我最喜欢布鲁图斯[1]。刚来了一个清洁工，不过她什么也没偷。”

“我想我喜欢小塞涅卡，”易卜拉欣说，“他是最伟大的斯多葛派哲学家，不仅非常擅长理论，还总是给出实用的

---

① 布鲁图斯（Brutus，约前 85 年—前 42 年）：古罗马政治家，组织并参与刺杀了恺撒。

建议。他认为哲学不是神圣的经文，而是治病的药。”

“哦，真棒，我们还没学到他。”肯德里克说，“最厉害的恐龙是什么？剑龙吗？”

“对，我同意，肯德里克。”易卜拉欣说，喝了一大口白兰地。

“他们踢你的时候疼吗？”肯德里克问，眼睛一直紧盯着监控录像。

“我告诉其他人不疼，”易卜拉欣说，“其实很疼，非常疼。”

“他们可能知道。”肯德里克说。

“他们可能知道，”易卜拉欣说，“但我只对你一个人说了实话。”

“谢谢，易卜拉欣叔叔。”肯德里克说，“有人刚从别的柜子里拿出一个盒子，没什么特别。他们踢你的时候，你有感觉吗？害不害怕？”

“这些是相当好的问题。”易卜拉欣说。有个穿西装的男人把公文包放进柜子，然后摘掉领带，把领带也放了进去。也许失业了，还没告诉妻子。“我记得自己非常害怕，感觉就像在洗衣机里翻滚。很可笑，对吧？”

“不可笑，”肯德里克说，“这是你的真实感受。”

“我还记得，我意识到自己可能会死。我仔细想了想，觉得死了也没关系，但这种死法也许不太公平。我当时想，要是早点料到就好了。”

“嗯哼。”肯德里克说。

“我想到了你外公，想到了乔伊丝和伊丽莎白，我知道我会想念他们，也知道他们会想念我，然后我想，希望我不要死，希望最后一切没事。”

“我很高兴你没死，不然我们没法看这个。”

易卜拉欣点燃雪茄。

“如果我快被杀死了，也会想到外公，还会想到你。我会想到学校的科迪、梅丽莎和沃伦老师。我想得最多的还是妈妈。哇，这根烟真大！你不应该抽烟，知道吗？”

易卜拉欣吸了一口雪茄。“大多数时候，我做应该做的事，这样的人生比较容易。但有些时候，我也做不该做的事。”

“和我一样，”肯德里克说，“我有时候不睡觉，妈妈不知道。”

“你不会想到爸爸吗？”易卜拉欣问，“如果快被杀死的话？”

肯德里克想了一会儿。“他知道了可能会生气。”

易卜拉欣点点头，安慰道：“我也没想到我爸爸。”

“你没有爸爸，易卜拉欣叔叔，有的话，那他就一千岁了。”

两个人专心工作了一会儿。易卜拉欣看见七八个人出现在过道里，都是去开其他柜子，肯德里克看到的也差不多。还没人碰过五三一号柜子。两个人偶尔轻松地聊上几句，易卜拉欣知道了肯德里克最喜欢的数字是十三，因为他觉得十三很可怜[①]。肯德里克给他做了个行星测试。最大的？木星。最厉害的？土星。不是地球？不能算*地球*！屏幕上的时钟往前走，比床头桌上的时钟快八倍。又一个清洁工进来，一天结束，他们看完了。

“太棒了，”肯德里克说，“我们可以一起看另一天的吗？”

易卜拉欣说可以。他收到一条伊丽莎白发来的信息：“有情况吗？”他回复：“有，我很担心肯德里克的父子关系。”伊丽莎白回了一个翻白眼的表情。她真是对表情符号入了迷啊。

他们上了趟厕所，肯德里克比易卜拉欣要快得多。他们开始看伊丽莎白和乔伊丝开柜子那天的录像，只要看到她们俩出现就可以停下了。

黑白画面又开始快速播放。易卜拉欣和肯德里克都不觉得无聊，谁会在享受乐趣的时候觉得无聊呢？易卜拉欣问肯德里克喜不喜欢看书，肯德里克说有些书喜欢看，有些书不喜欢看。肯德里克问易卜拉欣有没有在别的国家生

---

① 西方人忌讳数字十三，原因之一是耶稣受难前和弟子共进晚餐，参加晚餐的第十三个人是背叛了耶稣的犹大。

活过，易卜拉欣回答说埃及，肯德里克拼出了这个国家的名字。

易卜拉欣盯着录像，差不多午饭时间，看见了伊丽莎白和乔伊丝，于是把录像恢复到正常速度。他听不见她们在说什么，但这两位说的什么总是很容易猜到。他看见她们开锁时遇到了麻烦，乔伊丝在包里摸索了一番，伊丽莎白又试了一次，柜门弹开了。图像质量不是很好，但大部分都能看明白。伊丽莎白取出一个薯片袋——她今天早上拿给易卜拉欣看过——乔伊丝把它装进包里，她们离开了。

肯德里克想看乔伊丝和伊丽莎白的录像，看到的时候说："哦，天哪，真的是她们。"除此之外，他们没有任何发现，只能承认失败。这么说，没人去过柜子那儿。伊丽莎白和乔伊丝去之前，没人尝试打开柜子。

"真希望我们能看到坏蛋。"肯德里克说。

"我也一样，"易卜拉欣说，"伊丽莎白不会高兴的。"

"我们看看前一天的吧？"肯德里克说，"为了好玩？以防万一？"

易卜拉欣同意了，因为这个任务一旦结束，肯德里克就得回他外公那儿。

他们开始看二十五号的录像，那是波佩和道格拉斯被杀的前一天，或者说只是波佩被杀的前一天，如果伊丽莎白的推测没错的话。道格拉斯真的伪造了自己的死亡？

嗯……他们这次没怎么说话，两个人都很享受安静的相处，肯德里克让易卜拉欣猜火箭的速度有多快，也就聊了聊这个而已。

他们一起盯着屏幕，同时看见了一个身影。和之前看到的百来个人一样，这个人走进了过道。不同的是，这个人穿着摩托车皮衣，戴着全封闭头盔，在五三一号柜子前站定不动。

“瞧我们发现了什么，肯德里克？”易卜拉欣说。

“可能是个坏蛋？”肯德里克说。

“可能是个坏蛋。”易卜拉欣赞同道，又吸了一口雪茄。谁还需要外面的世界呢？

52

兰斯·詹姆斯坐在一张巨大的白沙发上，旁边是苏·里尔登。整个房子闻起来是白无花果和石榴的气味。他很熟悉这种气味，或者说，以前很熟悉，后来露丝搬出去了，带走了浴室的香薰蜡烛。有时候他会在泡完澡后点一根火柴，兰斯和精致生活的交集仅限于此。

“你有清洁工吗，洛马克斯先生？”苏·里尔登问，“白色沙发是个非常大胆的选择。”

“有个村里的女人来打扫，已经做了很多年，”马丁·洛马克斯说，“玛杰丽？或者玛吉？差不多叫这个吧。非常感谢你们过来，我不喜欢外出，我晕车。”

“完全没关系，兰斯只是在你的车道口拍拍照片，”苏说，“我也不忙，只是调查两个同事的死亡事件。”

“调查？”马丁·洛马克斯说，“我认为是你们杀了他们，难道不是？”

“不管你信不信，不是。我们认为是你杀了他们。”兰斯说。

马丁·洛马克斯噘起下嘴唇，点点头。“嗯，我们不可能都对。不管怎么说，他们死了，这是重点。”

“对，这是我们意见一致的地方。”苏赞同道，“你怎么可能有清洁工？你不担心她会不小心发现点什么？”

“我总是在她来之前收拾一下，你呢？”

“嗯，我会提前整理杂志，洗洗餐具。”苏说。

“我也是这样的人。她来之前的半小时，我总是忙得团团转。我爱随便放东西，比如一整块可卡因什么的。这么多年了，我懒得把东西放得规规矩矩。”

“当然了，所以钻石也是随手一放。”苏责备道。

“嗯，没错。”洛马克斯表示同意，“然后呢，我为她打开英国广播公司四台，她打扫完就走人。你杀过多少人？有数吗？”

“八九个，”苏说，“你呢？”

“差不多，差不多。”马丁·洛马克斯说。

兰斯环顾四周。他们在一个温室里，能看到花园的美景。一棵桉树上零星挂着几面彩旗，这里一定举行过什么活动。马丁·洛马克斯还没给他们倒咖啡，甚至连一杯水都没倒。看样子不像是有意为之，他只是真没想到而已。

“我知道很没意思，”洛马克斯说，“也知道我啰唆了无数次，但我确实需要找到那些钻石。”

“我们也一样。”苏说。

“这个嘛，你们并不是真的*需要*找到它们，对吧？”

“恐怕需要。”兰斯说。

“其实不一定。你们找到了会很有面子，这是一定的。大家会对你们的表现很满意，这是一定的。但那些钻石不是你们的，苏，对吧？”

“嗯，也不是你的，对吧？”苏说。

“我以前在书上读到过，黑手党把一个人丢给一群老虎撕咬，”洛马克斯说，“在一家私人动物园里。你们能想象吗？”

“好吧，很遗憾，我们没有钻石，”苏说，“也不知道钻石在哪儿。”

“胡说，”马丁·洛马克斯说，“依我看，你们杀了他们，掩盖得非常周全。你们也清楚你们的人是怎么做事的吧？严刑逼他们说出信息。”

“我们没有。”兰斯说。

“你就不能直接给弗兰克·安德雷德两千万英镑？”苏说，“直接给他现金，就此了结。”

“我的资产都不能兑现，而且它们也属于其他人。我可以偷墨西哥人的钱付给黑手党，然后偷塞尔维亚人的钱付给墨西哥人。我变成了吞苍蝇的老太太[①]，结果会怎样？”

“死定了。”苏·里尔登说。

① 来源于英文儿歌《有个老太太吞了一只苍蝇》。有个老太太不小心吞了一只苍蝇，为了逮住苍蝇，她吞下一只蜘蛛。为了逮住蜘蛛，她吞下一只鸟。就这样，她不断吞下更大的动物，最后撑死了。

53

小团体的几个人都聚在了易卜拉欣的床边。伊丽莎白带了笔记本，乔伊丝带了巧克力饼干条，罗恩带了《洛奇3》[①]（罗恩心里"最好看的一部《洛奇》"），他打算和易卜拉欣一起看。

不过在此之前，他们要看另一部"影片"。易卜拉欣正在做准备，把录像放到屏幕上，伊丽莎白用手指敲着床，罗恩在一旁走来走去，肯德里克在阳台上玩《宠物小精灵》。

"好了，"易卜拉欣说，"今天的问题是，这个人是谁？"

易卜拉欣按下播放键，他们都看见一个戴着摩托车头盔的人走进过道，在五三一号柜子前停下来，把钥匙插了进去。

"看样子他开锁也遇到了麻烦。"乔伊丝说。

"或者是她。"罗恩说。易卜拉欣注意到，罗恩的性别

---

① 《洛奇》（*Rocky*）：美国励志剧情片，共有六部，讲述拳手洛奇的故事，由史泰龙主演。

中立意识变得敏锐多了。

那个人在开锁时遇到了麻烦，不过柜门最后还是弹开了。摄像头照不到柜子里面，但他们清楚地知道那个人看见了什么。他们看着摩托车手从柜子里拿出薯片袋，又扔了进去。摩托车手盯着空柜子看了一会儿，然后锁上柜门，走了。

易卜拉欣按下暂停键，画面静止不动。“就是这样。”他说。

“所以这是波佩和道格拉斯被杀*前*一天？”乔伊丝说。

“对，我们本来没打算看前一天的，是肯德里克提议的。”

“肯德里克？”伊丽莎白说。

“是的，罗恩让他和我一起看。”易卜拉欣说。

“我觉得他会很喜欢看。”罗恩说。

“如果是前一天，怎么会有其他人知道五三一号柜子的事？”伊丽莎白问。

“道格拉斯肯定告诉了其他人。”乔伊丝说。

“道格拉斯可能告诉了所有人，”罗恩说，“所有的前妻们。说不定发到了 Facebook 上。”

“除非这个人*就是*道格拉斯，”乔伊丝说，“我的意思是，有这种可能，不是吗？”

“这个人可能是任何人，乔伊丝，”罗恩说，“说不定是伊丽莎白。”

“道格拉斯一直处在保护性监禁中，不可能是他，”伊丽莎白说，“更何况他本人知道柜子是空的。”

“那他会告诉谁呢？”乔伊丝说。

他们盯着屏幕上的人。黑皮衣，黑头盔，黑手套。

“我们漏掉了什么呢？”伊丽莎白问，“再看一遍吧。”

他们又看了一遍录像，第三遍，第四遍，什么也没发现。伊丽莎白往后靠在椅背上。

“看不出性别，看不出年龄，因为摄像头的角度，我们甚至看不出身高。”

肯德里克从阳台走进来。“柳橙苏打真好喝，易卜拉欣叔叔。你们都看到线索了吧？”

“线索？”伊丽莎白问。

“你好，伊丽莎白，”肯德里克说，“对啊，你看到了吧？你肯定看到了。”

“我嘛，我研究了姿势，研究了步幅，如果……”

“不，我的意思是线索。你看到了吗，乔伊丝？”

“我什么都没发现。”乔伊丝说。

“我们之前做了纸杯蛋糕，糖霜是我抹的，”肯德里克说，“你想吃一个吗？”

“不用了，你可以把我的吃掉。”乔伊丝说。

“好吧。”肯德里克说，“外公，易卜拉欣叔叔，你们肯定看到了吧？”

“我看到了，”罗恩说，“以防我们看到的线索不同，要不你先说说你看到了什么？”

肯德里克朝前倾身，凑到屏幕跟前。“好吧，看看他打开柜门那一刻。”

易卜拉欣拖动进度条，然后暂停。四个人你看看我，我看看你，罗恩轻轻摇头，耸了耸肩。

“你们看见他抬手开锁了吧？”肯德里克说。

他们看见了。

“看到他的皮衣和手套之间的小缝隙了吗？”

他们全都凑到屏幕前。皮衣的袖口滑向肘部，*确实*露出了一条小缝隙。

“线索就在那儿！”

近视眼都往前倾，老花眼都往后靠。

“是什么，亲爱的？”伊丽莎白问。

“他戴着乔伊丝的友谊手绳。”

在那个打开五三一号柜子的人的手腕上，缠着一圈织得不太好看的毛线，上面点缀着亮片。

房间里的每个人都低头看向自己的手腕，然后看向乔伊丝。

乔伊丝低头看了看自己的手绳，又抬头看着她的朋友们。“好了，这下范围缩小了。”

54

乔伊丝的日记

你绝对猜不到!

肯德里克看了行李寄存处的监控录像。罗恩和易卜拉欣觉得这是适合八岁孩子的任务。不管怎么说吧,他发现那个戴摩托车头盔的人戴着我做的友谊手绳!

确实一眼就能看出是我做的,我想其他人不可能做成这样。

你可以想象我们后来有多开心。

摩托车手是谁?易卜拉欣在电脑上列了名单,所有我给过友谊手绳的人都在上面。首先,不可能是纽约黑手党。这时候轮到罗恩登场了,他想出了一个别出心裁的情况,我在中巴上被一个意大利裔美国人勾引。我们都哈哈大笑。我当然希望有这种好事,但机会基本为零。可以看出罗恩很失望。

我们四个显然在名单上,还有肯德里克。想象一下,如果是肯德里克会怎样?小说可能会这么写。要是能出现在小说里该多好玩儿啊。在小说里我的髋骨肯定不会这么疼。

然后还有一些更有趣的名字。苏·里尔登有手绳。可能是她吗？道格拉斯会不会告诉她藏钻石的地方？伊丽莎白说，如果是苏，她肯定会带走薯片袋。

兰斯？道格拉斯不太可能告诉他秘密，但他很可能忽略掉薯片袋。

波佩的妈妈西沃恩有手绳。难道道格拉斯告诉了波佩，波佩告诉了妈妈？西沃恩看上去非常安静，非常低调，但我们谁又不是这样呢？

马丁·洛马克斯？我给他手绳的时间在这段监控录像之后，而且——我不是夸自己神机妙算——我敢肯定我们一走，他就把手绳扔进了垃圾桶。对了，我把他的五英镑支票捐给了痴呆症患者之家，连银行的工作人员都是一副多年没见过支票的样子。

好了，还有谁？养老村的几个人，科林·克莱门斯、戈登·普莱费尔，还有拉金公寓的简，她和杰夫·威克斯在交往，大家不是都知道吗？事实上，她把手绳送给了杰夫·威克斯，所以我们应该把他也算进来。

当然了，还有波格丹。我差点忘掉了他。

我们聊了一个多小时。谁？为什么？什么时候？做了什么？后来司机马克开着出租车来了，肯德里克该回家了。我们送上了大大的拥抱。

易卜拉欣睡着了——他还没恢复到最好的状态——我和伊丽莎白离开了。罗恩说他送走肯德里克后再回来看电影。

好了，下面告诉你一个秘密。

我刚和伊丽莎白说完再见，脑子里突然冒出一个想法，跟确认摩托车手的身份有关。我本来打算给她打电话，但转念一想，不，乔伊丝，一辈子总要尝试一次单飞吧？你并不总是需要伊丽莎白。

所以今天早上，我坐中巴去了趟费尔黑文。我走了同样的路，穿过同样的街道，到了费尔黑文火车站。比上次稍微慢一点儿，因为伊丽莎白走路特别快。我知道她不是故意的，但确实快。

我直接去了行李寄存处，如我所愿，是那个发型不错、戴着耳机的好心女孩值班。她甚至认出了我，让我高兴坏了。从来没人认出我。

她摘下假装在听的耳机。我问她还好吗，她说不错，谢谢。我问她 Costa 的经理还来烦她吗，她说别提了，更糟了，他提出骑摩托车送她回家。我告诉她，我对摩托男的体验真的非常差，个人意见，仅供参考。我们大笑起来，就好像我们都不是属于自己那个世界的女人。她问我是不是需要从柜子里取东西，我说是需要从她那里取点东西，巧得很，正好谈到了摩托车。我的话引起了她的兴趣。

是这样的，昨晚和伊丽莎白告别时，我想到了行李寄存处的女孩，她对工作很负责，做得很好，我想她绝不会允许别人戴着摩托车头盔随随便便进入寄存区。结果证明我想得没错。

她道歉说不记得那是哪天的事——按她的说法，这份工作很枯燥——但可以保证，除非看到钥匙和脸，不然她绝不会放任何人进去。凡是戴头盔的人，必须把头盔摘下来。我问服务台有没有装监控，她说有，她的上一任被开除，因为工作时间在手提电脑上看电影。她说这不能怪他，时间真的太难熬了。

我向她道谢，她问我为什么打听这些，我说不能告诉她，是政府机密。哦，她当时那个表情啊。如果伊丽莎白在场，我说出来的效果会不会更好？我觉得不会。我应该多多单独行动。

后来我又像上次那样，穿过街道去了费尔黑文警局，我想把监控的事告诉唐娜。当然了，唐娜不在，我忘了伊丽莎白总是知道唐娜什么时候值班。也许我不应该多多单独行动，真叫人左右为难啊。

回家后，我告诉伊丽莎白我做了什么，她为我的聪明才智感到高兴，也因为自己没想到这一点而恼火。“你为什么不告诉我，乔伊丝？”她问。我说我是在中巴上才想到的。她说我的撒谎技术太烂。这话确实没错。我向她保证，以后绝不会单独行动。她叫我永远不要做出无法兑现的承诺。

伊丽莎白给唐娜发消息说了监控的事，也许我们很快就会发现开柜子的人是谁。说不定也就知道杀死道格拉斯和波佩的人是谁了。

55

深秋的阳光下，库珀斯·切斯很美。唐娜走在去养老村的路上，白栅栏后的一只羊驼疑惑地歪着脑袋朝她看，唐娜向它点头问早上好。右边的湖面上，一只鹅没有把握好优雅的落水姿势，肚子先掉进水里。她发誓那只鹅朝周围看了一圈，确定没被其他鹅友发现。

一个拿拐棍的女人坐在前方的长凳上，仰着脸晒太阳。唐娜正在想这个女人会不会感到孤单，这时一个戴着巴拿马草帽的男人在女人身旁坐下，手里拿着三明治和两份报纸。《每日邮报》是他的，《卫报》是她的。他们怎么能维持这么长久的感情？唐娜很好奇。跟随自己的内心，这是当然。

她路过了另一对夫妻，他们手牵手，笑着向她道早安。两人沿着小路散步，打算去湖边坐坐。

唐娜什么时候可以和一个男人手牵手，沿着小路散步，去湖边坐坐？

到了养老村，小路变得开阔。首先看见的是私人医院柳树园，她上次进去还是伊丽莎白带她去见彭妮，一个老警察，伊丽莎白最好的朋友。当然了，彭妮已经不在那儿了，她的病床上躺着另一个可怜人。

伊丽莎白有一天会住进去吗？乔伊丝呢？罗恩呢？易卜拉欣肯定不会。一想到他们中的任何一个变得如此虚弱，她就难过不已。唐娜头也不抬地迅速走过柳树园。

易卜拉欣的公寓楼出现在她左边，她穿过一个漂亮的花园，花园里还盛开着五颜六色的鲜花。有个拄着助行架的女士挪到旁边，为她让路，说："开心点，亲爱的，事情可能永远不会发生。"唐娜用一个浅浅的微笑回应了她。

事情可能永远不会发生。嗯，是的，这不正是问题所在吗？

唐娜一边上楼梯，一边又一次问自己，她为什么来这里？每个人都会经历艰难时刻，不是吗？每个人都会感觉低落，但不是每个人都找心理医生大吐苦水，对吧？反正在她老家不是这样。在斯特里汉姆，你不需要心理医生，你有朋友，可以靠在他们的肩头大哭一场，他们会鼓励你振作起来。

可是唐娜在费尔黑文没有朋友，所以她来了这里。

唐娜到了楼梯顶，易卜拉欣的门打开了。他小心翼翼地挪动身体，只能给她一个很轻很轻的拥抱。

"快坐下，快坐下。"唐娜说。

易卜拉欣靠着椅子的扶手，笨拙却尽量优雅地让自己坐到了椅子上。唐娜坐在他对面的一把旧扶手椅上，椅子上方有一幅帆船画。这不过是一个正常的警察正常地拜访一个碰巧是心理医生的朋友。真的来了这里以后，她突然感觉自己很傻，决定什么也不说了。他们一起看看监控录像就行。她没事，只是有点低落。

“很高兴看到你可以下床了，”唐娜说，“伤怎么样？”

“好多了，”易卜拉欣说，“只有呼吸的时候才疼。”

唐娜笑起来。“我们看看这个录像吧？我想你会喜欢。”

易卜拉欣点点头。“太好了，太好了。不过我想先问个问题，*你的*伤怎么样，唐娜？”

“我的伤？”唐娜笑着问。哦，好吧，原来是这么回事，心理治疗就是这么开始的？

“对。”易卜拉欣说，脑袋歪向一边，让唐娜想起了那只羊驼。“你的伤怎么样？”

“我在健身房伤到了手腕，没什么大不了的。”唐娜说。她不应该来这里浪费易卜拉欣的时间。

“真的吗？”易卜拉欣问。嗯，不像是提问，更像是评论。

唐娜看见易卜拉欣椅边的桌子上有个大夹纸板，他伸手拿过去，从衬衫口袋里掏出一支笔。好吧。

“我不想随意揣测你的想法，唐娜，”易卜拉欣说，“你完全可以一个人看这段新录像，或者派人送过来，或者约我们大家一起看，但你选择单独见我。”

“我想看看你的状态怎么样了。”唐娜说。

“你太好了，”易卜拉欣说，“这一点儿也不意外，因为你是一个非常善良的人。巧的是，我也想看看你的状态怎么样了。要不我们随便聊聊，看看彼此的状态？”

她瞒不了易卜拉欣，那就开始吧。她现在是格温妮斯·帕特洛[①]一类的人了。唐娜往后靠在旧扶手椅的椅背上，点点头，闭上眼。“好的。”这不是真正的心理治疗，对吧？只是和一个朋友随便聊聊。

易卜拉欣低头看了看手表。“从哪儿聊起？离开伦敦？你妈妈和克里斯？”

唐娜向后仰头，用鼻子深吸一口气。

“也许应该先聊聊孤单。”易卜拉欣建议道。

泪水从唐娜闭着的眼睛里流出来。

“疼吗？”易卜拉欣问。

“只有呼吸的时候才疼。”唐娜说。

她很想知道克里斯今天上午过得怎么样。

---

① 格温妮斯·帕特洛（Gwyneth Paltrow，1972— ）：美国演员，奥斯卡影后，因鼓吹“精神疗愈”、宣传伪科学健康言论而广受诟病。

56

梅德斯通刑事法院外，三个男人围坐在一张水泥桌边。法院的楼房看上去像二十世纪八十年代高速公路服务站的旅客之家。

来这里是克里斯·哈德森的工作职责，即使不是，他也会来看瑞安·贝尔德的庭审，单纯为了开心。

这么多年，克里斯已经和梅德斯通刑事法院打过无数次交道了。他在这里的第一场官司跟一个市议员有关。那人在火车上故意裸露身体，辩解说是服用治疗花粉热的药物导致的。那人现在是区议员。克里斯最近的一场官司涉及一个运动员。她因为偷了珍稀鸟类的蛋被抓，庭审时她戴着自己的运动会铜牌奖牌，但最后还是被判有罪。

他说什么也不会错过今天这场官司——瑞安·贝尔德。当然了，这案子的证据非常不可靠。马桶水箱里找到的可卡因和银行卡？匿名举报电话？但有时候必须这么做。克里斯以前从没做过这种事，周四推理俱乐部几乎每时每刻都带着他偏离轨道。

为易卜拉欣报仇，这是唯一目的。克里斯上次见到易卜拉欣时，他被打得浑身是伤。他是那么隐忍，一点儿怨恨都没有，这越发让克里斯看不下去了。送瑞安·贝尔德进监狱不会对任何人造成巨大伤害。

看庭审是一件乐事，但克里斯来这里还有一个不那么快乐的原因。

康妮·约翰逊。她到底会做什么？真的伤害帕特里斯？简直不可想象。

他能做什么阻止她？谁能帮他？

他不能给伊丽莎白打电话。伊丽莎白会叫他告诉帕特里斯，他不想这么做。这么做显然最正确、最勇敢，但他根本办不到。五十一年的人生经验告诉他，并不是每次都要迎头解决问题。

所以他给罗恩打了电话。

一只鸽子想偷罗恩的薯条。来法院的路上，他坚持要去趟麦当劳。罗恩赶走鸽子，但它坚定地站在桌子上，盯着他，盯着他的薯条，等待他放松警惕的时刻。

"想都别想，朋友。"罗恩对鸽子说，然后转向克里斯，"我认为所有鸽子都是保守党。"

"有点道理。"克里斯说。

"听上去像是狠角色，"罗恩说，"这个康妮·约翰逊。"

波格丹点点头，他是桌边的第三个男人。

“听说很性感？”罗恩问。

“可能英国人觉得性感，”波格丹耸耸肩，“波兰人没感觉。”

克里斯的第二个电话打给了波格丹。他们监视康妮·约翰逊的车库时，看见波格丹去了康妮那儿，离开时拿着一个包。克里斯原本打算找时间见见波格丹，问他几个问题，但后来那包东西在瑞安·贝尔德的马桶水箱里找到了，所有问题都有了答案。波格丹显然认识康妮·约翰逊，也许能帮上忙，所以克里斯也叫上了他——“到梅德斯通碰面，有点事，别告诉伊丽莎白。”

“也许没什么大不了，”克里斯说，“只是恐吓，你们觉得呢？她不会对帕特里斯做什么，对吧？”

波格丹皱了皱眉头。“说不准，她做过比这更可怕的事。”

“比杀死我爱的女人更可怕？”克里斯说。

“她杀了安东尼奥两兄弟，你清楚吧？还是她亲自动的手……”

“天哪，”克里斯说，“对了，你说的这些如果有证据，你知道我是干哪一行的。”

波格丹笑起来。“永远不要和警察说话，这是法律。[1]”

“感谢你为警方投下的信任票，波格丹。”克里斯说。

---

① 在英国，犯罪嫌疑人在接受警察讯问时，有权保持沉默和拒绝回答，一旦说话，所说的一切有可能成为犯罪证据。

"我们来解决，"波格丹说，"罗恩，我们会解决的，对吧？"

罗恩点点头。

"这是恶劣的冒犯行为，"罗恩说，"我不允许恶劣的冒犯行为发生。"

"不要做什么违法的事。"克里斯说。

"这个嘛，解释一下违法。"罗恩说。

"违反法律，"克里斯说，"非常简单。"

"克里斯，我的老兄，"罗恩摇着头说，"你大错特错了。合法，违法，界限很微妙。一九八四年，我们在诺丁汉郡的曼顿煤矿外抗议，为保护一千五百人的工作而战，为拯救整个煤矿业而战。"

"英国也有煤矿？"波格丹说。

"政府，撒切尔[①]，通过了紧急立法，说什么你们不能在别人的煤矿外抗议。我们坚守阵地，决不退让。这是原则问题。警察拿着警棍和盾牌冲过来，我们没有反击，但坚决不动，结果每个人都被押送监狱，在囚车上还挨了一顿猛揍。第二天早上，我们上了法庭，被判扰乱治安罪，罚款两百英镑，留案底，外加好几个星期的脑震荡。好了，原谅一个老左派这么说，我认为我做的事并不违法，我做

① 撒切尔（Thatcher，1925—2013）：英国第 49 任首相，1979—1990 年在任。

的是正确的事。”

“嗯，时代不同了，罗恩。”克里斯说。

“后来，过了一个星期，”罗恩继续说，“有个小子去图书馆，查到了诺丁汉郡警察局长的住址。我们的事发生后不久，他被封了个什么勋爵。反正吧，那小子拿到了住址，第二天，某个人的姐夫的姐夫开着推土机去了那儿，直接撞向了局长的房子。这么做，我承认，是违法的。微妙的界限就在这里。”

“嗯。”

“杰森参加了《名人拍卖行》节目，”罗恩继续说，“他查清楚拍卖会的地点，然后让他的两个朋友去互相竞拍他的东西。有个叫加里·桑塞姆的家伙，是个武装劫匪，来自北方，你应该不认识。他最后花一百六十英镑买下了一个银打火机，杰森当初买的时候只花了十英镑。杰森在节目中获胜，奖金全部捐给了多发性硬化症患者。这算违法吗？”

“这个……”克里斯说。

“我们的意思是，”波格丹说，“事情交给我们，你绝对可以放心。”

克里斯点点头。“听着，一定不要杀人。其他任何能阻止她的办法，你们懂的，我都万分感激地接受。”

两个男人点点头，连旁边的鸽子似乎也点了点头，罗恩给了它一根薯条。

“不告诉唐娜，不告诉伊丽莎白？”克里斯说。

“伊丽莎白已经知道了，”波格丹说，“桌子下面有窃听器。”

“我想向乔伊丝透漏一点儿。”罗恩说。

“不要跟*任何人*说一个字，罗恩，”克里斯说，“我们的谈话就留在这里。”

“抱歉，老兄，”罗恩说，“乔伊丝觉得你爱上了帕特里斯，我说，不，他只是和她谈谈恋爱而已，恕我直言，谁不想呢，她是个漂亮的女人。”

“谢谢，罗恩。”克里斯说。

“所以我必须告诉乔伊丝。”

“告诉她什么？”克里斯说。

“我就说我们一起聊天，聊警察什么的，我还没想好，克里斯说帕特里斯是‘我爱的女人’。乔伊丝一定会高兴坏的。”

“我想我没说这话，罗恩。”克里斯说。他真的说了吗？

“你说了。”罗恩说。

“对，你说了。”波格丹说，“伊丽莎白都录下来了。”

好吧，克里斯想。和两个朋友坐在水泥桌边，看着一只鸽子享用麦当劳薯条，坠入深深的爱河。这些都值得被守护，不是吗？

57

“我记得以前经常跳舞，”唐娜说，“知道吗？就在不久前。这些都去哪儿了呢？”

“我不会跳舞，”易卜拉欣说，“我没有跳舞需要的快缩肌纤维。”

“酗酒，交友，狂欢，我想念这一切。”

“警局不允许酗酒，”易卜拉欣说，“这一点你很不走运。”

“真扫兴。”唐娜说。她仍然闭着眼，不过易卜拉欣让她的脸上有了笑容。

“准确说，是不赞成嗑药。”易卜拉欣说，看向夹纸板，“跳舞，酗酒，交友，狂欢，你觉得我认为哪一个最重要？”

“我猜肯定不是酗酒。”唐娜说。

“交友，唐娜，一切都来源于朋友。你和朋友一起跳舞，和朋友一起酗酒，和朋友一起狂欢。真正不见了的是朋友，他们在哪儿？”

他们都去哪儿了？从哪儿说起呢？“伦敦、美国。和我不喜欢的男人生孩子；追随宗教信仰；找到了正经工作；

有一个加入了英国独立党。没人有时间，大家都很忙。除了雪莉，她坐牢了。”

“所以没人再跳舞了？”

“就算有人跳，也不是和我一起跳。”唐娜说，“谁是我最亲近的朋友？克里斯，和我妈谈恋爱的男人；我妈，和克里斯谈恋爱的女人；你们，站在我的角度想想吧，我最好的朋友不应该是七十多岁的人。”

易卜拉欣点点头。“同意。也许有一个还不错，四个似乎有点太多了。”

“我在这里只遇到了一个真正喜欢的同龄人，康妮·约翰逊，但她是个毒贩子。我想她肯定跳舞。”

“我想她肯定也酗酒。”易卜拉欣说。

唐娜又笑了，眼睛依旧闭着。整个过程很平静，很有效。只是把心里想的说出来。这就是心理治疗？感觉不像，更像是终于跟某个人说了实话。

“睁开眼，唐娜，我想换个方式跟你说话。”唐娜照他说的做了，易卜拉欣深深地看着她的眼睛，“你知道时光不可能回头，对吧？朋友、自由、选择。”

“你应该说些鼓励的话。”唐娜说。

易卜拉欣点点头。“让它过去吧，把它当作快乐的时光保存在回忆里。那时的你在山巅，此时的你在山谷，一生中这样的事会发生很多次。”

“那我现在做什么？”

“当然是去爬下一座山。”

“哦，对，当然了。”唐娜说，太简单了。“下一座山上有什么？”

“这个嘛，我们还不知道，不是吗？那是你的山，以前从来没人爬过。”

“如果我不想这么做呢？如果我只想回家，每天晚上掉眼泪，对所有人假装一切都好呢？”

“那也可以啊，继续害怕，继续孤单，未来二十年继续来见我，我继续告诉你同样的话。穿上靴子，爬下一座山，看看山上有什么。朋友、升职、孩子？那就是你的山。”

“下一座山后面还有山吗？”

“有。”

“所以我可以把孩子留到后面的山上？”

易卜拉欣笑了。“你想怎么做都行，但要往前看，不要往后。你爬山的时候我一直在这儿，只要有需要，这把扶手椅随时欢迎你。”

唐娜抬起头，吐出一口气，眨了眨眼，眼角泛着泪光。

“谢谢，我最近感觉自己有点傻。”

“孤单很难熬，唐娜，属于最难对付的问题。”

“你真该当心理医生，知道吗？”

“你只是有点迷失，唐娜。如果一个人一辈子从没迷失过，这个人显然从没去过什么有趣的地方。”

“你呢？”唐娜问，“你好像很难过。”

“我有点难过，没错，”易卜拉欣承认道，“我感到害怕，看不见出路。”

“我的建议是爬下一座山。”唐娜说。

“我不确定自己还有这个精力。”易卜拉欣说，这次轮到他的眼睛被泪水打湿了，“我的肋骨很疼，让我感觉像是心脏在疼。”

“你爬山的时候我一直在这儿。”唐娜说，握住易卜拉欣的手。她以前从没见过易卜拉欣哭，以后也再不想见到。

“别告诉其他人。”易卜拉欣说。

“他们已经知道了。”唐娜说。易卜拉欣点点头。

“连罗恩都知道。”他承认道。

唐娜捏了捏他的手。“这次谈话你要是说出去一个字，我会拿电击枪招待你。”

“很好。”易卜拉欣说，“好了，我们来调查谋杀案吧。”

“对，开始吧。”唐娜说。

易卜拉欣对着唐娜指了指自己的眼睛下方，她去洗手间补了个妆。等她回到房间时，易卜拉欣已经把她带来的录像上传到电脑上。身穿摩托车皮衣的神秘人是谁？

唐娜坐到易卜拉欣的椅子边上，他按下了播放键。

58

伊丽莎白把信读了一遍又一遍。道格拉斯想告诉她什么？如果线索不在信里，那在哪里？吊坠吗？她又检查了一遍，什么也没有。

“你查过莱伊的乡间小屋吗？”苏·里尔登问。信在她面前。

“第一时间去查了。”伊丽莎白说，“不知道你有没有留意前两段？”

“不错哟，亲爱的。”苏说，“非常道格拉斯。”

伊丽莎白花了更长的时间才发现这一点。苏·里尔登的反应真快。当然了，这也正是她们来这里的原因。

她们正在黑桥酒吧吃早午餐。伊丽莎白走到了死胡同，感觉是时候和苏分享这封信了，她们的思维很相似。苏抱怨了几句，责怪伊丽莎白没把信的事告诉她，但反应没有想象中那么强烈。大吵大闹的环节直接跳过，为她们俩节省了不少时间。苏透露了一点儿信息。有个黑手党老大准备飞过来，要么来索要钻石，要么来杀掉洛马克斯。所有的乐子都回来了，伊丽莎白很高兴回到这个世界。这是最后的狂欢。

“他有没有暗示什么老地方？”苏说，“很明显，他希望你找到钻石，你是他一生的挚爱什么的。有没有只有你和他知道的事？”

“什么也没想到。我二十年没见过这个男人了。”伊丽莎白说。

“你可真走运。”苏说。

“听起来你跟他有些矛盾？”

“他是属于另一个时代的人，不是吗？”苏说，“我很高兴你信任我，给我看这封信，伊丽莎白。虽然这么做是非常专业的表现，我还是很感谢。”

“有时候我们必须互相支持，对吧？”伊丽莎白说，“随着时间一年年过去，我慢慢学会了让自己更值得信任。”

“嗯，希望哪天我也能有这种觉悟。”苏说，“不管怎样吧，我信任你，相信我们能一起找到钻石。”

“我们是一个豆荚里的豆子。”伊丽莎白说。

苏举起酒杯。“为了这个，干杯。”

59

“准备好看演出了？”易卜拉欣问。

“全场最佳观影座。”唐娜说，搂住老人的肩膀。

录像开始的时间比打开柜子的时间早几分钟。他们可以看见年轻看管员的后脑勺儿，几个人从她面前匆匆走过。一个秃顶男人慢悠悠走上前，身穿 Costa 工作服，戴着墨镜。他们说了几句话，主要是看管员在说，秃顶男人又走开了，好像少了一点儿兴致。过了二十秒钟左右，摩托车手出现在视线中。同样的皮衣，同样的头盔，同样的来找钻石的人。

录像没声音，但事情的经过很清楚。那人朝柜子的方向走去，出了摄像头范围，被看管员叫了回来，然后在口袋里摸索一番，给看管员看了什么东西，然后又被看管员要求摘掉头盔，那张脸看得清清楚楚，他们俩都认了出来。

他们俩没有解释什么，但也没有丝毫怀疑。

是西沃恩。

波佩的妈妈打开柜子，寻找钻石，就在她女儿被杀的前一天。

西沃恩戴上头盔，朝柜子走去的时候，他们甚至看见了乔伊丝的友谊手绳。

“看来我们需要给伊丽莎白打个电话。”易卜拉欣说。

60

梅德斯通刑事法院外，时间一点点溜走，罗恩的薯条早没了，克里斯开始有些担心。这案子怎么还没开审？

他的手机响了，是唐娜发来的消息。她今天休假，但不想来看庭审，她要上搏击操课，或者冲洗露台。

他正准备打开消息，看见瑞安·贝尔德的律师朝他们走来。他穿了一套新西装，居然还很时髦。唐娜的时尚建议又一次发挥了奇效。律师走到桌前，摇了摇头。

“抱歉。”律师说。

“为什么抱歉？”克里斯问，虽然他有所预料。

“哪儿也找不到，电话关机，你们的人去了他的公寓，没人。”

“他逃跑了？”罗恩问。

“对。”克里斯回答。

“或者受伤了，躺在什么地方。”律师说。看见克里斯一脸怀疑，他又补充道：“拜托，我是他的律师，当然替他说话。好了，我决定向你们学习，吃点麦当劳。”

“如果他从什么地方给你打电话，通知我们一声，”克里斯说，“比如从医院。”

律师抱歉地耸耸肩，摇摇摆摆地走了，穿着他的新西装吃麦乐鸡去了。

“天哪！”克里斯说，“我们怎么跟易卜拉欣说？”

“什么也不说，”罗恩说，“直到你们抓到他。”

“我不想让你失望，罗恩，”克里斯说，“但我们是抓不到他的。他可以逃到北方或者伦敦，安安静静地待在那儿，直到这一切被遗忘。”

“这一切不可能被遗忘，不是吗？”罗恩说，“我尽了我的一份力，伪装进了别人的公寓，把可卡因放到厕所里。现在轮到你尽一份力了。”

“我会尽力的，罗恩，你是知道的。”

“克里斯会找到他的，”波格丹对罗恩说，“我们也会找到办法帮克里斯阻止康妮·约翰逊。我们都是聪明人。”

“万一找不到呢？”克里斯问。

“一定会找到的，”波格丹说，“我向你保证。”

“好了，谁想吃麦当劳？”罗恩说。

“你刚吃过。”克里斯说。

“那是早饭。”罗恩说。

克里斯手机上的消息提醒又响了，还是唐娜发来的。

尽快来库珀斯·切斯。有件怪事。希望瑞安·贝尔德

已经被定罪。

“有人对库珀斯·切斯的怪事感兴趣吗？”克里斯说。

有，所有人都感兴趣。

61

库珀斯·切斯有两个湖，其中一个是人工的，由托尼·柯伦的施工队在开发建设养老村的第一阶段打造而成。罗恩喜欢这个湖。四周的绿植精致到了极致，还有一圈美丽的石铺小路。鱼喜欢这里，天鹅喜欢这里，罗恩喜欢这里。湖面甚至泛着蓝光，因为有专人每周一次往湖里添加化学物质。这才是湖应该有的样子。

这些不得不归功于托尼·柯伦。愿上帝保佑他的灵魂。他是个坏蛋，说不定湖底下还有他埋的大包大包的可卡因，但他确实是个造湖的能手。

另一个湖已经存在了几百年。四周是芦苇和野花，湖面顶多只能说是绿褐色，漂着睡莲叶子和水藻。昆虫喜欢那里，罗恩觉得它根本没有存在的必要。

拉斯金公寓的科林·克莱门斯以前每天早上在湖里游泳，他是那个湖的坚决捍卫者，不过他后来染上外耳氏病[①]，湖边

① 外耳氏病（Weil's disease）：一种急性全身感染性疾病，属自然疫源性疾病。

不得不竖起了警示牌。

罗恩能看见其中一个警示牌。他们完全可以在室内碰头，但他想让易卜拉欣散散步，呼吸一点儿新鲜空气。就算不愿离开库珀斯·切斯，至少可以离开公寓，所以罗恩提议他们在湖边见面。他指的当然是另一个湖，但易卜拉欣看上去很开心，他也就没什么好抱怨的了。

他们坐在两条长凳上，望着原始得有些让人失望的湖。

“真美。”苏·里尔登说。她和伊丽莎白一起吃的午饭，她们没有告诉其他人。

“是吧？”乔伊丝说，“纯天然的。”

连乔伊丝也喜欢这个破湖？

易卜拉欣把打印的监控录像截图分发给大家。西沃恩，没戴头盔，披着头发，手绳上的亮片反射出一道光。

“西沃恩！”乔伊丝说。

“西沃恩。”伊丽莎白说。

“这下好了。”苏·里尔登说。

真邪门了，罗恩想，我每次看上的女人都这样。

“我知道现在不是说这话的场合，”乔伊丝说，“但她戴着手绳真好看。”

他们盯着画面，还沉浸在疑惑中，努力想理解发生了什么。

“这是去你公寓的女人，乔伊丝。”克里斯·哈德森说。

克里斯和唐娜坐在第三条长凳上。

“对，波佩的妈妈。”乔伊丝说。她捏死了脖子上的一只跳蚤。

现在还喜欢这个破湖吗，乔伊丝？

“这段录像是波佩和道格拉斯被杀前一天的。”唐娜说。

“具体说是前一天傍晚的，”伊丽莎白说，“那时还没发生枪杀，我们都还不知道钻石可能藏在什么地方。”

“那西沃恩怎么会在我们之前知道柜子的事？”乔伊丝问，“没道理啊！”

苏·里尔登拿起西沃恩的图片。“伊丽莎白，我猜你现在和我想的一样，最有可能告诉她的人只有一个。”

伊丽莎白点点头。“只可能是波佩。”

苏点点头。“道格拉斯真的会告诉她吗？我表示怀疑。”

“我也表示怀疑。”伊丽莎白说。

“说不定他们是一伙的？”罗恩说，“洛马克斯的钻石被盗时，他们两个都在场，对吧？”

唐娜点点头。“道格拉斯知道自己会被关一阵子，所以告诉波佩柜子的事。波佩让她妈妈去帮他们取出钻石。”

“你发现这里面的小漏洞了吗，唐娜？”伊丽莎白说。

“道格拉斯并没有把钻石放在那个柜子里，”易卜拉欣说，“如果他们是一伙的，为什么让西沃恩白跑一趟？”

“如果道格拉斯没有告诉波佩，那她到底是怎么发现的？”苏问，“只有那封信里提到了寄存柜吧？”

空气突然安静，每个人都在思考可能的解释。唐娜注意到，唯一没有陷入沉思的人是乔伊丝。乔伊丝只是看着伊丽莎白，脸上挂着和蔼的笑容，好像在等待着什么。第一个发声的是罗恩。

“好了，”罗恩说，“我明白了。我读到过，黑手党有监听设备，总之跟科学什么的有关，别问我，谷歌上有，可以对准灯泡，通过灯泡的玻璃振动，他们能分析出任何房间里说了什么，前几天 talkSPORT[①] 上还提到了这个。所以，黑手党来到这里，可能是租车过来的，然后……”

“哦，拜托。”乔伊丝说。

罗恩停了下来，所有眼睛都看向乔伊丝。

“两个特工，你们想不出来？两个警察和一个心理医生，都想不出来？”

“我呢？”罗恩说。

“啊，至少你尝试过了。”乔伊丝说。

“这么说你想出来了？”伊丽莎白说。

“伊丽莎白，”乔伊丝说，友善地摇摇头，“你是我认识的最聪明的人，但你有时也会非常迟钝。”

① talkSPORT：英国著名体育广播电台，英超联赛的全球音频合作伙伴。

62

瑞安·贝尔德是个不折不扣的天才。这场官司显然是陷阱，有人故意设计陷害他。谁知道是谁呢？谁又在乎呢？一切只不过证明瑞安是个人物，瑞安有仇人。没有仇人算什么反派？什么都不算。

他现在坐在堂兄史蒂文的公寓里，在苏格兰，具体什么地方他忘了，格拉斯哥附近的城镇，名字是C开头。开庭前一天，他坐上了北上的火车。当然没买车票。如果你是瑞安·贝尔德，如果你是个人物，如果你有仇人，当然没必要买车票。结果，躲在火车洗手间里的他被检票员抓住，在一个叫顿卡斯特的地方被扔下车。他坐上了下一列火车，在纽卡斯尔又被扔下来。他不得不在那里过夜，因为末班车已经开走了。不过他最终成功抵达苏格兰，堂兄去车站接到了他。瑞安·贝尔德对决伦敦东北铁路，一比零。

多年前，妈妈告诉他，只要拥有了一门手艺，永远不会失业。她说得太对了。抵达苏格兰还不到两个小时，他就开始了可卡因买卖。

他刚刚饱餐了一顿肯德基，现在正和史蒂文玩《FIFA足球世界》，抽着大麻烟卷。真是个天才。

谁会想到来苏格兰找他？没人。太远了。他们也许会到伦敦找他，最远顶多到卢顿吧，但他觉得不太可能。瑞安从没来过苏格兰，他看不出警察有什么理由来这里。

保险起见，他改名为科克，这是他一直想要的名字。就算警察真的大老远跑来这里，四处打听，也不会听到任何瑞安·贝尔德的消息。绝对万无一失。

今天有那么三四次，他确实把自己叫成了瑞安，但只是和史蒂文的朋友们喝过酒后，他们似乎都很可靠。

早些时候，他打开当地新闻，想看看有没有关于他的报道。肯特郡毒贩逃跑。“警方称，瑞安·贝尔德是危险人物，不要靠近他。”可是这里的当地新闻都跟苏格兰有关，谁在乎苏格兰的这些事？有人放火烧了一个休闲中心，只有这条新闻还有点意思。

短短一天内，他有了新工作、新住处、新名字。他在YouTube[①]上看过一个有关巴勃罗·埃斯科瓦尔[②]的节目，这正是巴勃罗会做的事。对了，巴勃罗！这个名字更好。

① YouTube：一个视频网站。

② 巴勃罗·埃斯科瓦尔（Pablo Escobar，1949—1993）：哥伦比亚大毒枭。

去他的科克，从明天开始，他就是史蒂文的堂弟巴勃罗。

当然了，巴勃罗·埃斯科瓦尔最后被一枪击毙了。不过那是因为他不小心，这种事不会发生在瑞安身上。

苏格兰！他的机智真叫人佩服。

63

所有眼睛都看着乔伊丝。她半天不说话，像《X 音素》[①] 的主持人准备宣布结果。寂静中只听见昆虫在芦苇地低空飞行的嗡嗡声。唐娜看得出来，乔伊丝很享受这种关注。她开心就好。

“哦，天哪，乔伊丝，”伊丽莎白说，“别卖关子了。”

“我只是多给你们几秒钟，让你们再试着想一想。”乔伊丝说，喝了一口保温杯里的茶。

“我喜欢这种感觉。”罗恩说。

“你想到了什么，乔伊丝？”唐娜问。

“就一件事，”乔伊丝说，“伊丽莎白，你和道格拉斯一起在树林散步，那天晚上我们也走过同一条路。”

“继续。”伊丽莎白说。

“道格拉斯告诉你他偷了钻石，特别提到了树、密信传递点？”

“我觉得会是伊丽莎白的错。”罗恩肯定地说。

---

① 《X 音素》(*The X Factor*)：一档音乐选秀节目。

“波佩和你们在一起，对吧？”

“她戴着耳机，乔伊丝。”

“嗯，我们最近还碰到了一个戴耳机的人，是谁？火车站那个可爱的女孩。她在听什么？”

“什么也没听。”

“什么也没听。所以啊，谁能保证波佩戴着耳机在听东西？谁能保证她听不到你们说的话？”

“漂亮。”罗恩说。

“这么说，她听到了道格拉斯的坦白，听到了密信传递点的往事。”易卜拉欣说。

“然后推断出了怎么回事，就像你一样，伊丽莎白。”乔伊丝说。

“然后回到山上，找到信，读了信，又放了回去。”苏说。

“然后告诉她妈妈去哪里找钻石。”罗恩说。

所有眼睛现在都看着伊丽莎白。唐娜看出她正在努力思考。最后她抬起头，直直地盯着乔伊丝。

“哦，乔伊丝，你有时候真是聪明得让人讨厌。”

乔伊丝笑开了花。

“波佩似乎比她表现出来的更聪明，”伊丽莎白说，“诗人，骗谁呢？”

“好了，我们有什么进展？”苏问，“波佩找到了信，联系了她妈妈。西沃恩来找钻石，没找到。”

“第二天波佩被杀。”克里斯说。

“抱歉，我还不知道你是谁，”苏说，接着看向唐娜，“还有你。”

“肯特警局总督察克里斯·哈德森，”克里斯说，“这位是警员唐娜·德·弗雷塔斯。”

苏点点头，看向伊丽莎白。“这两位的嘴巴严不严？”

伊丽莎白点点头。“说实话，很严实。”

“太过奖了。”克里斯说。

“我想到了，”乔伊丝说，“我知道发生了什么。”

“你今天真是神了，乔伊丝。”易卜拉欣说。

“很简单。西沃恩没找到钻石，告诉了波佩。波佩当然很气恼，跟道格拉斯摊牌了，‘钻石在哪儿？我知道是你偷的’。道格拉斯被激怒。波佩发现了他的信，告诉了她妈妈，说不定还告诉了别人，所以他必须除掉她。他开枪杀了波佩，伪造了自己的死亡，我们进去看见了两具尸体，而道格拉斯已经坐着出租车去往真正藏钻石的地方。”

“哦，乔伊丝。”伊丽莎白说。

“怎么了？”乔伊丝问。

“你用实例证明了见好就收的道理。”

“哦。”乔伊丝说。

伊丽莎白拿出手机，打开在霍夫的房子里拍的照片。

“我知道犯罪现场有点不太对劲儿。”

“看来你找到手机了？”苏说。

伊丽莎白轻松地耸了耸肩。“在沙发后面找到的。整个现场看上去像布置好的，太完美了，所以我才以为这都是道格拉斯一手设计的。他开枪打死波佩，伪造了自己的死亡，用另一具尸体代替了自己的。”

“现在不这么以为了？”唐娜问。

“嗯，现在我在想会不会正好相反，如果是波佩伪造了自己的死亡呢？”

“不会是波佩。”乔伊丝说。

“谁告诉我们验尸房的尸体是波佩？”伊丽莎白问。

他们都知道答案，但苏第一个说了出来。

“西沃恩。”

一切顿时变得清晰起来。特工明白了，警察明白了，心理医生和护士明白了，连罗恩也明白了。母亲、女儿、钻石。他们真的了解波佩吗？他们真的了解西沃恩吗？不，他们什么都不了解。

第三部分

享受人生的快乐一日游

64

乔伊丝的日记

嗯，猜猜谁刚坐了欧洲之星[1]？你的老朋友乔伊丝·梅多克罗夫特。

我想让易卜拉欣开车送我们去阿什福德国际站，但他不愿意，说是肋骨很疼。其实看得出来他已经好多了，昨天我看见他从一个高架子上取下茶壶。总有一天我会诱惑他出去，等着瞧。

现在有了一个新的推测，是伊丽莎白的推测，但大家似乎都觉得很有道理。波佩策划了谋杀。她发现道格拉斯偷了钻石，想占为己有。为了把钻石弄到手，她精心策划了一切，在我看来太过精心了。

我觉得不对，波佩那么温柔，难道真是我看错了她？也许是吧，我总是容易相信别人。以前医院里有个爱偷吗啡的护士，她是个特别胆小怕事的人。还有，我超爱《爱

① 欧洲之星（Eurostar）：一条连接英国与法国、比利时的高速铁路，欧洲首列国际列车。

默戴尔农场》[1]里的一个男演员，在 Instagram 上关注了他。他总是发一些妻子、孩子和狗狗的照片，我总是很喜欢。可是呢，杰森和他一起参加过《名人引爆点》节目，说他是个靠不住的家伙。杰森并没有解释细节，只说谁靠不靠得住他一眼就能看出来。杰森确实有这个本事，我相信他的话。我在 Instagram 上还关注着那个男演员，但感觉不一样了。他的厨房倒是真的美极了。

也许我也看错了波佩，也许真是她干的，毕竟两千万英镑是一大笔钱。

推测的结论是，她让西沃恩参与进来，让妈妈辨认假尸体，把我们引入了迷途，这有可能。如果乔安娜让我假装一具尸体是她，我大概也会这么做。孩子让你做的事，你总是先做，然后再问为什么，不是吗？她有次让我告诉她的一个男朋友，说她搬去了根西岛[2]，于是我撒了谎。在乔安娜交往过的人里，他是我最喜欢的几个之一。我在 Instagram 上关注了他，他和一个医生生了两个可爱的孩子。我想他们住在诺维奇[3]，不过我说的话你也别太当真。对了，别告诉乔安娜我关注了他。

刚刚说到哪儿了？

---

① 《爱默戴尔农场》（*Emmerdale*）：英国肥皂剧。

② 根西岛（Guernsey）：英国的海外属地，位于英吉利海峡的群岛之中。

③ 诺维奇（Norwich）：英国英格兰东部城市。

欧洲之星！对。座位非常舒服，有免费茶水，还可以为手机充电。在海峡隧道里时，我给乔安娜发了条消息，*猜猜你妈在哪儿？*她直到晚上才回复，那时我在出租车里，从罗伯茨布里奇火车站回家。

你去过安特卫普吗？我想可能性不大，但也难说。那个地方让人感到非常惬意，有座大教堂，我们起码路过了八九家星巴克。我们约了一个叫弗兰科的人两点钟见面。弗兰科是钻石商，他的工作室在运河边的一长排房子中间，有台阶通向每扇大门，门边都有小小的黄铜名牌。我以为会看见满满都是钻石的一扇扇窗户，可惜没这种好运。一扇窗户里有只猫，这是最大的惊喜。

弗兰科真帅。我想今天之前我对比利时人的长相并不怎么了解，如果弗兰科是参考标准，那我以后可得睁大眼睛瞄准比利时人。白头发，晒黑的皮肤，蓝眼睛，半月形眼镜。我问他是不是和妻子一起工作，他说妻子去世了。我握住他的手，纯粹是为了安慰他，伊丽莎白翻了个白眼。

也许波佩被杀了，也许道格拉斯被杀了，也许他们俩都被杀了。没人能确定，这是问题的关键。但凶手很可能来这里把钻石兑换成钞票，要么找弗兰科，要么找弗兰科认识的人。

他问我们要不要来杯牛奶。我说好，因为我已经不记得上次喝牛奶是什么时候了。你记得吗？我边喝边想，嗯，说不定这是我这辈子喝的最后一杯牛奶，谁知道呢？我想不出还有什么场合有人会给我倒一杯牛奶。除非，我嫁给了一个英俊的比利时人。我绝不排除这种可能。

想想万一我嫁给了弗兰科，想想钻戒！想想乔安娜的表情。她现在在和一个足球俱乐部的主席约会，他总是在健身房，她变得活力满满。我散步去市场，买一些配茶吃的小东西，弗兰科坐在工作室里，手里拿着一杯牛奶，我问他今天卖了多少颗钻石（等我们熟悉以后，我会问出更专业的问题），他望向窗外，说了几句比利时语[①]。啊，让万一发生吧，我一点儿也不介意。

很高兴我今天穿的是在 ASOS 新买的绿外套。

我又啰唆个没完了，是吧？你要是见了他本人，也会这样的。伊丽莎白问他道格拉斯有没有来找过他，弗兰科说大约一个月前接到过电话，道格拉斯说会来一趟，但之后再也没有消息。他们三个显然是老朋友，以前一起冒过险什么的。

伊丽莎白又问有没有其他人来找他，带着价值两千万英镑的钻石。他的回答还是没有。

慎重起见，我们描述了能想到的所有人。波佩、西沃恩、苏、兰斯、马丁·洛马克斯、黑手党、哥伦比亚集团，

① 比利时的官方语言是荷兰语、法语和德语。

通通都没有。过去两周，没有一个类似的人来找过他。

我又喝了一杯牛奶，只为拖延时间，但最后不得不说再见。弗兰科亲了我三下，我正在想“好，让我们开始吧”，他接着也亲了伊丽莎白三下，看来这只是比利时人的传统而已。

我们往火车站走，路上我为易卜拉欣买了巧克力，为罗恩买了啤酒，商店还把它们精致地包装起来。

我以为我们会在回来的火车上睡着，但其实一直在聊天。如果是波佩策划了一切，那她很可能来找弗兰科。能把两千万英镑的钻石兑现，又不会被问东问西，这样的地方在欧洲少之又少。如果钻石在波佩手上，也许她正在避风头。如果不在她手上，她一定还在找。钻石到底在哪儿呢？答案在道格拉斯的信里。我们看过信，波佩看过信，谁能先找到答案？

回来的旅程很长，到了法国北部什么地方，我拆开易卜拉欣的巧克力，我们一起吃掉了。然后我拆开罗恩的啤酒，我们一起喝掉了。

所以，我们必须在波佩找到钻石之前找到她。伊丽莎白说她有办法逼她露面。

我能看见远处她房间的灯还亮着，说明她还在思考波佩的事。

愿你的灯永远亮着，伊丽莎白。

瑞安·贝尔德不见了，我们暂时没告诉易卜拉欣，只说庭审推迟了。我讨厌撒谎，但我能理解。

罗恩说克里斯爱上了帕特里斯。嗯，我也这么认为。我预测他们会有一个美满的结局。

该睡觉了。我知道我应该想想波佩和钻石的事，但不，我打算想想运河边的大房子，门前有石头阶梯，门边有黄铜名牌。

永远不能停止梦想。伊丽莎白明白这一点，道格拉斯也明白，易卜拉欣忘记了，合适的时候我会提醒他。

65

棋下完了，夜晚真正的工作刚刚开始。

伊丽莎白感觉有点晕乎乎的，一定是因为火车上的比利时啤酒，还有在火车站等出租车时的红酒，还有进门后波格丹为她准备好的金汤力，还有她现在正在喝的第二杯金汤力。

波格丹和斯蒂芬经历了一场漫长的拉锯战，打了个平局。波格丹对着斯蒂芬一顿骂骂咧咧，斯蒂芬笑着说："发泄出来，老兄，发泄出来。"

三个人坐在客厅里。伊丽莎白和斯蒂芬手牵着手坐在沙发上，波格丹张着腿坐在扶手椅上。现在是凌晨一点，但谁都不在意。波格丹喝着红牛，伊丽莎白又一次好奇他平常到底几点钟睡觉。

波格丹把庭审的事告诉了她。瑞安·贝尔德逃跑了。别对易卜拉欣说。他们很快就会找到他，他们还有波佩提供的资料。

波佩？好了，到底怎么回事？伊丽莎白遗漏了什么线索？

每个人都有可能偷窃。她以前认识一个牧师，因为赛马欠了钱，偷了自己教堂的金十字架，拿去熔掉了。但不是每个人都有可能杀人。波佩呢？看上去那么不可能，可是伊丽莎白以前上过当，次数不多，但有过。她看着波格丹，他给自己倒了一杯能量饮料，看上去那么清白无辜。

而且波佩开枪打死了安德鲁·黑斯廷斯。事后她确实浑身颤抖，但谁都可以假装成那样。伊丽莎白不由得颤抖起来。

“你冷吗，亲爱的？”斯蒂芬问。

瞧，很简单。斯蒂芬伸出胳膊搂住她，她把头靠在他的肩上。这男人太棒了。还有，波佩这代人习惯于假装情感，不是吗？整整一代人，遇到一点儿小事就愤怒，受到一点儿批评就敏感，说真的，不管……等一下，她意识到这并不是她的真实想法，只是看了火车上别人留下的《每日快报》。大多数年轻人都像唐娜一样，在新的战斗中拼搏。祝他们好运。

她更紧地依偎在斯蒂芬的肩头。一个想法突然闪现在脑海中。说不定他们俩*都没*死？说不定他们是同谋？

说不定波佩和道格拉斯是情侣？

伊丽莎白一点儿也不奇怪道格拉斯会这么做。他最喜欢的就是得不到的女人，或者不应该得到的女人。他会千方百计地追求，千言万语地承诺。

可是波佩？说实话，她觉得波佩更有可能杀了道格拉斯，而不是爱上他，虽然相爱相杀的界限往往很微妙，不是吗？特别是和道格拉斯这种人。

波格丹又喝完了一杯红牛。“所以波佩说‘告诉我钻石到底在哪儿，道格拉斯，不然我杀了你’。”

“太过分了。”斯蒂芬说。

“嗯。”伊丽莎白说，她感觉很困很放松。波佩和道格拉斯绝不可能是情侣。

波格丹继续推测。“然后道格拉斯告诉她‘我把它们埋在栅栏边的一棵树下了，别杀我’，但她还是开了枪。”

“乔伊丝的狗买了吗？”斯蒂芬问。

“什么，亲爱的？”伊丽莎白说。

“你的朋友乔伊丝，她不是要买狗吗？”

这就是斯蒂芬记得的事情。

“没有，亲爱的，我想推迟了，因为被枪杀的人一个接一个。”

“有道理。”斯蒂芬赞同道。

“当然了，道格拉斯会撒谎，”伊丽莎白说，“他打死都不会告诉波佩钻石在哪儿。”

“我也这么认为，”斯蒂芬说，“用枪指着他，问他钻石在哪儿，那女孩太卑鄙了。”

“这么说，波佩还活着，”波格丹说，“还在找钻石。”

“她肯定气疯了。”斯蒂芬说，“对了，有人想吃晚餐吗？有千层面。”

“晚点再说，现在不吃。”波格丹说。

“如果你是波佩，你会怎么做？”斯蒂芬问，“有哪些选择？”

“非常明显。”波格丹说。

“哦，好极了。”伊丽莎白说。该离开斯蒂芬的肩膀了，还有工作要做。

“我会一直盯着伊丽莎白。”波格丹说，“她知道你迟早能找到钻石。”

“哦，伊丽莎白肯定能找到的，”斯蒂芬说，“她会神气十足地回到家，口袋里的钻石叮当直响。”

“等伊丽莎白找到了钻石，波佩会观望和等待。”波格丹说。

“这么说，要找到波佩，我得先找到钻石？”伊丽莎白说，“事实证明这是不可能的。”

“没什么是不可能的，亲爱的，”斯蒂芬说，“肯定漏掉了什么线索，再把信看一遍。”

“信里没有，”伊丽莎白说，“我们已经把信研究透了。”

“你会想出来的，”斯蒂芬说，“只不过是前夫玩儿的小把戏。”

“我们需要设个陷阱。”波格丹说。

“用钻石当诱饵。”斯蒂芬说，“让大脑转起来，亲爱的。”

“我的大脑恐怕忙了一整天了。”伊丽莎白说。漫长一天的思考，漫长一生的思考，永无止境的思考，最后发现她最需要的就在眼前。一个波兰小子，块头太大，坐在扶手椅里显得有些挤。一个可爱的白头发男人，以为不用地图就可以玩转威尼斯。

伊丽莎白又把头靠在斯蒂芬的肩上，闭上眼。她看见的最后一样东西是远处墙上的镜子。那个盯着她看的老太太是谁？不管是谁，都是个幸运的老太太。她看见镜子里的丈夫，还系着领带，穿着整洁的鞋子。她看见镜子里的波格丹，光头、肌肉结实，穿着耐克T恤，NIKE标志在镜子里变成了EKIN。

她又睁开了眼。

66

“啊，他会杀了我，”马丁·洛马克斯说，好像在跟傻瓜说话一样，“剁掉我的腿，你是了解黑手党的。”

“对，”苏·里尔登说，“所以我们才来这里，为了保护你。”

“祝你好运。”洛马克斯说。兰斯·詹姆斯站在窗边，望向下面的花园。洛马克斯转身对他说：“祝你好运，呃，兰斯？”

“如果他们想杀你，一定会杀了你，”兰斯说，“我们或许能拖延一点儿时间，但你是了解黑手党的。”

“我确实了解，”洛马克斯说，“他们进门连鞋都不脱。”

每天上午十一点左右，兰斯会进来看看马丁·洛马克斯。监视房子很无聊，加上洛马克斯从来不出门，就越发无聊了，所以他们达成了一项协议。

洛马克斯让兰斯进屋给手机充电，用 Wi-Fi。作为交换条件，他可以向兰斯问一些有关特别舟艇中队的问题。

当然不涉及机密。洛马克斯是个军事历史迷，兰斯有许多精彩故事。他在普尔的特别舟艇中队服务了十五年，参与了所有人都听说过的行动，也参与了所有人都不可能听说的行动，反正不可能从他嘴里听说。

“弗兰克·安德雷德乘坐私人飞机，周一在范堡罗机场降落，”苏说，“我猜他会直接来这里。”

“几点降落？”洛马克斯问。

“上午十一点二十五分。”兰斯说。

“嗯，他碰上了高峰时段，”洛马克斯说，“A3 号公路会堵得很厉害。”

特别舟艇中队的很多工作都来自安全局或秘密情报局，也就是军情五处和六处。随着年龄增长，兰斯花在追捕基地组织[①]上的时间少了一点儿，花在办公桌上的时间多了一点儿。他偶尔会到伦敦汇报工作，征求行动意见。还没等他反应过来，就被私下约谈，要求他永久加入军情五处。当然了，还是可以参与行动的，比如偷闯马丁·洛马克斯的房子这一类事。兰斯可以闯进任何地方，杀任何人。和他前妻勾搭的装修老板根本不知道自己有多走运。

“那天早上我们会派一队人过来，”苏说，“兰斯负责指挥。”

“特别舟艇中队？”洛马克斯问。

---

① 基地组织（Al-Qaeda）：本·拉登创立的恐怖组织，策动过多宗恐怖袭击，包括“9·11”事件等。

"我不能说。"苏说。

"确实是的。"兰斯证实道。

他知道别人还把他当无名小卒，一些有背景的人有点瞧不起他。他知道如果不能制造一点儿影响力，他将永远陷在这样的困境中。

这个案子是很好的起点，能打出响亮的名声。

"只要你们找到钻石，我们完全不需要这么麻烦。"洛马克斯说。

"我保证，找钻石在我们的计划之内。"苏说。

"嗯，好像只剩几天时间了。"洛马克斯说。

"我相信我们能找到。"苏说。

兰斯没有她这么自信。也许伊丽莎白·贝斯特能找到？她是唯一的希望。不管找不找得到，马丁·洛马克斯都再也见不到那些钻石了。事情不会这样发展。

事情会怎样发展？兰斯觉得他只能等着看，但马丁·洛马克斯是必死无疑了。

67

伊丽莎白和乔伊丝在中巴上，去往费尔黑文。乔伊丝有燕麦饼，伊丽莎白有新消息。乔伊丝打算分享燕麦饼，伊丽莎白却独享着新消息。

“告诉我嘛。”乔伊丝说。

“还没到时候。”伊丽莎白说。

“你真爱欺负人。”乔伊丝说。

“胡说。”伊丽莎白说，“对了，你还买狗吗？斯蒂芬想知道。”

“不关你的事。”乔伊丝说。她有点不想给伊丽莎白吃燕麦饼了，但这些是用椰子油做的，她迫不及待地想让别人尝尝。她陷入了两难。

伊丽莎白一大早给她发消息。

我们今天早上去费尔黑文。穿上能搭配钻石的衣服。

除此之外，她什么也不肯说。乔伊丝穿了一件新羊毛开衫，藏青色的。这趟最好值得。

“瑞安·贝尔德的事怎么办？”伊丽莎白问。

“你告诉我啊，”乔伊丝说，“你总是有答案。”

“我们是在吵架吗，乔伊丝？”伊丽莎白问，“真新鲜。”

“朋友之间不该有秘密。”乔伊丝说。

“这是个好秘密，别生气了，”伊丽莎白说，“我只想给你一个惊喜。”

中巴在费尔黑文的莱曼餐厅外停下，卡里托和她们说再见。他抽着电子烟，伊丽莎白对他说，拜托，要抽就抽真正的烟。

“我们这是去哪儿？”乔伊丝问。

“你知道我们去哪儿。”伊丽莎白说，朝海滨的方向走去。

“你真让人窝火。”乔伊丝说，跟着她往前走。

“我知道，”伊丽莎白说，“我也忍不住，我试过。”

商店渐渐变少，她们走上了一条熟悉的路线，经过了一排排车库，经过了黑桥酒吧。伊丽莎白大步流星，乔伊丝快步跟进。

“我们又去火车站？”乔伊丝问。

“天哪，我想她猜到了。”伊丽莎白说。

“为什么去火车站？”伊丽莎白只顾着匆匆往前。

她们又走了一会儿，最后到了费尔黑文火车站里面。这次不需要找指示牌，她们直接来到行李寄存处。服务台的女孩摘掉耳机，一脸微笑。

“欢迎回来！”

“谢谢。”伊丽莎白说。

“需要帮忙吗？”

“不用，谢谢，亲爱的。”伊丽莎白说，举起五三一号柜子的钥匙。

伊丽莎白和乔伊丝进了寄存区，伊丽莎白在第一排柜子前停下。

她从包里拿出一样东西，递给了乔伊丝，是道格拉斯送给她的吊坠。

“你发现吊坠里有东西？”乔伊丝问，“所以我们才回到这里？”

伊丽莎白抬起一根手指制止她。“乔伊丝，是你帮我想出了答案。”

“哦，太好了。”乔伊丝说。

“准确地说，是你和波格丹。”

“我不介意和波格丹分享。”乔伊丝说。

“你推测出波佩听到了我和道格拉斯的对话，这让我更仔细地回想了对话内容。我告诉过你，道格拉斯从不会说错话，他向来谨慎。连我们的结婚誓词也不例外，我注意到他在‘我愿意’后面打了个小小的问号。”

“噢。”乔伊丝说。

“我们站在树边时，他提醒我东柏林的一个密信传递点，要知道，那个密信传递点其实在西柏林。我当时以为是年纪大造成的，众所周知，男人衰老起来更可怕。”

“所以不是因为老了？”

“打开吊坠，你看到了什么？”

乔伊丝打开吊坠。“没什么，只有镜子。”

“只有镜子，确实如此。镜子毫无价值，道格拉斯却那么想把它给我。镜子能做什么？能把东柏林变成西柏林，能把 NIKE 变成 EKIN，还有呢？”伊丽莎白举起钥匙。

乔伊丝几乎尖叫出来：“能把五三一变成一三五！”

伊丽莎白点点头，指向面前的一排柜子。“你想主持这个仪式吗？”

乔伊丝跟在她后面。“不，你来。”

她们走到一三五号柜子跟前，伊丽莎白把钥匙插进锁孔，完美契合。她转动钥匙，门打开了。柜子里有一个蓝丝绒袋，袋口用拉绳系紧。伊丽莎白示意乔伊丝把它拿出来。乔伊丝提起袋子，松开拉绳。

里面是闪闪发光的钻石，三十颗左右，颗颗硕大。

她这件羊毛开衫真是穿对了。

“你拿着两千万英镑，乔伊丝。”伊丽莎白说，“放进你的包里，好吗？答应我，别在回中巴的路上让人打劫了。”

伊丽莎白把手伸进柜子，拿出一封信，是道格拉斯写的。她读了一遍，然后递给乔伊丝看。

亲爱的伊丽莎白：

看来你找到了！抱歉让你兜了一大圈，不过挺有趣，对吧？你是怎么发现的？东柏林？或者镜子？这是我的双重保险。我不想让一切太容易，但又想确保你最终能找到。希望你没去莱伊的乡间小屋，那里很多年前修了一条公路。

不管怎样，祝贺你。它们是不是很美？你打算怎么处理？你真应该自己留着。留着吧。你不就是这么想的吗？

说个稍微沉重一点儿的话题。既然你找到了这封信，毫无疑问，我死了。有得必有失，不是吗？生命总是有得到和失去，我想死亡也应该是这样。

不知道我会不会上天堂，我表示怀疑，你说呢？

我永远爱你。

道格拉斯

乔伊丝把信还给伊丽莎白。伊丽莎白把它折好，放回了柜子里。乔伊丝低头看着包里的钻石，它们被盖在一本凯特·阿特金森[①]的书下面。

"我们怎么处理钻石？"她问，"我想我们不能自己留着。"

伊丽莎白伸手挽着朋友的胳膊。"我们拿它们当诱饵，

---

① 凯特·阿特金森（Kate Atkinson，1951— ）：英国著名畅销小说作家，创作了以杰克森·布罗迪（Jackson Brodie）为主角的系列侦探小说。

抓住波佩和西沃恩。”

乔伊丝点点头。“能再见到波佩太好了，尽管她杀了道格拉斯。”

“说不定这个诱饵还能再引出几个应该被抓的人。”伊丽莎白说。

“也许我们可以只留一两颗钻石？”乔伊丝说，“我想没人会注意到。”

“我想，”伊丽莎白说，“我们必须召开周四推理俱乐部紧急会议。”

“好极了。”乔伊丝说，“对不起，我刚才生气了。”

“没关系，”伊丽莎白说，“我是个让人窝火的人。”

乔伊丝笑了。“你确实是。想吃燕麦饼吗？”

“终于等到了。”伊丽莎白说。

68

唐娜坐在克里斯家的沙发上喝着威士忌。他们刚看完《继承之战》[1]，她最喜欢的电视剧。钞票满天飞，家族内斗，每隔五分钟就有人上下直升机，很是对她的胃口。克里斯从来没看过，他快五十二岁了，如果不是被迫，永远不会看任何新剧。她知道他会开开心心地看《中间人》[2]和《厨房噩梦》[3]的重播，直到死去那天。

克里斯正在和她妈妈视频聊天。

"真希望你在这儿，帕西[4]。"他说。

帕西？老天！"真希望你在这儿"？我在这儿不算数吗？

帕特里斯回答："我周日过去，大笨熊。"

---

① 《继承之战》（*Succession*）：美国电视剧，2018 年首播，讲述媒体巨头家族成员争夺家族集团掌控权的故事。

② 《中间人》（*The Inbetweeners*）：英国电视喜剧，2008 年首播。

③ 《厨房噩梦》（*Ramsay's Kitchen Nightmares*）：由英国名厨戈登·拉姆齐（Gordon Ramsay）出演的真人秀节目，帮助经营困难的餐厅扭转危机，2004 年首播。

④ 帕西（Patsy）：帕特里斯（Patrice）的昵称。

唐娜忍不住笑起来，让他们自娱自乐去吧。和易卜拉欣的聊天让她感觉好多了。生活没有丢掉她，恰恰相反，是她丢掉了生活。所以，要勇往直前，天天向上，反正就是这些大道理吧。

帕特里斯那边的门铃响了，她说："稍等，帅哥，我去开门。"

"别开门。"克里斯立刻说。唐娜抬起头，这不像他说的话。当然了，帕特里斯没听他的话，这是她们的家族遗传。

"别开门？"唐娜问。

克里斯一挥手打发了她。"我只是很想和她聊天。"他的视线迅速回到屏幕上。帕特里斯还没出现。

唐娜歪着脑袋。"有什么事吗？"

"别像个警察似的，唐娜。"克里斯说。

"你真是个好导师，"唐娜说，"每天我都学到了新知识。"

帕特里斯还没回来。克里斯吹起了口哨，一条腿不停地上下抖动。肯定有什么不对劲。

"你觉得《继承之战》好看吗？"唐娜问。

"好看，好看。"克里斯说，视线始终没离开无人的屏幕。镜头对着一个沙发的顶部，能看见一个枯萎的盆栽和一张唐娜小学时的老照片，那时的她缺了一颗门牙。

“你宁愿看着空屏幕，也不看我？”

“抱歉。”克里斯说，快速瞥了唐娜一眼，又回到电脑上。到底怎么回事？也许这是他坠入爱河的表现？最好是这样。

“你不会有什么瞒着……”

唐娜话没说完，帕特里斯回来了。“抱歉，亲爱的，是自由民主党的民意调查，我直接向他们指出了学费问题。”

克里斯不抖腿了，又摆出收腹挺胸的姿势。

唐娜的手机响了，是伊丽莎白发来的消息。

诚邀你们参加周四推理俱乐部会议，明天上午十一点，拼图室。强烈建议你们来！

69

克里斯不是很在乎这件事。两个特工被杀，或者一个特工杀了另一个特工，或者没有特工被杀，又或者一切只是个大骗局，不管真相是什么，这都不是他能掺和的事。他可以亲手抓住凶手，扣上手铐，但没人会知道。功劳是安全局的。

当然了，谋杀加钻石，案子很有趣。如果他在更合适的位子，应该会享受这个过程。他现在满脑子都是康妮·约翰逊。康妮·约翰逊和帕特里斯。昨晚帕特里斯的门铃响，他担心最坏的情况出现了，他的担心没有逃过唐娜的眼睛。也许罗恩和波格丹能创造奇迹？

出于礼貌，他还是来参加了会议。拼图室里，周四推理俱乐部的成员正你一句我一句地说着话。

房间里有三块大木板，每一块都盖着有机玻璃，玻璃下是没有完成的拼图，一个是《干草车》①，一个是夕阳下

---

①《干草车》(*The Hay wain*)：英国画家约翰·康斯特布尔（John Constable，1776—1837）创作的油画。

的悉尼歌剧院，一个是查尔斯王子和戴安娜王妃的婚礼。婚礼拼图有两千片，只完成了边框和这对新人的眼睛部分。会议刚开始，大家还在寒暄的时候，克里斯一直看着戴安娜的眼睛。所有人都看得出来，她的眼里充满了对未来的期待。可怜的戴安娜，他想，希望你一路走来获得了一点儿快乐。

而就在刚才，伊丽莎白抛出了一个重磅炸弹，完全吸引了克里斯的注意。

“这么说，你们找到了价值两千万英镑的钻石？”克里斯·哈德森问，“钻石现在就在你们手上？”

“对，可以这么说吧。”伊丽莎白说。

“在哪儿？”唐娜问。

“别管在哪儿。”伊丽莎白说。

“在我的烧水壶里。”乔伊丝说。

“你的特工朋友知道你们找到了吗？”克里斯问。

“还不知道，”伊丽莎白说，“我会告诉他们的，不过首先需要制订好一个计划。我想你们可以帮忙。”

“如果我们帮忙，我能看看钻石吗？”唐娜问。

“当然能，亲爱的，我可没那么残忍。”伊丽莎白说。

“我和唐娜能做什么？”克里斯问。

“是唐娜和我。”伊丽莎白说，“我告诉你们的话，你们得保证不生气。”

“哦，又来了。”克里斯说。

“我想和黑手党会面，在费尔黑文。”

“你当然想啦，”克里斯说，“有理由吗？还是说桥牌取消了，你正好空出了一段时间？”

“你知道我不喜欢幽默，克里斯。”伊丽莎白说。

“我们想引出波佩，”乔伊丝说，“让她现身。”

“她还在找钻石，”伊丽莎白说，“所以她肯定会盯着我，或者苏·里尔登，或者马丁·洛马克斯。我想让我们这几个人待在同一个地方，把钻石也带上。周一下午三点左右怎么样？”

“我不明白你需要我和唐娜做什么？”克里斯说。

“是唐娜和我。”伊丽莎白说，“我需要你们守在外面，用你们敏锐的眼睛寻找波佩。”

“这件事跟我没关系，伊丽莎白，”克里斯说，“我不可能突然参与进来。唐娜，替我说说话，这不是我们的案子。”

唐娜表示同意。“枪杀不是我们的案子，马丁·洛马克斯不是我们的案子，黑手党不是我们的案子。遗憾得很，我倒是希望黑手党是我们的案子。”

“就算我们去了，守在外面，”克里斯说，“你计划怎么做？把一堆钻石交给黑手党？”

“计划的这一部分我还没想好，”伊丽莎白说，“我会想好的。”

“你可以放心，她会想好的。”易卜拉欣说。

“抱歉，”克里斯说，“我为你们做了各种事，我一直在想底线在哪里。看来这就是底线，你们把两千万英镑交给世界上最大的犯罪集团，而我们守在外面把风。”

他们陷入了僵局。这时，罗恩清了清嗓子。

“我有个建议，好建议，有人感兴趣吗？”

“罗恩，我非常爱你，”伊丽莎白说，“但你*确定*是好建议吗？”

“我只是在想，”罗恩说，“既然这不是克里斯的案子，我们为什么不把它*变成*克里斯的案子呢？”

“听上去确实是好建议。”乔伊丝对伊丽莎白说。

“克里斯，”罗恩说，“你和唐娜一直想抓那个毒贩，不是吗？那个女人。”

“康妮·约翰逊？”唐娜说。

“是她吗？好吧，我什么都不知道，”罗恩说，“但这是你们的案子，对吧？”

“对。”克里斯说。

“好了，我们把她也拉进来，怎么样？告诉她我们是伦敦的一大帮派，和黑手党做钻石交易，在当地安排了会面，听说有赚大钱的生意，她想不想加入？”

克里斯真想亲亲罗恩。他不会真的亲，但真的想。

“这样一来，苏、兰斯和他们的人可以突袭洛马克斯和黑手党的家伙，你和唐娜可以抓住那个女人。她叫什么来着？”

“康妮·约翰逊，罗恩。”克里斯说。说真的，有机会他一定会亲亲罗恩。

“你说什么就是什么吧。”罗恩说，“你们觉得怎么样？”

克里斯看着唐娜。“如果我们接到举报，说康妮·约翰逊在进行毒品交易，还有时间和地点，我们会去调查一下的，对吧？”

“我觉得我们会去看看。”唐娜说。

“罗恩，”伊丽莎白说，“这个建议真不错，但怎么让康妮·约翰逊相信我们是伦敦的大帮派？”

罗恩指了指自己，感觉被冒犯到了。“我去不就行了？穿上西装，告诉她我是康登镇[①]的比利·巴克斯特或者吉米·杰克逊，亮出文身，亮出钻石。”

“嗯。”伊丽莎白说。

“我想混帮派的人应该不会把一国领导人文在身上。”乔伊丝说。

“好吧，我带上波格丹一起去。”罗恩说。

“好了，开始感觉像个计划了。”伊丽莎白说，“周一上

① 康登镇（Camden）：伦敦西北部的一个地区。

午我们去范堡罗机场接弗兰克·安德雷德，告诉他好消息，钻石在我们手上，叫他跟我们走。兰斯去接洛马克斯。把他们都带来和康妮·约翰逊见面。苏在卡车里监听。波佩肯定在附近观望。该被捕的被捕，该立功的立功，我们还能及时回家看《知识达人》[1]。应该在哪儿见面呢？我需要一个能够掌控的地方，一个没法逃跑的地方。”

唐娜有了主意。“码头尽头有家游戏厅，楼上是经理的办公室。我去过一次，因为未成年人玩游戏的问题。经理拿出一沓十英镑的票子，想用一千英镑贿赂我。”

“码头尽头听起来非常合适。”伊丽莎白说，“哦，易卜拉欣，我需要你开车送我们去范堡罗机场，然后回来。”

“周一不行，”易卜拉欣边摇头边说，“我的肋骨，我的视力，可能还要等几周才行。我想帮忙，但恐怕无能为力。”

唐娜看着易卜拉欣。“我觉得你行。不试试吗？一座小山而已。”

易卜拉欣想了一下，朝她摇摇头，用嘴形说了句“抱歉”。克里斯看着唐娜。*这是什么意思？*

“好极了，”伊丽莎白说，“每个人都有任务。”

“除了乔伊丝。”易卜拉欣说。

---

① 《知识达人》（*Eggheads*）：英国广播公司的一档益智答题类节目。

乔伊丝笑了。“哦，我有任务，暂时保密。罗恩，结束后你送我回家，怎么样？我给你想了个点子。唐娜，你也和我们一起过去吧，走之前看看钻石。”

70

乔伊丝的日记

我不想说我领先所有人找到了瑞安·贝尔德，特别是易卜拉欣，他甚至不知道瑞安·贝尔德失踪了。

我拿到了波佩给我们的档案，里面有瑞安·贝尔德的全部信息、照片和各种细节。我一直在仔细翻看，想从中找到一点儿灵感。

对了，可以插一句吗？波佩在档案封面上贴了一张便利贴，上面画了一个小小的吻和一张笑脸。我很好奇，这真的是杀人凶手会做的事吗？

也许越冷血的杀手，越喜欢在便利贴上画笑脸？我刚想说我又不认识什么杀手，但细想一下，我现在确实认识了。

我知道我们都可以假装成任何人。我们有一次在多尔多涅[1]露营，格里假装成荷兰人，模仿他们的口音什么的。那只是为了找乐子，逗我笑一笑，他并不打算做坏事。

波佩发现了树里的信，*我想*这是事实，不然没有合理

---

① 多尔多涅（Dordogne）：法国的一个省份。

的解释。可以确定的事实是，波佩的妈妈打开了五三一号柜子，第二天，有人在圣奥尔本斯大道的藏身地杀了人。所有证据都指向波佩。

可是，一看到便利贴上的笑脸和小小的吻，我还是想不通。

啊，对了，档案。

我当然在 Instagram 上搜过瑞安·贝尔德，一共搜到十二个，只有一个在肯特郡，“贝尔德大灰狼 2003”。账号是私人的，我不是电脑黑客，也不认识任何电脑黑客，所以没有采取进一步行动。上周有个英国电信的人来修宽带，我问她知不知道怎么侵入 Instagram 私人账号，她说她不知道。

我还没学会怎么查看 **@ 欢乐女神 69** 的私信。已经收到一千多条了。真急人。

总之吧，后来我有了个聪明的想法，说聪明绝不是自夸。波佩给的档案中有瑞安·贝尔德的亲戚朋友的名单，我开始在 Instagram 上搜他们。我想，他一定是去了*什么地方*，对吧？如果我逃跑了，我以前有个同事——好像叫桑德拉·纽金特——退休后定居怀特岛，我很可能逃到她那儿去。她说那地方很偏僻，但可以收到乐购超市的快递，简直太适合我了。桑德拉有时候不太好相处，不过既然是逃跑的人了，要求不能太高。

瑞安·贝尔德的妈妈在利特尔汉普顿，我在 Instagram 上没找到她，甚至连 Facebook 上也没有。她很可能已经死了。他有个姐姐，叫莉安娜，我想我找到了她。

接下来是堂亲、表亲，数量很多。顺便说一句，这项工作很费时。现在说起来好像很快，其实不是。要搜的人非常多，而且我经常被我关注的人发的新帖子分心，比如，我看了乔·威克斯[1]新的健身视频。

名单上有个史蒂文·贝尔德，出生在佩斯利。我知道那地方在苏格兰，于是搜了一下。苏格兰有很多贝尔德，也有很多史蒂文。我浏览了几个账号，偶然发现了“史提夫·布朗特永远的流浪者”。

他和瑞安·贝尔德长得有点像，眼睛周围都不太好看，所以我觉得可以多查查他。没花多长时间就有了结果。两天前，这位史提夫·布朗特发了一连串派对照片，在一间又小又乱的公寓里，即使看照片，也能感受到派对的吵闹。

然后我找到了想找的那张照片。配文写着：

Bluntin of ma nut wi ma cuz Pablo

我完全看不懂是什么意思，但照片上有史蒂文·贝尔德，他搂着瑞安·贝尔德，两个人都抽着烟卷。清清楚楚，他就在那儿，在苏格兰。

① 乔·威克斯（Joe Wicks，1985— ）：英国健身教练，电视节目主持人。

周四推理俱乐部会议结束后，我叫唐娜和罗恩一起过来。

我首先给唐娜看了钻石。她挑出最大的一颗放到无名指上，像模特一样来来回回走猫步，还让罗恩也学她这样做，两个人哈哈大笑。我借着烧水壶空出来的机会，给我们每个人泡了杯茶。

我给他们看了照片，他们都夸我干得漂亮。罗恩给了我一个拥抱。我想替罗恩说句话，虽然他不是我喜欢的类型，但他真的很会拥抱。总有一天，他会成为某个特别女人的优质丈夫。

西沃恩太可惜了，她本来有可能成为这个女人。不知道她到底是什么人。

唐娜为我翻译了照片的配文，意思是“和堂弟巴勃罗抽大麻”。巴勃罗肯定是瑞安·贝尔德的昵称。

唐娜说她会直接联系斯特拉斯克莱德[①]警局，让他们追踪逮捕他。但后来我说了我的计划，她和罗恩认真听完，都觉得我的计划更有趣。

他们俩刚刚走了，钻石又回归到烧水壶里。

罗恩明天去见康妮·约翰逊。我真想化身隐形人，亲自到现场观看。看得出来，他说话的时候感觉自己有三米

① 斯特拉斯克莱德（Strathclyde），苏格兰西南部的一个行政区。

高，我对他信心十足。

便利贴还在面前，我还能看见波佩画的笑脸。我完全想不通，真的想不通。

也许周一她会出现在费尔黑文码头。也许她真的死了，一切只是白费力气。

但我想伊丽莎白有一点是对的。如果让所有人集中到码头的尽头，钻石也露了面，我们一定能查明到底谁杀了谁，为什么杀。

71

康妮·约翰逊今天早上已经换过三次衣服了。夏装太过暴露，连体裤不够暴露，她买的薇斯莱斯牌裤子最完美，但不能舒服地把枪藏在里面。

最后她灵机一动，穿上了莱卡运动套装。这一身释放了几个信号。首先，“哦，这次见面没什么大不了，我只是在去健身房前顺便见一下你们”。更重要的是，“看好了，波格丹，这就是我能给你的”。当然是以一种健康的而不是性感的方式展现出来。

枪放在腰包里，很方便。

桌上有一大包摇头丸，她把它收进抽屉，看了看手表。他们随时会到。早前，波格丹从车库门下塞进来一封信——竟然写信，迷死人了。他要带一个叫维克·文森特的男人来谈生意。文森特是伦敦的大人物。

她在谷歌上搜索了“维克·文森特”，什么信息也没有。这正是她需要的定心丸。她在跟一个专业人士打交道。

一根缠着带刺铁丝网的棒球棒靠在复印机旁，康妮把它推到视线之外。她又检查了一遍发型。也许波格丹会穿运动背心？那充满线条感的胳膊，可以……

金属门上响起重重的敲门声。开始了，康妮。她走到门边，发现一个衣钩下面有一大块血迹。来不及清洗了，他们看到什么样就是什么样吧。

她打开门，波格丹和维克·文森特走进来。他们握了握手。波格丹没穿运动背心，但戴了一副墨镜，她还是有很多幻想空间的。

维克·文森特看着面熟，但她想不起来是谁。他们以前有过交集吗？他是个大人物的样子，看脸就知道经历过大风大浪，让人佩服，可身上的西装有点紧，那是条西汉姆联队的领带吗？

没人想喝咖啡。“去健身房前不能喝咖啡。”波格丹说。对，当然了，她应该想到这一点。他们坐了下来。

“我听了不少你的好话，康妮，”维克·文森特说，“波格丹说的。”

他听过波格丹说她的好话？波格丹说过她的好话！“明白了，波格丹在你手下干活儿？”

维克·文森特笑出声来。“波格丹不在任何人手下干活儿。我偶尔找他帮忙。他做事干净利落，懂吗？”

“我懂。”康妮说。她看向波格丹，他戴着墨镜，安静地坐在那儿，像是达西先生[①]。她敢说他做什么都干净利落。

“有件事也许你能帮我。对钻石感兴趣吗？”维克·文森特问。

她在哪里见过这个人呢？

“一般般，”康妮说，“不过我对钱很感兴趣。你的事也跟钱有关吧？”

维克·文森特点点头。波格丹四下打量着房间。她庆幸自己把摇头丸和棒球棒收起来了。看得出来，他喜欢整洁。

“和黑手党打过交道吗？”维克问。

黑手党？嗯，越来越有意思了。

康妮摇摇头。“我有次想取消天空体育台，那是我最接近势力集团的一次。”

“有位先生周一要来费尔黑文，他叫弗兰克·安德雷德。我想派人去跟他见面。我们在码头尽头安排了房间，经理办公室。”

康妮点点头，她熟悉那个房间，还曾经威胁说要烧掉游戏厅。也许波格丹也会去那儿。那天穿什么好呢？有黑手党*和*波格丹。

“我需要可以信任的人把这个交给安德雷德先生，波格

---

① 英国小说家简·奥斯汀著作《傲慢与偏见》中的男主角。

丹说你最合适。”

维克·文森特递给她一个蓝丝绒袋。她解开拉绳。是钻石，他没开玩笑。

“值多少钱？”康妮问。

“这么说吧，值得把这件事办好。”维克·文森特说。他的衬衫扣子快撑爆了。这张脸太熟悉了。到底怎么回事？

“你为什么不亲自给他？”

“我们有过节，我杀了他弟弟。”

康妮点点头。“理解，为什么在码头的尽头？”

“很多人想要这些钻石，我不能透露背后的原因，但真的有很多人。我们需要这样一个地方，能盯住所有进出的人。”

“我有什么好处？”康妮问。

“到时候还有另一个男人在场，叫洛马克斯。安德雷德信任他。他在伦敦南部卖了不少可卡因，正在寻找新的货源。”

“他以前的货源呢？”

“被一辆水泥搅拌车撞死了。”维克说。

“真够笨的。”康妮说。

“所以我让他试试你的货。先买五万英镑的，检查一下质量，看你是不是他要找的人。”

康妮点点头。

“我引荐了你，你帮我把钻石交给安德雷德。公平吧？”

维克·文森特冲她微微笑了一下。康妮发誓，她绝对认识这个人，认识这张脸。一切好得难以置信。难道是那个叫克里斯·哈德森的警察陷害她？

康妮摆弄了一下腰包，突然掏出手枪指着维克·文森特。谁知道这是不是他的真名？维克和波格丹都轻轻抬了抬眉毛。

“抱歉，朋友，恕我冒犯，我认识你，以前见过你。”康妮一直用枪对着维克·文森特的眉心。维克挠了挠手臂上的文身，文的是“肯德里克”。她紧盯着维克，对波格丹说：“他是谁，波格丹？告诉我。只要告诉我，你们俩就可以离开，我们再也不提这事。”杀了维克·文森特，她还能和波格丹出去喝一杯吗？她觉得有点悬，但试试也无妨。

“他是维克·文森特，”波格丹说，“我替他办过几件事，从来没有麻烦。”

“继续说。”康妮说。维克·文森特看上去很镇定。一颗汗珠顺着他的脖子滚下来，滑过褪色的西汉姆联队文身。

“几周前他给我打电话，说‘波格丹，你认识可以信任的人吗’，我说康妮，因为我信任你。”

天哪，太难了，康妮想。保持专注。

“他问你卖不卖可卡因，我说当然，人人都卖。他对我说，从她手上买点可卡因，让我先看看。”

“那天的一万英镑？”康妮问。

“是维克的钱。”

康妮笑起来，放下枪，给了维克·文森特一个拥抱。他出的汗比她想象中多。

“我说在哪儿见过你呢！凡是从这里离开的人，我都会派人跟踪、拍照，看他们是不是警察或者对手什么的。波格丹把可卡因带到码头，交给了你。”

康妮打开一个抽屉，在一堆照片中翻找，挑出一张罗恩和波格丹在费尔黑文码头碰面的照片。

“伪装成水管工，我很喜欢。我就知道我认识你的脸。抱歉，文森特先生，我不是故意拿枪指着你。”

“没关系。”维克·文森特说，又挠了挠肯德里克文身，“周一带上这把枪，以防万一。”

“好，我加入，”康妮说，“五万英镑可卡因和钻石。”

“周一下午三点。”维克·文森特说。

康妮看着波格丹。“你也会去吗？”

波格丹摘掉墨镜，直直看着她。“对，我们可以一起做事。”

老天爷，这眼神太勾人了。“大家去喝一杯，怎么样？”

“你要去健身房。”波格丹说，重新戴上墨镜。

该死！

“不介意的话，康妮，”维克·文森特说，“我还想要你帮个忙，不是什么难事。”

“说吧。”康妮说。

“我老婆的侄女住在这儿，她有个儿子，正在寻找工作机会。我想你那天可能需要司机，不知能不能给他一个机会？”

“我有司机。”康妮说。

“我更想找一个我可以信任的人，”维克·文森特说，“比如家人。据他自己说，他以前为你干过一点儿活儿。事成后他可以开车带我们三个去吃晚饭，如果你愿意的话。”

康妮当然愿意。

“好吧，他叫什么？”

“瑞安·贝尔德，”维克·文森特说，递给康妮一张纸条，“他现在在苏格兰，这是地址。你能派人接他回来吗？”

“没问题。”康妮点点头，思考着那天应该去哪儿吃晚饭。

周一的码头会很有趣。

72

伊丽莎白早就向乔伊丝解释了一遍又一遍，范堡罗不是希斯罗和盖特威克那样的大机场，那里没有商店，但她的朋友还是失望不已。

“怎么会连一家 WHSmith 也没有？”乔伊丝说，在到达大厅里四处张望。

“我的老天，你想买什么？”伊丽莎白问。现在是上午十一点半，小弗兰克·安德雷德应该很快会走出到达口。

“嗯，不想买什么，只是惯例，”乔伊丝说，“用完洗手间后没有别的事可做了。”

“非常抱歉让你感到无聊了，乔伊丝，不该带你来接一个黑手党老大，送他去钻石交易现场，准备在那里抓住杀人犯。”

“我说说而已。”乔伊丝说，坐到一把椅子上。

伊丽莎白没能说服易卜拉欣开车送她们，罗恩的朋友马克开出租车送她们来范堡罗。如果是易卜拉欣，可能会更好玩，但作为罗恩的朋友，马克出乎意料地是个很好的旅伴。她担心他会听什么乱七八糟的电台，还好是广播二台[1]，她下车时的心情非常轻松。

乔伊丝在生闷气，伊丽莎白知道怎么逗她开心。

“让瑞安·贝尔德当司机，这个点子真棒。能找到他在什么地方，嗯，一级棒。”

“别想逗我开心，”乔伊丝说，“我应该在博姿挑选旅行洗漱用品。”

“对。”伊丽莎白说。一切准备就绪。会面一开始，码头将以维护为由封闭。克里斯和他的人会在那儿。他们接到报警说，下午三点，康妮·约翰逊会带着可卡因和手枪出现在码头的尽头。

一群日本商人从旁边走过，司机用手推车推着他们的行李。伊丽莎白很想打开这个机场的每一个行李，这里有各地飞来的私人飞机。她曾在希斯罗机场短暂当过行李员，把跟踪仪藏进贸易代表团的行李箱里。

苏今天下午也会在那儿。她们之间有过不太愉快的交谈。是，伊丽莎白找到了钻石。不，钻石现在不在她手上。是，在一个南海岸毒枭手上。是，她知道这不是最好的办法。她在哪里找到的？嗯，这个故事留到以后再讲。问题没完没了，夹杂着威胁和咒骂。“我以为我们达成了共识。”

---

① 广播二台（Radio 2）：英国广播公司运营的国家电台，以音乐节目为主要内容。

人为什么总是这么生气？我们大家很快都会死去。

苏终于平静下来。她会躲在某个地方监视和监听。

兰斯也会在那儿。他一直盯守马丁·洛马克斯的房子，他会开车带洛马克斯到见面地点。这个环节进行得很顺利。

“我能说说我的看法吗？”乔伊丝问。

“如果是关于这里为什么没有商店，不能。”伊丽莎白说。

“我不想让你觉得我烦，”乔伊丝说，“我只是……只是不太确定波佩策划了一切。我知道我这个人有个软肋，我真的知道。自从她把妈妈的电话号码托付给我，我就非常想保护她。也许是我太傻。”

“我早就想问你了，她把号码塞进你口袋时，有没有给你使个眼色？”伊丽莎白问，“比如眨眨睫毛，流露出可怜的眼神？”

“没有，我回家才发现的。另外，我还没跟你说便利贴上的笑脸……”

到达口的门在她们面前唰地打开，一个男人从里面走出来，一副像是要参加高尔夫球赛的样子。Polo 衫、米色宽松裤，墨镜推到发际线上。大概四十五岁上下，独自一人，带一个小公文包。他朝周围看了一圈，寻找租车服务台。伊丽莎白和乔伊丝大步走上前，跟在他的两边。

“你一定是安德雷德先生。”伊丽莎白说。

安德雷德停下脚步，看着伊丽莎白。

“不是。”他说。

“我是乔伊丝，”乔伊丝说，“这位是伊丽莎白。”

“很好。”弗兰克·安德雷德说，“不好意思，我得走了。”

他又迈开步子，伊丽莎白紧随在旁边，乔伊丝加速跟上。

“你不需要车，安德雷德先生。”伊丽莎白说。

“恐怕我不同意。”弗兰克·安德雷德说。

“罗伯茨布里奇出租车公司的马克为我们开车，”乔伊丝说，“我们还担心后备厢不够大，放不下你的行李，不过你只有一个包，没问题了。车是辆丰田爱文奇思。”

安德雷德又停下来。“女士们，抱歉，我不知道你们是谁，也不在乎你们是谁。我还有地方要去，有人要见。”

“我们知道，”伊丽莎白说，“我们是来帮忙的。你要去见马丁·洛马克斯。”

安德雷德狠狠盯着伊丽莎白。

“因为钻石的事。”乔伊丝说。

安德雷德更狠地盯着乔伊丝。伊丽莎白发现乔伊丝脸红了。拜托，天底下就没有不吸引乔伊丝的男人吗？

“好了，女士们，我刚飞了长途。我要坐上车，我要去见马丁·洛马克斯，我要达成这一趟的目的，我要立刻回到这里，飞回家。”

“嗯，你的钻石不在马丁·洛马克斯那里，”伊丽莎白说，“在我这里。”

“我的钻石在你手上？”

“对，在*我*手上。”伊丽莎白说。

“好吧，”弗兰克·安德雷德说，“你以为你是老人，我就不会杀了你？”

“哦，我确定你会的，弗兰克，”伊丽莎白说，“我一点儿也不怀疑。同样，我也会毫不犹豫地杀了你。我们不要再互相放狠话了，说正事吧。”

弗兰克·安德雷德笑了一声。“*你*杀了*我*？”

“她会的，”乔伊丝证实道，“我觉得她不会真的杀，但她做得到。”

“好吧，”安德雷德说，“我的钻石在哪儿？”

“在费尔黑文，”伊丽莎白说，“码头的尽头。”

“费尔黑文又在哪儿？”安德雷德问。

“啊，体会到我们对你多有用了吧？”伊丽莎白说。

伊丽莎白看见马克已经把车开到航站楼前。他快速按了一下喇叭。对黑手党按喇叭很不明智，不过她猜马克并不了解实情。

“你跟我们走，去跟马丁·洛马克斯握手言和，我的人会把钻石交给你，我们最迟晚上九点把你送回这里。”伊丽莎白说。

“带着我的钻石？”安德雷德问。

“带着你的钻石。”伊丽莎白说，指向马克的车，“走吗？”

“我为什么相信你们？”

“这个嘛，用你自己的判断力，”伊丽莎白说，“看看乔伊丝的脸，谁会不相信这张脸？”

乔伊丝笑起来。“如果你想坐前排，请随意。来的时候我坐在前排，我不介意去后面坐，反正我很可能一路睡回去。”

马克下了车，打开后备厢，朝弗兰克·安德雷德伸出手。

“只有这么一点儿行李吗？我是马克，很高兴认识你。你真的是黑手党？”

弗兰克·安德雷德把包递过去。“呃……是的。”他看了看车，又看了看他的三个同伴。

“好了，”乔伊丝说，“至少要坐两个小时的车，出发前需要去下洗手间吗？”

73

唐娜和克里斯将车停在一家商店外的小路上，店里卖棉花糖、伦敦塔桥模型和国际电话卡。他们面朝着大海，海面和天空一样是阴郁的灰色，通往费尔黑文码头的入口在他们的左方，看得十分清楚。

唐娜吃着冰激凌，她让克里斯也尝尝，他拒绝了，低头看向自己那袋瓜子。

康妮・约翰逊第一个到，她的路虎揽胜停在码头前宽阔的步行道上，她跳下车，朝四周扫视了一圈。她拎着一个大大的运动包，唐娜希望里面装着五公斤可卡因。五公斤可卡因足以让康妮在下午结束前被捕。

唐娜看不见有色车窗后面的司机，但她也希望能逮捕瑞安・贝尔德。这个功劳应该属于乔伊丝。

波格丹突然出现了。唐娜不知道他是从哪儿冒出来的，他们已经盯着码头看了半小时，完全没发现这个大块头男人——大块头，话不多，有着深蓝色眼睛的男人。唐娜感觉她的冰激凌融化得更快了。她看着他和康妮・约翰逊沿着码头往前走，他帮她拎着可卡因运动包，非常绅士。

“他是个好小子。”克里斯说。

“嗯哼。”唐娜赞同道。

接着来了一辆黑色路特斯跑车，两个男人从车里出来，一个年纪偏大，一个比较年轻。唐娜看见克里斯低头盯着手机上的一张照片。

“那个是马丁·洛马克斯，”克里斯说，“另一个肯定是特工。”

“兰斯。”唐娜说。乔伊丝告诉唐娜，她可能会喜欢兰斯，但他比她大太多。还有这头发……想法倒是不错，乔伊丝，也许十年前还有可能。

兰斯·詹姆斯和马丁·洛马克斯沿着码头往前走，车就随意地停在了那里。唐娜想，替军情五处工作真不错，想在哪儿停车都行。有次在斯特里汉姆的历德超市，唐娜制伏了一个挥剑的男人，结果出了超市，她发现车被夹子锁锁住了，因为占了两个车位。

离三点还差五分钟。涉及钻石和可卡因的事，大家似乎都有很强的时间观念。接着来了一辆丰田爱文奇思，驾驶座的门上印着“罗伯茨布里奇出租车公司”，车停在了路特斯后面。

司机下车往后备厢走，唐娜不认识他。一个男人从副驾驶座出来，这个人只可能是小弗兰克·安德雷德。

对唐娜和克里斯来说，马丁·洛马克斯和小弗兰克·安德雷德不是今天的目标，但能亲眼看到他们还是很有意思的。军情五处对付他们两位，肯特警局对付康妮·约翰逊和瑞安·贝尔德，两边互不打扰、互不干涉。促成这项协议的人是伊丽莎白。

说谁谁到，伊丽莎白出现了。她和乔伊丝从后座下车，乔伊丝看上去刚刚睡醒的样子。

司机把一个公文包递给弗兰克·安德雷德，两个人握了握手。

波格丹又回来了，示意弗兰克·安德雷德跟他走。安德雷德看向伊丽莎白，她点点头。伊丽莎白没有和安德雷德握手，乔伊丝也没有，这非常不像她们俩的作风。

波格丹朝弗兰克·安德雷德微微笑了一下。唐娜以前看过波格丹笑吗？好像没有，她还想多看几次。“爬下一座山。”这是易卜拉欣告诉她的话。看着波格丹和小弗兰克·安德雷德沿着码头往前走，唐娜心想，爬波格丹这座山会是什么感觉？她一口吃掉了巧克力薄片，开始吃蛋卷筒。

“人都到齐了，”克里斯说，“你准备好了吗？”

“准备好了。”唐娜说。

她看见伊丽莎白走上滨海大道，乔伊丝跟在后面，不停抚弄裙子，想把坐皱的地方抹平。她们经过了路特斯，经过了路虎揽胜。乔伊丝朝这边望过来，发现了他们，一个劲儿朝他们挥手。乔伊丝如果想成为合格的卧底，恐怕需要很长时间。唐娜也朝她挥了挥手，乔伊丝看上去很高兴。

乔伊丝和伊丽莎白走到一辆不起眼的白色面包车跟前。车停在滨海大道的护栏旁，四周围了一圈安全警示带，车身上印着“T.H. 哈格里夫斯护栏维修公司——提供各种服务”。

伊丽莎白跨过警示带，乔伊丝跟着跨了过去。面包车里有人打开了后门，她们俩钻了进去。

74

一个人待在这间办公室里还是挺惬意的，在获过建筑大奖的码头上，监管着一家老虎机游戏厅的日常运营。

不过此时此刻它显得有点拥挤。康妮·约翰逊坐在桌子后面，马丁·洛马克斯坐在她对面，小弗兰克·安德雷德坐在窗台上，兰斯·詹姆斯靠墙站着，波格丹站在房门前。

开场寒暄进行得非常迅速，主要对话内容是“你是谁”？和“不关你的事”。只有小弗兰克·安德雷德和马丁·洛马克斯握了一下手。“看来我今天不用杀你了，马丁！”“看来是这样，弗兰克。你老婆还好吗？收到我寄的松饼了吗？”

没人知道应该怎么开始，因为这场会面显然不是这个房间里的任何人安排的。真正的策划人是一位七十六岁的老太太，她正坐在四百米开外的一辆白色面包车里，听着他们即将说的每句话。

于是主持的任务落到了房间里最有发言权的人头上。

“好了，”波格丹说，“我们开始吧。”

好了，波格丹说，*我们开始吧*。

白色面包车里，苏·里尔登戴着耳机，盯着监视器。她手下的人周末在办公室里安装了摄像头，监视器播放着实时画面。

伊丽莎白和乔伊丝不得不共用一个耳机，一人听一边。这是政府削减财政支出的结果。

“你确定钻石还在她手上？”苏问。

“我让波格丹负责这件事，”伊丽莎白说，“所以我很确定。”

“她带的那个包里到底装着什么？”苏问。

伊丽莎白耸耸肩。毒品是克里斯和唐娜的战利品，苏不需要知道它的存在。她看着屏幕上拥挤的办公室，画质比她那个年代清晰多了。

弗兰克·安德雷德坐在窗台上，对康妮·约翰逊说话。

这么说，我的钻石在你那儿？

钻石在我这儿，康妮说，*你说是你的，我相信你*。

*你怎么弄到的？*安德雷德问。

从我的可可米[①]*盒子里掉出来的*，康妮说，*你真的是黑*

① 可可米（Coco Pops）：又译“可可力”，一种巧克力味早餐麦片。

手党？

他是个商人，马丁·洛马克斯说，*非常受人尊敬。*

对，我是黑手党，安德雷德说，*好了，让我看看钻石。*

嗯，正式开始了，伊丽莎白想。他们不会喜欢接下来发生的事。祝大家好运。

康妮把手伸进运动包。他们打算什么时候谈毒品？她想要五万英镑，她想要和这些人做更多的生意。不得不承认，她对整件事很担心，或者说很小心。但一切都按她听到的那样进行着，确实跟维克·文森特说的一模一样。有一个黑手党，有一个时髦的老男人——这种场合少不了他这样的角色，有波格丹。一切都让人安心，她非常渴望给他们留下好印象。还有一个家伙，脸上没什么表情，头上没什么头发，可能只是个保镖。波格丹认识他，这就足够了。

她把蓝丝绒袋放到面前的桌子上。

"啊，谢天谢地。"时髦老男人说。

"让我看看，"安德雷德说，"把钻石倒到桌子上，别弄洒了。"

别弄洒了？这话真奇怪，康妮想，不过这家伙是美国人，美国人总爱说些奇怪的话。

她松开拉绳，小心翼翼地把钻石倒到桌子上。

“看吧，”康妮说，“一颗也没洒。两颗钻石，完好无损。”

空气瞬间安静下来。安德雷德、时髦老男人，甚至连保镖都盯着桌子上的钻石。康妮感觉到气氛突然变了味。

“你有两颗钻石？”安德雷德说。

“对啊，”康妮说，“就是这些钻石，你以为是什么？”

*你以为是什么？*康妮·约翰逊说。

“剩下的钻石在哪儿？”苏·里尔登说，发疯似的看着伊丽莎白。

“哦，我只给了她两颗，”伊丽莎白说，“足够引出凶手了，顺便活跃一下气氛。你们的人发现波佩躲在附近了吗？有消息了吗？”

“天哪！”苏说，“你做事不能直接一点儿吗？”

“对我有用我才直接，”伊丽莎白说，“今天没有用。”

“钻石在哪儿？”苏问。

“它们很安全。”伊丽莎白说。钻石被转移到了乔伊丝的微波炉里，因为她用微波炉的次数比用烧水壶少得多。

屏幕上，弗兰克·安德雷德掏出了一把枪。

“老天！”苏说，“你到底做了什么，伊丽莎白？”

看见弗兰克·安德雷德掏出枪，兰斯也掏出了枪。安德雷德的枪对着康妮·约翰逊，兰斯的枪对着安德雷德。

“我的钻石在哪儿？”弗兰克·安德雷德问，“所有的钻石。”他听上去很冷静，但据兰斯观察，他看上去并不冷静。兰斯觉得情有可原。这里头玩的是什么把戏？

“这就是你的钻石，”康妮·约翰逊说，“把枪放下，别没事找事。”

“*其他的*在哪儿？”安德雷德说。他听上去一点儿也不冷静了。

“其他的？”康妮说，“给我的就这么多。”

“给？”安德雷德说，“谁给的？”

“一个老家伙，维克·文森特。”康妮说，“你敢开枪试试。那家伙给了我钻石，告诉我这个时髦男人想要五公斤可卡因，要我在码头见你们。这是你们和他之间的事。”

“什么可卡因？”弗兰克·安德雷德说，“维克·文森特又是谁？”

“可卡因在这儿。”康妮说，把手伸进运动包。她掏出来的不是可卡因，而是枪。她拿枪指着安德雷德。

“这么小的房间里竟然有这么多的枪。”波格丹说，叹了口气。

“一把差劲的英国枪。”安德雷德说，“维克·文森特长什么样？”

“很老，像拳击手之类的人，”康妮说，“很多文身，西汉姆联什么的。”

马丁·洛马克斯一拳头砸在桌子上。

“我认识他。”洛马克斯说。

“你当然认识。”安德雷德说，把枪口转向了洛马克斯，“你玩的什么把戏？”

嗯，这正是我想问的问题，兰斯想。康妮·约翰逊的枪对着安德雷德，安德雷德的枪对着洛马克斯。兰斯觉得自己的枪应该对着康妮·约翰逊，这样才有平衡感。接下来会发生什么？有人的结局肯定会很惨。他只想确保那个人不是他。死在这种地方真够特别的，头顶有海鸥啾啾叫，脚下有老虎机嘀嘀响。如果他死了，至少不用再操心公寓厨房墙壁的装修问题。不管怎样吧，躲开子弹，兰斯。

“我和你一样疑惑，弗兰克，”洛马克斯说，“太意外了，但肯定有一个非常简单的……”

“够了。”弗兰克·安德雷德说。他扣动扳机，一枪射中马丁·洛马克斯的胸膛。洛马克斯弯身向前，歪在椅子上，血从西装里涌出来。安德雷德的枪口对准了康妮·约翰逊，尽管他从小到大接受的教育是先杀男人。可惜太晚了。康妮·约翰逊开了一枪，子弹穿过弗兰克·安德雷德，穿过窗户，飞向灰色的大海。

马丁·洛马克斯抬起头，好像要对枪声发表什么看法。不管他有什么看法，都没机会发表了。他倒向左边，一头栽在地上。

弗兰克·安德雷德从窗台上滑下来，在塑料暖气片上留下了一道浓浓的鲜红的血印。他的脚伸进了马丁·洛马克斯的臂弯。两个男人睡着了，做着梦，梦里有手枪，有毒品，有金钱；梦里只有索取，永远不需要付出代价。

现在怎么办？兰斯想。地上有两具尸体，桌上有两颗钻石，桌下有满满一运动包的可卡因。他和康妮拿枪互相指着对方，两个人都不确定怎么办。

波格丹站到两把枪中间。

“康妮，你跟这个人没瓜葛，他跟你也没瓜葛，他是为了这两个死人和钻石才来的。拿上包，快跑。”

外面码头上有特别舟艇中队的人，他们密切留意着波佩的身影。上头的指令非常明确，他们知道不去碰康妮·约翰逊。她能顺利回到车上。

康妮抓起运动包，迅速滑过桌子，奔向房门。波格丹为她打开门，她踮起脚，凑到他脸前，亲了他一下。

“约我，好吗？”说完，她飞奔而去，装满可卡因的运动包在她身边晃来晃去。

兰斯审视着眼前的一切。他身边的大块头波兰人红了脸。地上两具尸体的鲜血渐渐汇合在一起。

两声枪响后，苏立刻冲出了面包车。伊丽莎白觉得没必要跟上去，乔伊丝也就待在原地不动。

“啊，我从没见过这种场面。”乔伊丝说。

“只要能避免，我真心不想看见任何人被杀，”伊丽莎白说，“不过这次没有重大损失。”

乔伊丝思考着整件事。当伊丽莎白决定只给康妮·约翰逊两颗钻石的时候，就注定了这样的结局。伊丽莎白有时真的很残忍，最好不要成为她的敌人。

没有了小弗兰克·安德雷德，世界变得更加美好，这一点毋庸置疑。罗伯茨布里奇出租车公司的马克想跟他聊聊棒球，结果被回了一句“闭上臭嘴”。当然了，安德雷德并没有用“臭”这个字。不管是不是黑手党，小弗兰克·安德雷德都是个无趣又无感的人。

准确地说，生前是。

马丁·洛马克斯呢？他的房子，他的钱财，他的生意，他资助的那些事，还有武器、帮派、军阀。金银花的香气掩盖着恶臭。她想到他捐给痴呆症患者之家的支票，五英镑。她看着屏幕，看着他的尸体，毫无感觉。

多年来，乔伊丝目睹过无数善良、无辜、不幸的人离世。她有时候回到家会大哭一场，格里只是抱着她，明白说什么安慰的话都没用。

她不会为这两位流泪。“走得好。”格里会这么说，乔伊丝非常同意。不过，像伊丽莎白这样把他们*引上*死亡之路，是更糟糕，还是更诚实？这个问题需要更聪明的人来解答。她会问问易卜拉欣。

她看着监视器，看见兰斯靠近一个个摄像头，把它们一个个关掉。每次她看到的最后一样东西都是她的友谊手绳。最后一个屏幕黑了。

“现在怎么办？”她对伊丽莎白说，“我想他们没发现波佩。”

“哦，波佩已经死了，乔伊丝，”伊丽莎白说，“我在来这儿的路上全想清楚了。杰瑞米·怀恩[1]的节目一开始，一切都明朗了。”

“哦，”乔伊丝说，“那现在怎么办？”

“这个嘛，”伊丽莎白说，看了眼手表，“先等半个小时左右，然后，希望能跟杀死道格拉斯和波佩的凶手一起，坐着验尸房的面包车，回一趟戈德尔明。”

康妮沿着码头飞速奔跑。她杀了一个黑手党老大，亲了波格丹，可卡因还在她手上，所以很难判断事情是好是坏。她需要回到车库，重振精神。说真的，她感觉自己能安全脱身。她信任波格丹，另一个男人似乎对她没什么兴趣。

---

① 杰瑞米·怀恩（Jeremy Vine，1965— ）：广播二台的节目主持人，也是《知识达人》的主持人。

路虎揽胜就在前面。司机瑞安·贝尔德非常不专业。她记得他以前为她干过几次活儿，表现得不太好。他身上有一股大麻的臭味儿，不会使用座椅加热功能，而且他还尝试跟她聊天，这是犯了大忌。下次见到维克·文森特，她必须实话实说，管他是不是什么家人。

康妮冒险回头看了一眼，没人追上来，甚至没人朝她这个方向看，太奇怪了。一个穿西装的金发女人拎着运动包在码头上狂奔，不应该有很高的回头率吗？可是码头上安静极了，只有几对穿着深色衣服的情侣手牵手散步。

她到了路虎揽胜跟前，猛地拉开门，钻了进去，一屁股坐在了总督察克里斯·哈德森的腿上。她还没来得及说话，手铐已经铐在了她的手上。

“嗨，康妮，”克里斯说，“你被逮捕了，你有权保持沉默，等等，等等。”

康妮看见瑞安·贝尔德坐在前排副驾驶座上，手也被铐上了。方向盘后面坐着唐娜·德·弗雷塔斯。她朝康妮转过身。

“我从没开过路虎揽胜，康妮，如果偶尔熄火，请原谅。对了，我把费尔黑文警局输进导航里了，我们应该不会走太多弯路。你擦的什么香水？真好闻。”

“我们要填一个形容马的词。”易卜拉欣说。填字游戏摆在他的手提电脑旁。

“斑马？”肯德里克说。视频聊天的屏幕上，他晃来晃去，一会儿出现，一会儿消失。

“斑马不是形容词。”易卜拉欣说。

“我认为只有这一个词形容马，”肯德里克说，“可能是题目出错了。”

易卜拉欣点点头。“嗯，有可能。”

他今天应该去的，应该开车送乔伊丝和伊丽莎白到机场，然后到码头，现在应该在那里。罗恩发来了消息，又有两个人死了，不过死的是该死的人，大家似乎都很开心。

出租车公司的马克送罗恩回家，罗恩买了炸鱼薯条带回来。伊丽莎白和乔伊丝还要度过一个漫长的夜晚。

“还疼吗？”肯德里克问。

“疼，”易卜拉欣说，“不过和你外公聊天的时候不疼，和你聊天的时候也不疼。”

透过路虎揽胜的挡风玻璃，唐娜看见伊丽莎白和乔伊丝从白色面包车的后面钻出来。伊丽莎白看见唐娜坐在驾驶座上，露出了期待的眼神。唐娜竖起大拇指回应了她。伊丽莎白点点头，用嘴形说了句“好样的”。

罗恩突然出现在她敞开的车窗旁。

“哦，今天全员出动了，”唐娜说，“是退休老人一日游吗？”

“他是维克·文森特。”康妮说，不顾铐上的双手，拼命猛扑向前，“这是他的毒品，抓住他。”

罗恩看向康妮。“从没听说过这个人，亲爱的，听名字像是个狠角色。”他看向克里斯，“她犯了什么事？”

“谋杀，”克里斯说，“摄像头全拍下来了。另外还有一大包可卡因。”

“她这下玩儿完了，对吧？”罗恩说。他看向瑞安·贝尔德。

“你还好吗，瑞安？”

瑞安·贝尔德小声抽泣着。

“好好哭吧，”罗恩说，“我来给你讲个故事。几周前，你抢了一个人的手机。那个人和我差不多年纪，看上去更老，掉了一点儿头发。你朝他的后脑勺儿狠狠踢了一脚，还记得吗？我不理解你为什么那么做。要知道，从那以后，我也见过他哭，我不喜欢这样，瑞安。我知道你不在乎，老兄，但那个人是我最好的朋友。我想请你记住他的名字，可以吗？易卜拉欣·阿里夫。你在监狱里的每一天、每一夜都要记住这个名字。没人可以招惹易卜拉欣·阿里夫。”

康妮又扑向前，用尽全力靠近罗恩，咬牙切齿地说：“等我出来，你死定了。”

罗恩看向她。“啊，我七十五岁了，你起码得判个三十年，好吧，我同意。”

唐娜看见波格丹走过来。哦，天哪。他走到罗恩身后，把他从窗边拉开。

“该走了。”波格丹说。罗恩点点头，最后看了一眼哭泣的瑞安·贝尔德。

“易卜拉欣·阿里夫，”罗恩说，“千万别忘了，瑞安。”

波格丹看着唐娜。“你是唐娜？”

“是的。”唐娜证实道。

“我是波格丹。”波格丹说。

“我知道。”唐娜说。

波格丹点点头。“好的。”他看向后排座位，说，“你好，康妮。”

“你们都死定了，”康妮说，“你们每一个人。”

“确实，我们每一个人迟早都会死。”波格丹赞同道。唐娜目送他离开，他的胳膊搭在罗恩的肩上。

75

伊丽莎白犯了傻，但她至少知道为什么。

全都是马库斯·卡迈克尔的错，真的。

从最初开始，泰晤士河边的死人根本不存在。他只是伦敦一家医院里无人认领的尸体，她手下的特工给他做了伪装。他代表着她这个行当的幻象。用尽千方百计，让别人相信你想让他们相信的事情，让事情变得*复杂*。

伊丽莎白是这方面的大师，道格拉斯也是。抽屉里的某个地方有一张他们的婚礼照片。伊丽莎白和道格拉斯脸上的笑容那么灿烂，看到的人都会觉得那是他们一生中最幸福的一天。

事情永远不是看上去的样子。

只不过，伊丽莎白现在意识到，事情有时候确实是看上去的样子。至少现在意识到还来得及。

她坐在面包车后面的长凳上，他们正去往戈德尔明的验尸房，也就是道格拉斯和波佩的尸体被辨认出来的验尸房。

乔伊丝坐在她旁边，玩着手机上的找词游戏。伊丽莎白知道她应该多听听乔伊丝的想法。波佩当然没有策划这一切，波佩没有杀死道格拉斯，没有杀死某个可怜的年轻女人，没有用别人的尸体伪装成自己。

波佩没有和妈妈策划偷钻石的阴谋。至于西沃恩，另有解释。

谁会相信波佩是凶手呢？只有愚蠢至极的人。或者，聪明过头的人。

伊丽莎白渐渐明白了，也许有时候事情确实是看上去的样子。当罗恩给她一个拥抱，乔伊丝为她烘焙蛋糕，易卜拉欣帮她过塑文件，他们不是耍心眼儿，不需要任何回报。他们希望她快乐，希望和她成为朋友。他们只是*喜欢*她。伊丽莎白花了很长时间才接受这个事实。

她对面的长凳上坐着苏·里尔登。苏·里尔登和她有一样的头脑，她们还拿这个说笑过——一个豆荚里的豆子。但伊丽莎白没有理解其中真正的含义。

两条长凳中间，沿面包车的长度方向，躺着马丁·洛马克斯的尸体。弗兰克·安德雷德的尸体由军情五处处理，在另一辆面包车里，行驶在另一条高速公路上。

波佩和道格拉斯都死了。没有伪造的尸体，没有幻象。开枪打死他们的是苏·里尔登，动机非常明显。苏·里尔登为伊丽莎白编造了一个谎言，她知道伊丽莎白无法不相信。

可是，怎么揭穿她呢？

伊丽莎白看向乔伊丝。她用手指指着词，伸出了舌头，一副无辜的样子。其实她的手机正在录音。这是派给她的任务。

不出所料，刚一上路，苏就开始连珠炮似的发问。钻石在哪儿？康妮·约翰逊到底是谁？她为什么带着满满一包可卡因？伊丽莎白尽可能礼貌地回答了所有问题，现在轮到她发问了。

她倾身向前，朝苏微笑，下方是被布盖着的马丁·洛马克斯的尸体。“所以说，”她开了口，“你们没发现波佩？”

“没有，”苏说，“没见她的踪影。”

“真奇怪，”伊丽莎白说，“也许她真的死了。你觉得呢，苏？”

“也许吧，”苏说，“我们还是无法解释她妈妈为什么去找钻石。”

“知道吗？你差一点儿就骗过了我。”伊丽莎白说。

“我确定我不明白你在说什么。”苏说。

“你杀了道格拉斯和波佩。你知道他们在哪儿，你走进去，开枪杀了他们，然后直接走出来。”

“听上去很容易。”苏说。

“确实很容易，但你知道太容易的事不会让我感兴趣，所以你给了我一条线索，把我引向各种奇妙的猜想，为了给你自己留点时间找钻石，或者说，让我为你找到钻石，前提是让我保持兴趣。”

“啊，听上去真荒诞，”苏说，“你的想象力太丰富了，伊丽莎白。”

伊丽莎白摇摇头。“在这件事上，我的想象力恐怕是弱点。是你把西沃恩的电话号码塞进了乔伊丝的口袋，当我意识到这一点，一切都豁然开朗了。”

“哦，难怪你会问我那些问题。”乔伊丝说。

苏·里尔登的手机响了。她打开一条消息，笑了起来。

“嗯，说谁谁到——是波佩妈妈发来的好消息。”

“不会吧？”伊丽莎白说。

“她告诉我钻石找到了。竟然在乔伊丝的微波炉里，多么老套又可爱啊。我想真正的决战开始了。”

苏·里尔登按了一下车上的对讲机，对司机说：“计划有变，去库珀斯·切斯养老村，不远。”

一个带回音的电子人声回复：“邮编？”①

苏想了一会儿，从包里掏出枪，枪口对着乔伊丝。“乔伊丝，邮编是什么？”

---

① 英国邮编由字母和数字组合而成，看邮编能知道大体位置在哪里，方便找到地址。

76

克里斯·哈德森用力嚼着胡萝卜棒。一旦吃习惯了，胡萝卜棒的味道其实没那么糟糕。算了，还是很糟糕，只不过他没那么介意了。康妮·约翰逊在牢房里。她的审讯很快就结束了，内容几乎全部是死亡威胁，她要杀了克里斯、唐娜、波格丹，还有罗恩，不管他是什么人。波格丹承受了最露骨的辱骂。还好没有提到帕特里斯，这个威胁被忘记了。他永远不会告诉帕特里斯和唐娜，他知道罗恩和波格丹也不会。

瑞安·贝尔德的审讯要安静得多。他轻轻抽泣，肩膀不停颤抖，就这样过了八分钟，他的律师提议第二天早上再审。好极了。克里斯今晚可以休息了。

克里斯不禁注意到，瑞安·贝尔德的律师穿得更时尚了，而且剪了新发型，甚至还减了一点儿肥。他浑身上下散发着凌仕止汗香体喷雾的气味，人总不能一下子什么都改掉，克里斯对此深有体会。审讯结束后，律师把唐娜拉到一边，约她出去喝一杯。毫无疑问，他的婚戒被藏在了口袋里。唐娜告诉他，她很想去，但他们应该再等等，不能影响正在进行的案件调查。尽管经历了漫长的一天，很疲惫，唐娜还是能做出迅速反应。

克里斯的思绪飘回到梅德斯通刑事法院外的桌子旁，他想起罗恩和波格丹对他的承诺。他们兑现了承诺。谢谢了，先生们。帕特里斯下周日还会来费尔黑文，这次克里斯要告诉她，他爱她。人生总会有顺畅的时候。他希望伊丽莎白和乔伊丝今天也得到了她们想要的东西。

一个主动啃胡萝卜棒的男人，必能成大事。

77

此时此刻，苏·里尔登的枪口对着伊丽莎白。在特工生涯中，伊丽莎白有多少次面对枪口？二十次？三十次？还没有哪一次要了她的命。

这里面的基本规律是，如果对方不马上杀了你，就不会杀了你。当然也有例外的时候，但现在不属于例外。

验尸房的面包车正驶向库珀斯·切斯。西沃恩怎么会在乔伊丝家找到钻石？有人明确告诉了她在哪儿？易卜拉欣？斯蒂芬？*被迫*告诉她的？千万不要啊。她必须保持冷静。

“我能说说我对整件事的理解吗？”伊丽莎白问，“就当打发时间。你会不会觉得有点太‘詹姆斯·邦德’[①]了？”

“请说吧，”苏说，“能骗到你，你不知道我有多高兴。”

“正如乔伊丝推测的，”伊丽莎白开始解释，“波佩发现了信。她没有寻找钻石，也没有联系妈妈，而是把信给了

---

① 詹姆斯·邦德（James Bond）：“007”系列小说、电影主角，英国军情六处特工。

你，这是波佩会做的事，她尽职尽责地完成了工作。你读了信，读了道格拉斯的坦白，但坦白部分对你来说并不是新闻，你一直都知道。你和道格拉斯一起策划了整件事，对吧？”

“对，一个小小的退休计划。”苏承认道。

“我一度有个糟糕的想法，认为道格拉斯和波佩是情侣，”伊丽莎白说，“我错了，不是吗？你和道格拉斯才是情侣。”

“哇，原来如此，”乔伊丝说，“我明白了。”

“我说得对吗？”伊丽莎白问。

“对。”苏说。

乔伊丝在她们之间来回看了看。“他喜欢的类型很固定嘛。”

“我能理解这种吸引力，真的，”伊丽莎白说，“我差不多比他大十岁，你比他小十岁，他非常巧妙地跨越了我们两代人，不是吗？”

“他特别帅，”乔伊丝说，“恕我直言，完全不是我喜欢的类型，但特别帅。”

伊丽莎白直直地盯着苏的眼睛。“你读了信，看见了钥匙和柜子号码什么的。我猜他没告诉你钻石藏在什么地方。”

“他告诉我它们很安全。”苏说。

伊丽莎白点点头。“所以这对你来说是有利信息，最起码有利可图。不过最重要的信息在信的后半段，对吧？他说他还爱我，想和我共度余生。你一定是在那一刻意识到你们两个人不是一条心，道格拉斯不会和你带着两千万英镑携手走向夕阳。也就是在那一刻，你意识到必须杀了他？”

苏耸耸肩，枪口也跟着她上下移动。

“他想独享一切，”伊丽莎白说，“或者更糟，他想和我分享，不过你那么聪明，应该知道这种事永远不会发生。你们原来的计划是等调查过去，等案子无果而终，然后去把钻石兑现。你需要改变原计划。”

“完美的推理，”苏说，“可惜太迟了，但确实完美。”

“所以你决定独占这笔钱。”伊丽莎白说。

“我一点儿也不怪你。”乔伊丝说。

乔伊丝还在玩着找词游戏。有时候真不得不佩服乔伊丝，枪口已经对着好朋友了，乔伊丝依然相信她有能力脱离险境。伊丽莎白相信自己吗？这是个非常好的问题。回到库珀斯·切斯后，她们会面临什么？斯蒂芬安全吗？易卜拉欣安全吗？

伊丽莎白一边思考，一边说：“怎么杀掉他呢？嗯，第一次尝试，你把道格拉斯的藏身地告诉了马丁·洛马克斯，相当于给道格拉斯判了死刑。这是一种懦弱的行为，但是要想带着钱逃走，必须除掉他，而且你当时正在气头上。

洛马克斯派了他的手下安德鲁·黑斯廷斯去杀道格拉斯，结果可怜的波佩插手，一枪打死了黑斯廷斯。道格拉斯这块绊脚石还好好活着，不过没关系，你的决心始终没有动摇。完全可以理解，我们都有失恋的时候，不是吗？”

“当然有。”苏说。

“我没有。”乔伊丝说。

“胡说，乔伊丝，你每个月都会恋爱和失恋。”伊丽莎白说，然后继续盯着苏·里尔登的枪口，“你还是需要除掉道格拉斯，而且意识到必须亲自动手。你想到可以把道格拉斯和波佩转移到霍夫，那里有座你以前用过的房子，你进出很容易，这样亲手杀掉他也很容易。但怎么脱身呢？这是关键问题。”

“是的，”苏·里尔登赞同道，“我不需要永久脱身，只要在找到钻石前平安无事就行了。”

“也许，”伊丽莎白说，“你担心我发现真相？”

“是的，”苏说，“在你找到钻石前，我不能让你发现我是凶手。你没让我失望。”

“说句公道话，她最后确实发现了。”乔伊丝说。

“不管怎样，钻石找到了，”苏说，“我一拿到钻石，马上离开。我轻轻松松地就能彻底消失，伊丽莎白，你是知道的。这是我接下来的计划。尽管把我做的事告诉所有人吧，他们找不到我的。”

“你不杀我们？”乔伊丝说。

“只要你们乖乖听话，我就不开枪。”苏说。

“这可不是我们的强项。”乔伊丝说。

“我知道你对难解的小谜团没有抵抗力，伊丽莎白，”苏说，“我知道你掉进了我设的局，做着徒劳无功的事。你跟凶手一起吃午饭，一起讨论计策，完全蒙在鼓里。是不是很可笑？”

伊丽莎白点点头。“新计划成形后，你意识到你需要帮手，所以你给西沃恩打了电话。这正是我困惑的地方。她到底是谁？我猜是个老朋友，或者欠你人情的老同事？”

“再猜。”苏·里尔登说。

“不管是谁吧，”伊丽莎白说，“她被你开出的条件打动了。我要杀两个人，你来帮忙，事成后给你……”

“一百万英镑。”苏·里尔登说。

“够吸引人的。”伊丽莎白说，“你到库珀斯·切斯带走安德鲁·黑斯廷斯的尸体，离开时把一张字条塞进了乔伊丝的开衫口袋，上面写着‘给我妈妈打电话’和西沃恩的电话号码。”

“等等，”乔伊丝说，“西沃恩不是波佩的妈妈？”

“脑袋转快点，乔伊丝。”苏说。

“不要这样跟乔伊丝说话。”伊丽莎白说。

“哦，我不介意。”乔伊丝说。

伊丽莎白感觉到面包车向左急转弯，放慢了速度，穿过了防畜沟栅。她们到了库珀斯·切斯。

“你派西沃恩去行李寄存处找钻石。我想你事先去观察过，确定那里有监控摄像头。”

“对。”苏说。

“你认定我最终会检查监控录像，发现西沃恩，然后根据这些事实推理？”

“你确实这么做了，”苏说，“我知道你无法抗拒！波佩制造了一切假象，这是多么不可能的事啊。我知道你太聪明，一定会掉进这个陷阱。”

警报声从她们旁边迅速经过。苏愣了一下，然后明显放松下来。是救护车，不是警车。伊丽莎白心头一凉。从库珀斯·切斯开出来的救护车？谁在里面？斯蒂芬？

“你一开始甚至以为是道格拉斯制造了假象，对吧？”苏笑起来，“这真是个惊喜，完全不在我的计划之内，但我很乐意陪你多玩儿几天。你是个对我有用的傻瓜，伊丽莎白，不介意我这么说吧？”

伊丽莎白努力不去想救护车，警报声渐渐消失在远方。“西沃恩空手而归。第二天，你进入了圣奥尔本斯大道的藏身房。你先杀了波佩，我猜。”

“对，”苏说，“很可惜，但有时候不得不这么做。她看过了信。”

“杀她也是对道格拉斯的警告，逼他说出钻石在哪儿。在你开枪前，他说了什么？显然没有透露秘密吧？”

“他只说‘盯着伊丽莎白，她会找到钻石’。我想这是大实话，也是我唯一能问出来的话，所以我开了枪。”

“不得不说，你确实紧紧盯着我。”

“你也确实找到了钻石。谢谢了，”苏说，“就像我刚说的，有用的傻瓜。我很快会从你们眼前彻底消失，我保证。”

面包车停了下来。苏把拿着枪的手放进手提包，枪口一直对着伊丽莎白。司机打开后门。

“你们先请，女士们。”苏说。司机搀扶着伊丽莎白和乔伊丝下车，苏跟在后面，不需要帮忙。

“不会太久，”苏对司机说，“就上个厕所。”

现在是下午五点。天色渐暗，库珀斯·切斯亮起了灯光。这是平常一天的平常生活，有人看着电视上的益智节目，有人读着书，有人在和孙子孙女打电话，几只晚归的鸟儿朝着窝巢飞去。伊丽莎白看见科林·克莱门斯正把躺椅从露台搬进房间。华兹华斯公寓的米兰达·斯科特正在寄信。她喜欢参加各种比赛，去年赢了个大奖——终身免费供应洗衣粉。宝莹[1]的人发现她九十二岁的时候，肯定高兴坏了吧。

① 宝莹（Persil）：德国汉高集团旗下的家居清洁品牌。

这个幸福的地方一片宁静。又一天过去，家家户户平安无恙，窗帘拉上了，暖气打开了。这地方永远上不了新闻头条，但这温柔而满足的气息足以吸引你的注意。

望向窗外，只看见两个老太太在一起黄昏漫步。是乔伊丝和伊丽莎白，对吗？这两位真是形影不离啊。有个更年轻的女人跟在后面几步远的地方。想必是去乔伊丝家。

“码头上一发生枪杀，我立刻打了电话。”苏说，“不久前，马丁·洛马克斯帮我联系了三个人，都是前特种部队成员，全副武装，能完成一些秘密任务。他们随时待命，我派他们和西沃恩直接来了这里。我知道有人清楚钻石在哪儿，要么是那个断了肋骨的朋友，要么是你丈夫，伊丽莎白，不过从我了解的情况看，你可以告诉他任何事，但他什么也记不住，可怜的家伙。”走在前面的伊丽莎白绷紧了身体，她看在眼里，笑了起来。

“道格拉斯曾经对我说，‘完美的犯罪没有真正的受害者’。天哪，这比想象中难多了。死了多少人了？五个？不过我们都听到了救护车的声音，谁知道呢？也许又多了一两个。”

伊丽莎白包里的手机响了。

“不许接。”苏说。

伊丽莎白照做了。她没有接，也没必要接。她认出了这个专属铃声。

她们到了乔伊丝的公寓楼门口。伊丽莎白抬头看向好朋友的窗户，窗帘拉上了。今天早上她来和乔伊丝碰头时，窗帘没有拉。乔伊丝按下门禁密码，三个女人进入了公寓楼。

电梯门在她们正前方，伊丽莎白按下上行键，门开了。苏·里尔登笑了笑。

“你们要是在电梯耍什么花招，楼上有三个全副武装的男人等着你们。”

“我们已经放弃了，苏，”伊丽莎白说，“你还不明白吗？赶紧拿上你的钻石离开。”

门关上，电梯向上晃了一下。苏站在乔伊丝和伊丽莎白身后，枪口对着她们的后背。二楼到了，电梯门打开，苏突然感觉视线变得模糊。

“乔伊丝，趴下！”伊丽莎白喊道。

伊丽莎白和乔伊丝扑向地面，波格丹能清楚看见目标。他射中了苏的肩膀，正是他瞄准的地方。苏扔掉了包和枪，惊讶地瞪大眼睛。

波格丹一脚踢开苏的枪，然后把乔伊丝和伊丽莎白扶了起来。

“请进，”波格丹说，“沏茶水已经烧上了。”

78

“你们从没见过这种事。”斯蒂芬说，他坐在乔伊丝的沙发上，“我正在椅子上打瞌睡，突然听到了声响。我睁开眼，三个家伙用枪指着我的脑袋。‘慢着，’我说，‘怎么回事？我猜你们来找伊丽莎白？’你们懂的，全都穿着一身黑，拿着枪，这种样子的人。‘不是，’中间的家伙说，‘告诉我们钻石在哪儿。’”

一阵低沉的呻吟打断了他。乔伊丝正在处理苏·里尔登的肩膀，苏坐在一把餐椅上。

“别叫了，你这个大宝宝。”乔伊丝说，拉紧了绷带。

“于是我装起了糊涂，‘什么钻石？’我说，故意逗他们玩儿，他们一点儿也不高兴。接着这位女士……”斯蒂芬朝另一把餐椅点点头，西沃恩坐在那儿，双手被绑在身后。“走了进来，要多友好有多友好。‘告诉我们吧，斯蒂芬，告诉我们，我们马上就走。’不管怎样，我想拖延一点儿时间。我不记得你去哪儿了，伊丽莎白，也许你很快会回来。所以我说，‘哦，我不了解钻石，不好意思，不是我的领域，你们得问这里的老大，她马上回来’。然后这位女士——抱歉，我忘了你的名字。”

“西沃恩。”西沃恩说。

“很美的名字。她说，‘伊丽莎白不会马上回来，如果我们拿不到钻石，她永远也回不来了’。嗯，我想，你又不像我一样了解伊丽莎白。这一点你绝对可以信任伊丽莎白，她会回来，从来没让我失望过。”

“永远不会让你失望，亲爱的。”伊丽莎白说。

“气氛越来越紧张。‘钻石在哪儿？’‘什么钻石？’两个家伙开始翻箱倒柜。这种事变成家常便饭了，不是吗，亲爱的？”

“现在连抽屉都没必要收拾了。”伊丽莎白赞同道。

“然后我听见钥匙插进锁孔的声音，心想，啊，她回来了。门打开，是这个男人。”斯蒂芬指向房间角落里的一个身影。

“罗恩回家看斯诺克比赛去了，我想斯蒂芬应该想听听枪杀的事。”波格丹说。

“还没等我反应过来，三个家伙全部拿枪对着波格丹，可怜的小子。我当时想，快逃走吧。”

波格丹接着往下讲：“斯蒂芬说这些人在找钻石。我说：‘哦，你们碰到对的人了，跟我来，钻石在乔伊丝家。如果我带你们找到了，能不能给我一颗？’他们看向西沃恩，她说当然可以。'跟我来，不过出门时把枪收起来，我不想让你们吓到老人家。'他们嘟嘟囔囔了几句，最后答应了。我们往外走。"

"紧接着，我听到了可怕的声响，大概二十秒钟，"斯蒂芬说，"然后波格丹走进来，叫我帮忙收拾一下。"

"所以救护车来了？"伊丽莎白问。

"对，为那三个家伙来的。"波格丹说，"我问西沃恩，谁是幕后主使？她看着地上三个带枪的家伙，心想也许应该坦白了。她说她替苏干活儿。好了，我全明白了。我说给苏发消息，告诉她你们找到了钻石。'我说在哪儿找到的呢？'她问。我不知道，我看着斯蒂芬。"

"我说，'告诉她实话，'我觉得没必要隐瞒，'在乔伊丝的微波炉里。'"

伊丽莎白看向苏。"希望这是在你伤口上撒的盐，亲爱的。"

"我们还拿这个当笑话讲，对吧，伊丽莎白？"斯蒂芬继续说，"她不得不转移钻石，因为她总是忘了，拿装钻石的烧水壶沏茶。"

"哦，我现在成了笑柄吗？"乔伊丝说，脸上挂着微笑。

"救护车来了，他们有很多疑问，可以理解。"

"我告诉他们去找克里斯·哈德森，"波格丹说，"他欠我一个人情。”

“哦，是吗？”伊丽莎白说。

“然后我们散步到乔伊丝家等你们。”

“我透过窗帘看到了你们，”波格丹说，“给你打了个电话，让你知道我在这儿，然后我朝苏开了一枪。”

“这就是我们的最新战报。”斯蒂芬说。

伊丽莎白走到乔伊丝的微波炉旁，掏出一个绿色毛毡袋。以前里面装满了拼词游戏的字母牌，现在里面装满了钻石。她把钻石倒在苏·里尔登面前的餐桌上。

“你看，苏，为了这个死了这么多人。波佩、道格拉斯、安德鲁·黑斯廷斯、洛马克斯、弗兰克·安德雷德。而这将是你离它们最近的一次。”

“说句公道话，”沙发上的乔伊丝说，“马丁·洛马克斯和弗兰克·安德雷德的死并不是苏的错，是你造成的。”

伊丽莎白点点头，承认了这一点。她转向西沃恩。

“你是怎么被卷进来的，西沃恩？跟你有什么关系？”

“我这人很容易被操纵，”西沃恩说，“一直都是这样。我不叫西沃恩，我是萨莉，萨莉·蒙塔古。还记得这个名字吗？”

道格拉斯的三个前任聚齐了。

苏·里尔登又呻吟起来，从喉咙里发出一声哭喊：“拜托，我需要去医院！”

“我想波格丹已经用完了今天的救护车限额。”伊丽莎白说。

“我们再等一两个小时，”乔伊丝说，“我保证不让你死，看你坐牢会有趣得多。要来点止痛药吗？”

“要，谢谢。”苏说，脸上写满了痛苦。

“很可惜，”乔伊丝说，“我家没有。”

79

帕特里斯看着钟，叹了口气，又给自己倒了杯葡萄酒。

九点三十分，外面一片漆黑，简·奥斯汀的作业只改完了一半。她在想克里斯，最近她越来越想他。帕特里斯以前坠入过爱河，那样的感觉好像全部回来了。也许只是葡萄酒和简·奥斯汀在作祟。

她总是担心唐娜的工作，现在也开始担心克里斯的工作。她能放下这种担心吗？至少他们俩都在费尔黑文，感觉比伦敦安全。费尔黑文能有多少麻烦事？

那里也有学校，对吗？当然有，帕特里斯，傻瓜，每个地方都有学校。你想这些做什么？你又没打算搬过去。

她在那里度过了期中假，感觉安全又快乐。安全，因为和克里斯在一起，有唐娜在身边。快乐，因为和克里斯在一起，有唐娜在身边。而现在，她孤单地坐在房子里，感觉离他们很远很远。周末呢？周末她会开车去看他们。

她想给克里斯打电话，告诉他她有多么想念他。或者明天再告诉他？等她没喝太多酒的时候。对嘛，人生中有些步子一旦迈出去，就没那么容易收回了，所以要小心迈步，你可不想让自己出丑。

帕特里斯笑了。她怎么可能在克里斯面前出丑？她要给他打电话。再改三篇作文，然后作为对自己的奖励，给克里斯打电话。她会把话说得委婉一点儿，不过跟男人说话委婉，相当于什么也没说。也许她可以提起简·奥斯汀，看看会聊到哪里。其实能听见他的声音就很好了。周一电视台有飞镖比赛吗？有的话，她确定他现在正在看。

外面的街上有什么声响，也许是狐狸。

她从一堆作文中拿起一篇。本·亚当斯。帕特里斯怀疑本连《理智与情感》的一个字也没有读。她还怀疑他看的是电影版，因为有个地方他不小心把埃莉诺·达什伍德写成了“艾玛·汤普森”[1]。真会耍小聪明，小子。哦，天哪，什么时候才能改完啊？

帕特里斯说过太多遍了，改作业会要了她的命。

她刚拿起下一篇作文，听到有人敲门。她又看了一眼钟。这么晚会是谁？

帕特里斯知道最好不要理会，但说不定是邻居需要帮助。只要暂时能从改作业中解脱出来，她什么都愿意做。

帕特里斯穿过门厅，手里还拿着酒杯。唐娜警告过她

① 艾玛·汤普森（Emma Thompson，1959— ）：英国演员，剧作家，在1995年李安执导的电影《理智与情感》中扮演女主角埃莉诺·达什伍德。

无数次，装防盗锁，装猫眼，“不要给陌生人开门，妈”。她觉得帕特里斯多少岁？等帕特里斯上了年纪，她会装猫眼，装防盗锁。帕特里斯还不到五十岁，她才不会在自己家担惊受怕。唐娜关心她是件好事，但帕特里斯能照顾好自己，谢谢关心。

她应该也给唐娜打个电话，唐娜最近心情不太好。好吧，打给克里斯，然后打给她的小女孩。或者先打给她的小女孩？

帕特里斯把酒杯放到门厅桌上，迅速整理了一下头发。她满意地点点头。永远都要展现最好的状态，不管谁在门外。

敲门声又响了，比上次多了一点儿急切。来了，来了。帕特里斯轻轻掀起门闩，拉开了门。

她惊讶地张大嘴巴，忘了作业，忘了葡萄酒，忘了头发。

不是邻居。她想恢复理智，但没有时间。

“呃……”克里斯说，他站在门阶上，手里捧着鲜花，脸上挂着泪水，“我知道很晚了，但我等不及了。再不来告诉你，我一分钟也活不下去。我爱你。抱歉，这样子也许很傻。”

帕特里斯想说点什么。她很庆幸刚才整理了头发。简·奥斯汀会说什么呢？

“我可以进去吗？”克里斯问。

“可以，亲爱的，你可以进来。”她说。帕特里斯拿起门厅桌上的酒杯，伸手拉着克里斯进了屋。

这么说就够了。

80

“我只想进来打扫一下，”乔伊丝说，“用吸尘器到处吸吸，擦一点儿闪亮先生[①]，绝不碰你的那些宝贝东西。”

“谢谢，乔伊丝。”易卜拉欣说，抿了一口茶，“抱歉错过了昨天的精彩。”

“我会全部讲给你听，别担心。”

“罗恩也错过了，正气得冒烟呢，”易卜拉欣说，“特别是因为西沃恩在那儿。”

“罗恩最好管住裤腰带，对他没坏处。”乔伊丝说，扫掉餐具柜上的灰，“你感觉怎么样？恢复得还好吗？”

易卜拉欣不声不响地坐回到扶手椅上，微微笑了一下，耸了耸肩。

乔伊丝点点头，继续打扫卫生。“我今天需要你帮忙。”

“对不起，乔伊丝，我帮不了，今天不行。”

“你都不知道我需要帮什么忙。”

---

① 闪亮先生（Mr. Sheen）：澳大利亚清洁用品品牌，主要产品为地板和家具抛光清洁剂。

易卜拉欣笑出声。“我当然知道。好几周过去了，我们好不容易等来了安宁的一天，乔伊丝。你想让我开车带你去动物救助中心，去领你的小狗。”

“啊，是的，拜托了，这正是我想做的事。等你喝完茶，我们就出发‘快乐一日游’，怎么样？”

“恐怕不行。”

“你好像觉得我会接受拒绝？”乔伊丝说，“你认识我多久了？”

易卜拉欣倾身向前，把茶杯放回到矮桌上。“乔伊丝，看着我。”

乔伊丝放下掸子，照他说的做了。

“我明白你想做什么，我真的很感动。你知道我很害怕，你知道我不想离开公寓，更不用说离开养老村了。你知道这种状态不健康，你想照顾我。你非常聪明，不会直接跑过来跟我说加油。你知道我伤得太厉害，一句加油微不足道，所以你用了不同的战术，你的战术更高明。‘易卜拉欣，请你帮帮我。’‘易卜拉欣，我需要你帮忙。’这就是你的战术。可是，乔伊丝，你没必要今天去救助中心，阿兰不会去任何地方，我看过它的照片，这世界上除了你，不会有人选择它。就算你真要去救助中心，也没必要让我开车。你可以坐出租车，或者请别人带你去。戈登·普莱费尔有一辆路虎，运送狗狗再合适不过了。感谢你的善良，但你的善良很容易被看透。我不会再离开养老村，我已经想通了。”

乔伊丝点点头。

“你善于读懂别人的心思，乔伊丝，别以为我没发现。我也看出你是怎么办到的，通过善意的胁迫。不过你要理解，在我身后的这些档案里，有我无法帮助的人，有我无法处理的案例，有我无法解决的问题，不管我怎么努力都没用。你也喜欢解决问题，乔伊丝，你不能容忍不正常的事，所以你面带微笑走进来，我知道你是真心关心我，你请我开车带你去动物救助中心，我怎么可能拒绝呢？还没等我反应过来，我已经坐到了方向盘后面，出了养老村，不久就被一只只流浪狗包围。你觉得虽然我不喜欢狗——其实恰恰相反——但我一定会和这些失落而孤独的动物们找到共鸣。失落而孤独，等着乔伊丝来拯救。这是个很棒的计划，你是个非常真诚、非常聪明的朋友。不过，请听好了，这一切都不会发生。我害怕极了。睿智的人也有承认失败的时候，希望你认可我是个睿智的人，我获得了许多证书。好了，我发自内心地感谢你，但是，仅此一次，乔伊丝，这是你无法解决的问题。”

易卜拉欣靠回到椅背上。

“我理解，”乔伊丝点点头，把掸子扛到肩上，“但我想说的是……”

大约四十五分钟后，乔伊丝看到了动物救助中心的第一个路标，易卜拉欣从出口驶出。

“我喜欢看田野上的骏马，”乔伊丝说，“你能看出它们很快乐。快乐是生命的全部，你觉得呢？”

易卜拉欣摇摇头。“我不同意。生命的秘密是死亡，要知道，一切都跟死亡有关。”

“嗯，就最近的事来说，确实是这样，”乔伊丝赞同道，“但不能说一切吧？好像有点太绝对了。”

“从本质上讲，”易卜拉欣说，“我们的存在因为死亡才合理，死亡为我们的故事提供了意义。我们旅行的终点永远是它。我们的一举一动要么是因为害怕它，要么是因为选择否认它。我们可以每年开车经过这里一次，我们和马都不可能越来越年轻。一切都是死亡。”

“我想这只是看待事物的一种方式。”乔伊丝说。

“是唯一的方式。”易卜拉欣说,“救助中心有厕所吗？”

“应该有，”乔伊丝说，“就算没有，你也可以用员工厕所。”

“哦，我不能用员工厕所，”易卜拉欣说，“我总觉得自己没这个权利。”

“如果一切都是死亡，当然也可以说，一切都*不是*死亡。”乔伊丝说，她对着副驾驶座的镜子涂口红。

“怎么解释？”易卜拉欣问。

“这个嘛，比方说，一切都是蓝色。你、我、阿兰，所有一切。”

“好的。”

“嗯，如果一*切*都是蓝色，我们就不需要‘蓝色’这个词了，对吧？”

“我同意。”易卜拉欣赞同道。

“如果没有蓝色这个词了，也就没有蓝色的东西了，对吧？”

“嗯，死亡是一个事件，所以……”易卜拉欣刚准备解释，看见救助中心的入口出现在左边，“我们到了！”

正好帮他解了围，因为乔伊丝说的确实有点道理。

也许一切真的跟死亡无关。现在领悟，真是时候啊。

81

波格丹盯着棋盘。这不合理。他刚刚犯了一个致命错误，而他从来不会犯致命错误。

斯蒂芬噘着嘴，发现了错误，抬头看着波格丹。

“天哪，”他说，“很不像你，很不像你。”

斯蒂芬走象，充分抓住了对方的失误。波格丹死定了。他又低头看向棋盘，棋子开始跳动，一点儿也不安分。他试着眨眨眼，想让一切恢复原位，恢复秩序。

“心里有事？”斯蒂芬问。

“没事。”波格丹说。这通常是实话，但今天不是。

“既然你这么说，我有什么资格质疑呢？”斯蒂芬说，“也许你又杀了人？”

波格丹看着棋盘，看着棋子，看不到出路。斯蒂芬要赢了。

“你爱伊丽莎白？”波格丹说。

“爱这个字太单薄，”斯蒂芬说，“不过我爱她。对了，她去哪儿了？她确实告诉过我。”

“安特卫普。”波格丹说。

“像她的风格。”斯蒂芬说，“继续。”

“你什么时候知道你爱她的？”波格丹问，“比方说认识后多久？”

“二十秒钟吧，”斯蒂芬说，“我一见到她就知道她是对的人。我当时想，啊，你来了，我一直在等你。”

波格丹点点头。

“你是不是喜欢上什么人了？”斯蒂芬问，“是这样吗？对了，愿意的话，你可以认输。确实无路可走了吧？”

波格丹看着棋盘。也许无路可走了，但还不到认输的时候。

“你怎么知道别人喜欢你？”波格丹问。

“啊，所有人都喜欢你，波格丹，”斯蒂芬说，“不过我想你指的是浪漫意义的喜欢。”

波格丹点点头，又低头看向棋盘，绞尽脑汁寻找出路。

“男人还是女人？”斯蒂芬问，“我向来不喜欢问这个问题。”

“女人。”波格丹说。

“好吧，我欠伊丽莎白二十英镑。”斯蒂芬说，“最好的做法是直接问。喝一杯怎么样？如果她接受，答案自然有了。”

“万一她拒绝呢？”

“那就拒绝吧。拍拍身上的灰，重新出发，天涯何处无芳草。”

波格丹回想起桥上的护墙，桥下的岩石和河水，还有妈妈织的黄色毛衣。他看着棋盘，摇了摇头。有时候，棋子不在规定的位置。有时候，事情不受你的控制。也许这样也没关系，他会约她喝一杯，如果她拒绝，那就拒绝吧。

波格丹朝斯蒂芬伸出手。

“我认输。”

“好小子。”斯蒂芬说，“她是谁？”

“她叫唐娜，”波格丹说，“是个警察。”

“正适合你，”斯蒂芬说，“保证让你走到正道上。约她喝一杯吧，傻孩子。”

波格丹听见大门打开了。伊丽莎白回来了。她走进来，包里装满了文件。

“你好，亲爱的，”斯蒂芬说，“你去哪儿了？”

“安特卫普，亲爱的。”伊丽莎白说，在他头顶上亲了一下。

“像你的风格。”斯蒂芬说。

“你们玩儿得开心吗？”

“波格丹问我什么时候知道爱上了你。”

“哦，真的？什么时候？”

“我告诉他，还没有定论呢，暂且算爱上了吧。”

“怎么会聊到爱的话题？”

“亲爱的，我和波格丹可以有秘密，不是吗？”

“可以。”伊丽莎白赞同道。

波格丹看着从伊丽莎白的包里冒出来的文件。“安特卫普之行怎么样？一切顺利吗？”

“嗯，一切顺利，”伊丽莎白说，“都处理好了。”

82

乔伊丝的日记

阿兰下周就来啦！

救助中心事先要来考察公寓，为了确认我是合适而恰当的人选。我当然觉得我是，不过确认一下也挺好的。

我很庆幸他们不是上周来。厨房地上全是苏流的血，餐桌上有价值两千万英镑的钻石，波格丹把三支手枪藏到了客房的羽绒被下。我不清楚“合适而恰当”的规则是什么，但我想我可能打破了一两条。

啊，顺便说一句，没错，它还叫阿兰，不是拉斯蒂。他们让我们在救助中心的院子里遛遛它，易卜拉欣向我提了几条严厉警告。说实话，每条都适用于它。

我和阿兰简直一见如故。易卜拉欣想让它坐下，它根本不听，开心地追着自己的尾巴转圈圈。真是一只深得我心的狗狗。

我在救助中心给它拍了一张照片。伊丽莎白和罗恩看过了，都说它一看就是个麻烦。我知道他们俩是在大大地夸赞它。

总之吧，这张照片现在是 **@ 欢乐女神 69** 的 Instagram 头像，阿兰怎么样，大家可以自己去评判。对了，乔安娜帮我解决了私信谜团。她进入我的账号，帮我查看了所有私信。她告诉我，如果不想收到一波又一波无穷无尽的骚扰照片，真的应该换掉我的用户名。

不用说，我还没换。

我知道我说过希望还能发生一点儿刺激的事，你记得吗？最近的事总的来说很有趣。

除了波佩。

我们昨天见到了她真正的妈妈，名字确实叫西沃恩，我想这是计划的一部分。我和伊丽莎白陪她坐着，聊着波佩，我和西沃恩都哭了。她去辨认了已经辨认过的尸体，波佩腿肚上的疤痕其实是小时候车祸时留下的。西沃恩有许多照片，我们一起看了一遍。

伊丽莎白给了西沃恩一本诗集，它曾经在霍夫的房子里，在波佩的床头桌上。书签还夹在原来的地方，那一页的诗是《一座阿伦德尔墓》。

阿伦德尔离布莱顿不远，我和格里去那里逛过古董店。当时那里还没有星巴克，我们去了一家很温馨的茶馆。

波佩的葬礼下周举行，我们都会去参加。罗恩准备带上鲜花，送给真正的西沃恩。不愧是永远的乐观主义者。易卜拉欣开车送我们。

伊丽莎白有一点儿失望，因为道格拉斯告诉苏，“想找到钻石，盯着伊丽莎白”。她说这不是什么大不了的事，但她总有一种被背叛的感觉。我大笑，问她是不是没想明白。道格拉斯让苏盯着她，是因为他相信伊丽莎白最后一定能抓住苏。她接受了我的解释，心情好了一些。

也许现在需要一点儿平静和安宁，就一点点？乔安娜周末要过来，她会带足球俱乐部的主席一起来，我做午饭。我还邀请了罗恩，他知道聊些什么。

我问罗恩足球俱乐部的主席一般吃什么，他说火腿、鸡蛋和薯条。还好我了解罗恩的套路，所以我打算做烤肉。

我会告诉他们最近发生的所有事，除了钻石最后的去向。这件事只有伊丽莎白、易卜拉欣、罗恩和我知道，我们一起决定的，这是我们之间的小秘密。我们都需要秘密，不是吗？

说到秘密，我自己也有一个，你不许告诉任何人，我连伊丽莎白都没告诉。上周三我去了趟费尔黑文，码头附近有一家小店。那天你一枪我一枪的地方可能离这家店很近。我提前做了预约。我不确定需不需要预约，特别是在周三。

那位女士花了好几个小时，我现在还觉得有点疼，但是很值得。我从不穿无袖衣，我的胳膊不太适合，所以永远不会有人发现，除非我走了桃花运。它在我左胳膊的最上方，漂亮极了。

一个小小的罂粟花文身。

83

兰斯·詹姆斯一直留着乔伊丝寄给他的宣传册。太贵了，但梦想还是要有的，不是吗？他非常庆幸自己一直留着，钻石的钱一到账，他立刻进行了预约。

他环顾房间，比他的整个公寓还大，橡木墙板、地毯，真正的地毯，两扇大窗户俯瞰着都柏林海湾。

码头的尽头真是一场混战。他花了很长时间才写完报告。谁开枪打死了谁，为什么。省略几个细节，添加一两件可能没发生的事。监视器的录像不见了，所有的证词都来自兰斯、波格丹和康妮。兰斯和波格丹碰头喝了杯啤酒，对好了口径，大功告成。最后的报告绝对足够真实。他以前写过更糟的。

他省略的最主要的细节当然是两颗钻石。老天，它们就那样摆在桌子上，像喷泉里的硬币一样闪闪发亮。他把它们迅速塞进了口袋。还有别的选择吗？不然它们会去向哪里？

这是兰斯第一次做违法的事，也是最后一次。对了，有次和露丝一起度假，他开了一辆租来的车，严格来说，他当时没有保险，但也就仅此而已了。

兰斯的理论是，如果一辈子想犯一项重大罪行，那就从黑手党手上偷钻石。

码头枪杀案发生后，他们给他放了几天假，叫他花点时间放松一下。放松？在那间不属于他的小公寓里？厨房的墙拆除了一半？不出所料，装修老板再也没有回来完成工程。

兰斯坐轮渡到泽布吕赫[1]，然后坐火车到安特卫普，再然后坐出租车到珠宝区，地址是一个军火商提供给他的，军火商欠他一个人情。

所有钻石价值两千万，这个巨额数目他清楚。他偷偷塞进口袋的两颗值多少钱呢？一百万？梦想可以再大胆一点儿吗？两百万？三百万？一路上他都在查阅 Rightmove App 上的信息。

一切刚开始时，苏·里尔登向他介绍了伊丽莎白·贝斯特，她名声赫赫，她有勇有谋，她是安全局里的神话。他以为——回过头看，苏一定也以为——伊丽莎白失去了当年的才能，苏一定以为伊丽莎白·贝斯特很容易对付。

苏会因为她对伊丽莎白的误判后悔很久很久。

---

① 泽布吕赫（Zeebrugge）：比利时城市。

所以啊，当兰斯坐在火车上浏览着一座座昂贵的房子的时候，早该有心理准备了。

珠宝商检查了钻石，微微笑，点点头。“很好，非常好。”他说。兰斯从哪儿弄到的？

兰斯告诉他，一个去世的亲戚留下的。

“有认证文件吗？”

“恐怕没有。”

珠宝商耸耸肩。没关系。他摘下眼镜。

“真的非常好，我可以给你三万。”

一定是兰斯看上去太震惊了，珠宝商立刻说：“好吧，好吧，三万五。”

对啊，当然了，兰斯早该有心理准备，早该知道伊丽莎白不会把一百万或两百万或三百万送到康妮·约翰逊手上，或者送到任何在混乱中有可能得到钻石的人手上。她给了康妮最劣质的两颗，两千万中的三万英镑。兰斯忍不住笑起来。反正他也不太可能花一百万英镑。安全局每年都有审计，查不正常的开销，查奢侈浪费，查俄罗斯人或者沙特阿拉伯人有没有给你打钱，查你有没有偷黑手党的钻石。花三百万是根本不可能的。

但是花三万五呢？那就轻而易举了。他买下了露丝那一半房产。她当然没问他的钱是从哪儿来的，因为对露丝来说，两万五千英镑微不足道。

另外还有一万呢？嗯，这就是他来这里的原因。都柏林的一个大房间，橡木墙板，漂亮的窗户，咖啡桌上堆放着不是用来读的杂志。他等待着。

他想知道两千万的其余部分去了哪里。伊丽莎白会怎么处理？也许她自己留着了，也许苏收买了她。不过兰斯认为这种可能性非常低。不知道将来有没有机会亲自问问她。希望有，他当然还想再见到她。

兰斯拿起《星期日电讯报》，封面的照片很熟悉。“隐藏的宝藏——这是英国最美的花园吗？”马丁·洛马克斯的房子确实是隐藏的宝藏，他想，最终的新房主会在那里挖出什么呢？

他刚翻到文章那一页，角落桌子后面那个穿戴整洁的男人说：“莫里斯医生现在可以见你了。”

兰斯站起来，在这个特殊时刻，抬起手捋了捋头发。把植发前的感觉留在回忆里也好。

“谢谢。”兰斯说。

84

西尔维娅·弗林奇脱掉麂皮鞋，鞋上还有水洼留下的黑印。她把椅子拉到空桌子旁。

自从退休后，她每周来这里两天，已经坚持了十年左右的时间。

她偶尔休息一周，通常是儿女和孙子、孙女去看望她的时候。她没有自己的办公桌，哪里有空位，他们就把她安排在哪里。空间不够，资金不够，西尔维娅很高兴能参与进来，很高兴能帮助这些帮助过她的人。

不管他们把她安排在哪里，她总是拿出丹尼斯的照片，靠在电脑上，时刻提醒自己为什么来这里。

她登录了网上银行系统，今天的任务是核对账目，确保转入的钱已到账，确保没有未授权的资金流出。有时会有一些异常现象，比如承诺的转账没有兑现，或者有员工用错误的信用卡买了午饭。从来没有什么严重问题，但最好还是核实一下。

可是今天，当西尔维娅点开主账户，立刻发现了一个错误。她的第一反应是这个错误很好玩儿。如果回到过去快乐的日子里，她会把这样的事当笑话讲给丹尼斯听。

西尔维娅打电话给银行，提供了细节，说明了她发现的错误，却被告知这不是错误。不可能。她请电话那头的女士再核实一遍，那位叫莉萨的女士非常友好，又检查了一遍。没有错误。于是西尔维娅询问了更多详细信息。

她向莉萨表示感谢，挂了电话。

大人物们都在开会，八个人围着一张桌子，桌子实在是太小了。会议室玻璃墙的下半部分是磨砂的，上半部分是透明的，她能看见他们的头顶。主管被挤到一个角落里，站在挂图板旁，指着一些数据说话。

西尔维娅以前从没打断过会议，事实上，她做梦也想不到自己会做这种事。她从不喜欢引起别人的注意，令她高兴的是，当会计很少需要打断会议。但眼下这种情况，她可能不得不这么做。

她一遍又一遍检查屏幕上的信息，一遍又一遍检查刚刚写下来的信息。她最后看了一眼丹尼斯的照片。她的丈夫，她的爱人，患上了痴呆症，永远离开了她。一个死了两次的男人。勇敢点，西尔维娅，丹尼斯和你在一起。

她走到会议室门前，听到里面讨论的声音，突然觉得有点尴尬。她在门口站了一会儿。她走进去，他们会怎么看她？那个愚蠢的瘦老太太？那个说声早上好，把丈夫的照片摆在桌子上，然后一整天不吭声，直到说再见的西尔维娅？那个每次有人请她喝杯茶，她都会默默举起保温杯的西尔维娅？那个永远不知道哪件毛衣应该搭配哪条裙子的西尔维娅？好吧，看来她无法改变她是谁，这一点很重要。西尔维娅敲了敲门。

里面稍微安静了一下，接着传来一声“请进”。

西尔维娅推开门，桌旁的脸和挂图板旁的脸都转向了她。她感到一阵眩晕。挂图板上印有这家慈善机构的标志——“痴呆症患者之家——爱之家”。他们尽全力帮助了她和丹尼斯，她也尽全力回报着他们。她没有钱可以付出，所以她付出时间。她看见他们正等着她说话。好吧，不管那么多了。

“非常抱歉打扰你们，”她说，“请问有人知道安特卫普的两千万英镑是怎么回事吗？”

《周四推理俱乐部：消失的子弹》
简体中文版 2023 年上市

（暂定封面）

- **“周四推理俱乐部”系列全球销量突破 *650* 万册**
- **版权输出到 *43* 个国家和地区**
- **被专业图书数据公司尼尔森称为“现象级出版物”**
- **导演斯皮尔伯格已购买电影改编权**

又到周四，“推理俱乐部”如期聚会。

四位老友依例讨论悬案，却不知新麻烦已悄然而至。伊丽莎白、乔伊丝、罗恩、易卜拉欣没料到，一个当地的传闻和一件没有尸体的谋杀案正在身边发生。

与此同时，伊丽莎白的一位老友不请自来，这位不速之客来破解悬案？来观战？来火上浇油？四位“安乐椅神探”将如何演绎、推理、捕获凶手？

“周四推理俱乐部”的故事远未结束，探案仍在继续。

桂图登字：20—2021—042

图书在版编目（CIP）数据

周四推理俱乐部：活了两次的男人 / (英) 理查德·奥斯曼著；张雅琳译. — 南宁：接力出版社, 2022.12

ISBN 978-7-5448-7984-2

Ⅰ. ①周… Ⅱ. ①理…②张… Ⅲ. ①长篇小说—英国—现代 Ⅳ. ①I561.45

中国版本图书馆CIP数据核字（2022）第212895号

责任编辑：马 婕 陈 楠　装帧设计：崔欣晔　责任校对：李姝依

责任监印：郝梦皎　版权联络：王彦超　营销主理：蔡欣芸 贾毅奎

社长：黄 俭　总编辑：白 冰

出版发行：接力出版社　社址：广西南宁市园湖南路9号　邮编：530022

电话：010－65546561（发行部）　传真：010－65545210（发行部）

http://www.jielibj.com　E－mail:jieli@jielibook.com

经销：新华书店　印制：中煤（北京）印务有限公司

开本：880毫米×1250毫米　印张：15　字数：280千字

版次：2022年12月第1版　印次：2022年12月第1次印刷

印数：00 001—35 000册　定价：58.00元

主持人须知

故事背景

在英国乡间的一个高档养老社区，四位七八十岁的老人自发组成神秘组织“周四推理俱乐部”，每周四集中推理过往悬案、疑案的疑点。在第一部中，他们凭借自己的智慧，成功破解了一场连环凶案。自此之后，他们又回到了宁静的养老生活当中，但谁都忘不了第一次冒险带来的刺激体验。在这宁静生活的表面下，似乎又有着什么正在发生变化，而第二部的故事，就此展开……

剧本类型

欢乐、情感、机制。

随原著小说附赠的“桌面游戏”，非独立商品，不营利。

面向受众

完全没接触过剧本杀的“萌新”、剧本杀新手、进阶玩家、原著读者。

玩家人数

2 男 2 女（可反串。另外再加 1 位主持人，必须要有主持人！）。

剧本时长

2—3 小时。

剧本道具

组织者手册（1 本）、人物剧本（4 本）、线索卡（12 张）。

剧本流程

介绍背景→分发角色→阅读第一幕→体彩游戏→遗体游戏→智诈游戏→谁干的坏事→阅读第二幕→小偷是谁→阅读第三幕

开本准备

不能盲开！请主持人先熟悉一遍手册全部内容，准备好游戏需要的道具（如果主持人能看一遍四个角色的剧本就更好了）。

主持人在破冰环节中也会参与到游戏当中，所以主持人不用担心自己没有游戏体验。

这个作品一般用于聚会、休闲，强调娱乐性与开放性，担任主持人不需要专业性，甚至可在不影响关键剧情进行的前提下，根据自己的喜好、需要以及实际情况对机制游戏做主观调整。

特别说明

剧本杀的故事作为补充的“外传”，因此即使玩家看过小说，也不会影响剧本杀的体验。

同样，在看小说之前先玩过此剧本杀，也丝毫不影响对原著小说的阅读体验。

请未玩过前作剧本杀的朋友放心，两者之间虽在时间线上有联系，但剧情上没有必要的关联，因此直接从第二部的剧本杀开始玩也并不会影响体验。

（但需注意的是，小说还是建议从第一部开始读！）

小说和剧本杀从两个不同的产品层面，带读者／玩家以沉浸的方式进入“周四推理”，成为俱乐部的一员，而在故事核心悬念方面有根本性差异，请主持人务必向玩家说明这一点。

正式开始

介绍背景：

正式开本前，主持人需对玩家进行简单的背景介绍，话术参考如下：

“你们是四位七八十岁的英国老人，住在英国乡间的高档养老社区里，每天无所事事，私底下秘密组织起了‘周四推理俱乐部’，做‘安乐椅神探’破解以前那些警察没能解决的悬案。不久之前，你们四人齐心协力，比警察更快破解了一起发生在养老社区周边的连环命案。但养老社区终究只是养老社区，哪来这么多命案？所以之后你们又回到了像以往那样的安逸生活。可你们并不安分啊，虽然你们经历过上次的冒险，关系都变得特别好，但各自似乎都有着不愿意透露的小秘密。而养老社区里最近发生的一些奇怪的事情，好像也和你们有些关系。到底是什么事情呢？咱们先来看看主角是哪四位老人吧。”

介绍人物：

介绍完故事背景后，介绍四位角色——前特工奶奶伊丽莎白、“扮猪吃老虎”高手乔伊丝、“人形火药桶”罗恩、极度完美主义者易卜拉欣。主持人向玩家公开每一个角色剧本的封面，并按照封面内容逐一阅读一遍，让玩家有初步的了解。

阅读第一幕

当玩家自行挑选完角色后，让他们翻开第一幕，一直看到“未经主持人允许，请勿翻开下一页”为止，之后的内容不要继续翻阅。

破冰环节：

体彩游戏

游戏规则：

当大家都阅读完毕之后，主持人扮演年迈的“院长”角色，用以下话术开场：

“老伙伴们，好久不见，你们知道我是谁吗？”

待玩家回答。如果玩家回答正确，主持人就夸赞他们；如果玩家回答错误，主持人便纠正过来。

接下来，主持人继续以下话术：“我是院长。是的，你们很少有机会见到我，其实我也已经80多岁了。这次我出去奔波呢，是参加了一个会议。会议上说啊，现在咱们老年人普遍都不重视身心健康，所以督促我回来举办一次检查。哎哎哎，大家别慌，这个检查不是你们想象的那样子，而是玩游戏。没错，我们通过三个游戏，来看看你们的‘体’与‘智’是否达到了养老社区的合格标准。第一个游戏是关于‘体’的。‘体’是什么呢？是‘体彩’的意思！毕竟啊，咱们到了这把岁数，谁也料不准哪天去见上帝，这都是运气使然。而生命就代表着运动，彩票就代表着运气，体彩就代表着生命的运气。加上最近卡塔尔的世界杯不是又引起了一波体彩的热度吗？所以咱们也要跟上潮流，应应景，今天就来玩一波体彩游戏。放心，不是让你们去买彩票，而是更直接的——玩色盅！”

主持人说完以上内容之后，等玩家都理解透彻，再进行以下规则说明（如果玩家早已懂得，或者有不同于以下统一规则的其他规则，则不用继续解释）：

“你们要自行分成两队，两人一队。每队先派出一个人进行对决，以车轮战的方式进行，其中一队全灭了便结束一轮游戏。

“色盅 5 个色子。两人摇了色盅后正式开始。每人喊一个数字，最少从‘两个 X’开始，例如‘两个三’。也可以从‘三个三’‘四个五’开始……

“如果对方认为 10 个色子加起来没有两个三，那就可以喊‘开’。开了之后，如果确实数量不足，那么喊的人输；如果数量足够，那么开的人输。如果不喊‘开’，那就继续玩下去。

“每次叫的数字都必须比前面的大。例如：前面喊两个三，下一个就只能喊两个五或者三个二之类，依次类推。

“一般情况下，色子‘1’可以作为任何数，但是如果有人喊‘两个一’，或者‘三个一’‘四个一’之类的，那么从此之后‘1’就只能当作一点，而不能再作为其他任何数了。

“最终必定得有人喊才会算一轮结束。”

【注意！如果没有实体的色盅道具，可让对决的玩家在微信上私聊发院长五个色子！】

玩家技能

玩家了解游戏规则之后，请院长继续将技能告知玩家。

每一位玩家都有专属技能，且在不同游戏中，技能的作用都不一样。

每个人的技能在三场游戏中总共最多只能使用五次。

在“体彩游戏”中——

乔伊丝的技能是“腹泻酸菜”！

描述：偷偷在为对方准备的甜点里加入腹泻酸菜，导致对方在摇色子时忍不住当场腹泻，手气不佳。

效果：使对方数字最大的色子都自动减少一个数字。

要求：既可针对对手使用，也可针对队友使用，但不能对自己使用（怎么能忍心给自己吃腹泻酸菜啊）……若乔伊丝使用此技能，需在两人正式开始喊数字前使用。

伊丽莎白的技能是“时间管理”！

描述：伊丽莎白化身“007”，像电影主角那般，为了凸显自己身手的敏捷，周遭一切的时间流速会变慢，对手的摇色子速度变慢，只有主角一个人还能行动自如！

效果：如果对自己摇出来的数字不满意，可以申请重新摇一次。因为你的速度太快了，所以你再摇一次，反应迟钝的对手也不会发现！

要求：必须是伊丽莎白亲自上场游戏才能使用，且需在两人正式开始喊数字前使用。

罗恩的技能是“霸气震波”！

描述：在对方面前脱下上衣，露出壮硕的胸肌，开始剧烈抖动，让对方感受你的霸气！

效果：如果不满意摇出的数字，可以利用霸气震波震动其中一个色子，震到它变成另一个随机数字。

要求：可针对自己或队友使用，需在两人正式开始喊数字前使用。

易卜拉欣的技能是“体香诱惑”！

描述：你自然地抬起手臂，露出迷人的胳肢窝，散发出积聚了80年的清新体香，进而迷惑对手！

效果：可趁对手受到体香迷惑的时候，获知其中一个色子的数字。

要求：任何时候都可以使用，正式开始后仍可以使用。

分数统计：

五局三胜。队伍两人全灭才算一局结束。最终三胜的队伍每人获得2分，输掉的队伍没有得分。分数在后面有用。

遗体游戏

游戏规则：

当大家进行完“体彩游戏”之后，院长用以下话术开始遗体游戏：

“刚才简单测试了一下大家的运气，相信每个人心里都对自己的运气有了了解。那接下来呢，还有一项关于‘体’的游戏。”

这里，主持人可以停下，询问一下大家能不能猜到是什么“体”。

过了二三十秒，主持人可以继续以下话术：

“是遗体游戏！你们没听错，就是遗体，死人的那个遗体。啊……可能有些伙伴会觉得，为什么要玩这么晦气的游戏？哎呀，你们想想，你们都多少岁的人了？咱们的养老社区专门建在墓地的旁边，不也是方便你们搬家嘛。天有不测风云，咱们也不知道自己啥时候突然就搬家了，那搬去那边自然会很不适应嘛。所以咱们今天做这个游戏呢，就是让大家提前习惯成为一具遗体的感觉。

“别看游戏这么特别，其实规则很简单，依然是2VS2车轮战，其中一方决定一个行为，两人要一直保持这个行为不能有任何的变动。哪一方先变动了就算输。毕竟遗体嘛，遗体就是一动不动的嘛。例如：如果行为是不能眨眼，那么两人谁先眨眼就算输。第一轮的第一次挑战由体彩游戏的获胜方决定采取什么行为比赛，然后轮流决定。在比赛的时候，队友可以对对手进行任何形式的搅扰，但请注意尺度。”

【游戏例子：两人同时喝掉半罐可乐，谁先打嗝谁输；两人同时金鸡独立，谁先无法保持平衡谁输……】

玩家技能：

玩家了解游戏规则之后，请院长继续将技能告知玩家。

每一位玩家都有专属技能，且在不同游戏中，技能的作用都不一样。

每个人的技能在三场游戏中总共最多只能使用五次。

在“遗体游戏”中——

乔伊丝的技能是“腹泻酸菜”！

描述：偷偷在为对方准备的甜点里加入腹泻酸菜，导致对方在假扮遗体时忍不住当场腹泻。

效果：使对方在保持动作的同时，保持半蹲排便的姿势（例如，如果这轮是“金鸡独立”，那么对方必须要以半蹲的姿势来进行。无论什么动作，都必须半蹲，不能全蹲）。

要求：既可针对对手使用，也可针对队友使用，但不能对自己使用（怎么能忍心给自己吃腹泻酸菜啊）……若乔伊丝使用此技能，需在动作决定好之前使用。

伊丽莎白的技能是“时间管理”！

描述：伊丽莎白化身“007”，像电影主角那般，为了凸显自己身手的敏捷，周遭一切的时间流速会变慢，只有主角一个人还能行动自如！

效果：可以自由活动两秒。因为你的速度太快了，所以你在进行游戏的时候乱动，反应迟钝的对手也不会发现！

要求：必须是伊丽莎白亲自上场游戏才能使用，且需在游戏进行时使用。

罗恩的技能是“霸气震波”！

描述：在对方面前脱下上衣，露出壮硕的胸肌，开始剧烈抖动，让对方感受你的霸气！

效果：可将这轮的动作决定权抢到自己手里。

要求：可针对自己或队友使用。

易卜拉欣的技能是“体香诱惑”！

描述：你自然地抬起手臂，露出迷人的胳肢窝，散发出积聚了 80 年的清新体香，进而迷惑对手！

效果：可使对方比你提前两秒开始保持动作。

要求：需在游戏正式开始前使用。

分数统计：

三局两胜。队伍两人全灭才算一局结束。最终两胜的队伍每人获得 2 分，输掉的队伍没有得分。

智诈游戏

游戏规则：

当大家进行完“遗体游戏”之后，院长用以下话术开始智诈游戏：

“经过‘遗体游戏’，相信大家都对自己未来去别处生活有了简单的了解。那么接下来呢，就轮到了‘智诈游戏’。哎！别听错，不是‘智障游戏’，是‘智诈游戏’。‘诈’是诈骗的‘诈’。最近啊，咱们有很多老朋友都被各种不良分子，以什么保健品、保险等等的借口给骗去了不少养老金。所以呢，咱们今天就是来看看大家的防诈意识。

“这个游戏又叫‘诈死你’，首先我作为院长，准备好五张身份卡，其中有两位是‘骗子’，另外三位是‘老实人’。因为我也参与到游戏当中，所以这五张身份卡，我们自行来挑选。之前的队伍都已经解散了，现在大家都是不确定队友的自由人。任何人都只能知道自己挑的是什么身份。

“大家拿到身份卡后正式开始。在我们所有人面前有五位老人家，每一天我们只造访一位。第一天，我先来担任决定人，决定我们之中的其中两个人去造访。然后最终通过这两个人的选择，来决定老人家是否被诈骗。老实人只有一个选择，那就是‘老实’；但骗子可以有两个选择，就是‘老实’与‘诈骗’。只要最终有一个人出了‘诈骗’，那就证明拿‘老实人’身份的三个人失败了。

“第二天，决定人就从我转移到下一个人。每一天的决定人都是不一样的，决定人也可以派自己前去造访。同时，如果有人觉得决定不靠谱的时候，可以发出‘罢免决定人’的要求。当罢免的票数达到半数以上时，决定人更换，由新的决定人来决定谁去造访老人家。

“那么如何决定胜负呢？刚才说了，老人家一共有五位。当有三位老人家成功防止诈骗，那么老实人获胜；当有三位老人家被诈骗了，那么骗子获胜。

“每天派去造访老人家的人数也是有规定的。第一天是2位，第二天是3位，第三天是2位，第四天是3位，第五天是3位。因此，在这里可以提醒一下，骗子选择出‘诈骗’牌的时机也很重要哟！”

【注意：请先准备好纸笔，写好五张身份牌，以及五张在正反面各印着“诚实”与“诈骗”的选择牌，分发给所有人。由于院长也参与游戏，在场的都是玩家，因此为了避免前往造访的人出牌时暴露身份，请其余人在出牌阶段时紧闭双眼，让出牌的人将牌移向桌子中心。同时，为了避免三人造访时，第二位出牌的人能根据第一位的出牌准确锁定其身份，因此请在三人造访的阶段，由无关人员通过私聊的方式决定出牌顺序。这样的话，即便第二位出牌看到第一位是出了“诈骗”，也无法确定到底是另外两个人之中的哪个人出的！】

玩家技能

玩家了解游戏规则之后，请院长继续将技能告知玩家。

每一位玩家都有专属技能，且在不同游戏中，技能的作用都不一样。

每个人的技能在三场游戏中总共最多只能使用五次。

在“诈死你”中——

乔伊丝的技能是“腹泻酸菜”！

描述：偷偷在为对方准备的甜点里加入腹泻酸菜，导致对方忍不住当场腹泻。

效果：强制某人在本回合上厕所，无法造访。

要求：一局只能使用一次。需在决定好造访人之前使用。

伊丽莎白的技能是“时间管理”！（保密）

描述：伊丽莎白化身“007”，像电影主角那般，为了凸显自己身手的敏捷，周遭一切的时间流速会变慢，只有主角一个人还能行动自如！

效果：当易卜拉欣对伊丽莎白用技能时，伊丽莎白可以通过敏捷的身手躲避他的调查。

要求：此技能为永久被动技能！且请主持人注意，不要将这个技能告知任何人，避免让易卜拉欣提前知道从而选择避开伊丽莎白。如果易卜拉欣选择调查伊丽莎白，主持人便私自告知他“由于特殊原因，这次调查不到任何信息，请下一局再使用”。

若有人问起伊丽莎白技能的具体效果，主持人保持神秘便可。

（值得一提的是，在故事剧情中，易卜拉欣作为心理医生，对任何人的心理都了如指掌，唯独最神秘的伊丽莎白是他一直无法探索到的。）

罗恩的技能是“霸气震波”！

描述：在对方面前脱下上衣，露出壮硕的胸肌，开始剧烈抖动，让对方感受你的霸气！

效果：强制让自己当本回合的决定人，不容许反对。

要求：只能针对自己使用，在一局游戏中最多只能使用一次。需在本回合最开始的时候使用，不能等到别人决定了再使用。

易卜拉欣的技能是“体香诱惑”！

描述：你自然地抬起手臂，露出迷人的胳肢窝，散发出积聚了 80 年的清新体香，进而迷惑对手！

效果：可直接得知某人的身份，且需告知自己要查谁。

要求：每一局只能用一次，可在游戏进行的任何时刻使用。但请注意！易卜拉欣得知了某人身份后，在这一局游戏中，都不能直接向他人透露自己获得的信息，但可以通过行动来表示（例如，“老实人”易卜拉欣得知“骗子”罗恩的身份，不能直接将“罗恩是骗子”这一信息告知他人，也不能参与任何对他身份的猜测，但可以在决定造访人时，通过自己的决定来暗示）。

分数统计：

五局三胜。每一局（也就是三位老人家成功逃脱或被欺骗）结束后，重新分配身份牌。

与前面两个游戏有些不一样，这里的每一局结束都算分。如果那局是老实人胜利，那么每位老实人获得 2 分；如果是骗子胜利，那么骗子获得 3 分。院长赢了也会获得分数，只不过没有作用而已。

谁干的坏事：

当游戏结束后，院长请义正词严继续以下话术：

“好了，咱们的游戏玩完了，该说正事了。在我不在养老社区的这段日子里，你们里面好像有些人闲着没事干，到处搞一些奇奇怪怪的事情出来。明明都大半个身子入土了，马上都要搬去隔壁了，还在这里搞什么随地吐痰、破坏绿化，做一些小偷小摸的见不得光的事情，看一些成人读物——你们都是老年人了，还妄想着自己精力充沛呢……甚至有些人啊，大概是老糊涂了，好像还被骗入了奇怪的组织。哎，你说你们，就唯恐咱们的社区不乱是吧？行，现在先给你们自首的机会。如果有人愿意主动说出自己都干过些什么事，那我可以免掉对你的惩罚。但如果你们想着隐瞒，最后又被我给揪出来的话，那就不好意思了，到时可别怪我不留情面……来吧，大家都讲一下自己的故事吧！当然，也欢迎你们举报别人干过的事情，大大有奖啊。”

说完这段话之后，院长让四位玩家轮流分享一下自己的故事。注意，让他们代入到角色当中，以第一人称、以自己的口气复述故事。

四位玩家分享完毕之后，必定是有所隐瞒的，这时院长可以先提出以下问题，引导他们继续自行进行互动：

“①随地吐痰的是谁？②乔伊丝的低语是什么？③乔伊丝在跳什么舞？④谁偷了书？⑤谁去爬树了？⑥罗恩房间里为何有那么多揉成一团的纸巾？⑦晚上的巨响是谁发出的？⑧为何会发出巨响？”

提出这些问题之后，玩家讨论与互相算计的积极性会上升。当大家已经讨论不出什么，或讨论已进行了 5 分钟左右的时候，院长看准适当的时机，打断玩家的讨论，并继续以下话术：

“看来各位还是嘴硬啊，七八十年锻炼出来的嘴皮子功夫都挺了得。既然讨论不出什么所以然，那这样吧，我手头上刚好有四条线索。我可以给刚才游戏中分数最高的那个老人家一个奖励，就是自己选择任意一条线索，可以私藏，也可以公开，还可以欺骗。那么，刚才分数最高的是哪位呢——”

院长询问分数最高的玩家，选择拿掉哪张线索（也可以选择放弃这个特权）。拿掉之后，院长将其余的线索公开派发给大家，然后继续以下话术：

“有了这些线索，我相信你们一定能够解决我刚才提出的八个问题。”

院长引导玩家继续展开讨论。过了 3—5 分钟，或大家都已经心有定论，院长准备好小纸条与笔，分发给每位玩家，然后看准恰当的时机，继续以下话术：

“现在我们来针对每个问题进行投票。我问一个问题，你们就将答案写在纸条上。我先来说一下分数如何统计——在座四位都知道哪些问题对应着自己。如果我问到的问题是对应别人的，而你的回答正确，那么你个人就会得到 1 分；回答错误，则不得分。如果得票最多的那个人恰好就是正确答案，那么那个人减 2 分；如果得票最多的那个人是错误答案，那么那个人不减分。

“如果我问到的问题正好是对应你本人的，那么你如果选择保险一点儿，投自己，就能得到 1 分；如果你选择投别人，而那个人也恰好得票最多的话，那么你个人能得到 2 分；如果你选择投别人，而那个人并非得票最多的话，那么你个人会额外减 1 分。

“还有类似②③⑥这些已经有特定指代人的问题，那么就按照大家回答的实际内容来判定。最终分数最少的人，可要小心一点儿哟！”

玩家理解规则之后，院长可以开始按照顺序逐一提出以上的八个问题，让玩家们在纸上秘密投票。当投票结束后，院长回收纸条，统计分数，并公布刚才问题的答案：

“①易卜拉欣；②在唱《孤勇者》；③现在某音 App 上很流行的‘躲闪摇’，从中国流传到国外，然后又从国外流传回中国；④罗恩；⑤易卜拉欣；⑥罗恩在看爱情类的影视剧

（回答爱情电影或韩剧都正确）；⑦伊丽莎白；⑧因为伊丽莎白在玩 VR 设备。”

院长只需要公布答案便可，然后玩家们应该会一头雾水，好奇为何其他人会做出这些行为。这时候院长可以让他们不用隐瞒与欺骗，完全公开地补充分享自己的第一幕信息。

当玩家补充分享完毕之后，院长宣布最低分的角色，并继续以下话术：

“分数最低的需要接受惩罚。惩罚是什么呢？大家应该都能猜到，我给一个小提示：今天是星期几？”

如果玩家回答错误，院长则说：

“不不不……你们难道都忘记自己是在什么俱乐部了吗？”

如果玩家回答正确，院长则说：

“没错！咱们都是周四推理俱乐部的成员。大家聚集在一起，今天当然是星期四了。那说到星期四呢，在遥远东方的神秘国度，那里也特别重视这个日子。每到星期四，他们就会口耳相传着一句话——‘疯狂星期四，V 我 50’！所以呢，得分最低的老伙计，你的惩罚就是在咱们的微信群里 V 大家 50 红包！哎呀，50 块就不用了，毕竟养老金存起来也不容易，就 V 个 50 毛——5 块钱吧！”

待得分最低的玩家发了红包之后，院长就可以让大家翻开第二幕了，一直看到“未经主持人允许，请勿翻开下一页”为止，之后的内容不要继续翻阅。

阅读第二幕

当玩家阅读完第二幕之后，请主持人继续以下话术：

“提醒一下各位，刚才在第一幕我扮演的是院长，但现在已经回到原来的主持人的身份了。大家先来分享一下，在这一周自由活动的时间里，各自都经历了一些什么事情吧。”

主持人引导玩家轮流分享自己的故事。

小偷是谁：

当四位玩家都分享完毕之后，主持人继续以下话术：

“大家都知道，伊丽莎白的 VR 设备被人偷走了。目前只可以确定，偷走的人就在那栋住宅楼里。至于小偷是谁呢，我这里刚好有 8 条线索，希望你们周四推理俱乐部能够找出小偷！”

主持人派发第二轮线索，然后给玩家留 5—15 分钟进行推理讨论。

当玩家已经推理出真相，或时间已经过了 15 分钟，主持人便可进行推理复盘：

“现在嫌疑人总共有六位，首先看看我们可以快速排除掉什么人。要当一个小偷，把 VR 整个道具给拿走，肯定最起码是需要一只手的。而根据第 6 条线索，我们可以确认三层房间 2 的老婆婆手脚极其不利索，她一只手拄着拐杖，另一只手由于中风无法承重，整个人是非常脆弱的，她是没有能力去行窃的。而我们也没有找到她可能会帮助隔壁老婆婆做伪证的可能性，既然如此，那么她说房间 1 的老婆婆从 9 点开始就打瞌睡的证词是可信的。也就是说，三层房间 1 和房间 2 都可以排除。

“接下来需要联系到楼梯的线索。已知左侧楼梯在 10 点 30 分之后是没有人踏过的，而 VR 设备被偷的时间是在 10 点 30 分之后，因此可确定犯人没有经过左侧楼梯。既然如此，如果犯人不是三层房间 5 的老婆婆，那么犯人必定经过右侧楼梯。而右侧楼梯是只要踏上就必定会发出响亮的声音，且这声音会传到最近的两个房间。可是根据第 7 条线索，房间 5 的老婆婆明确没有听到过任何响声，那这不就证明犯人唯一的可能性就是她自己吗？

“所以，偷了 VR 设备的犯人真是她吗？先别急，因为还有其他的疑点没有解决。三层房间 5 的老婆婆晚上 10 点就洗澡，为何第二天一早接受讯问时身上却有不属于她的香水味？我们结合第 8 条线索，可知她和二层房间 1 的老爷爷有不寻常的关系，加上这香水味，可推断出案发当晚三层房间 5 的老婆婆实际上是去了二层房间 1，如何确定她后来是否回去了呢？如果老婆婆回房间，她必定会洗澡，因为她有着严重的洁癖，不允许私人房间存在异味。而第二天她的身上有浓烈的香水味，显然是证明她没有洗澡，也就没有回过自己的房间。

“除此之外，结合刚才楼梯油漆的线索，加上两个老人的阴影，可知他们并不知道左侧楼梯有油漆，而他们也必定不会走右侧楼梯。但老婆婆必定要走左侧楼梯下来，所以两个人必定是在10点10分之前就在一起，而且就这样一直持续到第二天早上。

“既然推断出老婆婆在案发时间段实际上并不在三层房间5，那么她的证词自然就是无效的。她是为了隐瞒地下情的关系才撒谎。也就是说，嫌疑人就在剩下的二层房间2和房间4当中。

“如何确认唯一的可能性呢？现在我们知道，嫌疑人必定是通过右侧楼梯前往伊丽莎白房间的。那这就有个问题，为什么他不选择走左侧楼梯？左侧楼梯很稳固，可以尽可能隐瞒声音。而右侧楼梯会发出巨大的响声，必定会被三层房间5的人听到。为何嫌疑人依然如此冒险？当然，我们现在知道左侧楼梯有油漆会留下脚印，可护工明确说了，这消息没有告知过任何人，在嫌疑人的认知里就不存在这个问题。我们换个角度来看看，有没有可能是嫌疑人觉得右侧楼梯才更加隐秘呢？也就是说，嫌疑人是否有可能知道三层房间5的老婆婆去了二层房间1？

“根据线索5可知，他们的私会的动静是有可能被隔壁的人听到的，最远能传到两个房间开外。加上他们之间关系不一般，这八卦已经在养老社区里广为流传。所以嫌疑人当天晚上准确知道右侧楼梯的声音不会被人察觉，而左侧楼梯还是有风险。也就只有这样的逻辑才能解释为何犯人会选择右侧楼梯。那么在剩下的嫌疑人里，谁有可能听到他们的动静呢？也就只剩下二层房间2的老爷爷了……”

当大家都理解了逻辑推理的复盘之后，请主持人继续以下话术：

“二层房间2的老爷爷为什么要偷伊丽莎白的VR设备？哎呀，相比起这个问题，他的身份大概会让你们更加吃惊。住在那里的老爷爷，就是不久前与你们一起玩游戏的院长！

“我们花了很长的时间，动员了整个社区，都找不到院长的人影。难道他畏罪潜逃了吗？而就在这个时候呢，我们突然收到了一个惊人的消息，说在不远处的某个海滩上，发现了院长的尸体！他的尸体被一个巨大的降落伞给包裹住了。警方判定他是因为年纪太大，高空跳伞导致心脏破裂。

“警方在他的身上找到了遗书，上面记载着他选择跳伞自杀的原因，原来是他已经癌症晚期，剩下的时间不多了，他想圆了自己最后的一个心愿。遗书提及了很多人，同时里面也提及你们周四推理俱乐部的四个人。他说自己的亲人是做VR科技的，所以他偷了伊丽莎白的VR设备，特意加工打造了一下，最后给你们四个人都分别留下了一份独特的礼物，礼物就放在养老社区他专属的一个房间里。你们大概都很好奇他留下了什么礼物，而他又为什么要专门给你们留下礼物。现在，我们一起前往那个房间，去看一看吧……”

说罢，主持人就可以让大家翻开最后一幕了。

阅读第三幕

当玩家阅读完第三幕之后，主持人可让他们分享一下自己在 VR 中看到的故事。当玩家分享完毕之后，请主持人发表最后的结束语：

“《周四推理俱乐部 2：活了两次的男人》的剧本杀就到此为止了，谢谢大家的体验。这个故事其实是剧本杀作者路过小卢根据原著小说，在比较有限的篇幅中，在不影响这个系列人设，也不影响主线故事，同时也要与原著做一定程度呼应的情况下进行的一个‘小外传’性质的改编衍生，它其实相当于一个‘三幕剧’式戏剧结构的短篇故事，适当地放大了这四位老人身上原有的矛盾：乔伊丝着重于亲子关系、自我认同这方面，伊丽莎白着重于对过去、虚妄与宏大追求的偏执这方面，易卜拉欣着重于自我压抑这方面，而罗恩则着重于情感表达错位这方面。相信各位在体验过这个剧本杀之后再去阅读小说，会更有亲切感，也会有更多的体会与共鸣。同样，也相信各位在看完小说之后来体验剧本杀，会感受到更多的乐趣。请期待《周四推理俱乐部 3》！”

作者简介：

路过小卢，广州人，现为语音互动小说作者。从小嗜读小说，2015 年于《推理世界》杂志刊登《天使的礼物》出道，每年均有小说发表于各处，著有《干杯，最后今晚了》《残花枷锁》等；2022 年为《侦探往事》《周四推理俱乐部》《生门》《桐花中路私立协济医院怪谈》创作衍生剧本杀；作为编剧创作的短剧《死亡试炼 1》《死亡试炼 2》即将拍摄并上架网络平台。

针对此剧本杀，微博 @周四推理俱乐部为你录制了引导教程，欢迎观看。如有疑问，也请在微博上联系 @周四推理俱乐部。

奇怪的老人们

你名叫易卜拉欣，今年已经80岁了。在别人连自己的大小便都不能自理的年纪，你依然坚持每天早上6点起床，游泳锻炼，保持良好的身材和精神状态。你是一名绅士，还是一名极致的完美主义者，总是西装革履，身上喷着香水，胸前口袋里是永远洁净的手帕。

你曾经是一位心理医生，善于和别人谈天说地。

但你这一生没有配偶与子女。你享受一个人的安稳，随遇而安。在你数十年的心理医生经验中，大多数的心理疾病患者本质上都对自己的生活不满意，都是冒不必要的险。你很早就从各种反例中看清了，只要不产生不必要的欲望便能活得安逸，何必庸人自扰呢？

到了一定年纪，你也就独身一人住进了养老社区。热闹、琐碎又安逸的日子令你无忧无虑。

你加入了“周四推理俱乐部”，交了三个好朋友。

平时做主导的是伊丽莎白。她曾经是英国情报机构的工作人员，为国家出生入死。她每天都容光焕发，神采飞扬，丝毫没有70多岁老人该有的老态。你本来对她是抱有一种危险感的，因为她神秘莫测。作为一名心理医生，那些无法被你解读的人是最可怕的。但经历过上次的谋杀案之后，你对伊丽莎白的看法有了改观，她的表现增加了你们之间的信任。

另一名女性是乔伊丝。她很娇小，身型像个小女孩，眼睛格外明亮。她为人沉默、低调、不张扬，脸上始终是一副温和慈祥的神情。由于有外科护士的职业习惯，她非常懂得照顾人，且擅长倾听别人说话。相处下来你发现，假如她换职业，想必也会是一名优秀的心理医生。

俱乐部的另一位男成员是罗恩。你对他的第一印象不算太好，说好听点是“急性子”，难听点是“暴脾气”，绅士风度什么的在他身上不见一丝踪影。他曾经是英国工人运动的急先锋，永远与政府作对，和警察发生过无数次冲突，甚至还坐过牢。即使是在平日，他也总是气势汹汹地出现，就像史泰龙在《第一滴血》中饰演的兰博，块头大，眼神犀利，杀气腾腾。你最讨厌这种破坏规矩与秩序，总是到处冒险闯祸的人。但经过上次的案件之后，你发觉他本质上也是一个好人，只是他的热心肠有时表现得不太恰当而已……

是的，一切改变都源自上次的案件——

在上次的案件中，你尝试了人生第一次凭借自己的能力破获谋杀案。这是你从来不敢想象的，因为在你的认知里，破案就应该是警方的工作，普通人怎么能够涉足其中？可就在 80 岁这一年，你和其他几个平凡老人一起做到了，并且做得很好，比警察还提早破案。

虽然过程有些坎坷，搜查线索时常常因自己的身份而搞出大乌龙，但反倒是这些坎坷令你感受到 80 年来从未有过的乐趣。你看着足智多谋的伊丽莎白、直率的罗恩与“扮猪吃老虎”的乔伊丝，忽然意识到人生其实稍微破格并没什么不好的。

过去的你害怕做错事，不肯离开舒适区；害怕受伤害，因此不敢开始去爱。你是一个心理医生，你也是病得最重的病人。原本一直处于这种状态，还能自我麻痹、自我催眠——这可是你的职业本领。然而你也无法否认在“周四推理俱乐部”一次次突破常规的行动中，感受到的是来源于心底最诚实的快乐与自由，那是被压抑了80年的自我欲望终于得到了满足的充实。

何必继续自我欺瞒？何必一直戴着一副“精英心理医生”的面具？你无法继续压抑迟到了80年的呐喊。是时候放松一下自己了。反正人生都已经走到了最后，即便放肆，上帝也必定会原谅你的吧！

下了这个决定，每天晚上无时无刻不在发痒骚动的心灵终于安宁。你开始回忆有什么事情是曾经的自己想做却不敢去做的，从3岁逐步回忆到10岁，从10岁摸索到60岁，又从80岁追根溯源到10岁……如此反复，你终于在自己的小本子上列好了几条目标。

例如：爬树、飙车、随地吐痰、把一个混混揍晕、去书店购买言情小说《霸道总裁爱上我》并阅读、将青春时期崇拜的女明星的海报贴在墙上。

这些文字成了你的“遗愿清单”，仿佛具有某种魔力，当被写下之后你心底的能量也随之被唤醒。你感受着热流灌入身体的各处，仿佛自己顿时年轻了20岁一样。

你首先前往书店购买言情小说。从书架上拿下小说，直至付账走人，你始终都紧绷着神经，偷偷摸摸，左顾右盼，就像10多岁的青春期少年那般害怕自卑的小心思被发现。即使回到养老社区，你也只敢独自一人窝在房间里阅读。毕竟，要是让像伊丽莎白、罗恩这种人发现你还看这种小说，一定会狠狠嘲笑你一顿，到时传得整个养老社区都知道，你曾经苦苦经营的形象也随之崩塌……

你还不敢让大家知道你的变化。

可才没看几十页，你就被小说里面精彩的剧情所打动，这害得你第二天早上连泳都懒得游了——是的，你打破了自己几十年来的原则习惯——直接躺在泳池边的沙滩椅上继续看小说。社区里平时游泳的人本来就少，更别说天都还没亮就来游泳。

但意外地，你听到了一阵脚步声！你连忙放下小说，拿着游泳用品跑进更衣室里。你装模作样地换好泳裤，小心翼翼地走回泳池，却发现一个人影都没有。难道是幻听了？但转眼却发现小说不见了！

找遍整个泳池边都没有发现小说，唯一的可能性就是被刚才那个脚步声的主人给拿走了。但是，那人为什么要这样做？为什么一直以来都不会有人在这时候来泳池，偏偏今天自己偷懒看小说就有人跟来了？你心急如焚，同时感到脊背发凉，却没法公开询问，后来也只能不了了之，重新再买一本罢了……

自从上次的谋杀案之后，“周四推理俱乐部”又回到了过去那样的纸上谈兵，每周对着一堆老旧卷宗来回分析，但大家似乎都没太大兴致，显然想身体力行去破解现实中正发生的案件。

人就是这样的，没体验过有趣的事物，也许就不会有什么幻想；一旦体验过一次，便得寸进尺，开始嫌弃过去。七八十岁的老人也不例外。

但库珀斯·切斯（养老社区的名字）一片祥和，哪有这么多案件发生？

因此俱乐部成员们都开始找其他的乐子。某天，乔伊丝突然请教你如何使用互联网。你教会她之后，她立马下载了一个名为“抖音”的软件。你不知道乔伊丝为什么突然对东方文化感到好奇。

你也没心思去理会，心里只想着赶紧完成下一个目标——爬树。

养老社区外头有一个树林，在那里爬树一定是非常好的体验。当然不可能大白天去爬，那无异于“社会性自杀”！因此上周日的晚上 10 点 45 分，你悄悄地离开房间。经过社区门口，你的喉头涌上了一口痰，本想找寻纸巾或垃圾桶的你，想到自己不是有一个愿望是随地吐痰吗，于是你模仿着影视剧里那些小混混的姿态，狠狠地将痰吐到了地上。噢，这可真不礼貌！你在表面上怒斥着，可心里却有一种恶作剧的快感。

随后，你找到一棵粗壮的树木，像只猴子一般粗鲁而怪异地攀爬着——谁能想到平时西装革履的易卜拉欣也会做出这样的行为？好不容易爬了上去，你就看到远处有一个庞大的身躯正抬着头，朝你这边走来。那是罗恩！他大半夜干吗要来树林？难道是发现你的踪影觉得奇怪吗？你赶紧溜下树，绕向罗恩的后方，趁他没注意，捡起一块砖头将他拍晕。

“对不起了，兄弟，既然你都来了，就顺便满足我另一个愿望吧。”他安详地躺在树叶堆上。你的力气可没法挪动他，只能祝福他不会睡太久，或者做个好梦……

这时，你听见一声巨响“嘭”从社区那边传来。只见一个黑色人影倒在了地面，人影狼狈地起身，随即迅速往大宅的左后方跑去。你看不见是谁，但注意到那人的额头上凸出来了一块，估计是戴着某个东西。

似乎刚才的巨响也惊醒了其他人，大家都陆陆续续聚集到这里。你为了不让别人发现自己在树林这边，也赶紧赶回社区里。

随后护工只是简单检查了一下，确认大家都没有什么重要物品丢失后，提醒要关闭好门窗，让你们都回去休息了。

由于没造成什么损失，这个插曲大家也就没再提起了。第二天罗恩照常拿着酒瓶出现在社区里，他似乎并不知道自己昨天为何躺在树叶堆上。你暗自庆幸。

今天，院长回来了。他这段日子里出去培训，回来之后就对你们说要进行两项检查。一把年纪了，一听到检查，你们都胆怯。但院长马上就说，这个检查是围绕着“体”“智”两个关键字进行，与其说是检查，不如说是游戏。

既然是游戏，那就试试吧！

你的任务

1. 想办法隐藏自己看言情小说、吐痰、爬树、袭击罗恩的事情（“线索二”是关于你的不利线索。请尽可能在三个游戏中获得最高分，以确保能顺利隐藏）。

2. 想办法在完成任务 1 的同时，找到是谁拿走了你的小说。

3. 找出人影的真实身份。

4. 试图暗中了解罗恩是否看见了你爬树的身影。

5. 通过院长的游戏考验（你好像有特殊技能，向院长了解一下吧）。

【未经主持人允许，请勿翻开下一页】

面具下的你

养老社区来了一个小朋友，是罗恩的外孙肯德里克。他个头儿小小的，背着背包，对周遭的一切都感觉到好奇。

肯德里克是被罗恩的儿子杰森带过来探望外公的，可两人见面不一会儿，你便凭借敏锐的观察得知他们之间的关系并不好。稍微想想也能知道，像罗恩这种大老粗怎么可能与孩子相处得来呢？相反，从小就懂得心理学的你很容易就和肯德里克打成了一片。

你们一起打棒球，看动画片，玩《我的世界》……仿佛肯德里克过来探望的是你，而非罗恩。如果是以往的你，大概并不会有多大的兴趣陪伴小孩子做这些“幼稚”的事情。可如今的你不一样了，你帮助无数的病人解决了心理疾病，到了这时候就应该解决自己的心理疾病，返老还童是最佳的良药。

这天，你和肯德里克走出社区兜风。外面是一整个世界，不管这让你感到多么害怕，你都下定决心每隔一段时间都要出去走走，置身于你从未感受过的喧闹、车流和人群之中。

突然，肯德里克朝地面吐了一口痰，熟练的动作证明他早已养成了这种坏习惯。你几十年的条件反射让你下意识开口呵斥，但马上你又将其堵在喉中，换成了别的话：

“嘿，小子，你这痰吐得不怎么样嘛。”

“啊……对不起，我应该用纸巾包住，或者吐到垃圾桶的。”肯德里克以为你在责备他。

你向他做了个鬼脸：“瞧我的。”

随即，你夸张地也吐了痰，还说：“看，我可比你厉害多了。”

肯德里克露出调皮的坏笑：“我不信，瞧我的！”随即和你比试起来。

“喂，前面的你们在干什么？！”

你们的行为招惹了巡逻的警察，你连忙拉着肯德里克逃跑。你已经很久没在城市的道路上奔跑过了，更别说是在逃避警察。这小小的恶作剧让你有一种坏坏的满足感。你羡慕大多数像肯德里克这样的小孩在最美好的童年就能留下这样的记忆，而一直压抑着自我的你只能在暮年才能体会得到。

你的心底有一股负罪感意图涌起，可你刻意将它压下去了。你拿出“遗愿清单”，在“随地吐痰”与“逃避警察追捕”这两条上划上了横线。

“易卜拉欣叔叔，这是什么呀？”

“这是我的人生作业。”你用一种孩子容易理解的比喻描述。

“啊……”听到这词，肯德里克立马阴沉着脸，“到了80岁都还要做作业啊？”

“到了这年纪的作业，就不是别人逼着你去做，而是你自己想去做的。”

“哪有自己想去做的作业……”

你望着肯德里克，心想自己如果当初能勇敢一点儿，或许也会是一个好爸爸、好叔叔。可惜人生不能重来，这一切已经不可能了。你犯了这辈子最大的错误，你忘了去生活，你只是安安稳稳地躲了起来。

但现在还有时间，不是吗？曾经的你厌恶罗恩，现在却羡慕他的无序与自由，你想在剩下不知还有多久的日子里体验一把活在当下的感觉。

“易卜拉欣叔叔，不如我们去飙车吧？”

第二天，肯德里克悄悄地对你说。你知道他是瞒着舅舅和外公，而你也选择与他一起隐瞒。

你随便找了一个借口向罗恩借了车。过去的你开车永远将速度保持在最安全的数字，但今天的你陪伴着肯德里克，在宽阔的大道上，疯狂地飙向前方，油门踩到了最大，迎面感受着自由快活的风。

然而你没有料到出事了……上一次还能凭借自己的腿脚跑赢警察，这次可无法像*GTA*那般驾驶着车辆逃避警察的检查——否则你和罗恩在人生的最后几年都不得安宁了。

警察看到飙车的竟然是一个80岁的老人，而副驾驶上还坐着一个连安全带都没法锁紧的小孩子，他们顿时就气疯了。

你知道这下完蛋了。罗恩和杰森立马赶到。杰森得知了详情后，赶紧将撇着嘴、一声都不敢吱的外甥揽入怀里，并毫不留情地怒骂着你。你人生中从来没有被人这样骂过，因为你每一步都走得很谨慎，不容许自己出错。今天的你难得也以第一人称体会了一把影视剧中被人当街责骂是怎样的感受。

而杰森骂得有多难听，周遭又有多少人驻足观看，这些耻辱性的时刻就不必多叙述了。每回想一次，都是对你沉重的打击。你只记得，挚友罗恩站在那里始终一言不发，只是等待杰森骂够之后，耸了耸肩，拍了拍你的肩膀。你不知道他这动作究竟表达着什么含义。

肯德里克大概是已经习惯舅舅杰森这种训斥的态度，第二天他完全不当回事，还来找你一起外出游玩。

可你已经被狠狠地打回原形了。你确信自己老糊涂了，犯了一个错误，毕生最严重的错误。你应该回到安稳的生活状态。

你撕碎了“遗愿清单”，将一切不道德、不合法、存在隐患的念头统统打消。你只是继续窝在养老社区里，看着从书店里偷偷买来的青春言情小说。毕竟，书都已经买了，不看也浪费。

然而打击一波刚平，一波又来。你躲在房间里偷看小说的事情被社区一些八卦老太婆得知，传得沸沸扬扬。本来你就因为飙车一事，在养老社区人设崩塌，你没料到他们还会继续偷偷打探你。如今小说被发现，闲得没事干的老人们火上浇油，纷纷指责你是一个大变态！

相比起飙车，道德层面上遭受议论更是令戴了数十年“精英心理医生”面具的你难堪不已。多重打击迫使你扔掉了所有小说，重新戴上面具，彻底回归到原来的生活当中。

“只要不去想，就不会出事；只要不去做，就不会出事。原来的生活安安稳稳，不挺好的吗？何必冒险呢，冒险只会换来难受……”每一天晚上，你如此说服自己，于是你以为真的说服自己了。

在养老社区，唯独“周四推理俱乐部”的伙伴们不会戴着任何有色眼镜看待你。平时大喇喇的罗恩甚至完全无视这些议论，他向你请教如何与外孙搞好关系。你向他传授了一个技巧，而他当即傻乎乎地表示认可。

你羡慕罗恩在任何时候都能不管外界的议论，坚持自我，想到就去做，不想就不做。你能做到吗？你尝试过，显然不能，所以还是胆怯地回到了舒适区。

一天晚上，你睡不着觉，陷入对自我的怀疑当中，似乎心底总是有一股呐喊想蹦出来，而你一直在强压着它。你决定外出散散心，转移注意力。

你经过一条小巷子，那里传出了几个十岁出头的少年的嘀咕声，当中还夹杂着一个羸弱的女人声音，这声音你再熟悉不过——是伊丽莎白！

她为什么大半夜会在这里？你讶异。可你没有机会上前询问，因为眼前的伊丽莎白正蜷缩在地上，被这三个少年拳打脚踢！

你不清楚发生什么事情，但无论如何他们绝对是坏人。你上前喝止，他们停下动作，视线转移到你的身上，粗鲁地命令你赶紧滚开，不要多管闲事。

你停下脚步，大脑飞速地计算着一切的利与弊。你估计，现在立马拿出手机报警，他们是来不及阻止你的，并且你也相信他们会被你吓走。

是的，这是当下最保险的方法。

但这不是最好的方法。

你原本一直强压着的心底的怒吼冲破铁栏，涌上了脑袋。

易卜拉欣，你在犹豫什么？拜托，躺在你面前的是伊丽莎白，是你的伙伴伊丽莎白！你从没见过她落下风被欺负，更何况还是被三个毛头小子按在地上拳打脚踢！你能忍吗？易卜拉欣，你还要坚持你心中的那一点儿理智吗？

不要再破格了，易卜拉欣。难道你还没体会过后果，还没吸取教训吗？眼前这几个人一看就知道是那种嗑了药，下手不知轻重的家伙，你贸然意气用事，这次恐怕会连生命都丢掉的。

你的大脑有两个“易卜拉欣”正在快速地相互拉扯。可你立马甩掉了这些无谓的念头，只任凭自己的本能做事——没错，是本能，是你压抑了 80 年的本能——你握紧拳头，摆好搏击姿势，一边怒骂着一边挥拳。

“一群不知好歹的臭小子，你们知道她是谁吗？她是英国特工伊丽莎白！你们竟然敢这样对待她，我会让你们知道后果。”

你无法忍受伙伴的尊严被践踏，你的本能选择了以牙还牙——过去的你坚决反对的事情。你明知道自己这样做可能会落得和伊丽莎白同样的下场，可你依然选择这样做了。因为你知道，如果不用拳头回击，到死你都无法原谅自己。

可你的拳头并未能对他们造成任何伤害。转眼间，你侧身着地，与失去意识的伊丽莎白并肩躺在一起，你难得地尝到了鲜血的滋味。

他们因你的反抗而更加愤怒，落在身体上的拳脚变得更重。相比起自己的痛楚，你反而觉得对不起伊丽莎白。

你的意识逐渐涣散。

最后你在脑海中想着的是，如果就这样死去，是你心甘情愿的吗？你在找到答案之前便已经彻底失去了知觉……

重新苏醒过来的时候，你躺在医院里，身边是伊丽莎白。你知道眼前是现实，并非天国或地狱。医生说你们并无大碍。你认为自己应该找一个合适的时间问问伊丽莎白为什么大半夜会出现在那里。

后来，你得知院长也途经那里，并及时报了警，你们才不至于被打死。

你和伊丽莎白很快就出院了。同时乔伊丝也回到了养老社区，她满脸颓废，似乎这次回家也经历了什么不好的事情吧。罗恩随即也到了，一向活得潇洒的他也反常地一脸惆怅。你本想上前寒暄，却马上得知了重大消息：

伊丽莎白的VR设备被人盗窃了！怎么回事？为什么最近总是发生这么多不幸的事情？

你的任务

1. 了解其他三人的近况。

2. 分享你的故事。

3. 找出是谁偷走了 VR 设备。

【未经主持人允许，请勿翻开下一页】

灿烂人生

你戴上了院长留给你的VR设备，映入眼内的是一个奇幻的场景。你化身为一只猫，在宁静的午夜通过爬树去捕捉一只鸟。经过数次敏捷的跳跃之后，你成功捕捉到了鸟。可下一瞬间，你又变成了猫头鹰，翱翔在寒冬的天空上，迎着暴风雪，追赶着雪地上的猎物。你不断地追，看准时机飞扑而下，瞬间猎物便进入了你的口中。然而马上，你又变成了一条鲨鱼，自由自在地游在深海里，感受着水的波动，感受着无尽的海洋带给你的自由……

你不明白这些场景都代表着什么，但你感觉到满足，是一种说不清道不明的、感官上最纯粹的满足。

深海立马又变成了悬崖边。落叶纷飞，周遭一片金黄，而你正不断地荡着秋千，越荡越高，甚至荡到了与地面平行的角度。你知道这很危险，可心里同时又充斥着一种说不出的畅快，如带有毒性一般驱使着你继续摇荡。随着你越荡越高，你看见的天空就越浩瀚，海洋就越广阔。你知道这样荡下去会是什么后果，可你依然任由欲望在荡着。果不其然，最终你将自己抛向了海洋……

VR的真实感吓了你一跳。有那么一刹那，你真的以为是自己正在经历着这些事。幸好，恐怖的场景马上便消失无踪了。

正当你疑惑院长为什么要给你留下这种东西的时候，院长的声音从VR中传来，就像他人还活着，真的在你耳边呢喃那般：

“易卜拉欣，刚才你看到的这些是出自我很喜欢的一款名叫《艾迪·芬奇的记忆》游戏。你大概不知道这些意味着什么，事实上这都是故事主角在死亡之前所看到的一切。想象不到吧？如此优美而奇幻的场景，竟代表着死亡。但你的本能最直观地感受到畅快与自由，不是吗？如果不明白它们的意义，那我来说一下第三个故事吧——我自己的故事。”

说到这里，眼前的场景突然转变为在一架正在飞行的飞机上，视角显然是在预备着跳伞。

“你也许想不起来了，但我依然记得你。易卜拉欣，你是我在20年前的心理医生。当时的我患有严重的焦虑症，每天都烦躁不安，产生无谓的担心。当我得到了你的治疗之后，我才发觉自己错过了人生很多的精彩瞬间。我就想着我要弥补回来，但时间终归不可倒流，于是我决定之后都要随心所欲，想到什么事情就当机立断去做，只为自己活得开心。尤其是在人生的最后，我希望能不留遗憾，在快乐的最高峰‘搬家’。前天医生说我的癌症已是晚期，剩下的日子顶多只有半年。而我最后未竟的心愿是跳伞，我知道在这年纪没有跳伞团队会肯帮你‘自杀’。但有钱能使鬼推磨，谁说不是呢？所以你们也不要去打听是什么人帮我完成这个心愿，毕竟这是我自己的选择。

“我在给你留下这封语音信件的时候，当然还没有去跳伞。但是我能想象得到，那时的我一定能感受到人生最快乐的时刻，大概就是与死亡边界最贴近的那一瞬间。噢，别误会，我不是在劝你冲动……我只是想说，我们都要遵从自己的内心，尤其是在最后的时刻。那天我也是睡不着觉，刚好看到你即使明知会挨揍，也依然为伊丽莎白的尊严出头。我知道你的心中依然保留着最真实的自我，而你只是缺乏一个肯定。20年前，你肯定了我；20年后，换我在生命的终章肯定你的存在。亲爱的易卜拉欣医生，我们终将迎来死亡，如何迎来则是人生的最后一道命题。相信你也切实感受到压抑自我是多么难受的一件事，不要让自己在压抑中离席。我真切希望你也能像那只猫、那只猫头鹰、那条鲨鱼、那个秋千一般，拥有自己专属的美学。而这美学，需要你在生活中反反复复地实践，任凭心情去实践。

“但愿我们在‘那边’相遇时，你能真心地说出：人生一趟，已经满足。”

听完院长说的话，你依然未能想起他是你在二十年前看过的哪位病人。然而这并不重要了，他在你仍然对自我抱有怀疑、纠结的时候，及时地以生命的告别给予了你一个肯定，这便已经是一剂良药。

你摘下了 VR 眼镜，发现其他三人仍然沉浸其中。你没有等待，径直跑回自己的房间，将垃圾桶里被撕掉的“遗愿清单”的碎片一张又一张地重新拾起，耐心粘好。你任性地对自己说道：

“遗愿清单，依然生效。”

作者简介：

路过小卢，广州人，现为语音互动小说作者。从小嗜读小说，2015年于《推理世界》杂志刊登《天使的礼物》出道，每年均有小说发表于各处，著有《干杯，最后今晚了》《残花枷锁》等；2022年为《侦探往事》《周四推理俱乐部》《生门》《桐花中路私立协济医院怪谈》创作衍生剧本杀；作为编剧创作的短剧《死亡试炼1》《死亡试炼2》即将拍摄并上架网络平台。

针对此剧本杀，微博@周四推理俱乐部为你录制了引导教程，欢迎观看。如有疑问，也请在微博上联系@周四推理俱乐部。

奇怪的老人们

一声震耳的枪响在A点旁的巷子响起，那是重型狙击枪的声音。一位队友应声而倒。你来不及为他默哀，迅速地躲到A点的箱子后面。屏气凝息，静待着对方掉入陷阱。时间已经不允许他前往B点了，他背水一战，必定经过此处。你知道他蹑步而行，正架起狙击枪随时瞄准。但你并不慌张，只要他走出巷口，离自己不过三步之遥，你的手枪必定会打他一个措手不及！这时，你敏锐的双眼发现了他映在墙壁上的影子，你往前一跃，朝地上翻滚了一圈。这是你的绝招，能在翻滚的瞬间瞄准开枪，而在这种非常规的角度下，对方根本不可能比你更快。射中了！最后一个敌人也被你消——哎，等等——怎么回事？为什么身体还在翻滚？这不是平地吗！

你马上反应过来，这是整个世界都在与你一起翻滚！眼前的一切无规则地天旋地转，身体感受着坠落的离心力，意识到了危机，你失去了对身体的控制权。随即，背部迎来重重的撞击，撞击发出响亮的嘭的一声。你知道自己撞在了哪里……坏了。你心想紧接着应该就是滑到了地上。这下你可做好了准备，虽然有些疼痛，但起码没有骨折。

可不能在这里休息啊。撞击声必定会惹来其他人，要是被他们发现你的模样，那可就丢大脸了！你连忙把仪器上移至额头，检查下身子。幸好衣服没有划破，但手臂上却沾上了一些黄色的不明液体，你看了看刚才接触的地面……那是一口老痰！

谁这么缺德在这里吐痰！养老社区里有明确规定不允许随地吐痰！你感觉到异常恶心与愤怒，但必须得忍着，相比起这些，面子于你而言更加要紧。你连忙逃跑，绕去左侧。这时，你注意到树林的左侧角落倒着一个人，即使天黑，但那庞大的身躯就暴露了他是罗恩。

罗恩曾经是英国工人运动的急先锋，永远与政府作对，和警察发生过无数次冲突。他总是气势汹汹地出现，就像史泰龙在《第一滴血》中饰演的兰博，块头大，眼神犀利，杀气腾腾。但经过了上一次的案件之后，你知道他表面的粗鲁是热心肠的体现，只是有时候体现得不太恰当而已。

他为什么会仰躺在那里？是喝醉酒了吗？不——想到这里，你才回想起最近罗恩喝酒的次数下降了，似乎因何事而自觉戒酒，他就算再醉也没试过就这么大喇喇倒在外头的树林吧！

但自身不保的你并没有闲暇去理会他。你敏捷地从后门回到了房间，收拾好自己之后，装作啥都不知道的样子下到一楼。果不其然，那里已经聚集了很多人，“周四推理俱乐部”的乔伊丝、易卜拉欣也都在。

易卜拉欣曾经是心理医生，总是西装革履，喷着香水，服装精致讲究，充满绅士风度。

你在暗中听着大家的议论。太好了，大家都以为刚才是小偷发出的声音，丝毫没有怀疑你。但眼尖的你注意到地上有些许忌廉——今晚，乔伊丝专门为俱乐部的成员做了蛋糕，而你匆匆吃完，连嘴还没擦就迫不及待进入了“战场”。谁又能想到自己居然摔下来了呢？……现在只能希望他们没有注意到这些忌廉了。

你名叫伊丽莎白，今年已经76岁了。他们都说你是整个养老社区最不可能患上老年痴呆症的人。当然，你曾经可是英国的情报人员，奔波于存亡之间，为国家出生入死，退休之后则把自己隐藏在养老社区里。

长年累积的职业病令你即使在养老社区也无法安分下来。你时常渴望在这里的某个神秘角落——可能是二楼女厕第三个隔间的墙壁，或者是走廊的第五块砖头——连接着一条神秘通道，通道尽头是两个间谍，你以精准的枪法将他们击倒，他们甚至还不知道自己怎么会突然一命呜呼……

好吧，事实上，养老社区就只是养老社区而已，这里不会发生电影里惊心动魄又神秘兮兮的剧情。你在这里能做的，顶多只是挖掘一下哪个老婆婆曾经是酒吧舞女，或哪个老爷爷在鞋底藏了私房钱。

然而即便只能做这些，你也因为自己的视力减退、反应变慢、脑子生锈而时常搞出尴尬的乌龙。

例如曾经就有一次，你错把隔壁的秃头老头用来祭祀的冥币当成私房钱，告诉了老头的亲人，还把老头那个长得过于成熟，加上染了一头白发的女儿错认成老头的妻子。父女俩为此狠狠责骂了你一顿，并要求你赔偿精神损失费……你从未受过如此委屈。

近年来，英国人也开始用其他国家的方式来祭奠亲人。你恼羞成怒地在心里吐槽：真是的……一把年纪马上都可以亲自去和老婆见面了，还学现在的年轻人搞这些玩意儿。

但不管怎样，你的身体都在训诫着你，你已经76岁了，没必要也没办法再如此折腾。这话你可不爱听，你从不觉得自己老了，也不愿接受自己曾经引以为傲的能力正在退化的事实。因此你在养老社区的行动更加频繁，可越是这样，力不从心的时刻就越多，惹出的麻烦就越大。如此恶性循环，令你陷入了强烈的自我怀疑与焦虑。

某天，你发现现在的年轻人研究出一种新的科技——VR。虚拟现实可以让你全身心地回到过去，回到梦寐以求的战场上，回到曾经那副无所不能、无坚不摧的身躯，回味过去手刃敌人的快感……

虽然你知道是假的，可它实实在在地消解了你的焦虑，肯定了你的存在价值。

不过你的自尊心绝不容许旁人得知这事！所以你平时都只是半夜待在自己的房间里偷偷玩。

于是便有了刚才由于玩得太投入，整个人不小心从大开的窗户滚出去，最终掉落到地面的事情发生……

幸运的是，护工们并没有特别重视你发出的巨响，虽然引起了一些轰动，但第二天大家都忘记了。

自从上次的谋杀案之后，“周四推理俱乐部”又回到了过去那样的纸上谈兵，每周对着一堆老旧卷宗来回分析，但大家似乎都没太大兴致，显然想身体力行去破解现实中正发生的案件。

人就是这样的，没体验过有趣的事物，也许就不会有什么幻想；一旦体验过一次，便得寸进尺，开始嫌弃过去。七八十岁的老人也不例外。

但库珀斯·切斯（养老社区的名字）一片祥和，哪有这么多案件发生？

倒是俱乐部的成员在最近多多少少也出现了一些奇怪的行为……

乔伊丝是一个娇小的女生，眼睛格外明亮。她为人沉默低调不张扬，脸上始终是一副温和慈祥的神情。由于有外科护士的职业从业经历，她非常懂得照顾人，且擅长倾听别人说的话。

可她本人似乎是被邪教之类洗脑了，她总是会趁大家不在时，戴着耳机独自低吟着令人完全听不懂的“胡言乱语”。

她就住在你的隔壁。半个月前的某天半夜，你因第二天 VR 设备的快递就能到货的事情激动得难以入眠，耳朵贴着墙壁察觉到隔壁的乔伊丝又在悄悄地胡言乱语！你浑身发毛。你不怕人类，也不怕飞机大炮，但对于这种超出理解的事物则有种天然的恐惧。

恐惧不会令你退缩，反倒推动着你前往一探究竟。

你径直打开她的房门，只见她面对着你的方向，却紧闭着眼，嘴巴不停地活动着，迅速摆出各种怪异的形状，发出意义不明的语调。

“乔伊丝，你在干什么？”

她发现你，迅速摘下了耳机，并连同手机扔进了被窝里。在那一瞬间，你注意到她的手机屏幕正映着一个你完全未见过的黄皮肤男人的模样。

“啊……没……没什么，我只是在睡前运动。”

她显然在掩饰。过去乔伊丝从未对你隐瞒过什么，对此你更是疑惑。但毕竟现在夜深人静，更何况她是你的好友，你也懂点情商，不再追问。

往后的日子里，你时不时就向乔伊丝试探，可她依旧不肯说，而且也很少再在半夜发出那晚那样的动静。同时你的VR设备已经到货，你终日沉浸其中，也就没再去理会乔伊丝的隐情。

今天，院长回来了。他这段日子里出去培训，回来之后就对你们说要进行两项检查。一把年纪了，一听到检查，你们都胆怯。但院长马上就说，这个检查是围绕着“体”“智”两个关键字进行，与其说是检查，不如说是游戏。

既然是游戏，那就试试吧！

你的任务

1. 想办法隐藏自己玩 VR 设备以及因此滚下楼的事情（“线索四”是关于你的不利线索。请尽可能在三个游戏中获得最高分，以确保能顺利隐藏）。

2. 找出痰是谁吐的。

3. 确认乔伊丝是否真的被什么奇怪的东西洗脑了。

4. 打探罗恩为何会睡在树林（注意：根据你从房间下至一楼的视角，是无法看到树林左侧角落的罗恩的。因此完成此任务时，请注意不要暴露自己经过社区左侧）。

5. 通过院长的游戏考验（你好像有特殊技能，向院长了解一下吧）。

【未经主持人允许，请勿翻开下一页】

上一章的你

既然大家都已经知道你私藏VR设备的事情，你也就破罐子破摔，毫不遮掩。趁着这周社区与俱乐部都没什么事情做，你便愈发沉迷在VR设备的玩乐中。

你关好门窗，确保自己不会再发生丢人的意外，且隔绝了外界一切的打扰。你终于能自由自在地游走在虚拟创造的“现实”当中，在热带雨林之间穿梭，在空幽山谷之间游荡，在枪林弹雨之间奔跑……你花了国家留给你的一大笔养老金，就是专门请人为你在虚拟世界里重现你曾经征战过的战场，让你能全身心沉浸其中，回味过去辉煌的历史。

如中毒一般，你不可自拔，常常早上醒来，连脸都还没洗就戴起了VR设备——准确来说，是在VR里洗脸。似乎VR里的脸才是你真正的脸那般——直到晚上星星出现了才勉强回到残酷的现实当中。

“伊丽莎白……”这天晚上，你脱下了VR眼镜，才发现丈夫斯蒂芬坐在旁边的床上，他毫无任何表情地看着你，手里捧着一杯水，水还冒着残余的热气。“累了的话，先喝杯水吧。”

“不，我已经喝够了。”

“你半天没喝水了。”

“你老糊涂了吧，我今天喝了两大瓶。”

“那是你在虚拟世界中喝的，那是假的。”

“不，斯蒂芬，我要纠正你两点。首先那不是假的，其次我确实喝了水。”

“好的。”斯蒂芬不再说些什么，他只是耸了耸肩，然后像赌气一般，自己喝掉了水。

你望着亲爱的丈夫，安慰道：“斯蒂芬，别为这些事情生气，好吗？或许你也可以来体验一下，它真的很有趣。”

“不，我不感兴趣。”

这回轮到你耸肩。

你的肚子不合时宜地“咕咕”叫了两声。虽然刚才在战场上补给了不少营养，但这血肉之躯始终是不会骗人的，生理本能的渴望呼唤你的意识回归现实。

“好吧，看来我是应该在这边也吃点东西了。”

“我给你煮个面？”

“非常感激。”

斯蒂芬听到你的请求，他露出欣慰的表情，继而蹒跚地走往灶台。

你吃着他弄的面条，嘴巴里尝不出什么滋味，但知道这能让顽皮的肚子闭嘴，便像只动物一般狼吞虎咽着。斯蒂芬只是默默地看着你，他满脸笑意，似乎特别享受这一刻的共处。

“斯蒂芬，有这么开心吗？”

“当然，看着你吃东西的样子，我就觉得很幸福。”

“这就是我不明白的。为什么这种日常的小事能令你感到幸福？”

“伊丽莎白，敏锐的你或许没有察觉到，其实吃到一碗好吃的面条，看到夜空的繁星，嗅到薰衣草的香味，听到大海的浪涛，甚至是呼吸到新鲜的空气，这些都足以令我感到幸福。或者说，多数人的幸福都来自我们生活的每一个角落。”

“不，斯蒂芬，人生应该有些追求，而不是止于眼前的苟且。”

“你只是望得太远，才会觉得这是苟且。你应该换种心态，或者去照照镜子，你就知道一直抬头玩着 VR 设备的你有多么颓废。为何不和我下一下象棋呢？在棋盘上动动手指或许比你在那儿朝着空气乱挥拳头要充实得多。”

“你这是麻木的平凡。这么多年来你非常清楚，这些小儿科的游戏不适合我。”你粗鲁地吞下了最后一口面条，摔椅起身，离去时恼怒地扔下一句，“我可是奔波于全世界，为英国出生入死的情报特工。”

斯蒂芬的不理解令你愈发感到憋闷。你还没有察觉到这实际上是对自身能力退化却不肯接受的恼羞。你认为，即使人生已如夕阳般注定落幕，也要在最后阶段过得波澜壮阔。从此，你时常在午夜寒冷的恐惧中醒来，恐惧时间的流逝，恐惧眼睛与脑子的退化。斯蒂芬说你总是忍不住借着梦话向无情的命运咆哮：

“可以失去的东西那么多，为什么偏偏是脑子？拜托，让时间拿走腿，拿走肺，拿走一切之后再拿走眼睛与脑子吧！”

逐渐焦虑的你夜不能寐，于是更加频繁地在 VR 的世界里寻找满足感。可越是如此，你回到床上，回到斯蒂芬身边便越是无法安定。

终于，你在虚拟世界里忘掉了时间，虚幻与现实的分割线变得模糊，而虚幻的世界甚至如墨染般慢慢侵占了你的整个大脑……

一天，你在丛林中执行着任务，突然从整片天空之外传来了一阵模糊不清的喧哗，那声音就像是来自异世界，却被什么隔绝了一般。你将手枪对准天空，全身紧绷，准备好随时迎接未知的敌人。然而下一秒，你的世界就像书页被翻过去那般，一下子就被掀倒了，取而代之的是无尽的黑暗，以及耳旁斯蒂芬的怒骂。

“够了！伊丽莎白，你看看现在是什么时候了！”

“现在是下午三点十五分，我正在执行着英国政府派给我的任务——斯蒂芬，你在干什么？”眼前的VR眼镜被摔了个半碎。这显然是斯蒂芬干的，他过去从未如此粗鲁过。

“现在是凌晨三点十五分。伊丽莎白，你知道自己不吃不喝对着那破玩意儿一整天了吗？”

“我只是回到属于我的世界而已。”

“这里才是你在的世界，也是我在的世界。”斯蒂芬露出极度悲哀的神情，“伊丽莎白，我实在不想这么说，但你已经疯魔了。”

如被一层浓雾笼罩了一般，你眼前的一切变得虚幻，斯蒂芬瘦削身躯的残影散出了好几个分身，整个世界都在天旋地转，一阵刺耳的耳鸣袭来。这是因营养不良加上疲劳过度导致的后果，可你并不这样认为。

“我的感觉是不会骗人的……斯蒂芬，这是虚幻，这不是现实。看看你，都产生多少个你了，现实中怎么可能有这么多的你呢？别，你别碰我，我不容许真实的斯蒂芬之外的男人碰我的肩膀。”

意识朦胧间，你离开了斯蒂芬的身旁，离开了养老社区，独自一人凭借着本能漫无目的地走在乡间小道上。

随即，一阵极度的饥饿感与疲劳感交杂着袭来。即便你再不愿意相信，它们都在以生命为代价警醒着你：这才是现实。

虽然身体机能严重下降，可多年来锻炼的顽强意志却因身体的警醒而越来越清醒。皮肤感受着清风的抚慰，你这才反应过来自己这一天都做了什么，而刚才又是如何对待自己这辈子最亲爱的男人……

这时，你经过一条小巷子，那里传出了几个十岁出头的少年的嘀咕声。你的经验告诉你，他们显然是在吸食着不应该碰的东西。

“嘿，你们几个……”你的声音极其沙哑，“知道手上那些粉末会给你们带来什么危害吗？”

那些少年——你的眼睛已经数不清楚他们究竟有多少人——只是不屑地嗤笑着，继而握紧拳头，一步步走向你。

噢，伊丽莎白，为英国出生入死的伊丽莎白。你在心里对自己说，该退缩吗？不，你从未产生过这种想法，从前不会，以后不会，现在也不会。正好，你可以凭借这机会证明自己并没有斯蒂芬想象的那么脆弱，证明 VR 带来的从来不是虚妄！

你率先一步冲上前去，想象着在 VR 里那样行动，意识已经到位了，身体却并未能跟上，接下来你只能承受着如倾盆大雨一般的拳头。

你没有丝毫力气抵抗。

意识快速消逝，你以为自己要死了……想到这里，你反而心生一股安稳。在意识完全消逝之前，你的耳边传来了一阵熟悉的声音。是斯蒂芬吗？在生死存亡之际，你终于明白自己真心希望听到的仍旧是爱人的声音，而不是什么荣耀的嘉奖，或国家的掌声。这种心情并不会骗你。可耳朵传来的并不是斯蒂芬的声音，而是易卜拉欣……

为什么他会在这里？刚冒出这个疑问，你便彻底失去了意识。

重新苏醒过来的时候，你躺在医院里，身边是斯蒂芬与易卜拉欣。抚摸着斯蒂芬的手，喝着他递过来的热水，你才确定眼前这一切并非虚妄，也并非天国或地狱。易卜拉欣似乎也与你一样身受重伤，但医生说并无大碍。你认为自己应该找一个合适的时间问问他为什么大半夜会出现在那里。

从斯蒂芬处得知，那几个小混混马上就被警察抓住了。正因如此，你才没有被他们打死。斯蒂芬很庆幸你没有先他一步“搬家”，可你心中想的却是另一件事——

残酷的现实确切地告诉你，你的身体已经不可能再像过去数十年那般行动了。现在的你平凡至极，只是一个连十岁小子也不屑的老人家，是一个面对三脚猫功夫也毫无还手之力的老人家，是一个连对方有多少人也看不清楚的老人家……

虽然还有 VR 能满足你的一切，可经历过这次遭遇，你还能继续自欺欺人，装作什么都不知道那样沉浸在虚拟世界当中吗？相比起痛楚与耻辱，你更多是不甘，是无力。这一生骄傲的本领已抛弃了你，你在生活中还有什么可追求的呢？

你很快就出院了，在斯蒂芬与易卜拉欣的陪伴下，如行尸走肉一般回到养老社区。同时乔伊丝也回来了，她满脸颓废，似乎这次回家也经历了什么不好的事情吧。罗恩随即也到了，一向活得潇洒的他也反常地一脸惆怅。你本想上前寒暄，却马上得知了重大消息：

VR 设备被人盗窃了！

你的任务

1. 了解其他三人的近况。
2. 分享你的故事。
3. 找出是谁偷走了 VR 设备。

【未经主持人允许，请勿翻开下一页】

下一章的你

你看见桌子上那个被精心修复过，但外表仍然有几道裂痕的 VR 眼镜，你知道那是院长专门留给你的。你熟练地戴上，熟悉的感觉迎来，但映入眼帘的并非过去你征战的战场。

那是在一间屋子里，一个小孩正翻阅着你们养老社区的合照相册。

“爷爷，爷爷！这个就是伊丽莎白吗？”孩子激动地朝着一个老人喊道。

随即，院长的身影出现，他笑着答道：“是的，你竟然认出了她。”

“她的眼神很犀利，感觉和别人不一样。但是这身体感觉很单薄啊，她真的是你和爸爸一直吹嘘的那个特工吗？我以为特工都应该像詹姆斯·邦德那样……”孩子露出怀疑的眼神。

“孙儿，你还没有长大，不明白老去意味着什么。”

“意味着什么？”

“简单来说就是：人生这一章的任务结束了。”

“任务结束了？”

“嗯。你看见的伊丽莎白已经是功成身退的她。人的成长就像一个圆，从小孩子成长到大人，大人又再成长回小孩子一般的老人，所以她才显得如此瘦削。”

“那不就代表这一辈子什么都没做过吗？”孩子单纯地发问。

“怎么会呢？她的精神不是留下来了吗？你不就是因为她过去的故事，所以才照亮了自己的理想吗？”

“是的，我就是因为伊丽莎白奶奶，所以才梦想着当一名为国效力的特工。我以后也要成为一个能影响后人的大人。”

说罢，少年眼睛里散发出一股坚韧的光芒，你从他的眼中看到了年轻时的自己。他一定会成才吧……你欣慰地想道，过去的你从未想过自己的这份职业能给别人带来什么影响，也不知道这样有什么意义。可当你从这个单纯的孩子眼里看到光芒的刹那，你心里涌起一阵温暖，温暖包裹着你的身体，令你感到充实。你突然觉得，这种感觉也不错，同时也意味着你开始考虑放下过去的自己，将一切无法挽留的执着交给后人去完成。

镜头拉远，影像停留在少年绽放阳光笑容的瞬间。下一秒，场景变成了熟悉的家中，丈夫斯蒂芬正在用心地为意识涣散的你煮着面条，他的脸上一直保持着幸福的笑意，还精心地在面条上方点缀着爱心窝蛋。

有蛋吗？你记不起自己吃过了……而现在近距离静静看着斯蒂芬的脸，你才意识到自己未曾耐心感受过他所感受到的小幸福。事实上，他的笑容非常具有感染力，你也不自觉嘴角上扬，即使这只是在VR中——不，VR给你的一直是真实的感受，难道不是吗？你能否定现在感受到的笑意吗？之前的你被现实无情地打击，那是因为你在虚拟现实中找寻着本来就不存在的虚妄。可斯蒂芬的笑容是真实存在的，爱心窝蛋是真实存在的，而你只需要耐心地低下头，就能找寻得到。

你突然羡慕起斯蒂芬。

是的，你抬头太久，望得太远，甚至一直遥望着几亿光年之外早已不存在的星星，以至于丝毫不在乎真正的幸福就在身边。

"在你沉迷在虚拟世界的时候，我和斯蒂芬就在你旁边聊了很久的天。"院长的声音从VR中传来，就像真的在你耳边呢喃那般，"他将这段时间发生的事情都告诉了我。他不愿意看见你总是沉迷在这虚妄中。他说，如果你在里面能获得满足与开心，那他也很乐意放手。可是，每次你摘下眼镜回到现实的时候，你整个人都是颓废的，就像虚无的幽灵一样，没有半点生气，眼睛六神无主，就连你曾经身为特工锻炼出来的眼神也不再复现。他觉得你逐渐丢失了自我，而你却始终意识不到。所以他拜托我，希望能够通过你沉迷的VR，让你明白人生上一章的任务已经画下句号了，而且你完成得非常好，而现在是时候回到现实中了。”

场景再次变换，来到了一辆救护车上。你正躺在担架上，斯蒂芬注视着你，紧张地以双手包裹着你的右手。你想起了……当时被救的你还保留着一丝清醒，脆弱又混乱的心灵因斯蒂芬手心的温暖而安定。在被揍到无力还手，直到进入医院的那段时间里，你内心中最本能的渴求是斯蒂芬的怀抱。不，不需要那些坚强的、庞大的动力，你只需要一个小小而简单的怀抱——爱人的怀抱。

而斯蒂芬一直在你身边，以陪伴回应着你在潜意识中表露的渴求。他一直都是懂你的。

“伊丽莎白，你曾经当特工的自豪，现在需要用来应付倒数的人生了。”斯蒂芬对着在病床上昏睡过去的你，轻声道，“不要埋怨人越长大越退步，事实上这只是代表着你已经光荣地完成了人生上一章的任务，接下来应该放下你曾经的执着，走向人生的下一章了。那是一个新世纪，不是吗？”

病床上的你自然无法回应。可是现在戴着VR眼镜的你，在心底里已经坚定地回应着斯蒂芬——

是啊。谢谢你，斯蒂芬，是你永远真诚的笑容与双手让我醒悟过来，意识到人生的下一章已经到了。我或许会每天沉迷在和你下象棋当中，又或许热衷于挖掘养老社区的家长里短，更有可能是享受着与乔伊丝一起制作甜品，与易卜拉欣一起兜风，与罗恩一起议论社会的日常生活。谁知道呢？但无论如何，这些都是值得如今的我去体验的日子。

既然人生的上一章已经完成得很好了，那么下一章也必须尽力地去完成，不是吗？

你在心底回应着。你知道斯蒂芬听不见，但自己听得见便足够了。

你果断地摘下了 VR 眼镜。你闭着双眼，没有转身，但你相信斯蒂芬就在你的身后，他一定为你准备了一个深情的拥抱。

作者简介：

路过小卢，广州人，现为语音互动小说作者。从小嗜读小说，2015 年于《推理世界》杂志刊登《天使的礼物》出道，每年均有小说发表于各处，著有《干杯，最后今晚了》《残花枷锁》等；2022 年为《侦探往事》《周四推理俱乐部》《生门》《桐花中路私立协济医院怪谈》创作衍生剧本杀；作为编剧创作的短剧《死亡试炼 1》《死亡试炼 2》即将拍摄并上架网络平台。

针对此剧本杀，微博 @周四推理俱乐部为你录制了引导教程，欢迎观看。如有疑问，也请在微博上联系 @周四推理俱乐部。

奇怪的老人们

你名叫乔伊丝，今年已经78岁了。当然，你娇小的个子、始终格外明亮的眼睛，还有一直穿在身上的淡紫色衬衣，都不曾留给别人“老婆婆”的印象。

自打懂事以来，你就一直扮演着“小透明”的角色。你擅长察言观色，不爱张扬。开心地席地而坐，安安静静地做一名聆听者，这就是你最乐于享受的生活。

但每当“周四推理俱乐部”的活动气氛低沉或发生争执时，你总能自然地站出来引导，去鼓舞他们，调和矛盾，同时又并不抢风头。

这种习惯照顾他人的性格有赖于你的职业经验。养老社区的家伙们总是会问你曾经做哪一行，你在反复琢磨中研究出了一套万能模板，你无一例外回答：“以前是个护士，后来成了乔安娜的母亲，再后来又当回护士，退休后就是乔安娜的母亲……”如此精练而无趣的概括，基本上只会换来对方“噢，那蛮好的”的聊天休止符。

你的丈夫已去世多年，亲人仅剩从事金融业的女儿乔安娜。

从女儿进入社会工作，而你刚好又住进养老社区开始，你们俩的关系就变得有些尴尬。明明彼此挂念，却不知如何恰当地关心对方的生活。

于是你最近开始主动却略显突兀地频繁了解乔安娜的近况，尤其是当你们难得都聚在家中的时候。

你发现,女儿最近在网络上交了一个姓“季”的中国朋友。大概是觉得新鲜，她开始沉迷中国文化，但不知是什么原因，她更加不乐意与你聊这方面的事情。而烦恼于与女儿交流什么话题的你，为了能尽可能与女儿产生共鸣，也只能自己尝试去了解过去七十多年都未曾接触过的新事物。

回到养老社区后，你向“周四推理俱乐部”的伙伴易卜拉欣请教了如何使用互联网。机智的你很快就上手，并下载了现在中国年轻人最流行的抖音App。那里有各种各样的视频，但你根本听不懂他们在大吼大叫着什么。你想找一些容易理解的，于是在反反复复的浏览中，你注意到有一支名为“躲闪摇”的舞蹈特别火爆，而且也很有趣。

你每天都在房间里刷着“躲闪摇”的视频，心想到女儿生日时，自己在她面前表演，一定能让她特别惊喜。

除此之外，你还学习了一首歌。但相比起舞蹈，那首歌实在是太难了，好不容易你才学会了一句“I need go ocean Joanne song”……

在养老社区里，即使是在自己房间也难以避免会被其他人注意到动静。更何况，你隔壁住着的是伊丽莎白。

噢，说到伊丽莎白，她可厉害了，曾经是英国情报机构的工作人员，为国家出生入死。退休来到社区，她每天仍然容光焕发，神采飞扬。

某天晚上，你一个人在房间里练习着“躲闪摇”与歌曲，隔壁的伊丽莎白大概是察觉到了什么，她来到了你的房间。你立马摘下了耳机，将仍在播放着视频的手机扔进了被子里。

“乔伊丝，你在干什么？”

伊丽莎白用狐疑的眼光望向你。你太熟悉这种眼神了，这是她在查案时流露出的敏锐。

“啊……没……没什么，我只是在睡前运动。”

你不愿意将实情告知他人。虽然说还算有趣，但毕竟这太羞耻了，要是说出去一定会惹来瞩目，而你只想做个“小透明”。

伊丽莎白离开时依旧保持着怀疑。只能说，之后你要更加谨慎地练舞练歌了。

自从上次的谋杀案之后，“周四推理俱乐部”又回到了过去那样的纸上谈兵，每周对着一堆老旧卷宗来回分析，但大家似乎都没太大兴致，显然想身体力行去破解现实中正发生的案件。

人就是这样的，没体验过有趣的事物，也许就不会有什么幻想；一旦体验过一次，要求便得寸进尺，开始嫌弃过去。七八十岁的老人也不例外。

但库珀斯·切斯（养老社区的名字）一片祥和，哪有这么多案件发生？

倒是上周日发生了一件奇怪的事……

晚上 11 点，你正在房间里悄悄练歌。外头一片寂静，其他老人们理应都睡去了，岂料这时突然传出了“嘭”的一声巨响，划破了夜空的安宁。你摘下耳机，跑去窗前，只看见一个人影从二楼的棚上摔落在地面。

你怀疑是小偷，连忙跑下楼，但到楼下时人影已经消失无踪了。你注意到人影刚才掉落的地方沾有一些忌廉。忌廉旁边还有一口黄色的痰！

你嗅了嗅——当然是只嗅忌廉了——发现那是自己的专制食材！对美食敏感的你不会认错味道。当晚，你专门用这种忌廉为“周四推理俱乐部”的三位成员制作了蛋糕。如果说这是人影留下的，那么必定是你熟悉的伊丽莎白、易卜拉欣和罗恩之中的一位。

正当你沉迷在自己的推理时，易卜拉欣从外头的树林中匆匆赶了回来。他似乎是从大门的左侧方向回来的,大汗淋漓，问你发生了什么事情。你将刚才的一切都告诉了他，而他慌慌张张地什么也没表示。

易卜拉欣曾经是心理医生，总是西装革履，喷着香水，服装精致讲究,一派绅士风度。很少能见到他露出慌乱的神色。

似乎刚才的巨响也惊醒了其他人，大家都陆陆续续聚集到这里,你发现唯独缺少了那个“大嗓门儿”——罗恩没有出现。

罗恩曾经是英国工人运动的急先锋，永远与政府作对，和警察发生过无数次冲突。他总是气势汹汹地出现，就像史泰龙在《第一滴血》中饰演的兰博，块头大，眼神犀利，杀气腾腾。但经过了上一次的案件之后，你知道他表面的粗鲁是热心肠的体现，只是有时候体现得不太恰当而已。

“谁吐的痰？！”

暴躁的护工大声质问，但没人搭理。

“刚才不是有个人从外面的棚掉下来吗？那可能是小偷，我猜痰也是他吐的。毕竟在咱们养老社区，大家都很文明，不会干这些事。”另一位冷静的护工答道。

随后护工确认大家都没有什么重要物品丢失后，提醒大家要关闭好门窗，让你们都回去休息了。

由于没造成什么损失，这个插曲大家也就没再提起了。第二天罗恩照常拿着酒瓶出现在社区里，你问他前一天晚上有没有注意到小偷，他却表示完全不清楚。

说到罗恩，他最近有些反常，不像平常那样大摇大摆地在社区里转悠，反倒一直把自己锁在房间里。你在担心他是不是患了什么毛病，下午去敲门，他在里头却毫无回应。你从窗户缝隙注意到他在看很肉麻的电影……

你察觉发现了什么不得了的隐私，便悄悄离去。你猜测大概是“周四推理俱乐部”没法再给罗恩带来新鲜感吧，所以他只能另寻安慰。能理解的，你在心里对自己说能理解的。只是，都70多岁的人了，还要求安慰啊……你在心里默默感叹道。

今天，院长回来了。他这段日子里出去培训，回来之后就对你们说要进行两项检查。一把年纪了，一听到检查，你们都胆怯。但院长马上就说，这个检查是围绕着“体”“智”

两个关键字进行，与其说是检查，不如说是游戏。

既然是游戏，那就试试吧！

你的任务

1. 不要让别人发现你在学什么歌，以及跳什么舞（“线索一”是关于你的不利线索。请尽可能在三个游戏中获得最高分，以确保能顺利隐藏）。

2. 同时想办法弄清楚自己学的是什么歌。

3. 找出忌廉与痰是谁留下的。

4. 试图让罗恩振作起来，不要把美好时光浪费在不必要的小电影上！

5. 通过院长的游戏考验（你好像有特殊技能，向院长了解一下吧）。

【未经主持人允许，请勿翻开下一页】

熟悉又陌生的女儿

趁着这周社区与俱乐部都没什么事情做，你回了家，希望和乔安娜有更多的相处。加上最近是她的生日，你想到时将练习好的歌曲与“躲闪摇”在她面前表演一番，一定能让她感到惊喜与感动，拉近彼此之间的关系。

可是最近相聚时，乔安娜宁愿对着发光而无趣的电视，机械地啃着汉堡包，也不愿多望一眼你的面容。偶尔乔安娜会向你打听养老社区的生活，你不知这是否只是因为她觉得沉默太难堪才不得已挤出来的问候，但被乔安娜这么一问，你才顿觉自己近日的生活千篇一律，每天不是呆望着阳光，就是无聊地等待着月亮，有什么可说的呢？苦思冥想、挠破脑袋，你发现留下了深刻的生活印记的，也就只有你为了跟上乔安娜的兴趣潮流而学习的歌曲与舞蹈。是的，乔安娜作为中心,为你的生活添上了目标与意义。可这是最重要的惊喜，不可能说漏嘴。

而最近你还察觉到女儿有些奇怪的变化……

之前说到她交了一个姓“季”的中国朋友。你从未见过那个朋友长什么样子，因为乔安娜总是窝在房间里，似乎是在刻意回避你。但家人共处一室，怎么可能什么都瞒得住？身为“周四推理俱乐部”一员的你凭借敏锐的听觉得知那朋友叫“银妮”。虽然不太熟悉中国人的名称，但根据音译可推测这是一名女孩子，你还听到她时不时就会喊对方“Oh baby”。

某天晚上睡觉，你听到女儿房间里传出敲击墙板的声音，沉沉的，声音很闷，每秒一次，有一种诡异的节奏感。

“乔安娜……乔安娜？”你轻声呼唤，却听不到回应。

你设想着各种可能性，首先想到的是丧尸撞墙，第二种还没想完便已经毛骨悚然。你起身摸索铁棒——额，你的家里并没有那种东西——摸到的只有早上吃剩的M&M巧克力豆。行吧，有总比没有好。

你拿着巧克力豆，像随时拉开安全栓的士兵一样，悄悄挪向隔壁乔安娜的房间。房门没有完全关闭，你从缝隙中偷窥，只见清冷的月光从窗户射入，落在一个身影上。那个身影背靠着门，双腿大开，保持着一个像是马步的怪异姿势，同时不断地用右肩撞向墙壁。撞了几下之后，身影突然跳了起来，甩手转向了这边。

糟糕，要被发现了！你连忙躲闪，但碍于这老手老脚，身体跟不上大脑，终究还是暴露了……

“嘿！妈妈，你在干什么！”

“额，我听到你的房间里有些动静，所以就过来看看发生什么事了。”

乔安娜连忙关掉了手机并打开灯。突然的光亮使你睁不开眼，好不容易适应之后，你第一眼看见的就是乔安娜扭曲的脸，脸上尽是诧异。

“我的动静很小，不至于会吵醒你吧？”

“不……只是……因为我们很久没见了，见面了好像也没什么可说，所以我就特别留意你，希望能够更多地了解你，因为你是我最亲爱的女儿。”这一刻，你选择了坦诚相待，你认为这样能够换来女儿的共鸣。

“噢，不！”可换来的只有悲鸣，“妈妈，你只会让我感觉到很惊悚，你为何就不能给我一点儿私人空间？”

“可你什么话都不说，你都不知道我有多担心。”

“我过得很好，只是琐碎的事情太多，我不知道该怎么说。”

“但你最起码应该将季银妮这一位朋友告诉我。我可是你的妈妈，我相信我会支持你的一切决定。”

“你在说什么？！”

乔安娜的五官彻底变形，她丝毫不掩饰眼神里流露出的厌恶，就像看见了一坨大便那样。你的心被她的眼神瞬间冻结成寒冰。

“拜托，妈妈！我那是在唱一首中文歌，你听到的只是歌词。”

好的，你终于知道自己闹了一个大乌龙。你无话可说，只能呆呆地站在原地，希望乔安娜可以借此说出更多她的故事——哪怕是在与你争吵的情况下。

“妈，或许你可以找你生活中其他的乐趣，属于你自己的乐趣，而不是这样来偷窥我。我有自己不想和任何人分享的私人空间，我相信你也有。”乔安娜摊了摊手，平淡地说道。

经过这件事，乔安娜显然更少离开自己的房间，你们的沟通也越来越困难了。

但你告诉自己没关系，等到生日的时候一切都会有变化。

生日当天，乔安娜与朋友在外面的餐厅聚会。你本来就认识她的朋友，所以提前联络好她们与餐厅，为你的意外出现做一个铺垫。

当你假扮工作人员拿着蛋糕在乔安娜面前跳起“躲闪摇”时，乔安娜显然是满脸的不可思议。你唱起了练习许久的《孤勇者》，虽然中文咬字仍不太熟悉，可音调都已掌握得炉火纯青。你的歌声将现场的气氛推向最高潮，她的朋友为你的举动而感动，其他人为乔安娜拥有像你这样的母亲而羡慕。

而乔安娜呢？她的脸蛋通红，露出羞涩的笑容，正如二十年前她还是小女孩那会儿，也会因你纯粹的亲吻而感动那般。

你们度过了一个非常愉快的晚上。欢闹落幕，你与乔安娜走回家中，你们之间很久没有像现在这般悠闲地并肩散步了。你能明显感觉得到，之前存在于你们之间那种无形的隔阂已经消散，你们在步伐上达到了一致，你的心灵感受到了踏实与安稳。

虽然现在的沉默已不会使你难堪或烦躁，但你觉得趁着这夜色，还是应该说些什么话回味一下这场生日的余韵更好。

“妈——”岂料，乔安娜先开口了，“我很吃惊，你今晚居然出现了。”

“没想到吧？我还专门为你准备了现在最火爆的中文歌和

舞蹈。”

“是的，打死我都不可能想到，所以你每天在养老社区都是在练习这个吗？”

“当然。你是我的女儿，是我养了几十年的女儿。你就是我存在的证明。我知道你觉得我人老了，和你们之间没有什么聊得来的话题，可是我并不希望如此，我一想到自己再也不了解女儿了，我就会觉得灵魂被勺子挖空了一样……”

“说真的，我很感动。妈妈，你的出现为我的生日添上了一层重大的意义，我永远不可能忘记你的歌声与舞蹈。同时我也该反思自己之前不愿意与你分享自己的生活。是的，哪怕再琐碎，哪怕你再不了解，我也应该说一说。我现在充分体会到这一点，是因为在宴会上看着唱歌跳舞的你，我竟然觉得有些陌生，我才意识到自己根本不了解这些日子母亲有什么变化。”

“没关系的乔安娜，现在开始我们多聊聊，不也挺好的吗？”

“不，妈妈，你还是不知道我想说什么……”乔安娜的脸上竟然露出了一丝痛苦与失落，“妈妈，其实你不必总是为了我而生活。”

“什么意思呢？”

“你的生活似乎总是围绕着我转。为了能与我有话题，所以你花大量的时间去尝试了你并不感兴趣的中文歌。为了了解我的生活，你会偷窥我的一举一动——不，现在我不是在埋怨，因为我想通了最本质的原因。妈妈，你听我说，你在向别人介绍自己的时候，总是习惯说自己是乔安娜的母亲，你以这一身份感到自豪，似乎你存在就是因我存在这般。但实际上，你应该有更值得自豪的，例如你是外科护士乔伊丝，你是小精灵鬼乔伊丝，你是周四推理俱乐部的乔伊丝……诸如此类的，你应该为自己而生活，而你在我身上丢掉了自我。”

女儿的话令你的大脑犹如遭受了一记重锤那般，感觉到恍惚不定。你放缓了脚步，女儿也迁就着你。你扶着女儿的手臂作为依托，平衡好身子之后，缓缓地说：

“乔安娜，我最亲爱的女儿……我养了你几十年，我将自己人生最宝贵的时间都倾注在对你的养育上。一直以来没有人比我更了解你，现在你却让我感觉到陌生。乔安娜，你还没当过母亲，你不知道这意味着什么。”

“我当然不可能知道，亲爱的妈妈。可我作为女儿，我会感受到一些负担。我刚才反思应该多与你分享我的生活，但并非所有的事情都需要分享。正如我去唱中文歌这件事情，其实只是我个人的小小爱好，我不想让任何人知道。所以今晚感到惊喜的同时，我会有一些被你硬生生扒去了衣服的羞耻感，而现在你的做法其实是借着母亲的身份进行的自私行为。当然，让妈妈你变成这样，有一部分原因得怪我漠视了与你的交流……”

自私？女儿说了一大堆，唯独这个词触犯了你。这个词是怎么从女儿的嘴巴里说出来的？你感觉到烦躁，不愿意再去听女儿说的话，她根本不了解你！她根本无法对你的用心良苦抱有同理心！你从口袋里拿出一直随身珍藏的相册，这是你记录着女儿成长日常的相册。

“乔安娜，你看看，这是两岁还趴在沙发上的你，这是刚上学校不忍心离开而哭泣的你，这是刚成年的你……还有很多很多，这都是我拍下来的你的点点滴滴。你不应该对养育你的母亲说出‘自私’这样的话。”

乔安娜无比认真地看着。听完了你想说的一切之后，她才继续说道：

“妈妈，你应该将目光转移回自己身上。这么多年来，你成了一位优秀的外科护士，成了一位伟大的母亲，养育我成长至今，你还成了周四推理俱乐部不可多得的一员，破解了连环杀人案……这绝对不是懵懵懂懂就能走过来的。妈妈，人生于你而言一定有更重要的东西去追寻，你是因为注意力在我身上停留太久了，以至于你忘记了从自我中寻找快乐、价值、目标与意义。”

你被女儿否定了。你这些日子为女儿而做的努力，虽然的确感动了女儿，也达到了你希望的沟通效果，却在更深层的观念上被女儿否定了。她否定了你做这一切的出发点，否定了这些日子你花费的时间。这种矛盾的反差令你感到悲伤。

自我？快乐？价值？意义？如果女儿的身影不在，你就没法想起何为生活的色彩。而女儿作为一个后辈，竟然对着即将走完人生的你说着这些她自己也弄不懂的狗屁词语，你顿时丧失了沟通的热情。

乔安娜显然还想说些什么，但你并不想听了。是的，就像立场突然颠倒了一般。你发觉无法再与女儿抱有一致的观念，你便干脆选择暂时回避她的沟通请求。或许曾经那令人难堪而尴尬的沉默才能将伤害减少至最低……

不知不觉，你们回到了家中。你的眼角余光发现隔壁有一个男人在门口盯着你们看。天色太暗，你看不清楚隔壁是谁——话说你从未注意过乔安娜的家隔壁住着什么人。不过你现在也没心情理会，只要不会与你们产生任何交集就好。

之后的日子里，你突然发觉生活又变得枯燥而单调了，每天除了呆望着阳光，无聊地等待着月亮之外，就没什么事情可做了。

一周很快就过去，又到了周四俱乐部举行活动的日子。你冷漠地打了一声招呼——就像之前乔安娜回家时对你的态度那般——便机械地迈着步伐出门。

出门之际，你看到院长的身影出现在隔壁的房子。你这才知道原来院长的家就在隔壁！所以那天看着你与乔安娜一路吵架回家的是他吗？你心想自己和他不是很熟，就懒得前去搭话了。起码能知道乔安娜隔壁住的不是什么奇怪的男人，这就足够了。

你回到养老社区，迎面便袭来了重大消息：

伊丽莎白与易卜拉欣不久前受伤住院了！除此之外，伊丽莎白的VR设备也被盗窃了！而罗恩随即也回了社区，一向活得潇洒的他竟也反常地一脸惆怅。怎么回事？在你离开的这一周里，周四推理俱乐部的其他成员到底都发生了什么事……

你的任务

1. 了解其他三人的近况。
2. 分享你的故事。
3. 找出是谁偷走了伊丽莎白的 VR 设备。

【未经主持人允许，请勿翻开下一页】

熟悉又陌生的自己

你戴上了院长留给你的 VR 设备，映入眼内的竟然是一个熟悉的相册。没错，光看表面，那就是你为乔安娜准备的相册。你随着 VR 的指引，挪动手指，打开了相册，然而内容并不是你想象中的乔安娜的照片——

那是你的照片。

第一张的你穿着一条斑点裙子——那都是早已成为过去式，扔了十多年的裙子。你举着相机，正笑盈盈地朝着什么东西拍摄。回忆如浪潮汹涌，你记得这是乔安娜刚满两岁的那天，那张她趴在沙发上的照片正是眼前年轻活泼的你拍摄的。

第二张的你正朝远处挥着手，眼里洋溢着幸福的泪水。背景虽然模糊,但也可辨认得出这是在一所幼儿园的附近。这是你成功说服乔安娜第一次上学的那天。

第三张的你消瘦了不少，身躯就像变回一个小孩子那般，脸上的皱纹显然更多了，但泛黄而黯淡的皮肤并未能遮挡你脸上流露出的喜悦与期待。你正专心致志地为一个大蛋糕插着蜡烛，丝毫没有注意到旁人在对你拍照。这是乔安娜刚成年的那天。这张照片是乔安娜拍的……

“乔安娜知道我住在隔壁，她找到了我，说想拜托我一件事。”院长的声音从 VR 中传来，就像真的在你耳边呢喃那般，“她说你最珍爱的相册，记载的都是关于她的故事。那天吵架之后，她其实很感动，但也非常内疚。既然你用了一生去记录她的人生，那她也希望能用自己的时间与心思，来回忆你的人生。你知道吗？你的女儿看到自己的照片时，想到的更多是照片背后拍摄的你。照片记载的不仅仅只有她，也有在她的瞳孔中，从年轻步向年迈的你——乔伊丝。”

说毕，VR 指引你继续翻阅。

第四张照片有些模糊——不，不是照片模糊，是你的眼睛被溢出的泪水覆盖了。你不忍脱下 VR 设备，便只是眨了眨眼，让眼睛重新对焦。只见照片里是你与丈夫的结婚照。

气味、声音与照片最能勾起人的回忆。只是这么简单的一张照片，已经深埋在心底里的片段又再度被唤醒，你清晰地记得那时候的每一句誓言，誓言后来都在时间长河里得到了证明；你还记得丈夫的每一个表情，那是多么可爱的瞬间；你当然不可能忘记自己的每一次心跳，那都是你真真切切享受过人生的证明。你不禁笑了笑，当时你觉得丈夫是全世界最幸福的男人，因为他能得到像你这般优秀的女人的青睐。

最后一张的你穿着护士职业服，正为一个老人检查着腿脚。

你想起那个老人是如何感激你的救命之恩，而你在看到老人恢复健康时，心中涌起的又是一股怎样的自信与对自我的肯定。那一刻，你既是在为人世间的福报而庆幸，也是在为自己的存在而庆幸。

是的，那时候还没乔安娜，甚至还没有遇到丈夫，但自己不也活得很精彩吗？年轻时那股不因其他任何人，只因自我的存在而产生的生命动力在麻木沉睡了很长的一段时间之后，再度被唤醒了。女儿说得没错，最近的你在与女儿的相处上过于偏执，以至于累了她，也迷失了自己。

院长最后的声音传来："乔安娜和我翻找了不少关于你的照片，还去了你曾经就职的医院。她真的很用心了解母亲在生下自己之前的人生，她在感受着你曾经的精彩。乔伊丝，我的人生结束了，是我主动选择结束的。或许我的子女会责怪我太自私，没有陪他们更多时间，哪怕只是一两天。可我在人生的最后，只想圆了自己任性的心愿。我不知道当我飞翔在空中时，在心脏因承受不住而裂开之前，会感受到多大的痛苦，但我很满足，也很安定，因为我在人生的最初就为自己而活，在人生的最后也是为自己而活。乔伊丝，你还有时间，虽然也许不多，可你依然能找回属于你自己的精彩，不至于在无法挽回的那一刻只感受到空虚。就这样吧，我先搬家了，希望你不会太早搬过来，希望你搬过来的时候我们仍是笑面相对。”

作者简介：

路过小卢，广州人，现为语音互动小说作者。从小嗜读小说，2015年于《推理世界》杂志刊登《天使的礼物》出道，每年均有小说发表于各处，著有《干杯，最后今晚了》《残花枷锁》等；2022年为《侦探往事》《周四推理俱乐部》《生门》《桐花中路私立协济医院怪谈》创作衍生剧本杀；作为编剧创作的短剧《死亡试炼1》《死亡试炼2》即将拍摄并上架网络平台。

针对此剧本杀，微博@周四推理俱乐部为你录制了引导教程，欢迎观看。如有疑问，也请在微博上联系@周四推理俱乐部。

奇怪的老人们

你名叫罗恩，今年已经75岁了。对大多数人来说，这是一个牙齿已经没几颗，要靠不耐烦的子女搀扶，一步一步与蜗牛竞速的年纪。但你不一样，年龄与岁月不曾对你壮硕的身躯与嘹亮的嗓音有过丝毫磨损，你的牙齿只会在换乳牙和与警察肉搏时才会掉下。

你曾经是英国工人运动的急先锋，一直致力于为弱势群体发声。反正，哪里有游行示威或者争论，哪里就有你的大嗓门儿。政府说向东，你就一定向西——永远在抬杠。也因此，你曾被警察逮捕，关进去好几次，加上好斗性子急，你知道自己平时并不受大家欢迎，但你对此并不在意。

你的妻子已经去世多年，亲人如今除了儿子杰森之外，还有女儿苏西和外孙肯德里克。外孙的诞生令你发觉了这个世界上除了反抗政府之外，还存在另一样美好的事物。面对如水晶一般的外孙，你埋藏在心底的那股温情与呵护欲也得到了激发。你不再像年轻时那般风风火火，开始关注家庭，关心自己所爱的人。

但作为老牌硬汉的你，70多年以来挥出去的永远是拳头，骨子里一直认为嘘寒问暖都是易卜拉欣那种人才会干的事。性格岂是说改就能改？因此，你的模样总是吓坏肯德里克，本想着给予一个亲吻，但脸颊还没靠近两厘米，肯德里克就号啕大哭。原来在肯德里克眼里，你就像张着血盆大口的大白鲨。待肯德里克长大，终于要独自一人去学校上学，无奈死脑筋的你只懂得赠送一拳给对方打气——就像以往在与警察拼命之前给战友打气那般壮烈。你本以为这样能拉近与肯德里克之间的关系，岂料肯德里克的小手捂着肩膀，再度哭了起来，无助地看着你。

儿子杰森在中间也非常为难，你们有一阵子甚至因为肯德里克的事情而导致关系有点尴尬。

你从来都不觉得自己的性格有什么问题，即使千夫所指也依然我行我素，但现在面对亲爱的小外孙，自己献尽真心却只换来畏惧与嫌弃，你第一次感受到了心碎，以及无能为力。

你自嘲需要改变，杰森也告诉你需要改变。他推荐你去看一些情感电影与小说，从故事中学到的要比市面上那些打着“教学”幌子骗钱的工具书有用得多。

于是你勉为其难在网络上找了一些好莱坞的经典电影与韩剧。由于你并不擅长表达，所以在互联网上输入“如何与爱人相处”查找到的作品全是关于爱情的。而在这方面木讷又傻乎乎的你虽然感觉到些许奇怪，但也照着别人推荐的电影去学习如何与外孙相处。

最初你极度嫌弃，岂料越看越入迷，逐渐到了不可自拔的境地。仿佛打开了新世界的大门一般，酗酒的你由于追剧甚至还主动克制喝酒了！当平时没课、“周四推理俱乐部”

也没活动的时候，你就干脆待在房间里头，捧着手机接连不断地观看。回过神来，外头天已经黑了，房间地板上都是你用来擦鼻涕、擦眼泪的纸巾。一天就这么又过去了……

你这才领悟到，年轻时对很多事物带有先入为主的偏见，但尝试接触一下，或许就能体验到它的精彩。慢慢地，你已经不只是为了与外孙的相处而去看电影了。

说到“周四推理俱乐部”，你才想起好友易卜拉欣是心理医生啊！他总是西装革履，喷着香水，善于与别人谈天说地，不可否认确实很绅士。年轻时，你最看不起这种类型的男人，认为他们毫无男子气概。现在想想，或许里面夹杂了一丝嫉妒，嫉妒他们竟能获得女人以及小孩子的好感。

经历过上次的谋杀案之后，你们之间的关系变和谐了，彼此之间的交流也不再像刚认识时那般冷漠。你知道易卜拉欣每天早上 6 点都会起床去游泳——这是他坚持了大半辈子的习惯，他宁可不吃不喝也必须去晨泳——那个时候游泳池只有他一人。你想去请教他关于与外孙相处的技巧，却不乐意被社区其他人知道这事。拜托，堂堂一个工人运动领袖，老来竟然苦恼如何和外孙相处？不不不，这太丢脸了！

然而，要想在这养老社区隐瞒什么事情，那可是非常难的，每一个老人家的八卦功力可完全不逊色于伊丽莎白过去干的情报工作。

于是在半个月前，你决定早起去游泳池找易卜拉欣。但意外的是，游泳池没半个人影，水面也没半点波澜！怎么回事？易卜拉欣不是一直坚称自己早上6点起床游泳的习惯坚持了好几十年吗？为此他在刚进社区的时候还和护工大吵了一顿，誓死反对社区8点才开游泳池的规定，后来由于破案有功，社区才为他破了先例。难道这只是他立的人设？不应该吧，他不至于为了这样的人设而在那时候闹得鸡犬不宁……

正当你觉得疑惑的时候，你瞅见游泳池旁边的沙滩椅上放了一本小说，名字是《霸道总裁爱上我》，一看就知道是言情类的。如果是一个月前的你，肯定恨不得将这样的读物丢在脚下狠狠地踩踏，但现在的你却涌上了一股阅读的欲望。虽然不知道书是谁的，也不知道为啥养老社区的游泳池旁边竟然放着十来岁孩子才乐意去看的读物，但你毫不犹豫就顺手牵羊将它带回了房间。

虽然没找到易卜拉欣，但找到了一本小说也不错。反正社区里的书、杂志什么的，都是共有的，你也就丝毫不在意自己拿走书的行为了。

接下来你也没再找到与易卜拉欣私聊的机会。

自从上次的谋杀案之后，“周四推理俱乐部”每周的例行聚会又回到了过去那样的纸上谈兵，每周对着一堆老旧卷宗来回分析，但大家似乎都没太大兴致，显然想身体力行去破解现实中正发生的案件。

人就是这样的，没体验过有趣的事物，也许就不会有什么幻想；一旦体验过一次，便得寸进尺，开始嫌弃过去。七八十岁的老人也不例外。

但库珀斯·切斯（养老社区的名字）一片祥和，哪有这么多案件发生？

倒是上周日在他们身上出现了一些奇奇怪怪的事……

晚上，当养老社区按照规定熄灯入睡，外头一片寂静时，你躲在被窝里追着《请回答 1988》。好不容易终于追完，感慨万分的你睡不着觉，望向窗外竟发现树林里有一个可疑的身影正爬向树上。

你的第一反应是小偷，但小偷不应该爬房子吗，怎么去爬树了？难道那里藏有什么黄金宝藏？你立马警惕起来，将刚才《请回答 1988》的结局抛于脑后。你的性格一向就是怀疑一切，并以实际行动证明你的怀疑是对的。于是你赶紧穿上衣服出门，然而经过乔伊丝的房间时，你的眼角余光瞥见了她并没有入睡，而是在房间里做着一些奇怪动作——

你驻步观望，只见娇小的她背对着门口，戴着耳机，双脚并拢站在原地，双手像做复健运动那般置于后脑勺，同时纤纤细腰带动臀部不断来回扭动。左弹弹，右弹弹，就这样一直扭，扭个不停，完全没注意到你的动静。

乔伊丝过去是外科护士，眼睛格外明亮，非常懂得照顾人，且擅长倾听别人说话。她为人低调、不张扬，脸上始终是一副温和慈祥的神情。因此你在加入“周四推理俱乐部”时便对她抱有好感。只是没想到平时像个“小透明”的她，独处时竟也如此花枝招展……虽然动作如此重复，显得有些荒诞怪异，但不否认她正散发着独特的女人魅力。

醒醒，罗恩！现在可不是偷窥的时候，你得去抓偷宝藏的小偷！你继续前行，经过伊丽莎白房间的时候，里头传出了一阵阵枪声。你条件反射般躲在角落，但马上回过神来，那应该只是伊丽莎白说梦话而已，虽然很逼真，但养老社区里怎么可能发生枪战嘛。是的，伊丽莎白做梦总是会梦见枪战什么的，她曾经是英国情报机构的工作人员，为国家出生入死，即使退休来到养老社区也依旧念着过往的冒险经历。

虽然你们刚认识时有些不愉快，但经过上次的案件之后，你们算是成为互相信任的伙伴，也就不说太多讥讽她的话了。

怎么大家的“夜生活”都这么怪异……你无视掉伊丽莎白的梦话，冲到一楼，奔向树林。但由于天太黑，你未能辨认出刚才的人影爬上了哪棵树，你只能用最愚笨的方法逐棵寻找。这时，你听到身后传来了踩在树叶上的轻微脚步声，但你才刚反应过来，眼前就迎来了一块砖头的袭击——“糟了！”脑海里蹦出了这两个字，随即你便失去了意识……

重新醒来已经是隔日的清晨。似乎大家都没发现你，这算是不幸中的万幸，不然可真是颜面尽失，社会性死亡了！趁大家还没醒，你悻悻地回到社区内。

中午，你遇到乔伊丝，她问你前一天晚上有没有遇到小偷。难道她也看见了吗？也正常，毕竟她当时正面向窗户跳舞。你摇摇头，表示自己一直在房间里睡觉，完全不知道这事。

后来一切又恢复如常。

直到今天，院长回来了。他这段日子里出去培训，回来之后就对你们说要进行两项检查。一把年纪了，一听到检查，你们都胆怯。但院长马上就说，这个检查是围绕着“体”“智”两个关键字进行，与其说是检查，不如说是游戏。

既然是游戏，那就试试吧！

你的任务

1. 想办法隐藏自己偷小说的事情。

2. 隐藏自己看韩剧、爱情电影的事情（“线索三”是关于你的不利线索。请尽可能在三个游戏中获得最高分，以确保能顺利隐藏）。

3. 弄清楚乔伊丝在跳什么舞。

4. 人影是谁？

5. 谁袭击了你？

6. 通过院长的游戏考验（你好像有特殊技能，向院长了解一下吧）。

【未经主持人允许，请勿翻开下一页】

不善表达的你

养老社区即将会有一个小朋友到来——正是你的外孙肯德里克。

儿子杰森在几天前告知，他已经很久没与你相见了，便打算这次带着肯德里克一起过来探望你。你的心情激动万分，但你没有在电话中表达出来——你总要高傲一点儿，不能将自己的渴望与需求表达得太直白。

这几天，你疯狂地补功课，希望自己一直以来的学习能令关系得到改善。

你决定不再像以往那般挥出一个拳头以表招呼，而是像许多电影里的那样，给予一个温柔的拥抱。虽然你仍然不能理解这为何能让对方感觉到友善，可既然肯德里克吃这一套，你便也回想起各种影视剧里的画面，像个机器人那样笨拙地模仿着，不断在房间里朝空气练习。你想起自己过往面对成堆来抓捕自己的警察时都不会如此紧张，便在心里自嘲地笑了笑，终于理解为何别人在工作面试中总是像偏执狂那般反复地调整衣服与呼吸。

见面那天是一个阳光明媚的早晨，艳阳下的他个头儿小小的，背着背包，对周遭的一切都感觉到好奇，那刻你感觉天公就是专门为他陪衬似的。

“嘿，亲爱的肯尼，好久不见。”

简单地打了个招呼，你径直朝肯德里克走去，半蹲给他一个拥抱——就像你一直练习的那样。你想象着一个拥抱就能让彼此的关系瞬间拉近，电影里不都是这样拍的吗？你本以为水到渠成，岂料你双手拥抱到的只有小小身躯后退半步而留下的微风。

肯德里克的眼里露出不满，他说了一句：

“我已经说过很多遍了，不要叫我肯尼，叫我肯德里克。”

“可‘肯尼’更顺口，也更亲切，不是吗？”

“不，我不喜欢被这样叫。”

你不知道为什么见面的第一个话题竟是围绕这件事。你从未关注过这方面,也不觉得这有什么重要的。很明显,“肯尼”是表达你对外孙的亲密，这是客观的。可这话题的转变令你难以按照原来设想的步伐行进了。

“爸，你就叫他名字好了。无论你怎么想，但他喜不喜欢才是最重要的。”

杰森在旁打了个圆场，而肯德里克下意识躲在了杰森的背后，噘起了嘴。

外孙的微表情轻轻就粉碎了你最初的美好幻想。噢，这真是个不幸的开头，你不知道该如何应变，只能稍微收敛一点儿……

杰森与肯德里克会在养老社区逗留大概一周的时间，儿子也是希望你们能趁这次机会改善关系，所以他有很多时候都不会待在肯德里克身边。然而事情的发展出乎你们的预料，与肯德里克变得亲密的竟然是易卜拉欣！

他们每天一起打棒球，看动画片，玩《我的世界》……而你只能在旁边呆呆地观望。仿佛肯德里克过来探望的是易卜拉欣，而非你。

他们甚至还一起去飙车，由于超速而被交警抓着了。易卜拉欣被杰森怒骂了一通，而你并没有任何怨气，只有难言的心酸。

当然，你十分理解。易卜拉欣是一名优秀的心理医生，他的仪态、气质本身就能吸引不少人的好感，肯德里克也未能阻挡他的魅力诱惑。

而你也只能表示理解了，毕竟你不是易卜拉欣，他这种坚持了 80 年的本领可不是你随随便便就能模仿得来的。

一方面，你对外孙与自己的挚友相处得如此好感到庆幸，但另一方面你内心又充斥着失落与妒忌，两种心情交织冲击着你的大脑，你从未感受过如此复杂的情绪，你难以抵抗。

你终于还是趁易卜拉欣独处的时候，询问他该如何与肯德里克相处。

“嘿，我的老伙伴，你知道的，你不能总按照自己的想法去和别人相处，尤其是小孩子，你得设身处地去了解他想要什么。”

“这可真麻烦，我以前和几十上百人一起去反抗警察的时候，都不会遇到这些麻烦，看来是时代变了，现在的年轻人和我那会儿都不一样了。”

“其实人与人之间的相处一直都是如此，只是你接触的人不一样，你的目的不一样而已。好比护工不允许你在社区穿拖鞋，你一定也会感觉到不舒服，不是吗？但这是你的个人喜好，而每人都有自己的喜好。所以设身处地去想，你就能明白当你坚持要喊‘肯尼’的时候，你亲爱的外孙会是怎样的感受。”

“好的好的。易卜拉欣，知道吗？我之所以烦心理医生，就是他们总会给我说一大堆没用的，而我需要直接知道该如何去做。”

“运用你的长处，罗恩。”易卜拉欣笑了笑，“你亲爱的外孙最近告诉我，最近他为情所困，在学校喜欢一个女孩子却不知道该如何表示好感，好像自己煞费苦心都没法让对方感受到。你看，这不是和你对肯德里克的处境相似吗？”

“那这和我有什么关系呢？”

“噢，罗恩，你可真是死脑筋……你不是一直在看年轻人的爱情小说和电影吗？虽然我不得不嘲笑你单纯到去看那些来改善与外孙的关系，但阴差阳错，也算是派得上用场了。”

按照易卜拉欣的意思，现在只能通过从侧面去切入解决外孙的情感烦恼，才有机会改善你们的关系。说实话，由于之前一切的情感表达都得不到理想的回应，导致一向满腔勇气的你现在也有些心虚胆怯。你不知道自己的方法是否真的奏效，假如失利的话恐怕只会导致关系越来越恶化。

“伙计，给自己一点儿信心，不要挑战我心理医生的尊严。”

易卜拉欣的回应为你的不安打了一剂强心剂。你从易卜拉欣处了解到那个女孩的外貌、姓名等信息。

次日，你离开社区，花了很长的时间向学校的老师、同学了解那个女孩的兴趣爱好，你了解到女孩子内心喜欢却无法得到的玩具，那是一款已经绝版很久的手办。你强压着以往养成的对自己不理解的事物的鄙夷——你发誓不再纵容自己的这种坏习惯滋生——跑了好多地方，好不容易终于花了高价买到了手办。

大概是付出的精力与汗水感动了自己，当你得到手里这一堆手办组件时，心里竟然也涌起一股满足。你仿佛真的爱上了自己获得的这东西，即使你并不知道它有什么用。如果说之前你只是为了某一个目的而寻找这个手办，现在却是自发性地涌起一股欲望，要将这手办拼好，完完整整地送给那个女孩。

大老粗的你特别不擅长做这些细腻的手工活儿，但你可是越挫越勇的罗恩！你花了好长的时间终于拼好了这个手办，并将此纳入人生中的一大壮举。

你登门拜访，说清楚这是肯德里克专门买来并拼凑好当作礼物送给女孩的。女孩的双眼发光，眼里是星辰大海。你被她的眼神感染，想到了自己刚拼凑完手办时的那股喜悦，你心想当时自己也露出了这种眼神吧——你终于体会到与孩子的共情。

女孩说第二天会致电肯德里克的——现在的孩子都能随时随地联络。

你知道这次成了。你一边想象肯德里克收到电话时的惊讶，期待之后你们的亲近，一边蹦蹦跳跳地回到养老社区。

然而结果仍然不尽你意……隔天肯德里克虽然明显心情变好了不少，但他仍然躲避着你，似乎还比以前更加尴尬了，连正眼都不敢望你一次。你怀疑是不是女孩说了些什么让肯德里克误解，便再一次登门拜访，但女孩明确表示并没有乱说什么。

辛苦的努力与极大的期待并未能换来理想中的结果，你的心情跌至无底洞，不再相信易卜拉欣，不再相信杰森，不再相信肯德里克，不再相信一切……

你将自己关在了房间里，或是外出漫无目的地游荡，重新开始酗酒，拒绝与任何人交流。

又过了两天，肯德里克就跟随杰森回家了。你赶回养老社区，他只是临走时和你简单地打了一个招呼。

与此同时，你得知了一个重大消息：

在你将自己封锁起来的这些日子里，伊丽莎白与易卜拉欣受伤住院了！除此之外，伊丽莎白的 VR 设备也被盗窃了！而乔伊丝随即也回到了社区，她满脸颓废，似乎这次回家也经历了什么不好的事情吧？短短几天，周四推理俱乐部的其他成员到底都发生了什么事……

你的任务

1. 了解其他三人的近况。

2. 分享你的故事。

3. 找出是谁偷走了伊丽莎白的 VR 设备。

【未经主持人允许，请勿翻开下一页】

心照

你戴上了院长留给你的 VR 设备，映入眼内的是一个小孩子的背影，你绝对不可能忘记的背影，毫无疑问是肯德里克。他正伏在院长房间的桌子上写信，你从未见过他如此专注的模样。

正当你疑惑这是什么的时候，院长的声音从 VR 设备中传来，那就像他人还活着，真的在你耳边呢喃那般：

“罗恩，听说你这几天都没有在社区里面出现，大家都觉得很奇怪，毕竟这可不符合你一向高调的人设。当我想着去找你的时候，倒是有一个小朋友先来找我了。没错，他就是你的外孙肯德里克。我寻思，我与你的外孙从来没有什么交集，为何他会来找我？原来在他的认知里，‘院长’总是能解决所有孩子的烦恼，就像他们学校的院长那般。他知道我是院长，便有一事相求。

“从他的叙述中，我才了解到你们之间原本是怎样的关系，而后来你又为了他，在暗中做了怎样的帮助。当时我听完，抑制着心里的大笑，心想像你这样的大老粗，竟然也会有细嗅蔷薇的一面！当然，笑归笑，我说这不挺好的吗？而现在反倒是轮到肯德里克有烦恼了，他烦恼于不知该如何面对你。

“是的，他说之前和你的关系一直就是比较尴尬，这种相处模式于他而言已经习惯了。他突然从心爱的女孩口中知道了你做的这些事，脑海里很难与你现实中的形象联系到一起。这种反差让他变得更加不知所措。小孩子怎么可能像大人们那样考虑这么多呢？所以，他在你面前的表现便是沿袭着之前那样，而且还进一步放大了。当我了解到这里，我终于知道为何这几天你都没有出现在社区了……

“你别看我是院长，实际上我的人生也一团糟，与子女们经常争吵，分别已久，即便知道彼此挂念着对方，但见面时依然没有几句好话。于是我希望在自己人生的最后，帮助你们——还能在人世间享受幸福的你们——解除误会。我继续与肯德里克聊天，最终他决定写一封信，他说只有写信才能坦露真心。我便通过 VR 进一步帮助他完成了这一心愿。”

说罢，VR 画面慢慢朝肯德里克拉近，镜头转向了他的笔尖，你看着他的字迹，同时耳边传来了肯德里克的轻声细语：

“亲爱的外公，我是肯德里克。我知道您为我做的那些事，我非常感激。对不起，我的语文不太好……我之后会好好学习的……噢对了，院长公公说不要再用‘您’，说这样会显得很生疏……很难完全表达我的心情，但希望外公能知道我真的是很感动。其实一直以来，我都很害怕你，也很讨厌你，因为你从来不理会我的感受，但舅舅总是让我理解你，说不要怀疑外公对我的爱护，只是有时候外公表达得不是十分恰当……其实我也无法理解舅舅的话，我也无法理解你的爱护。但是当我知道了你为我做的事情之后，我在面对你的时候，突然明白了舅舅口中所说的'理解'是什么意思。因为我第一次感受到自己对你的感激找不到适合的表达方式，我只能笨拙……这样用应该没有错误吧？……像以前的那样去看着你，去躲避你，去与你说话。我很难受，不是难受与你在一起的时光，而是为我自己现在无法像以往的讨厌那样将真情实感传达给你。然后我想到了你，这么长时间应该也是这样的心情吧！所以我希望借这封信，让我们能够重归于好。其实，就算不懂得表达也没有关系的，能够了解彼此的真心就足够了。我们学校的老师就是这么说的。希望从今往后我们都能更多理解对方。肯德里克永远爱你，外公。"

VR 的画面与声音到此结束。

面对着一片黑暗，你感觉到自己的眼睛有些湿润——噢，一个大男人，怎么能够因为这些事情流泪呢？就这么想着的时候，你的内心同时又有另一个更响亮的声音在反驳：

大男人怎么就不能为小事流泪了？大男人就该为自己的亲人流泪！

你没有摘下VR设备，放任自己的眼泪浸湿眼镜，你希望就在这短短的时间空隙里，在这小小的无人注意到的眼镜里，痛快地为心爱的家人流尽感动的热泪。

当然，或许其他人早已从你抽搐的嘴角注意到你的失态了……

作者简介：

路过小卢，广州人，现为语音互动小说作者。从小嗜读小说，2015 年于《推理世界》杂志刊登《天使的礼物》出道，每年均有小说发表于各处，著有《干杯，最后今晚了》《残花枷锁》等；2022 年为《侦探往事》《周四推理俱乐部》《生门》《桐花中路私立协济医院怪谈》创作衍生剧本杀；作为编剧创作的短剧《死亡试炼 1》《死亡试炼 2》即将拍摄并上架网络平台。

针对此剧本杀，微博 @周四推理俱乐部为你录制了引导教程，欢迎观看。如有疑问，也请在微博上联系 @周四推理俱乐部。